Pour ...

de deux ...

de belles rencontres et

lumière !

Joyeux automne !

26 septembre 2018

René Frégni

Les chemins noirs

Denoël

René Frégni est né le 8 juillet 1947 à Marseille. Après des études brèves, il déserte l'armée et vit pendant cinq ans à l'étranger sous une fausse identité. De retour en France, il travaille durant sept ans comme infirmier dans un hôpital psychiatrique. Il fait ensuite du café-théâtre et exerce divers métiers pour survivre et écrire.

Depuis plusieurs années, il anime des ateliers d'écriture dans la prison d'Aix-en-Provence et celle des Baumettes.

Il a reçu en 1989 le prix Populiste pour son roman *Les chemins noirs* (Folio n° 2361) et, en 1992, le prix spécial du jury du Levant et le prix Cino del Duca pour *Les nuits d'Alice* (Folio n° 2624), en 1998, le prix Paul Léautaud pour *Elle danse dans le noir* (Folio n° 3576) et le prix Antigone en 2001 pour *On ne s'endort jamais seul*.

A Eve,
pour l'ombre de ses yeux
dans son jardin perdu.

Et à M.B.

Tout a commencé dans ce train, entre deux gendarmes. Dès qu'on a quitté la gare Saint-Charles, ils m'ont enlevé les menottes mais le contrôleur avait bouclé la porte du compartiment, de l'extérieur, pour que personne ne nous dérange.

C'était un samedi de septembre et le train était bondé. Une foule de permissionnaires et de valises s'écrasait dans le couloir. Le nez collé à la vitre, ils nous lorgnaient, curieux et un peu agressifs de voir qu'on tenait toute cette place à nous trois pendant qu'ils se montaient les uns les autres dessus. Je me suis installé sur la banquette d'en face, les jambes bien étalées vers la porte, avec mes bras à l'aise, pour les emmerder. Les deux gendarmes n'ont rien dit. Ils n'étaient pas méchants.

C'est d'autres gendarmes qui m'avaient arrêté, trois jours plus tôt, sur la route qui longe le lac de Serre-Ponçon, en train de faire du stop. J'avais passé la frontière la veille au soir et dormi dans une grange juste au-dessus de Briançon. Pour eux, ce n'était qu'une simple vérification parce que j'avais encore un peu de paille sur les épaules et de la plus vieille peut-être dans les cheveux. Mais en téléphonant du panier à salade au fichier, ils avaient vite appris que j'étais recherché pour désertion depuis le début de l'été. Je leur ai dit que je n'étais pas au courant... Que je n'avais rien reçu... Que j'arrivais juste de voyage, la preuve: je n'avais pas eu le temps de me changer! Et voilà! C'était fait. Ils m'avaient descendu illico à Marseille où je venais de passer trois jours dans une cellule fraîche du fort Saint-Nicolas, avec un autre déserteur, mais de la Légion celui-là.

Maintenant nous roulions vers Verdun dans ce train bourré de bidasses. Moi qui avais marché tout l'été sur les routes blanches de la Grèce, moi avec mes pieds pleins d'ampoules et les ongles qui s'enroulent tellement ils sont longs, on me foutait dans l'infanterie de Verdun, alors que je comptais passer l'hiver peinard, quelque part entre la mer et le désert, tout au sud, après même les palmeraies de Marrakech, où la pierre brûlée a la couleur du soleil et les soirs de Noël des douceurs de printemps.

On a passé Avignon, puis Valence, puis Lyon, le train se bourrait toujours. Je me suis endormi. Quand les gendarmes m'ont réveillé il n'y avait plus personne derrière la vitre. Ils s'étaient tous couchés comme moi, en tas dans le couloir, les jambes sous les corps et les têtes dans les valises. Ils m'ont remis les menottes et le contrôleur est venu déverrouiller la porte. On était dans une petite gare fleurie du nom de Neufchâteau, tranquille et presque déserte sous un soleil d'après-midi. En marchant du mieux possible sur les corps entassés, j'ai aperçu le fourgon bleu qui m'attendait en se chauffant. C'était la première fois que je voyageais tout prévu.

J'ai donc changé pour la troisième fois de fourgon et de gendarmes. On était aux petits soins. On me faisait visiter toute la France gratis, avec ses jolis hameaux qui somnolent paisibles dans la vapeur des labours et toutes ses vignes qui ondulent à perte de vallons et qui roussissent vers l'horizon, là où l'ombre déjà dépose sur les champs ses premiers coins d'hiver.

Par ici, je n'y étais jamais venu. De loin en loin des petits groupes de vendangeurs s'affairaient avant les premiers gels de nuit. On aurait pu se croire chez nous sauf qu'ici tout était beaucoup plus vaste et la lumière n'avait pas l'aveuglante clarté de la mer. Tout était doré et mou. On filait sur le dos d'une poire. J'ai peut-être été triste pour la première fois depuis ces trois jours. Pas à cause de moi, à cause de l'automne.

J'eus faim brusquement. Je n'avais rien mangé depuis le départ du fort à Marseille, le matin. Et encore, un vague café noir de caserne avec du pain sans rien. J'ai fouillé dans mon vieux sac à dos et j'ai retrouvé la tomate pas mûre que j'avais maraudée dans un jardin de Suze avec des figues, la veille de mon arrestation. Elle avait rosi dans mes chaussettes. Je me suis régalé.

Enfin j'ai vu le panneau de Verdun. J'en avais plein mes bottes. Le fourgon est devenu tout rouge. Le soleil se couchait dans mon dos. Il a stoppé devant un grand portail. J'ai compris qu'on était arrivé.

La sentinelle a levé la barrière et nous sommes entrés dans une immense cour. Je suis descendu par l'arrière avec mon sac et mes bracelets. Tous les bidasses s'étaient arrêtés de vaquer en groupes immobiles ou avec des balais. J'avais figé la caserne. Seul au loin un drapeau a frémi. C'était le vent du soir.

– Allez, magne-toi le train, l'artiste, y a que trois mois qu'on t'attend!... Et vous, barrez-vous vite fait! Y a rien à voir!

C'était un adjudant écarlate qui me réceptionnait. Je le suivis dans le poste de garde avec mon barda. Les gendarmes lui firent signer une feuille de route. Pendant qu'ils récupéraient les menottes, ils m'ont lancé:

– Ben!... Bonne chance quand même! C'est toujours mieux que d'être un assassin!...

Et ils ont disparu.

Je me suis retrouvé face à l'adjudant avec deux ou trois bidasses autour qui s'occupaient de la garde. Quand il a enlevé son képi pour le poser sur le bureau j'ai cru voir un oiseau de proie. Il n'avait plus que quelques poils sur le haut du crâne comme une buse mal foutue. Ça m'a fait penser à ces oiseaux décharnés que gosses nous allions voir au zoo de Marseille, le jeudi, pour leur jeter des pierres à travers les barreaux tellement ils sont laids.

Il s'est assis derrière son bureau.

– Ton nom!

– Brandoli.

– Brandoli quoi?

Il me faisait répéter pour s'amuser, il avait tout mon dossier sous les yeux.

– René.

– René, mon adjudant!

– René... Mon adjudant.

– Âge?

– Dix-neuf ans.

– Dix-neuf ans qui?

– Dix-neuf ans, mon adjudant.

– Garde à vous quand on répond à un supérieur! Redresse-toi, nom de Dieu! Tu es chez les hommes ici!... Ah! Je vais te dresser moi, voyou... On veut faire le mariolle!

Les autres commençaient à se bidonner autour.

– Mais tiens-toi droit, bordel de Dieu!... Rentre ton ventre... Rentre tes fesses!... Serre les talons!... Mieux que ça... Plus haut le menton! Encore plus haut! Tes fesses bordel!... Regarde-moi dans les yeux! Là les yeux. Non mais, qui est-ce qui m'a foutu un engin pareil... C'est les yeux ou le corps que t'as de tordu? Rentre ton cul!

Je me tortillais dans tous les sens sans trouver le bon.

– Ah! je vais te sacquer moi! Je vais t'aligner!...

Il était pourpre sauf le haut du crâne qui restait jaune citron.

– Ton métier dans la vie?

– Eueuh?...

– Qu'est-ce que tu branles dans le civil? Tu comprends pas le français?

– Eueuh... Je voyage...

– Voyageur de commerce?

– Non, voyageur tout court...

– Non mais, y se fout de ma gueule ce connard de mes deux!... Dis, branleur, t'as jamais entendu parler de l'adjudant-chef Dindard?... Hein, ça te dit rien ça? Le chef Dindard!...

Les autres troufions s'étaient coagulés, cramoisis, dans le fond du poste. Je les entendais pouffer et se tordre les os.

– Ah! Tu vas voir d'ici quelques jours le tribunal militaire! Tu feras pas le malin avec eux. Direct en forteresse pour six mois! Au gnouf clac! Clac! Bouclé! On les casse nous les lascars de ton genre! On les casse! Crac! Foutez-moi le camp, tas de branleurs! Dehors ou je vous aligne tous! Dehors, saligauds!

Il les a entendus rire. Il est violet.

– Caporal! Caporal!

– Voilà, mon adjudant. Voilà...

15

– Foutez-moi le déserteur au trou sur-le-champ!
Bouclez-le avec les autres salopards!... Vérifiez les
verrous et au rapport! Allez ouste au trou! Au
trou!

Je suis sorti entre le caporal et deux sentinelles
armées. La nuit entre-temps avait pris la caserne. Les
bâtiments formaient des taches claires là-bas autour
de la cour. Le drapeau avait disparu dans le noir.

On a stoppé devant une porte de château fort à
trente pas de là, épaisse et comme en bois rouillé. Il y
avait autant de clous que de planches. Dans l'obscurité le caporal murmura:

– Je n'ai pas le droit de te laisser tes affaires avec
toi, mais si tu veux prendre quelque chose de chaud
pour la nuit, c'est plutôt frais là-dedans. Et puis
pendant que j'y pense, file-moi aussi ton ceinturon et
tes lacets. C'est le règlement pour pas qu'on se pende
avec; moi, j'y peux rien, si je le fais pas c'est moi qui
plonge.

Il a tout mis dans le sac et il a ouvert le cadenas.

– Vas-y passe.

Nous étions dans une étroite cour dominée de gros
murs. Avec des barbelés, là-haut, qui déchiraient le
visage bleuté de la lune.

Les sentinelles sont restées devant la première porte
et le caporal a cherché dans son treillis encore
d'autres clés. Je ne le voyais plus tant c'était sombre
ce dédale, je le suivais au cliquetis. C'était dans un
coin de la cour un petit bâtiment trapu avec encore
une porte voûtée aussi engageante que l'autre. Il a
bataillé un bon moment dans le noir avant de pouvoir
l'ouvrir. A l'intérieur on entendait des voix qui se
foutaient de lui.

– Hé! Cabot, tu veux un coup de main j'ai le
passe? Oh! Grouille-toi, connard, y a Camacho qui

16

accouche! il fait ses eaux sur mon lit... Mais magne-toi, bordel, ma mère m'attend pour me border elle va se faire du souci... Hé ho! qu'est-ce que tu amènes, une gonzesse avec des roberts comme ça? Bouge-toi, fayot, je vais tout lâcher contre la porte.

On entendait des rires aussi, étouffés par l'épais-seur des murs. Enfin la porte a gémi. Je suis encore passé devant. On y voyait guère mieux que dans la cour là-dedans. Juste une lueur jaune qui suintait du plafond à travers une grille.

J'ai eu la sensation d'entrer dans une cave. Ça sentait le salpêtre et la barrique moisie. J'ai fait un pas de plus et c'est l'odeur des pieds et de la merde qui m'a sauté dessus. C'était une cage à hyènes ce trou! Mes yeux se sont mis à piquer et ma gorge. J'ai voulu ressortir pour respirer l'air libre mais déjà la porte résonnait dans ses murs. J'étais fait comme un rat!

Cette espèce de caverne de six mètres sur trois environ ne prenait l'air que par une minuscule lucarne aveuglée de plaques de métal et de barreaux. Cinq lits en fer s'alignaient, dont trois en bataille sur des paillasses noires, avec chacun un tabouret en fer lui aussi. Enfin un cabinet turc, dans le coin droit en entrant, mais sans cloison ni rien. C'est de là que venait la meilleure part de l'infection.

Trois zèbres débraillés me scrutaient de la tête aux pieds... C'est de loin le plus costaud des trois qui prit la parole. Un véritable colosse rasé de frais. Les yeux si rapprochés que ça donnait mal à la tête.

– D'où tu sors, la bleusaille, ça a pas l'air de te plaire notre petit chez-nous?

– ...

– Dis, l'enflé, quand on est pas joli on est poli au moins, surtout quand on s'invite.

Il faisait, ce géant, au moins deux têtes de plus que moi et encore je me tenais un peu, pour gagner quelques centimètres, sur mes pointes de pied. Pas moyen de fuir dans ce piège. J'étais dans mes petits souliers. Et un air futé avec ça... Le faciès craché du gorille à qui on a mis dix ans pour apprendre six mots. Un regard désert. Il a fait, en sortant lentement des poches ses mains de géant, un pas vers moi. Je me suis jeté à l'eau. Je lui ai dit que j'arrivais de voyage mais que j'avais longtemps habité Marseille. A son accent que j'avais repéré depuis, je savais que j'avais peut-être une chance de le retourner. C'était son point faible. Je les connais bien les Marseillais. Il n'y a pas plus chauvin. Je l'ai eu par là!

— Putain, tu es de Marseille! C'est pas vrai! Alors tu es de la classe! Assieds-toi, con. Maintenant que je te regarde, il me semble que je te connais. On s'est pas déjà vus? Je suis sûr qu'on se connaît... Moi je suis d'Endoume et toi quel quartier?... Putain c'est Sarfati qui va en faire une tête.

Il a hurlé:

— Marseille, cent neuf au jus, bordel! Puis plus bas: Plus le rab... Il fait beau en bas? Six mois que je suis pas descendu... J'en peux plus, j'étais mieux aux Baumettes. Ici c'est un trou. Il y a que des caves. Pas un vrai dur à part Sarfati...

Une lueur d'adoration traversa son regard en évoquant ce nom. Il a marqué un temps:

— Des tocards... T'as dû connaître Petit Louis et Venture si t'es de Marseille? Je suis tombé sur un coup qu'ils m'avaient refilé. Un bon coup mais on a été donnés. Quand on est sortis de la banque rue Saint-Fé, il y avait déjà les condés... Ils ont ouvert le feu au P.M. J'ai pas eu le temps de défourailler, ils m'ont fauché d'une rafale. Je me suis étalé comme

18

une crêpe les deux jambes écartées... Trois ans aux Baumettes et direct dans cette pacoule à la noix à la sortie. J'ai pas pu m'en envoyer une seule... Ils m'ont accompagné jusqu'à la porte avec les menottes... Putain qu'est-ce qu'il doit y avoir comme culs sur la Caneb à cette heure! C'est comment ton nom?

– Brandoli.

– Moi, c'est Camacho... Le braqueur on m'appelle ici, mais j'ai plongé parce que j'avais éclaté la gueule à un pitaine et j'y ai fait cramer sa jeep après. Lui, c'est Fiellou.

Il me montrait un petit être grêle tout boutonneux et pourpre. Il devait s'être gratté jusqu'au sang depuis le matin comme un fou. Une orange sanguine.

– C'est qu'un escroc miteux, il a rien dans le slip. Ils l'ont aligné pour des faux chèques, faux papiers, faux permis et lui c'est un faux jeton. Allez tire-toi, Fiellou, je suis avec la zone. L'autre je t'en parle même pas, je me demande pourquoi il est ici, il a crocheté la caisse du foyer... Trois cents balles dedans, une rigolade!... Il me fait perdre la figure rien que d'être avec lui. En plus, c'est un malade il pense qu'au cul. Du matin au soir il se touche. Il a tous les trucs bandants que tu veux dans son matelas. Dès que sa mère lui envoie quatre ronds, il se fait acheter des culottes en dentelle en ville, de toutes les couleurs. Il me fait honte.

L'autre ne disait rien mais son regard était fiévreux de vice. Et le plus étonnant c'est qu'il n'avait presque pas de blanc comme les yeux des chiens. C'est peut-être pour ça qu'ici on le surnommait l'Épagneul ou parce qu'il avait toute la journée son nez dans ses culottes.

Tout d'un coup on a entendu comme des coups sourds et métalliques qui viendraient d'assez loin

19

résonner dans cette cave: beïng beïng beïng... Camacho s'est figé. Il a balbutié: « Sarfati. » Et en un clin d'œil il était juché sur un tabouret qu'il avait planté sur son lit. Tout instable, perché là-haut la tête dans le plafond. Fiellou s'est précipité pour lui tenir le tabouret qui s'enlisait doucement. Le géant se cramponnait à un tuyau contre le mur. Il a arraché une espèce de bouchon et un trou est apparu dans le conduit. Un silence de mort s'en échappa. Et brusquement tombant lugubres dans ce caveau, ces trois mots:

– Qui est-ce?

Camacho, les lèvres collées au trou, a bredouillé:

– C'est un gus de la zone, un Marseillais, il est à la coule, ça chie pas, Sarfa, ça chie pas...

Après un nouveau silence, le tuyau a demandé:

– Pourquoi il plonge?

Camacho a tourné vers moi des yeux effarés:

– Pourquoi tu plonges? Qu'est-ce que t'as fait?

J'ai répondu:

– Désertion.

– C'est un déserteur, il a déserté! a-t-il lancé à toute allure dans son tuyau.

Camacho a attendu un bon moment agrippé les jambes vacillantes, puis il a risqué:

– C'est tout, Sarfa? C'est tout?

Seul un silence glacial est sorti du trou noir. Le colosse est redescendu vers nous. Son regard était transformé. C'était un mélange soucieux de peur et de dévotion. Il s'est affaissé sur son lit. Il avait par magie, tout à coup, perdu son bel enthousiasme de voyou. Il a prononcé sans nous voir, pour lui:

– C'était Sarfati...

Et il a sombré dans des réflexions qui avaient l'air bien confuses à en juger par l'étroitesse de son profil buté. On n'existait plus.

Un sale silence nous a alors recouverts, plein d'humidité et de nuit. Très loin, dehors, un clairon a poussé quelques plaintes et, comme pour répondre à cet ultime appel, la petite ampoule s'est éteinte sur nous. Je suis resté debout un bon moment dans la nuit. Planté comme un santon. Le cœur le long du corps, comme des mains, vide. Aucun débris de lune ne se hasardait là. On était dans un puits.

A tâtons j'ai trouvé un lit. Les autres s'étaient couchés, je les avais entendus se fourrer dans leurs draps.

Ceux que j'ai rencontrés de draps, roulés en boudin sur ce lit, étaient trempés d'humidité, rêches comme le mur où je m'orientais. Tant bien que mal j'ai préparé ma nuit. Juste à côté du chiotte turc. Je n'avais pas le choix.

Une fois étendu tout habillé là-dedans avec encore sur moi la poussière de tous ces chemins de soleil, j'ai revu cette étrange journée. De l'autre côté des murs, des voix allaient se perdre quelque part dans les cours. C'étaient des soldats qui sortaient, là-bas, dans les coins de la ville et d'autres qui rentraient boire une dernière canette, encore, au foyer.

Quand je me suis réveillé c'était dimanche. C'est le chef Dindard qui vint ouvrir la fosse avec le caporal que j'avais vu de nuit. Il m'a dit de le suivre en vitesse, qu'on allait me rafraîchir un peu le caillou. On a traversé toute la caserne. A part une ou deux corvées, elle dormait toujours. Le ciel était aussi bleu que la veille et le soleil déjà haut. J'ai été ébloui. D'où je sortais la nuit était encore très noire. Dehors il faisait doux et les platanes gardaient leur feuillage d'été. Un étang de brume, loin au-delà des murs, laissait pressentir les premiers matins d'automne.

Au fond d'un bâtiment l'adjudant a cogné à une porte et comme personne ne répondait il a aboyé:

– Debout, branleurs!... Debout bon Dieu ou je vous aligne, tas de planqués!

On voyait qu'il était responsable des locaux disciplinaires. Dès qu'il s'adressait à quelqu'un c'était pour le boucler. La porte enfin s'entrouvrit. Une face d'enfariné apparut. L'adjudant fit irruption en trombe. C'était la chambre des coiffeurs.

– Mais c'est dimanche, mon adjudant, balbutia la tête du dormeur.

– M'en fous! Y a pas de trêve pour les braves! Au boulot! Ratiboisez-moi cette toison, nom d'un chien! Et que ça saute! Je veux plus voir que du blanc!

Je me suis assis au milieu de la pièce et le coiffeur en pyjama a pris ses instruments. J'ai senti le froid de la tondeuse qui me broutait le cou et montait avec rage encore plus haut. De belles touffes bouclées volaient autour de moi. En un instant j'étais dehors. La fraîcheur du matin a sauté sur mes tempes. J'ai passé ma main sur mon crâne. Il était lisse et froid tout autour avec une minuscule calotte rêche au-dessus.

Le chef Dindard a éclaté de rire:

– Ah! tu commences à ressembler à quelque chose! On pourra bientôt te présenter au colonel. Et puis plus t'auras l'air d'un homme, moins le tribunal militaire t'en tiendra rigueur.

Les autres ronflaient toujours dans la cellule, je me suis assis sur mon lit. Un moment après la porte s'est encore ouverte. On nous apportait le jus. Ils se sont recouchés et ont dormi tout le dimanche. J'ai passé ma journée à regarder. Tout était gris. Les murs, les draps, eux, tout. Dehors on entendait le silence du dimanche.

C'est le clairon du lundi qui vint apporter quelque éclairage à ma nouvelle vie. Dès sept heures mon caporal, celui qui m'avait confisqué mes lacets et ma ceinture, est venu nous chercher. C'est en grognant qu'on est sortis du trou dans le petit matin, en tas. La bouche pleine de sommeil, le pantalon dans les jambes.

Le brouillard avait profité de la nuit pour s'installer partout dans la caserne. Il n'y avait plus ni murs, ni massifs de gazon, ni clairon. On se voyait en troupeau de fantômes égaré dans une lingerie. L'air sentait l'herbe coupée et la brume.

Un vieux Berliet nous attendait devant la courette. On aurait dit, dans tout ce blanc, un hippopotame assis dans sa poussière d'Afrique.

On est montés derrière, sur le plateau. Le caporal et les sentinelles devant, au chaud dans la cabine. Notre boulot consistait tout simplement à charger sur le camion toutes les poubelles de la caserne. Je l'ai très vite compris au premier tas immense que nous avons rencontré. Munis de pelles, les autres balançaient sur le Berliet toute la pourriture et il y en avait encore et encore des tas dans cette caserne où, comme me l'apprit Camacho, vivaient, bâfraient et se pintaient la gueule près de deux mille troufions. Moi on m'avait laissé sur le bahut pour étaler la marchandise et plus le niveau d'immondices montait plus j'enfonçais dans l'infection. Avec mes petites chaussu-

23

res civiles le jus commençait à me couler dans les pieds. Le caporal me regardait devant par la lunette. Il rigolait.

Bientôt le matin est venu ramasser ses draps blancs. Le soleil s'est pointé discret comme la lune. Des silhouettes partout s'agitaient près de nous. Elles surgissaient brusquement de l'ouate comme des trépassés du dessous de leur marbre. C'était donc ça la Meuse et Verdun. J'ai pensé à Quatorze, un instant, avec tous ces poilus en habit de tranchées qui sortiraient de terre pour me rôder autour un demi-siècle après.

Certains traînaient des balais autour de la place d'armes, d'autres trimbalaient du café dans de grands bouteillons et des tronçons de pain dans des corbeilles vert-de-gris.

Plus le tas montait sur mon estrade, plus je pénétrais jusqu'aux genoux dans les épluchures, trognons, boîtes de sardines et mélasses puantes.

Sur le coup de dix heures le camion a stoppé, à l'écart, devant un petit bâtiment. Camacho m'a fait signe de descendre:

– Radine-toi, Brandoli, on va s'en jeter un!

C'étaient les cuisines du régiment. Là on nous a bien reçus. Comme des héros un peu. Les trois cuistots se sont immédiatement mis en quatre pour bien nous contenter. Et pendant qu'ils découpaient pour nous des steaks épais de deux doigts, larges comme des ventres, ils se renseignaient sur ma pomme:

– Qui c'est le bleubite? Il schlingue dur... Vous l'avez planté dans la sauce?

– L'emmerde pas, dit Camacho, c'est la zone!

Faut dire que j'avais l'air malin avec ma tête de

moine, le pantalon qui glisse et des détritus plein les souliers.

La viande saignante n'avait fait qu'un aller-retour sur la plaque brûlante du poêle, je n'en avais pas mangé la pareille depuis au moins deux ans. J'ai même accepté deux trois verres de vin avec les autres pour faire bon poids, moi qui ne bois que de l'eau. Le caporal était sur nos semelles avec ses sentinelles. Ils n'ont pas craché dessus. Ils avaient la planque en somme ces trois-là. Non seulement ils se les roulaient ferme mais en plus ils partageaient nos privilèges. Car c'étaient bien des privilèges, je m'en rendis compte dans les jours qui suivirent. Où qu'on aille on était bien reçus. Respectés comme personne. Au foyer on nous offrait des canettes à tire-larigot en nous tapant sur l'épaule pour être nos amis. A l'infirmerie tout ce que nous voulions: somnifères, vitamines, remontants, pastilles pour le rhume et bonbons au miel. L'Épagneul demandait toujours en douce quelque aphrodisiaque pour contrecarrer l'effet affligeant du bromure qu'ils mettent dit-on dans le café ici. Il ne voulait pas laisser un seul instant ses culottes tranquilles. Et là, à la cuisine, c'était tous les jours des festins, les cuistots nous gardaient les morceaux les plus tendres. Après s'être bien servis bien sûr. On aurait dit trois porcelets. Ravis et rouges sous leur toque. Ils me plaisaient. Toujours contents et bien nourris. Ils faisaient plaisir à voir. C'était un moment agréable dans nos grises journées. Le seul pour tout dire. Là, on s'ébrouait. On était coq en pâte question ripaille. Ils nous prenaient tous pour des durs. Ça nous attirait un sacré prestige l'absence de ceinturon et de lacets. On était les bagnards du patelin. Quand nous passions sur notre bahut pourri, en trombe, dans la caserne tous les bidasses se retournaient admiratifs et pleins

25

de crainte. On avait osé s'opposer à l'ordre des plus forts. C'était quelque chose! Ça nous valait bien du respect.

Question crainte et respect, je m'aperçus vite que le fameux Sarfati, celui qui avait tant impressionné Camacho par le trou du tuyau l'autre soir, nous battait tous et de loin. Il était seul depuis des mois dans un cachot. Il ne sortait jamais. Ou alors une heure le matin dans une cour particulière, juste derrière la nôtre. Seul le conduit du chauffage reliait sa cellule, située à l'extrémité des locaux disciplinaires, à la fosse commune où nous vivions. Nous étions d'après le règlement aux « arrêts simples », ce qui veut dire tout simplement la nuit en tôle et le reste au travail. J'étais censé attendre ainsi, moi, le tribunal militaire et peut-être la forteresse dont tout le monde parlait ici avec terreur et mots couverts. C'était la punition suprême.

Lui, Sarfati, était aux « arrêts de rigueur », c'est-à-dire bouclé tout le temps. D'après ce que me racontèrent mes trois comparses c'était un engagé volontaire. Un Corse qui avait signé pour cinq ans afin d'échapper à la police. Et ça faisait maintenant quatre années qu'il ne quittait pas sa cellule. Dès que sa peine était terminée il trouvait moyen de replonger. Il refusait furieusement la moindre trace de discipline. Deux jours dehors et il en reprenait pour deux mois ferme. Ainsi depuis des années Sarfati n'avait connu que solitude entrecoupée de révoltes cinglantes. Il avait même un jour, racontait-on, pissé sur le général pendant la revue annuelle; devant deux mille troufions écroulés de rire et un parterre d'huiles interloquées. Un événement dont on parla dans toute la région militaire. Depuis, Sarfati était devenu légendaire. C'était le héros lointain et tout-puissant de toutes les rébellions et haines rentrées. Écœurés, les gradés s'étaient résignés à le laisser mûrir dans son cachot, jusqu'à l'expiration de son engagement.

Il avait su mettre à profit tous ces longs mois d'isolement. Il usait ses journées à éplucher les dictionnaires. Il avait lu, disait-on, des brouettes de livres que la garde lui passait chaque jour, ou bien l'aumônier. C'était le personnage le plus instruit de la caserne.

– Même le colon à côté, c'est qu'un analphabète, me dit Camacho, et un couillon, ça fait quatre ans qu'il lit douze heures par jour. Il est tellement intelligent qu'il est presque un peu fou... Moi il m'impressionne ce mec. Quand il te regarde, t'es plus rien. Et il sait tout ce qui se passe dans la caserne sans bouger de son trou. Il est tellement fort que même les barrettes elles mouillent! Il y a deux ans il a fait plonger un juteux qui se servait aux cuisines. Il revendait notre bouffe dehors. Depuis y en a pas un qui bronche au mess et aux bureaux. Ils se chient dessus les crevures! C'est pas un humain, c'est un sorcier... C'est un démon ce mec, moi je le suivrais au bout du monde les yeux fermés. Il les enterre tous...

Ce n'est que quelques jours plus tard, à l'heure blafarde du lever, que je pus l'entrevoir, l'énergumène, par l'entrebâil de la porte qui séparait nos deux cours et que le caporal, un instant, avait laissée entrouverte.

C'est l'heure qu'on lui accordait pour dénouer ses membres et vider sa tinette. Il n'avait même pas de cabinets dans son réduit.

Il était adossé au mur du fond, mains dans les poches, glacial et immobile. Il m'avait vu bien avant, fondu dans la mousse du mur. Il me scrutait. Ni grand ni costaud comme déjà je l'imaginais pour satisfaire la légende. Non, plutôt sec avec un regard grand comme la figure. Un regard qui lui mangeait tout le corps. Mais contrairement à l'Épagneul, il avait lui un regard blanc. Comme s'il n'avait pas d'iris au fond des yeux. Juste un point noir dans ces trous blancs. Un point noir de métal à transpercer les murs. Étrange. Et le plus déroutant c'est qu'il portait une parka d'officier sanglée sous la ceinture et une paire de rangers flambant neufs.

Le caporal a refermé la porte. Il m'a semblé que je venais de voir un général, comme on les imagine enfant quand on joue; un cerveau d'acier qu'on voit par les orbites.

C'est vers la mi-octobre que brusquement tout se mit à changer dans notre tôle. C'était, je me souviens, le soir. Camacho belotait avec Fiellou. L'Épagneul s'hypnotisait, comme tous les jours, dans ses sous-vêtements. Il composait et recomposait des silhouettes de femmes sur son lit, lascives. Des bas légèrement fléchis en guise de jambes, puis la petite culotte et le porte-jarretelles assortis, ensuite il hésitait entre un bustier rouge à dentelles et un soutien-gorge strict, noir comme la culotte. Et puis il recommençait tout comme un gosse qui joue aux cubes et qui connaît le modèle par cœur. Il reconstruisait son rêve à l'infini. Nous n'avions pas l'air de le gêner, non. Il était avec elles.

Soudain la porte de la cour grinça... On entendit des pas sur le gravier. C'était l'heure pourtant où personne ne vient. La soupe servie, on attendait l'extinction des feux. Quelqu'un a bataillé dans notre serrure, comme pour moi le premier soir dans la nuit. Puis une chose énorme est apparue. Si grosse dans l'encadrement de la porte qu'elle nous cachait le moindre bout de ciel. Elle s'est avancée. C'était un civil gros comme une porcherie. De la courette la voix du chef Dindard ironisa finement:

– Je vous apporte de la viande fraîche. Pas la peine de mégoter, y en a pour toute la caserne et encore y restera du rab. Vous privez pas, mes salauds, jamais vu une pucelle pareille. Allez, bonsoir et bon appétit!

Il ne se doutait pas en refermant la porte, le juteux, que sa petite phrase lâchée comme un gros rot contenait dans sa bêtise tout le destin tragique et pitoyable de ce pauvre égaré.

C'était un gros comme on en voit peu. Des lunettes rondes de myope sur sa face de lune et, comme pour terminer timidement ses bras trop courts, de toutes petites mains grassouillettes. Si petites les mains qu'il aurait pu se faire prêter des gants par un bébé.

A lui aussi on lui avait ôté la ceinture. C'est pour ça que je les ai remarquées ses menottes, elles avaient du mal, tellement courtes et potelées, à retenir ses brailles.

Si empoté ce patapouf et si effaré que j'ai su au premier regard qu'il allait en baver.

C'est Fiellou qui ouvrit le bal, tout soudain allumé, les cartes lui tombèrent des mains:

– Entre donc, grosse mère... Tu nous as l'air d'avoir un gros chagrin... T'as peut-être perdu ton petit porte-monnaie en faisant tes courses!... T'as peur de rentrer à la maison maintenant? Viens vite t'asseoir sur mes genoux pour le gâté; on va te le retrouver, nous, ton joli porte-monnaie... Grosse bourrique.

Tout le monde éclate de rire. Le pauvre gros restait planté, de plus en plus ahuri, la bouche ronde.

– Ben, ma grosse Margot, t'en fais une bille! viens vite pour le petit baiser... Allez allez pas de chichis avec le père Fiellou, sois gentille, bisou bisou...

Il fait claquer sa bouche en avançant ses lèvres amoureusement. Les yeux clos. On redouble. Il avait de l'à-propos quand même le boutonneux. L'autre eut un mal fou à articuler:

– Où sommes-nous ici? C'est vraiment une prison?...

– Mais non, face de pet, tu vois pas que c'est le bordel de la caserne. Allez, enlève vite ta petite culotte, j'en peux plus moi maintenant! j'en peux plus!

Il simulait le comble de l'excitation. Debout sur son lit les mains en coquille sur la pudeur, les yeux déjà révulsés de fièvre. L'Épagneul venait de rouler sous son lit. Il rendait l'âme. On l'entendait agoniser. Camacho avait l'air plus bête que jamais. Il était dépassé.

– Ze vous en prie laissez-moi tranquille, bégaya le nouveau, ze ne sais plus où z'en suis... Aidez-moi!

Il s'étrangla un bon moment puis lâcha d'un trait:

– La police est venue me chercher aujourd'hui parce que ze refuse de porter les armes, ils m'ont dit qu'au lieu de faire seize mois ze risquais deux ans de prison, ce n'est pas possible? Dites-moi ce n'est pas possible? C'est un cauchemar mes élèves m'attendent, ma mère compte sur moi, ze n'ai rien fait ze...

– Tes élèves? interrompit Camacho.

– Ze suis professeur de philosophie à Dreux.

– Professeur de mes Dreux! s'esclaffa Fiellou et ça repartit pour un tour.

– Ben, mon colon, t'es fadé, objecteur de conscience, ils ont raison les poulets, deux piges minimum. T'es pas sorti de l'auberge! Tu me diras avec le régime jockey tu seras une jolie demoiselle en sortant, t'avais tendance à légèrement t'enrober ces derniers temps, non? T'auras encore plus de succès. Mais moi c'est comme ça que je t'aime mon gros lard, viens on va faire notre lit.

Il le prit par la main et l'amena gentiment jusqu'au lit qui restait libre entre le mien et celui de Camacho. Le gros se laissait faire. Il était abasourdi.

– Allez fais-nous notre lit, ma chérie. Comment tu t'appelles?

Les autres avaient des crampes. Ils hurlaient de douleur.

– Mariette, ze m'appelle Mariette.

Et il se mit, tel un automate, à faire son lit, maladroitement. Comme un aveugle qu'on vient de changer de maison. Quand il eut fini de fagoter son lit comme l'as de pique, Fiellou lui dit:

– Tiens! puisque tu es une si gentille ménagère, tu vas nous les refaire à tous nos lits. Nous on portera les armes quand les ennemis attaqueront et toi tu t'occuperas de la maison.

Il lui lança une bonne claque sur ses fesses joufflues et le gros objecteur se déplaça lourdement d'un lit à l'autre, anéanti, terrorisé, soumis. Derrière ses lunettes ses yeux étaient trempés.

Dès qu'il terminait un lit, son propriétaire s'y fourrait, tout habillé, comme un pacha souriant. Ils ne les avaient pas refaits depuis mon arrivée trois semaines plus tôt. Alors ils ont eu d'autres idées. Ça vient vite le goût d'être servi et puis, c'est bien

31

normal de redistribuer les cartes de temps en temps. Ça faisait des mois qu'ils la ramassaient, eux, toute la merde de tous les troufions. C'était leur récompense cette gironde bonniche. On pouvait même lui calotter un peu les fesses pendant les travaux ménagers. Ils n'ont pas un instant hésité. Ils se sont engouffrés dans l'aubaine.

– Tiens, douce Mariette, puisque tu ne fais rien, cire-nous donc un peu les pompes. Y a tout le matériel sur l'étagère du fond. Et tâche de pas trop faire de bruit parce qu'on dort maintenant.

Les yeux se sont fermés souriants.

Quand le clairon a annoncé la nuit il était toujours empêtré dans ses brosses, le philosophe. Résigné à tout. Le noir l'a pris un soulier à la main. Je l'ai entendu dans la nuit continuer d'astiquer la chaussure comme s'il ne s'était aperçu de rien. Mais il devait y avoir pour faire briller le cuir autant de cirage que de larmes.

Le clairon n'a pas eu le temps de revenir en piste à l'autre bout du brouillard pour ressusciter notre trou. Dès l'aube Sarfati faisait sonner le tuyau. Il voulait savoir du fond de son cachot à quoi la nouvelle recrue ressemblait. Avant qu'on ait eu le temps d'ouvrir les yeux il était perché là-haut dans le plafond, Camacho, embouché au chauffage. Il lui déballa tout sur les activités domestiques du gros et ses rondeurs bien accueillantes. Si bien que j'eus l'impression qu'il n'avait pas fermé l'œil de la nuit tellement il l'attendait sa communication téléphonique. Il n'était pas le seul d'ailleurs à avoir eu l'insomnie. L'énorme philosophe était toujours assis au pied de son lit même pas défait.

Voûté par la fatigue et le chagrin il n'en était que plus difforme. Il y avait maintenant, dans la lueur du brouillard au fond de cette cave, comme un tonneau. Un tonneau plein de larmes ai-je pensé.

La garde n'a pas tardé à amener le jus, suivie de Dindard déjà bien jovial dans ce petit matin. Et comme personne ne bronchait, blottis au fond des pieux, il a lancé, égrillard, apercevant Mariette:

– Eh bien! ma grosse cocotte, agite-toi le popotin! Sers-leur un peu le café à ces bourriques, ça te fera promener!

Malgré toute son instruction il n'a rien répondu, Mariette. Il a encore obtempéré. Il est passé entre les lits avec des quarts fumants et le pain pour chacun. Quand c'est venu à moi ça m'a fait tant de peine que je me suis levé en lui disant merci. Les autres n'avaient jamais eu matin plus beau. Assis dans les lits ils dégustaient leur aise et la tranche de pain était un croissant chaud. Du pas de la porte Dindard a lancé:

– Tu sais pas la prendre, toi, la vie! Regarde un peu mes cochons comme ils sont rouges de plaisir.

Ils ont tous éclaté de rire. Ils s'entendaient bien, finalement, avec le juteux.

Dès ce moment je me suis senti seul. Il y avait cependant encore plus seul que moi dans la ratière. Il n'a même pas bu son café tellement il était seul.

C'est vrai qu'il me faisait de la peine, mais ce n'est pas permis avec tant de diplômes d'être aussi con tout de même.

Dès l'instant où le chef Dindard fut dans le coup, prêt à se tenir les côtes sur le dos du gras-double, il n'y eut plus de bornes à la frénésie. La taule devint une fête foraine. Chaque jour inventa sa nouvelle attraction. L'ours n'avait pas de griffes et les dompteurs des dents de caïman.

Pourtant je dois dire qu'il m'ôtait une épine du pied, Mariette. C'est lui qui prit ma place dans le bahut au milieu des ordures. Et il s'y enfonçait dans la fange, bien plus profond que moi, sous son poids. C'est son ventre qui faisait bouée. Les autres, d'en bas, ne le loupaient pas. Ils visaient la tête avec leurs pelles chargées de fumier.

– Oh! excuse-moi, professeur, je t'avais pas vu sur l'estrade. Tu ressembles tellement à rien. Attends, je vais viser mieux!

Et vlan encore une pelletée dans la poire. Il dégoulinait d'épluchures. Il rentrait aux arrêts à midi la chemise bourrée. En trois jours il devint méconnaissable. Même sa mère s'y serait cassé les dents. Et Dieu sait si pourtant il devait y en avoir entre lui et sa mère de douces pensées d'amour.

Les jours sont devenus très tristes.

C'est le 1er novembre que l'hiver nous est tombé dessus à bras raccourcis. On ne s'y attendait plus. Longtemps l'automne s'était alangui dans les allées de la caserne, tiède et roux tard dans l'après-midi. Pardessus les murs on pouvait voir au loin les collines se chauffer mollement au soleil. C'était des forêts basses de chênes qui lentement se mordoraient et des bouquets de sapins dont le vert sombre au soir faisait des taches d'encre dans le feuillage clair.

Et là, brusquement en une nuit, le froid s'engouffra dans notre turne, par la lucarne. Nous nous sommes tirés des draps transis. Le ciment du sol nous brûla les pieds. C'était une banquise. On se recroquevilla.

Le chauffage dans cet antre, sauf comme téléphone, depuis belle lurette ne fonctionnait plus.

On claquait si fort des dents, immobiles là-dedans, que le dimanche le juteux nous laissait dans la courette entre le repas de midi et celui du soir. On sautait sur place comme des idiots en se tapant les côtes ou on allait se blottir au fond des lits. Même là le froid nous pourchassait. Il n'y avait plus d'abri.

Cette porte ouverte tout de même sur un dimanche après-midi éveilla en nous, malgré le gel, des émotions bien vivaces. Le mur n'était pas si haut et les barbelés nous sembla-t-il avaient déjà été travaillés au corps.

On organisa un tour à la courte paille. Un dimanche chacun. Il s'agissait d'être là pour la soupe à six heures. Entre-temps il y avait peu de chance que Dindard vienne jeter un œil; il regardait le sport dans la salle de télé.

Je tirai la deuxième plus courte sous le regard porcin de Camacho. Mariette n'eut pas droit à sa chance, même avec un palan il n'aurait pas atteint la moitié de ce mur.

C'est l'Épagneul qui tira la meilleure. On ne le tenait plus. Trois jours avant il usa tout son flair à sniffer ses dentelles et le jour J il bondit de la cour comme un bouchon de champagne. Il partit pétiller on ne sait où.

On passa l'après-midi les yeux rivés sur son départ. Et quand avec la nuit sa tête reparut, là-haut dans la résille de ferraille, on comprit que Verdun nous le renvoyait bien penaud. Il n'avait pas pu s'approcher à moins d'un mètre d'une fille tant ils étaient nombreux, les militaires, à pulluler dans leur tenue de sortie et si rares ces quelques filles à changer de trottoir dès qu'elles apercevaient, battant au vent d'hiver, les oreilles décollées du troufion ahuri qui s'amène.

Mon tour vint.

C'est dans ma tenue transparente de vagabond qui me collait au corps depuis le printemps que je pris mon envol. Je cocotais un peu aussi depuis que j'étais boueux. Mais là, à l'air libre, pour la première fois depuis ces deux mois noirs, sautillant sur un boulevard bien civil avec des touches de gaieté sur les pavillons de-ci, de-là et de belles voitures luxueuses qui froissent le silence dans leur élan de liberté, même le froid brusquement cessa de me tarabuster. Mes cheveux avaient repris figure humaine.

Sur les conseils pourtant bien tristes de l'Épagneul, je me dirigeai vers la Meuse. Il s'agissait, m'avait-il expliqué, de trouver le premier pont. De là c'était simple. On suivait la berge un bon moment et au dernier méandre que fait la rivière avant de se promener un peu en ville on remontait vers les jardins. C'était là, d'après lui, le seul dancing où j'avais quelque chance de frôler d'un peu près le parfum affolant d'une robe. Il avait déniché cet endroit trop tard, après avoir reniflé tous les bistrots louches de la ville où s'écrasent, autour de trois entraîneuses flétries, des grappes de capotes kaki aussi rugueuses que mélancoliques.

C'était une espèce de salle des fêtes de plain-pied au milieu des jardins potagers. Un bâtiment carré que venaient brouter tout autour les choux rouges d'hiver et toutes sortes de vieux légumes brûlés par le gel et des salades montées si haut que je les pris de loin pour des roses trémières. Ça s'intitulait *L'Horticulture*, ce lieu. Une petite musique vieillotte en sortait, écrasée tout de suite par un ciel d'ardoise qu'on confondait avec les toits. J'ai pensé que ça devait avoir un rapport avec l'agriculture ce nom, sans doute la culture des orties. J'ai eu peur que ce soit un bal réservé aux paysans. Mais non, déjà j'apercevais des uniformes plantés devant l'entrée et, en m'approchant, les tarifs sur la vitre de la caissière: 10 francs les garçons et 6 francs les militaires. Les filles ne payaient pas. On avait droit à une consommation. Je suis entré.

C'était une immense salle entourée de tables et de chaises où se pressaient déjà tout émoustillés, si tôt dans l'après-midi, des nuées de bidasses. Il n'y avait que trois filles pour l'instant. Deux dansaient entre elles, la troisième les regardait assise timide dans son coin. Elles étaient seules sur la piste. C'était un paso. Je ne savais pas le faire.

Les fenêtres portaient des petits rideaux à carreaux rouges et blancs assortis aux nappes. Et derrière toujours et toujours les jardins jusqu'à la ville là-bas, sertie dans un nuage, avec pour diamant au milieu le toit luisant de son clocher. Ça ne ressemblait pas aux endroits où j'allais danser, quelquefois, avant de quitter Marseille: *Le Soupirail* ou *Le Corsaire-Borgne*. Ici on était dans la lumière grise du jour, comme dans la salle à manger de quelqu'un. Des soldats arrivaient encore et de temps en temps un couple de filles ou un civil accompagné. Je me demandais ce qu'il venait faire celui-là. Il avait peut-être envie qu'on lui pique sa fiancée? A sa place je serais parti droit à travers champs, jambes à mon cou, dans la direction opposée aux casernes. Seul avec elle au fond de l'horizon.

C'était pire qu'au Far-West cet endroit tant il fallait être rapide. Dès la première note du morceau toutes les filles étaient déjà invitées. Les couples ne se lâchaient pas. Et lorsqu'on en repérait une seule, trente vareuses au moins l'entouraient, prêtes à bondir. Quelquefois la fille tombait sous l'assaut, par terre, alors elle refusait à tout le monde pendant au moins dix minutes pour sa dignité. C'étaient comme plusieurs mêlées où les muses au centre jouaient le rôle du ballon. Les plus costauds tenaient le premier rang, arc-boutés, farouches. Je ne pouvais pas m'approcher.

Vers quatre heures j'ai commandé une menthe avec mon ticket pour me consoler. J'ai trouvé une place assise. J'étais découragé. Un soleil noyé allait disparaître sous l'ombre lointaine d'un pont. Écrasé entre le fleuve et les plus bas nuages il me guettait, sournois, comme un œil jaune de crocodile entre deux eaux.

J'eus comme une main sur ma gorge. La nuit allait venir et la caserne me reprendre avec ses cachots glacés et ses réveils humides. Toute la tristesse d'un pays désolé où ma plus grande joie avait été d'être là, assis avec ma menthe à l'eau, seul et pitoyable à attraper à travers cet écran kaki les quelques mouvements d'une fille qui danse. Je crois que j'aurais fui à cet instant vers le soleil de n'importe où s'il n'y avait eu cette danseuse qui me captivait tant dans sa petite mini-robe de coton rouge. Derrière la forêt des corps je suivais, hypnotisé depuis une heure, les frôlements entrecoupés de ses longues cuisses blondes. Et à chaque apparition je sentais dans mon ventre un nœud. Si léger et si court le tissu qu'il dessinait le poignant contour de ses fesses mouvantes. Elle éclatait de rire à chaque virevolte. Tous les troufions en étaient fous. Ils étaient autour de ce corps souple et plein un essaim de désirs.

C'est elle qui déplaçait la salle. Elle faisait onduler

la foule d'une rive à l'autre de la piste. Elle aurait pu faire chavirer le bâtiment. C'est par le ventre qu'elle me capta. J'allai vers elle sans pensée.

Avant qu'un nouveau morceau ne commence je l'avais invitée. Elle me regarda interloquée, disant:

– Mais il n'y a pas de musique...

– Mais si écoutez, je répondis.

– Mais non enfin, lâchez-moi!

Tout le monde s'était immobilisé autour, le regard de travers.

– Vous entendez c'est un slow, je l'ai demandé pour nous, exprès, dansons!

Elle semblait de plus en plus déconcertée. Je la pris dans mes bras sans trop m'en rendre compte. Elle eut un mouvement de retrait. Son regard hésita entre l'offense et la curiosité. La musique alors éclata, c'était un slow par chance, *Tous les garçons et les filles* de Françoise Hardy, et avec les premières mesures son rire joyeux balaya l'incident.

– C'est vrai c'est un slow, me dit-elle et ses bras se posèrent sur mon cou. Je l'avais peut-être intriguée.

– C'est drôle je ne vous avais pas remarqué de tout l'après-midi. Vous avez une façon de vous imposer plutôt culottée. Qu'est-ce que vous faites dans la vie?

Sans réfléchir je répondis:

– Professeur de philosophie à Dreux.

– Tiens vous avez pourtant l'accent du Midi?

– Oui, j'ai été muté dans le Nord, répliquai-je, sans savoir au juste où Dreux était.

– Et, bien entendu, vous faites votre service ici.

Elle observait le contour frais de mes oreilles.

– Oui...

– Et pourquoi vous n'êtes pas officier avec votre bagage?

– Je le suis... Je le suis, balbutiai-je, mais j'ai horreur de l'uniforme.

Elle me fouilla de la tête aux pieds avec une moue.

– Vous avez tort, nous les filles nous ne sortons qu'avec eux, ils ont l'air très distingués dans leur tenue sur mesure.

– Ah! ça tombe bien alors... Je la mettrai la prochaine fois.

Elle eut un sourire très gentil qui me rendit heureux. Peut-être s'intéressait-elle à moi un peu. J'avais eu raison d'être culotté. Ça m'avait dépassé.

– C'est vraiment bien cet endroit. Comment vous appelez-vous?

– Lucienne, et vous?

– René... Si on allait faire un tour au bord de l'eau ça devient irrespirable tous ces troufions.

Elle éclata de rire:

– Vous alors vous ne manquez pas de toupet. Eh bien, d'accord, raccompagnez-moi en ville avant la nuit. Mais je vous préviens seulement raccompagner.

Je connus le bonheur. Mon cœur se mit à faire le tour de moi-même pour voir s'il ne se trompait pas, puis on passa au vestiaire récupérer son manteau. Moi je n'en avais pas.

Nous avions en bavardant rejoint la berge. C'était beaucoup plus romantique de suivre le fil de l'eau. Les lampadaires s'allumaient sur nous et dans le courant, roses d'abord puis blancs. Elle était couturière. Elle adorait la crème anglaise et les Beatles. Je lui ai dit: « Moi aussi oh! quelle coïncidence et Mozart beaucoup. » Ça l'a terriblement impressionnée. Je le savais, j'avais déjà fait le coup. Pendant cent mètres elle n'a plus osé me regarder en face ni tenter un traître mot. Ça m'a donné du courage. J'ai dit que j'allais souvent à l'opéra voir *Carmen* et *Le Pays du sourire*. C'étaient les seuls que je connaissais parce que mes parents n'écoutaient que ça et Piaf quand j'étais petit à la maison. Elle était éblouie. Elle baissait les yeux.

Je lui ai pris la main. Elle n'a rien dit. Mon cœur s'est remis à faire les 400 coups. Il allait me sortir par les poches, il n'en croyait pas mes yeux. Ses cheveux étaient couleur de soleil couchant. Je revis ses cuisses, dans ma tête, de la même couleur. Je me suis dit: Au premier pont je l'embrasse. Mais plus on approchait des piles, plus mes jambes flanchaient. Je sentis que mon intestin allait me trahir tant elle était belle. On est passés sous le premier pont. Je n'ai rien tenté... Je sentais sa chaleur contre mon bras gauche. Elle m'incendiait. La ville s'approchait à grands pas, c'était le moment ou jamais. J'étais tellement rien à côté d'elle. Plus un mot ne me venait... Des petits nuages blancs passaient sur nous dans le vent du soir, comme des draps envolés dans le ciel noir. Dans un dernier effort j'ai pensé: Dès que la lune disparaît je me jette à l'eau. Elle a disparu. Je me suis jeté sur elle. On s'est embrassés un quart d'heure comme des cinglés. Tremblant j'ai dégrafé sa robe, debout sur l'herbe, elle m'a laissé voir la fleur obscure de ses seins. J'avais l'impression de les connaître tant je les avais vus durant tout l'après-midi vivre librement sous l'étoffe. Ils étaient menus et brûlants. Gonflés de jeunesse.

Je m'y suis rué avec quarante de fièvre. Jamais un corps ne m'avait fait tant d'effet. J'ai retroussé sa robe si courte déjà, et ses longues jambes claires se sont entrouvertes sur la nuit. Son ventre n'était barré que d'un infime triangle rouge. D'un coup de reins

41

elle s'en libéra et dans mes mains ouvertes sa croupe se mit à s'agiter. Elle a râlé dans mon oreille:

– Ah! Prends-moi, mon philosophe. Vite! Vite!

Je l'ai poussée contre le mur. A peine plus rondes que ses seins, ses fesses étaient deux braises. Ensemble on a pris feu, debout sous ce tropique de brouillard.

Elle a rabattu sur nous les pans de son manteau. Nous avons fait un somme, l'un dans l'autre, tenus par le manteau. Mais sur nos fessiers nus la pince tordue de la bise nous rappela qu'on était loin d'Acapulco. On est repartis vers la ville sans avoir retrouvé la petite culotte. Le vent avait dû la chiper puis la promener par les rues jusqu'au portail d'une caserne. Un rêve grand comme la main.

Dès les premières ruelles désertes du dimanche six coups de cloche me sont tombés dessus, de l'église. Une agression! J'avais tout oublié, l'heure et mon envie de foncer vers la mer. Je filais depuis deux heures sous le plus doux alizé. Elle me tenait là, maintenant, Lucienne avec son joli visage de brebis et son corps de tempête comme une feuille d'engagement que pour cinq ans j'aurais signée.

Je lui ai lancé dans un dernier baiser:

– Quand on se revoit?

Ahurie elle me répondit:

– Je suis presque tous les dimanches à *L'Horti* pourquoi?

Fou de joie et de douleur j'ai foncé sur la nuit. C'était trop tard. De l'autre côté du mur m'attendait avec deux sentinelles le chef Dindard. Même sa crise n'a pas calmé mon amour fou. J'allais en reprendre pour deux mois, aboyait-il, au moment où je risquais d'éviter la forteresse. Jamais on lui avait foutu une chose pareille! Nous qui avions sa confiance. Dès le

42

travail fini, bouclés comme des rats. Et avec ses pompes dans le cul! Plus la moindre clémence. On avait fini les vaches grasses. Et puis la caque sent toujours le hareng!

Et des insanités que je n'ai même pas comprises tellement mon cœur était là-bas, sur cette berge, entre son ventre et son manteau.

C'était vraiment la crème des abrutis ce Dindard, sans Lucienne c'est lui qui aurait plongé, avec ses sentinelles.

Les jours se firent tout petits et de plus en plus gris. Le robinet de la cour était un bloc de glace au coin de l'aurore. Avec sa dentelle de gel en dessous il ressemblait à une tête de coq. Ce n'est que sur le coup de midi qu'il se déridait un peu. Sa crête gouttait.

Je gardais pour moi mon histoire d'amour. C'était dans tout ce froid mon unique lumière. Et la nuit dans le silence lointain de mes rêves son corps venait me visiter. Elle dévoilait lentement dans mes yeux ses jambes de soleil. Le point du jour rameutait tout l'hiver. Quand la reverrai-je?...

Plus que sur la caserne le froid entre nous s'était installé. A cause de moi les envols du dimanche par-dessus le mur étaient bien terminés. Les deux sentinelles restaient plantées dans la cour à battre la semelle et nous, bouclés à double tour.

Le dimanche suivant nous étions donc là, calfeutrés dans cette demi-nuit, pendant que dehors hurlaient tous les vents de la rose. Chacun sur son lit à triturer dans sa tête un peu ce qu'il voulait. Je ne vivais plus. Elle était là-bas Lucienne, enfilant pour moi sa petite

43

robe de coton rouge, voltant dans sa chambrette en choisissant ses escarpins. Elle accourt vers *L'Horti-culture* maintenant, éperdue de ne pas m'y voir ou qui sait, rieuse déjà dans les bras d'un lieutenant qui lui parle de Mozart. Je peux aller me faire foutre moi avec mon *Pays du sourire.* Et ces quatre tordus qui regardent le mur comme s'il allait s'entrouvrir.

Le gros Mariette, lui, pour fuir son cauchemar, dès le matin s'était endimanché. Pantalon de Tergal impeccable, cravate et gilet de laine tricoté main. Sans doute celles de sa mère. Le reste il l'avait bien rangé dans son sac qu'il gardait serré sur ses genoux. Depuis, il attendait assis au pied du lit. Peut-être viendrait-elle le chercher, sa mère, pour l'emmener au cinéma. Comme à Dreux les dimanches. Ses yeux ne quittaient pas la porte, comme ceux des enfants le jour de la rentrée.

Tout le monde donc attendait. Mais lui semblait-il avec beaucoup d'espoir et de naïveté. Même son lit était tiré à quatre épingles. Il apportait là une note de fête. Un peu mélancolique... Un bouquet de roses sur la table de cuisine d'un veuf, un dimanche après-midi.

Sur le coup de cinq heures les autres ont commencé à ricaner. Ils en avaient marre de se tripoter seulement les pensées. On sentait qu'ils cherchaient quelque chose à se mettre sous la dent.

Dans le silence de l'attente la tension a monté. Comme si de ce dimanche et par cette porte quelque chose, inévitablement, devait venir.

Le soir s'est posé sur la caserne tel un corbeau géant. Les ailes ouvertes, immenses, pour nous cacher du ciel les derniers bouts de jour.

Fiellou, qui depuis des heures se sarclait des ongles

les boutons jusqu'au sang, craqua. Il lança à Mariette:

– Ho! Saucisse à pattes, bouge-toi un peu, viens refaire mon lit c'est plein de miettes là-dedans. Je veux passer une bonne nuit!

Le gros ne broncha pas, rivé toujours sur sa porte. Son sac serré comme un bébé.

– Hé! ho! T'es sourd, face de pet? Tu veux que je le remue à coups de pompes ton gros cul?

Tout le monde fut alerté. Ils l'avaient oublié le pauvre philosophe tellement il faisait minuscule son corps énorme.

Ils comprirent au même instant que leur soirée était là. Ils fondirent sur lui.

Fiellou le tira si fort vers son lit que la belle chemise blanche de Mariette cria de haut en bas laissant apparaître les bourrelets difformes du ventre. Le boutonneux demeura un instant déconcerté un lambeau de tissu dans la main. Ce fut le signal. Les autres hurlèrent de plaisir. En un clin d'œil ils escaladaient de toutes parts le tas philosophique. Tout ce magma s'écroula derrière son lit dans un bruit mou de viande. Des rugissements surgirent mêlés d'étoffes. Ils le dépeçaient. Un morceau de gilet tricoté main vint atterrir sur ma tête. J'entendais suffoquer le bougre. Il se mit à couiner comme un cochon sous le couteau. J'avais entendu ça déjà. Oui, c'était dans les Alpes, gosse, un porc qu'on égorgeait sur la neige d'un trottoir. Les cris perçants étaient les mêmes. De la terreur aiguë. J'ai senti de la tristesse mais contre les chacals on ne peut rien. C'était comme un délire subit. Personne n'avait rien vu venir.

La curée se poursuivait à présent sous le lit. La grosse bête se contentait de geindre. Son grand slip vola dans la lumière grise, fendu en deux. De gros paquets de chair blanche débordaient du lit par en dessous. Il n'avait pas eu le temps de comprendre son affaire, Mariette. Foudroyé.

Ils le tirèrent par les pieds qui dépassaient. Le lit venait avec. Il était coincé. A trois ils traînèrent dans l'allée centrale le professeur nu avec son lit de fer sur le ventre. Alors, le sentant si soumis, là-dessous, l'Épagneul eut une idée. Il sortit son petit linge. Le sommier valsa dans un rugissement de ferraille, et Mariette apparut comme un énorme ver blanc recroquevillé de douleur sous la pioche. L'effroi noyait ses yeux.

Pendant que les étaux de Camacho rivaient au sol ses poignets, les deux autres s'affairaient autour des monticules de graisse. Tirant comme des hallucinés sur une minuscule culotte noire à trou-trous qui refusait de s'installer sur le fessier immense, une lanière d'où rebiquait un sexe rose imberbe. Ils lui enfilèrent ensuite des bas, le souffle rauque. Paralysée d'horreur, la pauvre bête ne bougeait plus.

Trois minutes avaient suffi à la métamorphose; le soutien-gorge était trop court. Ils l'agrafèrent avec sa cravate dans le dos. Il avait une telle paire de seins que l'image devenait réelle. Ils remplissaient les bonnets noirs à craquer.

Couché sur le ciment dans sa tenue suggestive, il faisait penser à une obèse prostituée musulmane comme j'en connus plus tard à Istanbul, dans la « rue fermée ».

Avec des bouts noircis d'allumettes ils s'étaient mis dans l'idée d'améliorer leur créature en lui faisant les yeux. Entièrement dompté, l'homme-enfant se laissait faire. Camacho l'avait lâché. Les trois furieux atteignaient les combles de surexcitation. Ils bavaient, l'œil trouble, sans s'en rendre compte, sur le ventre

46

de leur proie. L'Épagneul lui avait empoigné les mamelons et il tordait. Un démon au bord de la commotion!

C'était un spectacle insolite de cruelle ambiguïté. Un spectacle rare. Ils étaient rouges comme des betteraves.

Soudain la porte brailla dans la cour: on apportait la soupe. Les trois lascars échangèrent le regard des surpris la main dans le sac...

– Vite sur son lit! ordonna Camacho saisissant la gigantesque marionnette à bras-le-corps. Les deux autres attrapèrent le lit qui bondit dans sa loge. En un tour de main Camacho envoya dinguer la poupée sur le matelas avec autant d'aisance que s'il se fut agi d'une gonflable. Fiellou lui jetait une couverture dessus quand la porte s'ouvrit. On fit passer les bouteillons... Dindard risqua un œil dans la tanière. Fit la moue. Puis apercevant le tas du philosophe aboya:

– Ho! Marie-dort-en-chiant, réveille-toi, on attend une attaque pour ce soir!

– Bof, laissez-le, mon adjudant, il a pas le moral, rétorqua l'Épagneul.

– Ah! si vous prenez sa défense maintenant, qu'est-ce qu'on va devenir. Je préfère encore des voyous de votre espèce à cette grosse limace... S'ils étaient tous comme lui on parlerait toutes les langues sauf le français aujourd'hui. Enfin, si monsieur a ses règles...

L'autre ne bronchait pas. La porte grinça en sens inverse et des pas dans la nuit s'éloignèrent. Ils l'avaient échappé belle. S'ensuivit un tel silence que Fiellou ne put s'empêcher de s'approcher de Mariette. Il souleva un pan de couverture. Le philosophe dormait profondément! On fut interloqués.

Quelques instants plus tard Camacho était là-haut dans son plafond. Il racontait avec transport la scène au Corse toujours isolé à l'autre bout des murs. Il lui dit qu'il dormait maintenant en éclatant de rire. Alors lui vint une idée:

— Attends, Sarfa, tu vas mourir de rire! je te garantis la soirée. Écoute un peu cette partie de belote. On va l'achever le gros...

Sarfati restait silencieux là-bas. Camacho tourna vers nous sa face porcine. Ses petits yeux lui sortaient de la tête de plaisir. Il pétillait de bêtise.

— Passe-moi une couvrante! lança-t-il à l'Épagneul, et, profitant de sa situation perchée, il colmata minutieusement la lucarne. Sors les cartes Fiellou, pendant que je bousille l'ampoule! On dira qu'elle a pété toute seule...

Puis il ajouta dans le conduit:

— Hé, Sarfa! Je laisse débouché pour que t'entendes tout. Il va en crever!

Et s'étranglant de rire il donna de son poing gauche un coup sec sur la grille qui protégeait l'ampoule. La nuit éclata. On fut brutalement plongés dans un caveau. Même au bout d'un moment la nuit était totale. Je me sentais tiraillé entre l'inquiétude et la curiosité. Je les entendais s'installer.

— Ho! Épagneul, réveille le gros sans qu'il s'en rende compte, murmura Fiellou.

— A toi de donner, Camacho! ajouta-t-il très haut.

J'entendais battre les cartes. Allaient-ils jouer dans le noir?

— Qu'est-ce que tu fais?

— Je passe, fit Fiellou.

— Pique!

Hé oui, ils se tapaient la belote. On ne voyait même pas les corps. Rien.

– A toi.

– Je coupe.

– Putain t'es bordé!

Je sentis l'Épagneul me frôler dans le noir, il s'approchait du philosophe. Je crus comprendre. Mariette remua faiblement dans son lit. Les autres poursuivaient.

– A toi de faire. Mélange pas, je te l'ai dit cent fois! On coupe à la belote, dit très nature la voix de Fiellou.

– Y en a qui mélangent.

– Tu casses tout le jeu.

Il y eut comme un bond, près de moi, étouffé dans la literie. Un long silence... Soudain un cri.

– Qui est là!... C'est vous?... Répondez, ze vous en prie!...

Il était bien réveillé. Je l'imaginais debout dans sa nuit les yeux écarquillés.

– Je crois que t'es dedans, vas-y compte? dit Fiellou.

– Dix, vingt et un, vingt-trois, vingt-sept, trente-sept, quarante...

– Ze vous en prie, arrêtez! Ze ne vois plus rien! Arrêtez! Où ze suis?

– Oh! tu vas la fermer! répondit sèchement Camacho, tu vois pas qu'on joue... Quarante-trois, cinquante-trois... Cinquante-sept... Soix...

– Au secours... Maman... Maman ze vois plus rien! ze suis aveugle, beugla Mariette, Maman!

– Non mais, ça va pas la tête? Tu te crois à la Comédie-Française. Tu joues la Folle de Chaillot? Va te rhabiller va! T'as l'air fin! On dirait un cochon qui tapine. Finis de compter, Camacho.

– Soixante... Merde il m'a fait perdre le fil ce con, où j'en étais?

– Soixante avec la dame.

– Soixante, soixante-deux... Soixante-douze...

– A moi! Ze vois tout noir!... C'est tout noir... Maman, aide-moi! Ils m'ont frappé sur la tête ze suis aveugle!...

Il se mit à braire « Au secours... Au secours... ». On entendit un ferraillement de lit, puis un choc mou contre le mur. Puis un autre. Il faisait des bonds dans ce réduit comme un papillon de nuit dans l'abat-jour. Il se cognait à tout, renversait tout sur le passage de sa terreur.

– Ouvrez-moi! Ze suis aveugle! Ils vont me tuer! Maman, ouvre-moi!

Tout s'effondrait autour de moi. Mon lit recevait, telles des vagues, des paquets d'effroi. Tout le monde s'était tu. Un hurlement de bête partit de notre trou et submergea me sembla-t-il toute la caserne. J'avais une perceuse dans chaque oreille qui me forait le crâne. Ça s'intensifiait. Il allait nous rendre sourds.

Un rectangle de lune sauta brusquement sur le ciment du sol. La porte était grande ouverte. Une masse confuse d'hommes en armes aussitôt l'obstrua. C'était toute la garde. Le silence soudain me fit mal. Dans la lueur blanchâtre chacun hésita un instant pour entrer ou sortir du cauchemar... L'équilibre craqua et la meute déboula sur nous comme une horde de sangliers.

En cinq sec on fut jetés dehors. Mariette était planté au milieu de la cour en tenue de racolage. Sa bouche grande comme une porte ouverte, muette d'un étonnement que lui disputait celui des soldats en cercle autour de cette créature blanche en porte-jarretelles.

La lune sur nous était fine comme un cheveu d'argent.

50

Dans un embrouillement de brodequins, de fusils et de plaintes, on nous poussa dans la cour d'à côté. Celle des cachots. Il y en avait cinq dont deux en réparation. Ils nous flanquèrent dans les trois autres, par couples. Mariette se retrouva avec Sarfati pour l'isoler de nous et moi avec l'Épagneul. J'imaginais la tête du Corse en voyant entrer de nuit cette énorme pouffiasse.

On s'est installés tant bien que mal dans tout ce noir. C'était une cellule de trois mètres sur un environ, dans la largeur on ne pouvait pas étendre les bras mais le plafond était haut comme une cathédrale. Une planche était scellée au mur pour dormir, légèrement inclinée du côté des pieds pour éviter au sang de monter à la tête. Ils avaient oublié de nous donner une tinette et j'avais déjà une envie de pisser folle.

On s'est coincés à deux sous la couverture puante qui devait moisir là depuis le Verdun des poilus. Ce n'était plus qu'un canevas. Pour se réchauffer on a claqué des dents. Les murs étaient trempés. On se sentit brusquement au fond d'une oubliette. A cet instant à travers les parois, on crut entendre rouler jusqu'à nous un clapotis de sanglots... Ça ne pouvait être que ceux de Mariette.

Un vent de nuit se rua du fond des cours contre notre porte et nos dents redoublèrent. On n'entendait plus que le froid. Noël approchait. Une nuit commençait longue comme une saison, une nuit de gel, une nuit de marbre qui nous statufiait.

Quand avec le petit jour la garde vint déverrouiller la porte, on était deux sorbets. On est sortis ensemble avec l'Épagneul, collés en chiens de fusil. Moi derrière. Les autres aussi à côté au même instant, blottis l'un dans l'autre, les jambes fléchies. Puis Sarfati seul, droit comme un I dans sa parka d'officier. Mains dans les poches, il humait le matin, comme un châtelain dans sa cour juste avant de partir à la chasse. Même les sentinelles recroquevillées de sommeil s'écartèrent pour le laisser passer. Mariette ne sortait toujours pas. Au bout d'un moment deux sentinelles entrèrent dans le cachot pour voir ce qu'il foutait. L'une d'elles en ressortit aussitôt avec un cri d'horreur. On resta pantois un instant, puis on se précipita en groupe vers la porte. L'effroi comme un rasoir nous cingla. Il pendait par le cou au tuyau du chauffage! Énorme et flasque son corps blanc pendait... Sa langue était dehors et noire. Et le plus effrayant c'est qu'on ne voyait qu'un buste accroché par la tête, les jambes sous les bas se fondaient dans le gris sale du mur. Le corps s'arrêtait net au porte-jarretelles. On eût dit une statue grecque antique qui a perdu ses jambes en traversant les siècles. On se pétrifia.

Le caporal de semaine au bout d'un certain temps retrouva le premier la parole, à cause des responsabilités. Il s'adressa au Corse qui arpentait les yeux ailleurs la courette comme si de rien n'était.

– Mais qu'est-ce qui s'est passé? articula-t-il.

– Pardon?... répondit l'autre soudain dérangé au fond d'une pensée et son regard vint fouiller le caporal.

– Qu'est-ce qui est arrivé? Vous étiez ensemble?

– Ah! le professeur... Eh bien, vous voyez il n'a pas jugé bon de poursuivre plus loin sa route.

– Oui, mais tu étais là, bon Dieu! tu pouvais l'empêcher, bredouilla le caporal de plus en plus bouleversé.

– Je ne l'ai ni aidé ni dissuadé, j'ai respecté sa

liberté entièrement. Son destin n'appartient à personne. Il a choisi!

– Mais c'est presque comme un meurtre! s'étrangla le caporal.

– Les autorités militaires en tireront les conclusions qu'elles veulent. Moi j'ai respecté cet homme. Il a pu aller jusqu'au bout.

Et il reprit sa promenade. On était tous béants. Une stupeur fascinée passa d'un ventre à l'autre.

Dindard accourait avec une sentinelle. On s'est mis à dépendre le corps. Il tenait par la cravate. Les nœuds étaient si serrés qu'il fallut le couteau du caporal. Mariette était dur et raide comme un pantalon mouillé qu'on a oublié dehors par moins quinze. Même les bourrelets de graisse semblaient sculptés dans la pierre.

Plus personne ne savait ce qu'il fallait faire. On sortait le corps dehors et puis le chef Dindard s'affolait et nous le faisait remettre dans sa cellule pour les gendarmes. Puis il nous ordonnait de le transporter dans son bureau. Alors un supérieur furieux devait traverser son crâne d'oiseau et il gloussait de le déposer vite à sa place! Quelle place? On tournait en rond avec le professeur mort. Les troufions en armes, désorientés, faisaient penser à un champ de bataille où on ne sait pas au juste où l'obus va tomber.

Dindard atteignait une rougeur alarmante. Il devait imaginer le général en train de lui déchirer la manche pour lui arracher les galons. Tout un tas de bidasses s'accumulait à la porte des arrêts, sidérés de voir de bon matin des gens courir dans tous les sens avec un mort nu en porte-jarretelles.

Le juteux au bord du coma finit par glapir qu'on dépose tout de suite le pendu au poste de garde pour attendre le colonel. Et il nous reboucla tous les cinq

53

dans les cellules, violet de houblon et de rage. On verrait plus tard devant le tribunal militaire! On en avait pour cinq ans minimum!

On avait tous devant les yeux ce mort qui nous tirait la langue. Nous n'avions plus du tout froid. On restait plantés derrière les portes comme si Mariette allait lui-même venir ouvrir pour clore cette plaisanterie. Mais au cheminement du jour dans la cellule on comprit que le cauchemar se refermait sur nous.

J'ai regretté de ne pas avoir fui le dimanche de Lucienne. A cause de ses cuisses j'avais un pendu sur les bras. J'étais frais!

L'Épagneul tentait depuis un bon moment d'articuler quelque chose. Il n'y parvenait pas... Comme si la cravate du suicidé se resserrait sur son cou, lentement. Plus sa bouche s'ouvrait, plus rien ne sortait. Je le comprenais après tout, c'était le sien de porte-jarretelles. Elle allait lui coûter bonbon sa petite dentelle! C'est pas demain qu'il se tripoterait...

Les minutes tombaient sur nous comme des gouttes de supplice. Nos gorges se rétractaient.

Quand la pénombre autour monta dans le cachot, on entendit des pas se rapprocher des portes. Et puis le verrou. Dehors il faisait encore un peu jour. Un lieutenant se tenait sur le seuil, qu'on n'avait jamais vu. Long et maigre, le crépuscule ne lui arrivait qu'aux genoux. Il nous dit qu'il avait ordre de nous conduire à l'infirmerie pour une visite médicale et pour passer la nuit parce que ces cachots étaient sans chauffage. On le suivit.

Tout en marchant on se cherchait les uns les autres du coin de l'œil une explication pour Mariette. Il y avait maintenant ce gros mort entre nous. Seul Sarfati ne cherchait rien dans nos visages, il était beaucoup plus loin: monstrueux et fragile à la fois. Seul.

54

Je reçus à cet instant émanant de lui la force étrange du destin. Dans cette nuit tombante avec l'hiver autour, j'eus cette émotion rare de sentir dans mon corps passer tout mon destin. Il était si seul cet homme, si isolé de nous que je compris soudain le sens de ses paroles, je me sentis alors encore plus seul que lui. Je savais qu'à partir de ce soir d'hiver dans cette cour de caserne je devrais aller jusqu'au fond de ma vie, seul. Il dut alors, si forte avait été ma secousse, ressentir mon émotion. Il se tourna vers moi et j'eus l'impression bizarre qu'il me souriait.

Un fourgon de gendarmes stationnait devant la porte de garde, ses veilleuses allumées. L'officier qui nous guidait fit signe à Sarfati d'y monter. Et, comme si cet homme avait connu sa route de toute éternité, il y prit place sans ciller. On comprit tous qu'il partait en forteresse. Dans la nuit du fourgon, une dernière fois je crus voir son visage. Il souriait doucement. Le véhicule a franchi les grilles, il est parti vers l'ombre.

De très longtemps je ne devais pas revoir Sarfati mais je savais désormais que sur ma route il avait été la borne obscure du destin. Ce long chemin de solitude.

Le lieutenant nous entraîna plus loin. Un peu avant d'atteindre l'infirmerie il nous fit face de toute sa maigreur et, se penchant un peu vers notre meute, nous chuchota en toute confidence:

– Voilà! Le colonel vous donne une dernière chance... Il a jugé avec les gendarmes que l'objecteur était un détraqué mental et sexuel. C'est l'évidence!

Des choses immondes se sont passées entre lui et Sarfati... Sur ce plan-là l'individu ne nous étonne pas. Il est dépourvu de tout sens moral. Il aura ce qu'il mérite depuis tant d'années et ce n'est pas plus mal pour le moral des hommes. On élimine un beau chancre! Quant à vous, je vous le répète, tâchez d'être à la hauteur de la confiance que vous accorde le colonel... Je compte non seulement sur votre droiture à venir mais aussi sur le silence absolu autour de cette triste affaire... La thèse officielle est que vous n'y êtes pour rien. Ne répondez donc à aucune question de vos camarades. Vous ne savez rien de ce qui s'est passé entre les deux lascars... Si vous respectez scrupuleusement nos consignes d'ici une huitaine vous serez versés chacun dans une compagnie de combat... Encore une chose: si la famille du pendu désire vous voir, ayez l'air le plus naturel possible en gardant le silence... Le seul responsable c'est Sarfati! C'est tout! Maintenant suivez-moi!

On pénétra d'un coup dans la douceur de l'infirmerie. J'eus l'impression d'entrer dans un bain chaud. Mon corps s'ouvrit. Il devait faire moins dix dehors. Un infirmier nous attendait. Il nous remit à chacun un pyjama bleu et des pantoufles. Il nous montra ensuite les douches. Elles étaient surchauffées. On souriait d'aise. Enfin, notre lit. Nous avions trois couvertures chacun, vertes et profondes. Les murs aussi étaient d'un joli vert. Plus tendre. Et le parquet était ciré de frais. Des frissons de plaisir me parcouraient l'échine, on venait de passer deux mois dans un frigo.

Curieux, l'infirmier nous scrutait. Il avait eu vent de l'affaire. Il ne savait pas sur quel pied danser. On avait l'air dangereux avec nos trognes assassines. Le souper fut à la hauteur du palace: potage, foie, gratin dauphinois, compote. Je repris de tout trois fois. Les vrais malades n'avaient non plus pas l'air très rassurés. Ils nous tendaient leur part. Il y avait même la télévision! J'ai gardé ce plaisir pour le lendemain. Je me suis fourré dans les draps douillets pour la digestion. Je souriais de plus en plus comme un idiot sans m'en rendre compte. Mais au moment de m'endormir j'ai repassé dans ma tête le petit discours de l'officier en plein vent. Ils faisaient d'une pierre deux coups, les gradés. Ils chargeaient Sarfati sans que la caserne ni eux-mêmes n'en souffrent et ils éliminaient la grosse épine de leur pied, ce diabolique qui les faisait trembler de son trou. Et Mariette tout de même, il devait être bien dur à cette heure. Est-ce que sa mère était déjà au courant?

Tout avait été si rapide: le gros pendu dans l'aube, le départ du Corse pour un autre cachot. Et ce trois-étoiles inattendu qui brusquement nous enveloppait de tendresse. Mon corps se vautrait dans le duvet d'oie, ma tête pataugeait encore dans l'effroi. C'est le corps qui l'emporta. Ce jour prit fin. Voracement je me jetai sur le sommeil.

Café au lait, tartines, petits-beurre d'hôtel. Voilà comment on me réveilla. Avec des égards de pantoufles frôlées et des chuchotements. Quelques discrétions de pyjamas bleus autour. D'infimes bruits de tables de nuit qu'on ouvre pour prendre son bol, un sucre en plus, le gazouillis des petites cuillères...

Dehors les silhouettes des bâtiments sortaient de l'ombre. De mon lit je voyais la cour. Des troufions vaquaient déjà au milieu du brouillard. Courbés sous l'aurore. Ils entraient et sortaient du coton comme une aiguille. Ils ourlaient le point du jour. Sous sa fenêtre le gros radiateur était toujours là. Ventru et rassurant comme une grand-mère. On avait aussi chaud sur le lit que dedans. Je me suis assis contre le traversin. Calé comme un pacha.

Du café au lait! Mon rêve!... On me proposa du rab. Et comment! J'en bus cinq bols. Et est-ce que je pourrais pas avoir encore du beurre? C'est un peu juste ce petit domino. Voilà! Encore deux morceaux. Avec un minuscule pot de confitures pour nain, à l'abricot. Un pape!... Je me suis recouché. Bordé jusqu'au nez, j'ai fermé les yeux. C'était les mêmes bruits matinaux dans la cour. Froissements du balai dans les feuilles, brodequins pressés sur le gravier. Un appel gelé à l'autre bout de la caserne... La réponse du vent.

Le camion qui s'arrête devant les compagnies pour déposer le jus. Puis, le silence des arbres. Leurs mains de vieillards qui agrippent la bise et que les oiseaux fuient. Les mêmes bruits qu'aux arrêts, le même ciel d'ardoise sur des matins de gel. Tellement plus doux d'ici... Les bruits de la tristesse passés par l'édredon. Et si je repiquais un somme pelotonné loin de l'hiver?

Les premières sections de combat sautaient dans les camions pour les champs de manœuvres, blancs encore sous des forts désertés. Leurs pieds sonnaient. Au fond du lit je les imaginais recroquevillés l'un dans l'autre sur les Berliet glacés. Les mains collées aux ferrailles des armes brûlantes de froid. Et là, tout près, le glissement des malades qui regagnent leurs lits. Comme des dévots de la douce chaleur. Un cloître de précautions. Avec vingt degrés on m'avait acheté. Pauvre Mariette je t'ai presque oublié... On te les doit pourtant ces vingt degrés pendant que t'attend la terre froide.

Sur le coup de dix heures des voix m'ont réveillé.

Un major au pied du lit m'inspectait le visage. Petit, rouge et rond, il me souriait sur son trente et un. Tout repassé de frais de la tête aux pieds. Deux infirmiers l'encadraient en blanc, plus hauts de deux têtes.

– Alors comment ça va? m'interrogea-t-il, gentil.

Je répondis par un haussement timide d'épaules. Il comprit mon embarras.

– Oui, vous avez l'air bien épuisé. Il y a longtemps que vous êtes aux arrêts?

– Euhh... Un peu moins de trois mois mon...

– Très bien... Très bien... Ne vous fatiguez pas, rendormez-vous! Vous avez brûlé beaucoup trop d'énergie en luttant contre le froid, là-bas. On verra ça dans quelques jours. Je laisserai des consignes pour qu'on ne vous dérange pas.

Il passa au lit suivant. Je m'ensevelis sous les couvertures et, heureux de chaleur, me rendormis.

Je dormis trois jours et trois nuits. On me réveillait en douceur pour les repas. Je me gavais et hop! je replongeais dans les plumes. Les marmottes elles-mêmes devaient en baver dans les plis de la terre.

Enfin je me décidai à visiter un peu cette auberge de rêve. Et d'abord je me fis couler sur la tête une douche bouillante de deux heures. Un sauna! La vapeur avait tout confisqué, les robinets, mes mains, les murs. J'écoutais aveugle le chant de l'eau. Je me suis assis dans le bac sous cette averse délicieuse. Je sentais mon corps se reformer. Je ne le voyais pas. La vie remontait dans mes jambes, mes bras, mon ventre. Ça fait un bien fou! J'en sortis sonné. Tous les jours ensuite à l'heure creuse je regagnais mon sauna. Je me perdais dans ces brumes bouillantes.

Le major m'avait à la bonne. Mes trois comparses

l'un après l'autre furent mutés dans des compagnies. Moi on m'accordait un sursis.

Vers dix heures, à l'approche du major, je traînais la patte aux environs de mon lit. Un peu plus voûté que la moyenne. Tout le monde se voûtait à cette heure. Brusquement des vieux! La paupière à mi-chemin entre le somme et le coma. Poisson pas frais. L'endroit d'ailleurs était bourré de simulateurs. Pensez! Petits plats gratinés, température ambiante, dodo, et Inch Allah. Un repaire d'anti-héros. Rien que des jouisseurs et futurs moines. Beaucoup d'intellectuels. Des conversations sans fin la nuit à la bougie sur la philosophie, le ciel, le cul et les poètes. Et puis sur les combines aussi pour mitonner une bonne réforme. Alors là! Tout un bricolage médical. Une imagination débridée de recettes sauvages à vous envoyer un bœuf en maison de repos. Là, je m'accrochais! Glanant dans l'obscurité, d'un groupe à l'autre de chuchoteurs, les détails qui font monter la fièvre et chuter la tension. Un immense complot contre le corps, où un cachet d'aspirine pilé, fumé dans du tabac vous fait d'un Turc une serpillière. Une déstabilisation en règle de tous les taux de sucre, graisses et autres sels, à vous laisser comme deux ronds de flan le plus sérieux métabolisme.

Voilà une philosophie que je comprenais bien! Le reste je laissais ça aux étudiants et professeurs agglutinés là pour rivaliser de finesse. Quand ils taquinaient la fesse par contre, je n'allais pas m'enfermer au grenier. C'est toujours Lucienne qui traversait ma tête, quelle que soit l'histoire; ses longues cuisses soleil couchat... J'attendais le moment propice pour foncer au dancing un de ces dimanches. Sans lâcher pour autant la proie pour l'ombre. Je n'avais pas du tout envie de me retrouver au cachot. Ça me hantait.

Le soir je regardais la télé. Je trouvais tout beau. Les paysages, les voix, les femmes, tout! Surtout les femmes. Je dévorais le programme jusqu'aux petits points. J'avais mon fauteuil réservé, juste devant, de huit heures à minuit. J'étais toujours content. Une lucarne ouverte sur la vie. Tous les soirs je faisais le mur par là. Au diable cette Meuse! Les jours passaient...

Chaque matin, dans la pharmacie, on devait prendre sa température debout face à l'infirmier. Dix thermomètres trempaient depuis la guerre dans un liquide urine fatiguée. Je baissais mon slip et plantais le témoin dans mes fesses. L'autre me lorgnait. J'avais un bon coup: tenant l'engin de la main gauche, discrètement, sans remuer, je tapotais du bout de l'ongle de la droite l'extrémité sortante. L'œil bêtement somnolent je trafiquais dans mon dos l'air de rien jusqu'à ce que la colonne de mercure, par petits à-coups, s'élève anormalement. Alors le regard de plus en plus niais je tendais l'instrument. L'infirmier notait: 38°7, 38°3...

– C'est bizarre cette température tout de même. Il faudra peut-être t'envoyer à Metz pour des radios.

– Ah bon? Vous pensez que c'est grave, docteur? (J'appuyais sur « docteur ».)

– Non non, ce n'est rien, un peu d'asthénie je pense, répondait-il les oreilles rouges de plaisir.

Triple buse! Il n'y voyait que du feu. Les jours continuaient à filer, coq en pâte. La nuit je descendais au réfectoire manger à tâtons de la semoule au lait sucré. J'en suis friand. C'était réservé aux grands malades.

Dehors l'hiver redoublait de colère. Je prenais

plaisir le nez contre la vitre, le ventre sur le radiateur, à regarder les troufions se les geler ferme dans la guérite de l'entrée. Un plaisir pour moi. Par comparaison. Je me chouchoutais.

La bise s'engouffrait entre deux bâtiments cherchant de son rasoir un visage qui traîne. Tout d'un coup un uniforme traversait la cour, cassé en deux, poursuivi par un typhon de feuilles mortes. Je rigolais tout seul, mes cuisses collées au chauffage. Je me faisais un peu de souci quand même. Il m'attendait dehors ce temps de cochon.

Dès le matin le vent reprenait son tintouin. Il traquait dans les coins les derniers bouts de nuit et toute la journée, là-haut sur le toit, il poursuivait son bastringue. Mieux valait être ici malade que dehors en bonne santé. Ah! Je l'ai tapoté le thermomètre! Mon asthénie allait s'aggravant. Jusqu'au jour où fou de terreur aux hurlements du vent, mon doigt s'affola et ma température atteignit 43° de bon matin. Pris de panique l'infirmier téléphona au major. Un quart d'heure après le petit gros surgit. Une demi-heure plus tard c'est moi qu'on ventilait.

Je me suis retrouvé dans cette cour de malheur. Fringué comme l'as de pique. Me retournant je vis là-haut, écrasé contre la vitre, un pyjama bleu qui prenait son plaisir. Après lui le déluge! C'est ce que je m'étais dit le matin même, en m'éveillant.

Malgré le froid qui me sciait les boyaux je fus intrigué par le gars qu'on m'avait collé. Il portait une veste blanche impeccable. Blond, grand, on aurait dit un maître d'hôtel. Je le questionnais.

– Où on va?

– T'es pas au courant?

– Non!

– Tu connais pas ta chance! Tu as dégoté la

62

meilleure planque du régiment. Le plongeur du mess sous-off est libéré ce soir, c'est toi qui le remplaces. Tu es dans les petits papiers du major ou quoi?... Ça alors! J'en connais cent qui se battraient comme des chiffonniers pour la place... Moi, c'est Robert. Je suis serveur. Et toi?

— Moi, c'est René.

— C'est bon, on va faire la paire.

Sympathique le gars. On arrivait au mess sous-off. C'était un bâtiment semblable à l'infirmerie, hautes fenêtres et toit d'ardoise, le style du pays. Isolé de la caserne et tout proche à la fois. Juste de l'autre côté de l'enceinte. Une petite porte s'ouvrait dans le mur, réservée aux gradés.

— Viens, je vais te montrer le topo.

On était dans une grande pièce. Une espèce de cuisine sans cuisiniers à cette heure. Je vis tout de suite le coin vaisselle. Il faisait chaud, je me détendis.

— Voilà, c'est ta machine. Il n'y a que toi qui peux y toucher. Personne d'autre sinon tu gueules! même si c'est le colon! Ça fait deux jours que Max fait plus la plonge. Il ne tient plus en place.

Des assiettes sales grimpaient jusqu'au plafond.

— C'est simple, regarde... Tu remplis la machine de flotte... Tu balances ta dose de poudre, mets-en deux c'est mieux... Tu branches ensuite la résistance. C'est ce bouton, le rouge. L'eau chauffe... Voilà! Maintenant tu remplis les paniers, les couteaux avec les couteaux, les verres avec les verres. Tout est prévu... Tu enfiles ta marchandise et tu refermes bien le capot. N'oublie pas le capot sinon tu prends la douche!... Tu appuies sur « Marche » et c'est parti. Tu n'as plus qu'à te les rouler. Elle bosse pour toi!...

C'était une belle machine en inox, pas compliquée. Elle me plut.

— Tu as pigé?... Bon! Du moment que la vaisselle est propre, personne ici te fera chier. Viens, je vais te faire faire le tour du proprio.

Décidément il me plaisait ce gus. Il rendait la vie facile. Pas le genre à se faire un ulcère à chaque point noir sur le nez. Beau mec en plus. Cette espèce d'hommes à qui tout sourit simplement parce qu'ils ont le sourire. Hommes, femmes, on leur accorde tout. Ils sont nés doués. Ça glisse...

— Viens voir la perle.

Il m'entraîna au fond du couloir.

— C'est le magasin! Tu as tout ce que tu veux là-dedans. Jambons, confitures, steaks, fromages, cornichons. Il y a même des glaces. Tiens, regarde!

Il ouvrit un freezer et me tendit un esquimau.

— Tu peux bouffer tout ce que tu veux!

De pleines étagères croulaient sous les victuailles. Surtout des boîtes.

— Le juteux s'en fout... Tout ce qu'il demande c'est qu'on ne sorte rien.

J'étais baba! Et dire qu'il y a une heure je me voyais déjà ramper dans vingt centimètres de boue sous le cinglement de la bise. Quel magicien le hasard!

— C'est vrai que tu étais en taule quand le prof s'est pendu?

— Oui, mais pas dans la même que lui.

— Ils ont dû baliser quelque chose, les gradés. Ils risquent une commission d'enquête quand il y a un mort. Pendant huit jours ç'a été la pétaudière à la caserne, tout le monde faisait ce qu'il voulait... Derrière le mess il y avait la queue pour faire le mur le soir. Ils se montaient les uns sur les autres jusqu'à cinq heures du matin. Un ramdam à réveiller le mort... Ils fermaient les yeux dans les compagnies. Et si tu avais vu ce qu'on leur a servi à bouffer pour qu'ils la ferment... Toute la caserne a pris cinq kilos! Plus personne ne rentre dans les uniformes. La bamboula!... Tu parles ça pouvait faire une mutinerie un pendu, ou des plaintes... C'est vrai quoi! Ils les font vivre comme il y a trois cents ans. Moi j'aimerais qu'il y en ait un toutes les semaines de pendu, on serait peinards jusqu'à la quille... Ça leur ferait les pieds. Encore que tu me diras, on n'a pas à se plaindre ici. Je sais pas ce que c'est qu'un fusil...

De l'infirmerie je ne m'étais rendu compte de rien. Il avait donc ébranlé la caserne, Mariette. C'était toujours ça.

– Viens, je te fais voir ta chambre maintenant. Tu dors là-haut.

Il m'a donné deux tenues bleues de plongeur. Il avait l'air de faire la pluie et le beau temps là-dedans. Le jour même je m'installais. Je n'en croyais pas mes yeux. On ne m'avait encore confié ni armes, ni gamelles, ni tenue de combat. Rien. En cas de guerre je serais plongeur.

Il avait raison Robert, comme planque on ne pouvait pas trouver mieux. La vie de château! J'ai repensé fermement à Lucienne. Robert me raconta même qu'il avait monté des nanas et une femme mûre dans sa chambre les jours de perm du juteux. Je me frottais les mains. Vivement dimanche.

Je ne voyais pour ainsi dire personne. Les sous-off ne fourraient pas le nez dans mon coin. Ils allaient et venaient aux heures fixes des repas. Je les évitais en me disant: « Oubliez-moi! Oubliez-moi! Et que le temps passe! »

Un soir de ma fenêtre, je vis le soleil couchant. Les

nuages s'ouvrirent. L'ouest devint un lac de cuivre. J'eus envie de courir à Verdun faire du porte-à-porte pour dénicher Lucienne. « Coucou c'est moi! viens voir comme le soleil est beau de ma chambre! » C'était pas marqué sur mon front que j'étais plongeur.

Et puis ce triste samedi matin est arrivé. Ce sale samedi de décembre. Huit jours avant Noël. J'étais heureux pourtant ce matin-là. Il faisait presque beau.

Un petit soleil pâlichon se dissimulait quelque part dans la brume. Il l'argentait. Tout près, sur la gauche, la Meuse louvoyait vers la ville, se frottant l'échine à chaque pile de pont. La semaine s'était écoulée dolente.

Je voyais cette berge que j'emprunterais le lendemain pour rejoindre Lucienne. Robert me couvrait. Il avait le juteux dans sa poche. Il m'avait prêté des jeans délavés au poil et un blouson de cuir coupe « aviateur », fauve.

On était là, tous les deux à la fenêtre de ma chambre, on regardait passer les filles avec des mots gentils et salés, retardant le plus possible la mise en place du repas. On était bien; sans se faire prier, le temps passait...

Soudain je la vis juste au coin de la rue. Immobile dans son manteau, sur ses talons aiguilles. Légère comme un soupir. Plus belle que jamais.

– Lucienne! Son nom sortit de moi.

– Quoi? demanda Robert.

– Là! regarde c'est elle! c'est Lucienne! Je suis sûr qu'elle essaie de me voir. Elle regarde les grilles.

– Où ta Lucienne?

– Mais là! debout au stop. Elle est seule bon Dieu!

– Je vois la nymphomane, elle est là tous les jours, mais ta Lucienne franchement je me demande où tu la vois?

– Là! la fille blonde, bordel! on voit qu'elle telle-ment elle est belle! tiens elle se tourne vers nous.

J'esquissai un coucou de la main... Et un sourire.

– C'est bien ce que je dis, c'est la nymphomane!

– Quoi la nymphomane? qui? Qu'est-ce que c'est que cette histoire?

– Enfin... Tu es bien le seul à ne pas être au courant. Toute la caserne lui est passée dessus du dernier péquenot du Cantal au colon. Il lui faut un mec par jour. C'est une malade!

– Qui? Cette fille-là, au croisement? balbutiai-je.

– J'en vois pas d'autres.

– Lucienne une nymphomane? Non mais, t'es toc-toc... Une nymphomane Lucienne, je ris!...

– Lucienne! Lucienne! C'est toi qui l'appelles comme ça! Elle change de nom tous les jours. Elle invente n'importe quoi. Elle est un peu fêlée, cette morue. D'ailleurs si tu ne me crois pas, attends un peu, tu vas voir la suite...

J'attendis. Mes jambes étaient en coton. Je n'eus pas à attendre longtemps.

Un caporal vint vers elle en tenue de sortie. Ils échangèrent quelques mots. J'entendis son rire mon-ter dans le matin. C'était bien elle. Les yeux bandés je l'aurais reconnu ce rire! Un rire sexuel...

Mon ventre me fit mal.

Ils tournèrent les talons et disparurent vers la

Meuse. Main dans la main, déjà cachés par les premiers pavillons. Robert me regardait. Ma voix était partie. J'ai eu l'impression qu'il faisait nuit d'un coup.

Robert s'aperçut de mon absence. Il me lança:

– Ne le prends pas comme ça. Tu peux te la refaire quand tu veux. C'est même une chance, c'est la fille la plus facile du patelin, elle ne te refusera rien.

La gorge étouffée je descendis à ma machine. Je mis en marche et enfournai mes paniers. Je voyais ses longues jambes trottiner au côté du caporal et les petits seins durs qu'il croquerait sur la berge. Je m'effondrai sur une chaise. Je revoyais tout. Sa croupe frétillante dans mes mains et la façon qu'elle avait eu si élégante et si féline d'offrir au vent son bikini.

Je pris conscience à cet instant que ma machine ne faisait aucun remue-ménage d'eau. Je l'avais pourtant bien mise en marche. J'allais me lever pour vérifier quand une explosion infernale me cloua sur ma chaise. Le capot de la machine bondit jusqu'au plafond et s'y écrasa. Un arbre de feu jaillit de l'appareil arrosant toute la pièce de gouttelettes enflammées. La machine explosa! Elle s'ouvrit par le milieu comme une portière de voiture. Du feu roula sur le sol vers moi, bleu. J'eus juste le temps de plonger dans le couloir. Tout crépitait! Une pile de torchons propres s'envola aspirée par les flammes. Un mètre plus loin d'immenses colonnes de nappes et serviettes repassées attendaient leur tour.

Je me retrouvai dehors abasourdi, Robert à côté. J'eus la sensation alors que j'avais oublié de remplir d'eau la machine. Elle avait chauffé à blanc et, hermétique, s'était transformée en grenade explosive.

On entendait ronfler là-bas dedans comme une cata-
racte. Il y eut des craquements.

– Où est l'extincteur? hurlai-je à Robert.

– Je sais pas…, hoqueta-t-il les yeux plus grands
que la bouche. Il avait l'air de croire à une attaque.

– Robert, l'extincteur!

Je le secouai comme un prunier.

– Sais pas…

Il entrait en catalepsie. La bouche maintenant plus
grande que les yeux.

On vit la porte se tordre, rétrécir, des flammes
lécher la façade. De toutes parts des cris venaient vers
nous. Sur la pelouse du mess civils et militaires
s'interpellaient avec les bras. Les vitres éclatèrent.
Tout le monde recula. Il y eut alors une immense
immobilité… On entendait au loin monter la plainte
d'une sirène. On recula encore. Le mess crachait à
présent une haleine de fournaise. Comme si on avait
emprisonné un orage de feu. Tout craquait à l'intérieur. Une panique brutale m'escalada le corps.

Un camion rouge pila près de nous et des pompiers
nous croisèrent suivis d'un serpent de toile. Une
fumée sucrée nous enveloppa. D'autres pompiers
accouraient le visage masqué, des haches dressées
au-dessus de leurs têtes. Une comète de flammes siffla
près de nos crânes. Tout le monde se coucha. Les
hurlements redoublèrent. Un souffle tropical nous
couvrit. On rampa à reculons. Le fracas des haches
répondit aux claquements du feu. Une fumée noire
remplaça le ciel.

Le mess dégageait un liquide obscur. Le volcan
parut rentrer ses griffes. Trois arcs-en-ciel d'eau partis
de trois pompiers achevaient leur courbe dans les
fenêtres éclatées. Par ces trous noirs des silhouettes
de cuir sautèrent dans le sinistre. Le silence tomba.

Alors je revis Robert, du moins sa tête, il avait de la fumée jusqu'au cou. Là-bas à la même place. D'horreur il n'avait pas pu suivre le mouvement. Ses yeux et sa bouche atteignaient des dimensions anormales.

J'allais m'approcher de lui quand on m'interpella:

– Brandoli! (Je me retournai.) Que s'est-il passé?

– Je sais pas c'est ma machine...

– Comment ta machine? m'interrompit le supérieur.

A la raideur de la voix, l'âge des moustaches, je sentis que c'était le colonel. Je ne l'avais jamais vu.

– Eh bien... Je faisais la plonge quand ma machine...

J'allais m'expliquer lorsque tout à coup entra dans mon champ visuel la tête de Robert toujours à sa place, figé, les yeux et la bouche encore agrandis. Un instant je tentai de me contenir... Ce fut plus fort que moi. J'explosai de rire. D'un bloc, comme la machine. Ça me plia en deux.

Quand je me relevai, je vis tout à la fois la tête ulcérée du colonel et celle de Robert toujours encore plus béante. L'effet fut radical. Je réexplosai. Et ainsi plusieurs fois de suite. Chaque fois que je me redressais s'imposaient la tête écarlate du colonel et celle ahurie de Robert. Plus je gloussais, plus il s'obstinait dans son choc, Robert. Stupéfié! Plus l'autre se cramoisissait. Ça devenait intenable.

Le colonel se retourna et vit son mess. Une pauvre bicoque cramée. Je hurlai de rire. Le juteux se jeta sur moi pour me secouer, vert. Mais dans les saccades m'apparaissait toujours le four immense de Robert et le colonel aubergine. Irrésistible! plus il secouait, plus je riais comme un bossu. Je compris alors que c'était les nerfs. Je ne pus pour autant m'arrêter. J'avais des crampes. Le colonel brailla des ordres les bras au ciel, que je ne compris pas. Je sentis qu'on me traînait.

Au bout d'un moment, ça parut se calmer. Je refis surface. Quatre bidasses me portaient par les bras et les jambes, comme un grand blessé. Une porte grinça. Je la reconnus... C'était celle des arrêts. Un instant plus tard j'étais bouclé à double tour. Je regardais autour de moi. L'endroit me sauta dessus. C'était la cellule de Sarfati. Celle où Mariette s'était pendu!

Je m'assis sur la planche, dans ce recoin transi. Je n'étais pas étonné. Comme si j'avais vécu des années, seul, dans ce morceau de nuit. Je reconnaissais tout. Les trois madriers scellés dans le mur pour dormir. Les murs griffés d'espoir, de cris, de jours. La lucarne bâillonnée de fer, là-haut.

Je n'y étais jamais entré et pourtant tout m'était familier. Comme si le sourire de Sarfati le soir de son départ m'avait transmis secrètement toute l'âme du réduit: le silence des pierres au fil des jours. Les gongs rouillés de brume. Les bruits du soir au loin que la nuit répercute ou que le brouillard noie. Tout bien rangé autour de moi. Le rire de Lucienne dans le matin, qui s'en va aimer un autre sur ses talons aiguilles. Le monde qui s'ouvre sous mes pieds et qui crache son feu comme un dément soudain. Le rire de mes nerfs tendus comme une corde de violon. Et ce recoin de destinée plus noir que la cave à charbon qu'on avait chez nous.

Ce recoin de temps qui tourne les années comme bat un volet dans le vent sur une ferme abandonnée. Grincement inutile des jours.

Lentement ils se mirent à passer les jours... Comme toujours. Sous le soleil ou dans la pluie, il file le temps. Et nous qu'est-ce qu'on peut? Même quand on s'assoit et qu'on ne bouge plus, lui il file le temps. Noël est arrivé une fois de plus.

Ça ne m'a pas empêché de manger avec les doigts. On ne vous donnait pas de fourchette là-dedans. Encore moins de couteau. Il y en a qui les avalaient. Peut-être pour aller plus vite que le temps ? Moi, de toute façon, ce courage je ne l'avais pas. Ou peut-être que j'y croyais trop encore aux beaux jours de la vie. Je me suis contenté de manger froid. J'étais le dernier servi ici. Après toutes les compagnies on pensait à moi. C'est normal, ils croyaient que j'avais foutu le feu exprès au régiment.

Ma gamelle terminée j'ai écouté monter les cris de joie. Ils s'engouffraient tout heureux dans cette nuit de réveillon. Comme une foule costumée quand on ouvre les portes d'une salle des fêtes, un dimanche après-midi, et qu'on entend sous les acacias errer le pleur joyeux d'une trompette. Ils se dispersaient comme des notes dans la nuit de Noël.

Je faisais des mouvements contre le froid. Des pompes et des sautillements. Il gelait à pierre fendre. Sauf qu'elles ne se fendaient pas ici les pierres. J'aurais sauté dans leur réveillon... Je l'aurais même fait durer jusqu'à l'été ce réveillon. Ils ne m'auraient plus jamais retrouvé.

Dans les autres cellules il n'y avait personne. J'étais le premier à y revenir depuis l'enterrement de Mariette. Ils avaient quand même ajouté une couverture par planche. Ça m'en faisait trois.

Si ces locaux étaient déserts, les couvertures, elles, regorgeaient d'habitants. Mes jambes en quelques nuits furent dévorées. Des pleins nids de puces se ruèrent sur mon sang. Si noire cette fourmilière de puces que même dans mes instants de coma au bout du froid et des morsures mes jambes devaient encore

72

sauter sous le pullulement. Elles auraient fait se déplacer un mort.

Je décidai de ne plus me coucher. Je fis un tas de couvertures, le bourrai sous la planche et évitai ce coin grouillant du cachot. Je vivais contre la porte. Déjà si étroite mon oubliette, elles venaient encore m'en ravir la moitié ces bestioles rongeantes. Surexcitées par la présence de mon sang qui battait à moins de trois sauts. Du boudin de Noël!

Quand elles ne tinrent plus dans leur coin, de fringale, par vagues elles déferlèrent sur moi. Je ne les voyais pas venir, elles profitaient de la nuit pour assaillir. Debout dans mon angle, plaqué contre le mur, je me remis à pulluler.

Quand avec le brouillard l'aube glissa par la lucarne, je baissai mon pantalon. Mes jambes étaient en sang. Elles m'avaient bouffé le bas du corps avec conscience. Je m'endormis comme une masse à même le ciment. Ma chair nue sur le sol glacé afin que ça la calme. Pour la première fois depuis des mois le froid me fit du bien. J'étais en feu.

Bien d'autres nuits passèrent après ce réveillon. J'avais jeté un matin mes couvertures mouvantes dans la cour. Je n'avais rien gagné; les puces étaient restées là, accrochées à mes veines, et le froid redoublait.

Dehors, sur le toit, j'entendais les nuages voler et aux aurores, dans la cour, l'humidité nocturne avait vitré les murs. La mousse mourait. Vers la fin de janvier on atteignit des moins vingt. Et de chauffage toujours pas la couleur! On se foutait de moi, en somme, après ce qui était arrivé. Il ne servait qu'à se pendre ce tuyau de malheur!

J'en ai eu des heures pour penser à tout ça. Je ne tombais de sommeil qu'un peu au milieu du jour quand le mercure condescendait à rôder un moment aux environs de zéro. Le reste du temps sur ma planche, enroulé comme une bobine, je revoyais ces jours... L'explosion, les flammes, les fenêtres qui éclatent, la tête du colonel. Et puis au milieu de tout ça les jambes de Lucienne qui n'arrêtent plus de courir dans ma tête. Comme si elle devenait à elle seule une pleine caserne ma pauvre tête, et que Lucienne coure comme une dératée d'un uniforme à l'autre sans même m'apercevoir, moi, dans ma tenue de plongeur.

Car c'était en plongeur qu'on m'avait foutu là. En plongeur que j'essuyais mon naufrage. Et toute la sainte journée entre la planche et le mur, à plat ventre dans le noir, je pompais... Je pompais... Pour empêcher le froid de me durcir le corps. Je me suis fait cet hiver-là des bras d'acier. Deux fois comme mes cuisses! Et des pectoraux nom de Dieu... De vamp! Pas très séduisant tout de même ce buste de colosse sur mes jambes de grive. Pour le beau sexe qui passait par ce caveau, j'étais suffisamment irrésistible... Février s'amena.

Un soir que je luttais comme à l'accoutumée contre ces fantômes sortis de la nuit pour me sucer le sang, alors que je me labourais furieusement des restes de mollets, je crus entendre de l'autre côté du mur, sous la lucarne, une voix feutrée de brouillard qui interrogeait l'ombre...

– Hé! Tu es là?... Ho! René, tu m'entends?...

C'était bien moi qu'on cherchait. Je me hissai par les bras vers la lucarne.

– Je suis là! Qui c'est?...

– Chut!... C'est moi, Robert, ça va?...

– Aux petits oignons, et toi?

– J'ai quelque chose à te dire d'important. Je fais

vite parce que la sentinelle peut venir. Voilà! J'ai vu ce matin le chauffeur du colon, c'est un copain d'enfance. Il m'a dit que tu passais jeudi matin devant le tribunal militaire, pour incendie, injures et encore plein de trucs... Il a demandé le maximum contre toi, le vieux... Il paraît que tu risques six mois de forteresse, peut-être un an. Je préfère t'avertir pour que tu prépares ta défense. C'est une bande de sadiques à Metz!... Je connais un mec de Lyon qui est resté quatre mois, il m'a dit qu'une lame de rasoir ça coûtait une fortune là-bas tellement les taulards préfèrent se supprimer. Bon! Je me tire. Bonne chance, René! J'espère qu'on se reverra... Je t'oublierai pas...

— Hé, Robert!

Mais déjà son pas s'estompait dans le noir. Un silence de mort soudain me couvrit. Puis lentement monta autour de moi comme une eau bouillonnante qui va noyer un rat.

Quand l'aube vint, mon ventre se vida. Je remplis un demi-seau de liquide noirâtre. Toute ma peur! Je m'aperçus que je claquais des dents. Pourtant je n'avais pas pensé au froid depuis les paroles de Robert la veille. Mes jambes étaient comme du sucre mouillé. Toute ma chair s'effondrait.

Forteresse! Un mot aussi noir que tombeau, gouffre, linceul. La morgue des vivants. Je me voyais sanglé sur un brancard et des geôliers m'enfournaient dans un tiroir à côté de milliers de tiroirs où d'autres vivants attendaient dans le noir qu'on ouvre après des années leur casier de béton. J'imaginais des alvéoles où on ne tient que couché. Ma tête entra en enfer.

Je ne touchai plus mon pain ni ma gamelle. La peur m'hallucinait. Chaque grincement de porte me faisait sortir de la tête les yeux. Je m'incrustais dans le mur afin que d'ici on ne m'extirpe plus.

Ma colique enflait d'heure en heure. On se demande d'où peut venir tout ce liquide. C'est comme si l'effroi vous essorait le ventre. Ça me tordait comme un drap. Dès que je faisais mine de quitter mon seau voilà que me vrillaient des douleurs de vidange.

C'est dans cette position que deux jours plus tard je vis entre mes jambes briller l'anse du seau, en fer-blanc. Comme si je la voyais pour la première fois, et avec elle brusquement toutes les images de l'évasion. C'était un outil cette anse! Le seul morceau de fer du cachot qu'ils avaient oublié.

La terreur était entrée en moi par les tripes, c'est par là qu'elle commença à sortir de mon corps. Par ce seau!

Je ne mis pas longtemps à arracher l'anse proprement, de façon à pouvoir la remettre à la moindre alerte. Une des extrémités présentait une arête assez vive. Peut-être suffisante pour attaquer la porte? Je la connaissais par cœur cette porte. Elle faisait bien huit centimètres d'épaisseur. Et dure comme du fer, depuis cent ans au moins qu'elle affrontait la rage d'un côté et les intempéries de l'autre. Du chêne qui en avait vu de toutes les couleurs.

On était dimanche. Il me restait trois jours et trois nuits pour filer. La porte se fermait de l'extérieur par un énorme verrou qui pénétrait le mur.

Normalement les sentinelles devaient bloquer ce verrou avec un cadenas. Par chance souvent elles se contentaient de l'accrocher sans le boucler. Tout dépendait de la sentinelle. Il me fallait donc creuser un trou juste au-dessus du verrou, y enfiler mon anse et tâcher à tâtons de le faire coulisser vers l'extérieur. Restait le cadenas?...

Sans attendre je me jetai sur le travail. Quatre rivets me désignaient l'emplacement de la serrure, de l'autre côté. J'attaquai la porte.

Après une heure de suée le bois n'avait subi qu'une légère égratignure. Deux millimètres tout au plus... Il me faudrait huit jours pour le traverser de part en part! Je redoublai de hargne. Les dents serrées à éclater, je tournais à toute allure mon anse transformée en chignole.

Quand la nuit fut totale je m'interrompis. On allait m'apporter la soupe. Je dissimulai le début du trou avec un morceau sali de mie de pain. J'avais gagné encore deux ou trois millimètres. Mes mains étaient en sang.

Lorsque la porte s'ouvrit la frayeur avait quitté mes entrailles. J'ai commencé à envisager l'avenir. Les gardes m'ont trouvé souriant. Ils durent penser que j'avais un grain. Je les ai entendus rire en s'éloignant. Quand la nuit eut bien rangé ses ombres, je repris mon rat et me remis à grignoter la porte. Ça faisait dans le noir comme un frôlement d'ailes. Un de ces papillons gras qui cherchent la sortie.

Mes mains s'ankylosaient... J'ai déchiré mon tricot de peau en lanières et je les ai bandées.

Toute la nuit j'ai taraudé dans ce nombril de bois, dans un sens puis dans l'autre avec toute la vitesse et le poids de mes forces. Mes bras tenaient le coup. Ce sont les mains qui lâchaient. Je les sentais s'éplucher sous le tissu gorgé de sang. Le fer était brûlant, il m'échappait de plus en plus. Un joli cône de sciure se dressait à mes pieds au lever du jour. Je mesurai ma cavité... Trois bons centimètres. Des centimètres de soleil!

J'étais content. Mes mains pendaient de chaque côté comme deux perdreaux morts, leur plumage poisseux de sang. Je fis le ménage en attendant le jus. Je sentais le matin se poser sur moi, léger comme un jour où on part en voyage à l'heure du laitier. Dehors le ciel devait être enfin bleu.

Je décidai de laisser mes mains souffler le jour. Je m'endormis comme une souche, pour la première fois, jusqu'au soir.

Le velours du crépuscule flottait dans le cachot lorsque j'ouvris les yeux. Ma première pensée fut pour la mer. Mes mains semblaient mortes. Elles se ruèrent malgré tout sur la porte. Elle était derrière, la mer.

Je tournai et retournai dans le cœur du chêne comme jamais dans ma vie plus tard je ne le fis. Je le lui grignotais son cœur! son cœur de pierre! comme j'avais vu faire au cinéma dans le ventre des vampires, avec un pieu.

Deux nuits durant je m'arrachai les mains dans ce chêne, jusqu'à l'os. Des lambeaux de chair restaient collés à mes bandes, le matin, quand me tombaient les bras.

Le mercredi matin juste avant l'aube j'entendis un craquement. C'était la dernière cloison de bois qui cédait sous ma rage. Je retirai aussitôt mon outil. Il ne fallait pas que le trou saute aux yeux de la garde tout à l'heure. Je préservai cette ultime membrane. Derrière battait ma liberté... C'était pour ce soir!

J'avais l'intention de regagner Marseille en stop d'abord. De là m'embarquer pour quelque temps sur un petit cargo. Il y avait trois jours que j'y pensais en creusant, à tous les gâteaux que j'allais m'envoyer dans une pâtisserie tout au beurre que je connaissais bien sur le port. Surtout des babas! C'est ce qui m'avait le plus manqué avec les jambes de femmes, les babas... La pâtissière en avait de très belles.

Et puis j'irai peut-être, comme prévu, finir l'hiver à Marrakech ou plus bas. Dakar, après le supplice polaire. J'avais envie de me griller. De rôtir des mois au centre d'un désert. Point de mire de toutes les fournaises. Des glaçons devaient circuler dans mes veines. J'attendais...

La journée se traîna pire que le second trimestre quand j'allais à l'école. Avec cette boule au fond du ventre que j'avais transportée toute mon enfance de peur qu'on ne m'interroge.

Le soir tomba sur moi comme le couperet! La sentinelle à sept heures tira le verrou pour la nuit et fit claquer le cadenas. C'était la première fois depuis une semaine. Ils avaient dû recevoir des consignes. J'étais fait! Demain je connaîtrais la forteresse.

De cette nuit je ne me souviens de rien. J'étais au-delà du temps, plus loin que la tristesse, j'avais quitté mon corps.

Comme d'habitude avec le jour on m'a apporté le café. Un officier m'a dit de me tenir prêt. Je partais dans une heure pour Metz. On me donnerait juste avant une tenue correcte de sortie. Que je n'aie pas l'air de me moquer du tribunal et peut-être un coup de tondeuse si on avait le temps. Je ferais meilleure impression. Ils disaient ça pour moi.

Il a refermé la porte, poussé le verrou et s'est éloigné avec la sentinelle. Je n'avais pas entendu cliqueter le cadenas. Avais-je rêvé? Ma langue soudain sécha comme un poisson fumé. Et si c'était possible?...

Je plongeai sur mon anse. J'empalai la porte par son trou et tordis le fer jusqu'à ce qu'il forme un crochet à angle droit. Je sentis alors qu'il heurtait quelque chose: c'était le verrou...

Je tentai, surexcité, de le crocheter de gauche à droite. Il fallait le faire sortir de sa niche. J'étais si affolé que l'anse glissait dans ma main moite. Les secondes tombaient sur moi comme une averse.

Ils pouvaient revenir à tout instant s'ils trouvaient le coiffeur. Mes oreilles devaient grandir, tellement aux aguets. J'étais trempé comme une soupe. Brusquement sous ma main disparut toute résistance. Avait-il cédé ce verrou de malheur? A peine je touchai la porte qu'elle s'ouvrit en grand. J'étais dehors, dans la cour. Le ciel sur moi...

Mon cœur devenait fou. Il ne me restait plus qu'à franchir ce mur de quatre mètres. De l'autre côté, la rue!

Mes couvertures étaient restées en boule dans le coin de la cour. J'en saisis deux et les nouai. Je les envoyai le plus haut possible pour qu'elles s'accrochent dans les barbelés. Trois fois... Cinq fois... Dix fois elles retombèrent mollement. Elles n'allaient quand même pas si près du but me faire une chose pareille! J'étais plus maladroit qu'un manchot des deux bras.

Je me serais giflé si j'avais eu le temps. Non... C'est pas vrai! Je n'en crus pas mes yeux. Elles ne retombaient pas... Ça y est! j'avais réussi!

Je tirai délicatement pour assurer ma prise. Je sentis les dards de fer mordre plus sèchement. Doucement. Doucement, je me suspendis... Elles tenaient le coup! Je m'élevai dans l'air.

En un clin d'œil j'étais sur le mur. Même s'il surgissait maintenant l'officier, je m'envoyais de l'autre côté dans la rue et advienne que pourra.

J'eus le temps de me glisser sous les barbelés et

80

accroché au mur je me laissai tomber dans le vide. Je rebondis sur le trottoir. Rien de cassé... J'ai foncé droit devant. A moi la liberté! Femmes fatales me voilà! Je ne touchais plus terre...

Je n'avais pas fait cent mètres qu'une grosse voiture me coinça. Les pneus rugirent sur le goudron. Une voiture américaine. Elle monta nerveusement sur le trottoir. Un homme en surgit. J'avais été surpris. Très grand, très fort l'homme. Deux fois comme moi en long et en large. Un instant je pensai fuir mais il avait l'air de tenir une forme éblouissante. Le genre à vous rattraper en trois bonds.

– Où filais-tu comme ça? m'interrogea-t-il.

– Faire une course en ville.

– Et ce n'est pas plus simple de passer par le portail?

Il était en civil mais ce crâne rasé ne pouvait appartenir qu'à un officier. Il m'avait vu sauter du mur.

– Allez, monte sans rouspéter, je te ramène à la caserne, ajouta-t-il se rapprochant de moi.

J'essayais de gagner du temps.

– Mais je ne vous connais pas! Je suis militaire et je n'ai pas à répondre à un civil. Ça peut être un espion.

– Non mais, tu te fous de qui? Tu parles à un capitaine! Garde-à-vous!

– Qui me le prouve que vous êtes capitaine?...

Sa physionomie changea d'expression et de couleur. Il me saisit par le collet et me fit voler jusqu'à la voiture. Encore plus costaud que prévu. Sa portière était restée ouverte.

– Je vais te le prouver sur-le-champ et ensuite tu iras t'expliquer avec tes supérieurs!

Il s'accroupit contre le siège du chauffeur et se mit à fouiller dans une boîte à gants à gauche du volant.

Dans cette position il était plus petit que moi et de dos. C'était ma dernière chance. J'agrippai à deux mains l'énorme portière et la fis claquer sur son dos à toute volée. Je crus distinguer un craquement sec. Il ne fit pas mine de se relever. Dans la foulée je bondis comme une balle sur la route. Il avait l'air d'avoir son compte. Aucun pas rapide ne me poursuivait. Coudes au corps je faisais des sauts de trois mètres. J'entendis dans mon dos le ronflement d'un gros moteur. Je me retournai en pleine course. C'était un poids lourd. Agitant les bras, je me plantai au beau milieu de la route. Pour ne pas m'écraser il pila. Je me jetai sur sa portière.

– Non mais, ça va pas! hurla-t-il.

– Emmenez-moi je vous en prie, j'ai de gros ennuis! Je suis soldat, vite!

– C'est pas une raison pour se faire écraser!

– Laissez-moi monter je risque gros!...

Il me scruta, comprit que je disais vrai à ma dégaine. Enclencha la première, me fit signe de monter et ébranla son bahut. Je regardai par la vitre. Là-bas la voiture américaine n'avait pas bougé. La portière était toujours entrouverte et je crus distinguer dessous des jambes qui dépassaient.

– Où tu vas mon gars? me demanda le chauffeur l'air sympa soudain, moi je rentre sur Paris.

– Alors moi aussi.

Il se mit à rire doucement en balançant la tête à droite puis à gauche de manière amusée.

– Ah! C'est la belle époque on a beau dire. Moi j'étais à Toulon, sur une péniche de débarquement. Une fois je me rappelle, je te parle de ça vingt ans en arrière...

Je ne l'écoutais plus, je pensais maintenant à ce colosse que j'avais laissé sur le trottoir coincé entre deux morceaux de ferraille. Et si je l'avais grièvement blessé... Le chauffeur parlait toujours en riant de sa péniche à Toulon. On roulait vers Paris à travers la campagne. Il faisait douillet dans la cabine. En admirant de beaux seins qu'une blonde présentait juste au-dessus du pare-brise je m'endormis.

– Hé! Faux permissionnaire, on est arrivé!...

C'était le chauffeur qui me secouait gentiment. Il avait gardé son sourire. Celui qui était remonté brusquement de Toulon.

– Dis donc, tu fais la nouba toutes les nuits, toi? On n'avait pas quitté Verdun que déjà tu ronflais...

Nous étions dans les Halles. Je l'ai aidé à décharger. Il y avait là-dedans au moins dix tonnes d'œufs frais. Il fallait s'éreinter en toute délicatesse. On frôlait la hernie sur la pointe des pieds. Après la dernière douzaine il m'a lancé, content:

– Bon! On va s'envoyer un cassoulet maintenant, je te dis pas comme! Tu l'auras pas volé!

Là, il m'a fait plaisir. J'ai senti monter au fond de moi cette douce chaleur que vous procurent les humains, quelquefois, avec deux paroles gentilles. On se dit alors pour un instant, que c'est une bonne race finalement les humains. Et qu'on est bien tombé d'en faire partie. Comme quand Robert m'avait fait visiter le mess et que j'avais mangé l'esquimau. Autour de nous battait le cœur chaud de la ville, ses artères gorgées de nourriture et de femmes infidèles...

J'ai repris trois fois du cassoulet tout en cherchant des yeux une créature volage. Ça ne devait pas être le quartier. Ici tout sentait le travail, la joie simple et la sueur. Les femmes étaient taillées comme des camionneurs avec des châles noirs grands comme des tentures et des bottes de sept lieues. Elles sentaient le poisson et la terre d'automne. Et puis le petit blanc aussi, qu'elles prenaient debout accoudées au comptoir, prêtes à faire le coup de poing.

Je me demandais où étaient les quartiers faciles. Je n'avais pas un sou et de Paris je ne connaissais que des photos. Tous les films que j'avais vus dans ma banlieue, chaque dimanche de mon enfance, où des amoureux s'embrassent entre les jambes de la tour Eiffel pendant que des gangsters dégringolent en voiture les escaliers de Montmartre. Allez vous dépatouiller dans Paris avec ça. J'avais beau la chercher des yeux, je ne la voyais même pas la tour Eiffel.

On s'est quittés devant le petit restaurant. Il m'a souhaité bonne chance pour quand je rentrerai par le mur à la caserne. Je ne lui avais pas dit grand-chose de mes ennuis. Je me suis senti soudain seul avec ma vie à pousser à présent devant moi par des routes obscures. J'ai regardé tout autour de la place. Il y en avait des flopées de routes qui partaient fouiller par le monde des destins fugitifs. C'est l'instant le plus dur de choisir son chemin; après, les tracas de la vie vous roulent au jour le jour comme les accidents du sol un ruisseau.

J'aurais bien déchargé encore dix tonnes d'œufs

avec mon copain routier mais ils avaient disparu, lui et son camion, dans ce dédale où allaient sans me voir des passants refermés, sûrs comme des mains d'horloger dans un mécanisme étrange.

Je me suis engouffré dans le boyau le plus grouillant, là où j'avais quelque chance, pensai-je, de ressembler à tous.

Des dégaines comme la mienne il en flânait peu. Ma tenue de plongeur semblait une toile d'araignée sous cet hiver presque aussi brumeux et transperçant ici que là-bas dans la Meuse. Je n'en finissais donc plus, nu comme un ver, de geler cette année-là. Depuis j'ai le froid dans les os, il ne m'a plus quitté.

J'ai vu de loin scintiller une façade de verre. C'était un magasin luxueux où on trouve de tout sur trois étages, à la température du corps pour qu'on se sente chez soi. Ça ne m'a pas convaincu. Dès mon entrée, je reçus comme une rafale de pluie, le regard noir d'un vigile. Je l'ai semé dans les rayons.

Je les connais bien ces grands magasins, gosse j'y ai chapardé ma part. Je suis monté à l'étage « confection ». Après trois simagrées au milieu des cintres, j'ai enfilé accroupi un pull en laine vierge. J'ai fait un demi-tour très naturel devant une glace pour m'assurer qu'aucune étiquette ne me poignardait dans le dos.

Au bout d'un moment, sous un ciel de lustres, j'ai été accroché par le regard encore obscurci du costaud. Il s'est retourné... Il avait l'air de chercher dans sa grosse tête où est-ce qu'il m'avait déjà vu ? C'est le pull qui le désorientait. Je l'ai encore semé. Et de nouveau, comme happé par les lainages, je me suis retrouvé parmi les cintres. La vendeuse surveillait les cabines un peu plus loin. J'ai enfilé un gros manteau à même le cintre puis je me suis décroché et j'ai tourné les talons.

J'allais atteindre la sortie quand le regard du molosse charbonna devant moi. Il me dévêtit des pieds à la tête, le cerveau de plus en plus tourmenté... J'avais l'air d'un clochard avec un haut de luxe.

Je fis mine de partir à gauche mais c'est sur la droite que je me ruai, effondrant dans ma course une cloison de shampooings et parfums. Je l'entendis déraper et chuter lourdement dans les essences. Dix secondes plus tard j'atteignais une ruelle tranquille à trois pas du magasin. Je relevai mon col et filai dans les premières ténèbres. Quelques passants se hâtaient de regagner leur havre.

De havre je n'en avais pas l'ombre. Il fallait bien pourtant que je trouve un asile. J'ai demandé la gare la plus proche. Il y en avait une tout au bout du boulevard justement. Je m'y rendis. Je n'eus pas trop de mal à pénétrer sur le quai sans ticket. Je m'installai dans un recoin d'une salle d'attente de seconde classe pour être plus naturel. Je m'allongeai par terre après avoir balayé les mégots pour mon beau manteau. Je n'ai jamais pu dormir assis, je tombe.

Le chauffage était à point mais un sale damier de néon vous envoyait d'en haut la lumière crue d'un interrogatoire, blanche et glacée! Sur chaque mur on voyait une photo de voyage avec des gens heureux. Un hippie dormait déjà dans un coin la tête dans son sac.

Je mis longtemps à trouver le sommeil. Je pensais à ce capitaine que j'avais laissé accroupi derrière sa portière. Il faudrait que je lise les journaux les jours suivants, peut-être qu'on parlerait de moi. Il avait sans doute porté plainte. Quoi de plus facile que de connaître l'énergumène qui avait fait le mur des arrêts. J'étais seul! Ça me sécha la gorge que les journaux puissent parler de moi soudain. Je m'enfuis dans le sommeil.

Un instant ne s'était pas écoulé, me sembla-t-il, qu'une main ferme m'éveilla. Je me retournai. C'était un uniforme! Je fis un bond. Déjà sur pied je m'apprêtais à fuir quand j'aperçus la casquette S.N.C.F.

– Ben dis donc! Tu n'as pas le sommeil tranquille toi, plaisanta l'employé. Tu m'as fait peur...

Et moi donc!

– Je te réveille parce que la gare ferme à minuit et demi. Personne n'a le droit de rester là... Le premier train est à cinq heures.

On s'est retrouvés sur le parvis de la gare avec le hippie, comme deux enfarinés. Il a filé sur la droite lui, comme s'il savait où aller. Moi non. J'ai pris sur la gauche pour qu'il ne croie pas que je voulais le suivre. Après bien des détours dans le noir, je vis un escalier qui descendait dans les profondeurs de la ville. Une odeur chaude en sortait. Je le pris. C'était le métro. De longs couloirs déserts s'enroulaient dans ce ventre. Je finis par déboucher sur un quai. C'était grand et sale comme un port la nuit. Avec des arches obscures qui s'en allaient courir tout au fond de boyaux où vacillaient comme des lucioles malades de longues files d'ampoules enchaînées dans le noir jusqu'à perpétuité.

On entendait le silence ronflant de la terre. Là-haut tout le monde était rentré. Je les avais vus le long des rues au-dessus de ma tête, se profiler heureux entre des rideaux blancs comme des robes de mariées et des lustres splendides sous des plafonds plus hauts et clairs que des mairies. Puis, un à un, éteindre ces musées suspendus, du fond de leur douceur jeter sur le passant le dédain de la nuit.

Ici plus personne ne descendait. Ils me faisaient cadeau d'une chaleur qu'une journée durant ils avaient accumulée, là, et qu'ils laissaient traîner avec tous leurs débris comme une haleine périmée dans cet égout de fatigues. J'allais m'installer sur un banc de ciment pour poursuivre ma nuit, quand je crus distinguer à l'autre bout de ce banc qui courait loin contre le mur comme des sacs pleins jetés pêle-mêle. Je m'approchai curieux. Et si c'était de la nourriture? Arrivé tout près d'eux, je compris le faux pas de mes yeux. C'étaient trois clochards qui dormaient l'un dans l'autre. Je les ai regardés de plus près et j'ai pensé à moi. Qui sait s'ils n'avaient pas commencé comme moi, eux aussi, jadis? Entrant dans la vie comme j'étais entré ici, par une porte dérobée des ténèbres. J'étais tout de même en meilleur état avec mon manteau flambant. Je m'approchai d'un peu plus près pour voir leur âge derrière le sommeil. Je me penchai sur le premier lorsqu'il bondit brutalement sur ma gorge en rugissant. Je fis trois pas en arrière et m'étalai sur le quai de stupeur.

– Tu nous prends pour de la publicité, salopard! Tu veux nous photographier!

Il devait m'avoir vu venir depuis un bon moment. Les autres aussi s'étaient dressés. L'un d'eux tenait brandie une béquille en fer. Ils m'entouraient.

– Je vous avais pris pour des sacs, leur dis-je bêtement. Ne vous dérangez pas... Dormez!

– Ah! salaud! grogna celui qui tenait la béquille, et en même temps il l'abattit sur moi de toutes ses forces. Ma tête l'évita de justesse mais mon épaule en fut incendiée. Je me retournai d'un bloc et lui lançai dans les burnes un coup de pied de mulet. Il s'effondra étranglé de douleur. Les deux autres en eurent le réflexe un instant suspendu. Tête baissée je leur volai dans les puces. Ils me barraient la sortie. Je sentis au passage qu'on m'agrippait au col. Je ruai à droite et à gauche, mon col lâcha. Un des deux clodos perdit l'équilibre et tomba sur la voie. Le troisième se rangea contre le mur pour me laisser passer.

Je fonçai droit devant. Arrivé à l'autre bout du quai je me retournai. Celui sur la voie se faisait aider par son copain pour remonter, comme s'il était tombé dans un bassin pas assez plein. L'autre était toujours enroulé autour de ses bourses qu'il tenait en râlant des deux mains. Ils m'avaient fichu une sacrée trouille ces sacs à vin. Je tâtai mon col: il avait disparu, arraché.

– Sales enculés, hurlai-je pour me faire du bien.

Ils me répondirent le poing levé.

– Tas d'enfoirés! Pourris!

– Casse-toi, espèce de pédé, reprirent-ils en chœur et ainsi de suite pendant un bon moment. On observait les distances.

Alors calmé, j'ai repris des couloirs au hasard. J'ai recherché la nuit. Et puis je l'ai trouvée. Elle m'attendait dehors aussi déserte et froide. Je suis parti tout droit, triste d'avoir perdu mon col. Comme si déjà je m'y étais attaché.

Des silhouettes allant comme moi d'un recoin à l'autre de la pénombre le regard fermé, j'en ai croisé quelques-unes essayant de tirer avec leurs derniers bouts de force leur solitude jusqu'aux premiers appels de l'aube.

J'ai rencontré la Seine à un moment. Elle était

venue glisser sous moi sans que je l'entende. C'était un pont. J'ai regardé la berge en bas, la même que celle où j'avais possédé Lucienne. Est-ce qu'il y en aurait encore des Lucienne pour m'aimer ardemment, sous un pont, ne serait-ce qu'un dimanche.

L'eau s'en allait doucement se baigner quelque part dans la mer. Si on était l'été j'aurais volontiers barboté un petit bateau pour l'accompagner. On y serait peut-être arrivés dans la soirée sous une douceur d'étoiles. Moi torse nu et noir comme un film d'aventures, au bout du Pacifique où tout peut arriver, on est toujours souriant. Ça m'a refait penser au capitaine coincé là-bas dans sa Ford. Dans un film on serait depuis belle lurette passés à autre chose.

Sur ma tête le ciel noir s'est bleuté. Je suis reparti en quête d'un journal. J'ai fini par dénicher un bistrot au poil. Je me suis mêlé au monde matinal. Je ne pouvais même pas m'offrir un café. Quand le journal a été seul un instant sur la table, je l'ai discrètement empoché et j'ai filé dehors. Je suis descendu dans le métro pour l'éplucher au chaud.

C'est à la page « Société » qu'en bas j'ai vu le titre, bref comme un coup de canon: VERDUN, en lettres grasses. J'ai attendu un moment avant de commencer l'article. Mon sang bouillait. J'ai profité du fracas de la première rame pour me jeter à l'eau. J'ai lu d'un trait.

C'est en se rendant à son travail jeudi matin vers huit heures, que Mme Picon, employée des postes à Verdun, fut intriguée par la présence d'un corps effondré entre la portière et le siège avant d'une voiture en stationnement sur le trottoir. S'approchant, Mme Picon fut saisie de panique en « sentant », selon ses propres termes, que l'homme ne

90

vivait plus. Quelques instants plus tard, la gendar-
merie de Verdun identifiait l'homme comme étant
M. Serre, capitaine dans un régiment d'infanterie
motorisée de la petite ville, trente-huit ans, domicilié
tout près de la caserne où il fut retrouvé.

Selon les premiers résultats de l'autopsie, la mort,
provoquée par la rupture de la colonne vertébrale,
aurait été instantanée.

M. Serre, pensent les enquêteurs, aurait reçu sur
les reins tout le poids de sa portière violemment
refermée sur lui. Aucune autre trace de coups n'a
été relevée sur le corps de la victime. Le contenu de
son portefeuille étant intact, les policiers demeurent
indécis quant au mobile du crime. Si crime il y a?

Toutefois ils s'interrogent sur l'éventuel rapport
qui pourrait exister entre cette mort plus que sus-
pecte et l'évasion signalée vers la même heure d'un
jeune soldat qui devait comparaître le matin même
devant le tribunal permanent des Forces armées de
Metz. Les locaux disciplinaires où le soldat était
détenu se trouvant à une centaine de mètres du lieu
où gisait la victime.

Le capitaine Serre était célibataire et personne
dans la cité meusienne ne lui connaissait d'ennemis.
La France perd, disent ses collègues, un excellent
officier. Un homme d'honneur et de courage.

Mes dents claquaient. J'eus l'impression que tout le
métro les entendait. On me regardait. Pourtant il n'y
avait pas ma photo dans le journal. Je me suis
précipité vers la sortie avant qu'on me reconnaisse.

Fuir! Fuir le plus loin possible! Tout de suite.
J'étais un assassin! ASSASSIN! Vite! Vite! Partir.
Assassin. Un assassin moi. Je n'en croyais pas mes
oreilles. J'étais trempé brusquement. Me cacher... Où

ça? On pouvait me couper la tête. J'avais une tête d'assassin. Ma tête... Je n'y étais pour rien. Tout avait été si rapide. Je n'avais même pas voulu le blesser. Seulement gagner quelques mètres. Mort...

Il fallait que je leur explique. C'était un accident. Un simple accident. Ils me comprendraient... Oui mais j'avais bel et bien refermé la portière sur son dos. Ils ne verraient que ça. Je m'étais évadé et je lui avais brisé les reins. Tout ça après l'incendie du mess. Ils ne me la laisseraient pas ma tête ou bien alors ils m'enfermeraient à vie dans un asile de fous furieux. Il était mort pour toujours, lui. Rien à faire j'étais foutu!

Prendre la route en stop?... Non, trop dangereux! Il y a des gendarmes partout. Peut-être des barrages à cette heure pour me coincer? Le train?... C'est ta dernière chance. Pour où?... Le Sud! Oui le Sud, je connais mieux. Ah! Si c'est possible! Te fourrer dans un enfer pareil! Juste toi! Ça n'arrive qu'à toi... Si j'avais pu penser... Où est la gare pour le Sud? Quelqu'un me l'indiqua: « Gare de Lyon prenez le métro c'est direct. – Non merci, je préfère marcher. » Toujours pas un sou pour le train.

Toute la ville était réveillée maintenant. Peut-être qu'on avait parlé de moi aux informations du matin ou à la télé. J'avançais tête baissée. Le danger était partout à cette heure. Dans ces milliers de gens qui me croisaient avec mon signalement tout frais dans leur cervelle.

Un train partait dans une heure pour Vintimille. J'ai pénétré sur le quai je ne sais plus comment. Je me suis assis dans un compartiment. Le train était encore désert. Le journal était resté dans ma main. J'ai eu peur de relire l'article. Je l'ai jeté sous la banquette. Il me brûlait les doigts.

Au bout d'une éternité on s'est ébranlés. Je me surveillais pour avoir l'air le plus naturel possible. Je regardais dehors. Éviter à tout prix de croiser des regards. Mon sang giclait contre mes tempes. Ma tête allait exploser. L'Assassin! C'est un Assassin!... Le paysage fuyait. Je ne voyais plus rien. Des gares encore des gares. Je n'avais même pas de billet.

Je suis sorti dans le couloir. Et s'il n'y avait pas de contrôle? Ça arrive des fois. Oui, mais à la frontière je n'aurai pas non plus mes papiers. Rien. Et mon manteau sans col qui me désignait comme quelqu'un de bizarre. Le contrôleur apparut au bout du couloir! Ça y est je suis fini... Il allait m'arrêter et me livrer à la prochaine gare. Ça y est! Ça y est! Ça y est! Ces mots me cadençaient la tête sur le rythme des roues. Le contrôleur approchait. J'ai filé dans le couloir dans le même sens que lui mais plus vite.

J'ai changé de wagon. Un instant plus tard au bout du nouveau couloir le contrôleur réapparaissait. Irrémédiablement il remontait vers moi. Je voyais son uniforme dépasser de chaque compartiment. Il avait un œil sur les billets qu'on lui tendait, l'autre sur le couloir. Pas moyen d'échapper au second.

J'ai encore franchi un soufflet. Lui aussi. Et puis un autre et toujours lui. Il ne se doutait pas qu'il allait arrêter un assassin. Il consultait les billets avec calme. Ça me glaça.

Si au moins on stoppait dans une gare avant qu'il n'arrive à moi je pourrais m'échapper. Mais non, cette fois j'y étais. Il n'y avait plus de soufflet. Devant c'était la locomotive. La porte était verrouillée. Je touchais de la ratière l'ultime fond.

Quelques compartiments encore nous séparaient. Le train fonçait à travers la campagne. Sur la dernière plate-forme je tentai de me dissimuler, couché derrière des valises mais je voyais toujours quelque chose de moi qui dépassait. Il allait me voir gros comme une maison.

Il était là, dans le dernier compartiment. Ça venait à moi. Tant pis. Ma seule chance. J'ouvris la porte qui donne sur la voie. Le vent me sauta au visage. Je sortis dehors. Agrippé à la barre de cuivre je refermai le wagon. Je me tenais crispé sur le marchepied. Fouetté de vitesse. On roulait à tombeau ouvert. J'étais à trente centimètres du fracas des roues.

Brusquement sans que je l'aie vu venir on s'engouffra dans un tunnel. Comme une explosion. J'étais paralysé. Je pouvais à tout instant être haché par un morceau de fer qui dépasse du mur. Je me plaquai contre la porte. Et les escarbilles? Est-ce qu'elle marchait au charbon ou à l'électricité cette locomotive? Je ne savais même pas. Là-dedans elle hurlait. Tout ce noir sentait la terreur, je ne voyais plus mes mains. J'attendais que quelque chose me happe.

Finir déchiqueté dans ce puits... Ça me faisait moins peur que la guillotine. Autant en finir tout de suite, j'évitais l'attente. Le plus dur. Le jour a éclaté.

C'était encore la campagne. Je m'apprêtais à rentrer, quand on traversa en trombe une petite gare. Le train siffla. Des ouvriers sur la voie m'entrevirent accroché au flanc du bolide, leurs outils tombèrent de leurs mains. Ils agitèrent des bras affolés. Leurs bouches grimaçaient grandes ouvertes. Le grondement du train les couvrait. J'avais juste eu le temps de lire ma panique dans leurs yeux fous. Déjà ils avaient disparu.

Sur mes jambes en coton je me suis hissé jusqu'à la poignée, tremblant de lâcher ma barre. Elle était trempée. J'ai ouvert et plongé dans le wagon. Le dos du contrôleur s'éloignait dans le couloir. Je revenais de loin...

Vacillant, je suis allé m'effondrer sur une banquette. Les gens m'ont détaillé. Je n'avais pas eu le temps de me remettre que le train a ralenti. On approchait peut-être d'une gare? Il y eut un énorme grincement de freins et on s'immobilisa. Tout le monde se colla à la vitre. On était en plein milieu de la campagne. Pas même une maisonnette de garde-barrière. Rien que bois et labours à l'infini.

On baissa la vitre. Le contrôleur arpentait la voie en remontant le train. Les voyageurs commençaient à s'agiter autour. Tout le monde questionnait tout le monde.

Quelques hommes descendirent sur le ballast. Le contrôleur de loin, furieux, leur intima de regagner leur place, nom de Dieu! L'un d'eux revint dans notre compartiment. Toutes les dames l'interrogèrent...

– Il paraît, répondit-il, qu'un fou voyage sur le marchepied. Je n'en sais pas plus.

Moi si. Mon sang se remit à faire son travail de vidange: Plouf! Plouf! Plouf! Je ne pouvais pas rester là. Ils pouvaient contrôler tout le train et à la prochaine gare la police monterait. D'ailleurs on commençait à m'observer. Mon crâne hirsute de vent, ce col arraché. Le portrait craché du dément. J'eus juste le temps de me glisser dans le couloir et d'atteindre la porte de la voie. Je sautai dehors. Déjà des doigts me désignaient du compartiment d'où je sortais, et des cris. Je partis comme un fou à travers la campagne. Derrière j'avais l'impression qu'un train entier hurlait. « C'est lui! Le voilà! Là, il s'enfuit!... »

J'atteignis aux cent coups un boqueteau plus tranquille. Je me perdis dans la futaie.

C'était donc ça désormais, ma destinée. Fuir, toujours fuir... Et dire que quelques jours avant j'aurais
plutôt pensé pour moi à une existence paisible. Moi,
si porté à me faire oublier. Il avait en réserve de ces
tours de cochon, le hasard! Décidément il fallait
s'attendre à tout sur cette terre.

Je devais dare-dare rencontrer une route à présent
et vas-y pour le stop. L'endroit risquait d'être cerné
d'ici peu. Je tricotais ferme à travers les labours. Je
redistribuais la semence. Pour une trace, j'en laissais
une. On aurait dit derrière moi qu'un rhinocéros en
flammes était passé.

Un chemin goudronné de campagne passait par là.
J'eus de la chance, un représentant y serpentait. Il me
prit. Le ciel était noir quand j'atteignis Marseille. Ça
avait bien marché. Sauf à la sortie de Valence où
j'avais attendu trois heures sous la pluie près d'une
station Total. Je suis descendu vers le Vieux-Port par
le quartier arabe.

Le plus dangereux dans les villes c'est les patrouil-
les de nuit. Il faut sonder chaque rue avant de s'y
enfiler et sortir des oreilles grandes comme un radar.
Bondir ensuite d'un porche à l'autre comme les
cochons d'Inde des kermesses scolaires. J'ai évité le
cours Belsunce, de loin j'ai vu les képis briller et les
chiens silencieux. J'ai atteint les barques.

Je la connais bien cette ville. Là, pour la nuit, on ne
viendrait pas me déranger. J'ai longé un ponton de
bois et j'ai sauté sur un chalut. Avec le mistral qui
s'était levé, il y avait peu de chance qu'il sorte cette
nuit. Je me suis coulé sous un tas de cordes et de
bâches.

Pelotonné dans mon manteau j'ai écouté le vent
siffler dans la mâture et faire tinter les agrès. J'avais
l'impression que le Vieux-Port entier cliquetait

comme si j'étais couché dans un lustre géant. Et ce ciel de paillettes argentant le port noir faisait de ce coin de mer un palais de miroirs.

Depuis le cassoulet de la veille je n'avais rien avalé. Je sentais dans ma bouche une haleine d'affamé. Dès le jour il faudrait dénicher quelque chose et de l'argent surtout pour quitter le pays. Toutes les polices de France devaient avoir ma photo à présent. Ne pas moisir un jour de plus.

Je m'endormis avec un assassin. J'avais vraiment la sensation qu'on était deux depuis que j'avais lu l'article. Pourtant on venait de faire ensemble huit cents kilomètres. Je ne m'y faisais pas. Comme s'il avait agi dans mon dos, cet autre, et dire qu'on allait faire côte à côte peut-être le tour du monde et avancer encore et toujours jusqu'au bout de nos vies. Le vent déjà me montrait le chemin, il partait écumer très très loin la mer sombre. Demain je ferai comme lui, laissant à jamais toute mon enfance, je m'engouffrerai dans la nuit.

Quand le jour pointa, le port étincelait. Le vent de nuit l'avait astiqué tel un service en argent. La ville devant moi était limpide. J'aurais pu voir une mouche posée sur la mairie. S'il n'y en avait pas c'est qu'il faisait trop vif.

Quelques travailleurs couraient sur les quais pour attraper les premiers bus et les garçons de café balayaient leur bout de trottoir en sortant les fauteuils d'osier.

Dans la cabine de mon chalutier une poupée en plastique me regardait en souriant. Ça devait être la mascotte. Elle m'a un peu intimidé. J'ai levé l'ancre, mon estomac me torturait.

J'eus beau rôder un peu partout dans les recoins du port, pas un seul croissant à portée de la main. Pas assez de monde et trop de vigilance sous le fouet du vent. Tant pis il me fallait de l'argent coûte que coûte. Avant ce soir je devais être loin.

Je me suis dirigé vers la poste centrale, je savais que là ils en avaient. Souvent j'avais vu dans ma jeunesse des gens y encaisser de petites liasses. C'était comme une banque ouverte à tous et pas très regardante.

J'ai attendu un bout de temps qu'elle ouvre, blotti dans un coin de soleil, contre un mur dégoulinant d'urine. Un vrai mur à clochards, chaud et puant. En plein midi et sans boutique. Un mur comme je risquais d'en connaître pas mal dans les jours à venir avec ce satané destin qu'on m'avait accroché à la queue comme une casserole. Un mur où viennent s'enrouler dans des manteaux troués et des tas de cartons tous les chiens et les hommes abandonnés de la terre.

Un mur que je sentais dans mon dos comme une nouvelle famille. Il recevait pour moi tant qu'il pouvait de soleil. Sur ma droite on a ouvert les grilles de la poste. J'ai compté jusqu'à huit et j'ai foncé. C'est mon chiffre préféré.

Quelques personnes sont entrées en même temps que moi. Toutes les postières attendaient en bleu derrière leur guichet. C'était un hall immense. J'ai pris des imprimés dans une espèce d'écritoire et je me suis installé à proximité de la caisse pour bien voir le trafic. Des gens commençaient à encaisser.

Je gribouillais n'importe quoi avec des yeux qui réfléchissent, en évitant de les poser plus d'une seconde sur les mains qui comptent et celles qui empochent... Quelques billets de cent francs, pas grand-chose. Je ne pouvais pas m'éterniser. Ça finirait par être louche.

Les sommes ne montaient pas. Tout juste de quoi se remplir le ventre. Pour passer à l'étranger, tintin. Je commençais à être à court de mimiques. Plus d'un quart d'heure pour rédiger un télégramme. Même un débile profond l'aurait déjà envoyé.

L'angoisse me picorait le ventre lorsqu'elle se présenta à la caisse. Aussitôt de belles liasses apparurent que le caissier s'empressa d'effeuiller. Grande, robuste, la quarantaine. Elle portait une fourrure. Si charpentée la dame, qu'on eût dit un cheval en vison. Et des mollets, aigus comme des équerres. Je me suis demandé si je n'avais pas affaire à un travesti. Le caissier s'obstinait à pousser vers elle des liasses...

Quand il eut fini elle fourra le tout dans son sac. Un sac à main en cuir noir. Mes yeux étaient cinquante centimètres devant moi. J'avais compté près d'un million ! Sans ajouter ce que j'avais dû laisser passer à cause du trouble. Elle a tourné les talons et regagné la sortie. J'ai tourné les miens.

On s'est retrouvés sous le soleil. Elle marchait déjà, là-bas devant, sur le boulevard. Elle avait fière allure. Je risquais de tomber sur un os. Je la pris en filature. Là, sur ce trottoir, je ne pouvais rien tenter. C'était déjà grouillant. Je respectais les trente mètres. Elle avait l'air de ne se douter de rien. Jamais elle ne se retournait. C'était tant de pris...

Il nous fallait maintenant un endroit tranquille. Elle a traversé un carrefour dans les clous. Je la vis soudain se diriger vers un coin de rêve. Un coin désert !

Elle s'immobilisa devant une vitrine de cuirs et

peaux. Je n'en croyais pas mes yeux, dix mètres plus loin un escalier grimpait vers le Panier. Le quartier le plus embrouillé de la ville. Une vraie chevelure de nègre. Je le connaissais par cœur. C'était le moment ou jamais! Lui arracher le sac et m'enfiler comme une flèche dans l'escalier. Autant poursuivre une puce dans un chien briard.

Seul un stand de poissons et coquillages à cinq mètres de là plombait mon élan. Deux hommes y travaillaient en tablier bleu, couteau à la main. Je ne pouvais plus attendre. Elle fit mine de rebrousser chemin. Je fondis sur elle.

De tous mes tendons je tirai sur le sac. Il ne vint pas... Arc-bouté sur mes talons je donnai une seconde secousse à déraciner un châtaignier. Elle ne bougea pas plus mais je reçus dans le nez une tarte à dessouler un âne. Elle ripostait de sa main disponible. Je compris alors sa désinvolture à balader ainsi son magot. Elle avait du répondant!

Je n'ai pas pour autant lâché l'anse. On se mit à tirer chacun de son côté sur le million. C'était mon salut! Et brusquement, la voyant forte comme dix Basques tirant sur la corde, je lâchai tout. Elle s'écrasa sourdement sur le bitume en rugissant. Son sac était toujours agrippé à sa main. Autant lui arracher le bras!

Je rebondis sur elle, empoignai le sac et la traînai vers l'escalier. Elle était étalée derrière son fric, jambes écartées pour mieux freiner. Les pieds en soc de charrue, elle hurlait.

Dans un coin de mon œil j'aperçus une troupe autour de nous qui s'épaississait. Personne encore n'intervenait. On se demandait du petit homme et du grand percheron lequel des deux avait bien pu agresser l'autre.

Je continuais de la remorquer quand ses glousse-ments rétablirent une logique:

– Au voleur! Au secours! A moi!

Sa robe était retroussée jusqu'au nombril. Sa culotte était vaste et rose; plus je tirais, plus elle avait tendance à rétrécir. Elle s'enroulait vers le bas.

C'est alors que je vis près de moi me barrant toute retraite les deux poissonniers brandissant leur cou-teau. Je compris que sonnait l'hallali! J'étais cerné!

Aveuglé de terreur je plongeai. Je sentis mes pieds s'embourber dans le corps de la dame. Elle se cabra en hennissant. Ça me propulsa tête baissée sur la foule. Je la fendis comme un flan, traversai en trombe le carrefour dans un délire de coups de freins. Déjà les plus robustes s'étaient lancés à ma poursuite, poissonniers en tête. Je les sentais râler sur ma nuque à portée de couteau. Tant pis! Je replongeai dans le boulevard comme en un fleuve fou sans voir le charroi qui fonçait dans les deux sens.

Un bus m'évita de justesse et obstrua tout le boulevard. Je sautai par-dessus le capot d'une voiture ahurie et dans un grondement général m'engouffrai dans une ruelle.

Derrière j'entendais gonfler l'hystérie des klaxons, des cris et des pneus qui s'arrachent la chair sur l'asphalte. C'était la déflagration du scandale sur le beau calme matinal de la ville. Marseille me basculait dessus.

Je me retrouvai sous les grands murs noirs de la Vieille-Charité, cet ancien asile pour les fous, les lépreux et les pauvres. Enfant, je croyais que c'était la prison de Marseille. Ses fenêtres font là-haut dans le ciel un autre monde. Je me suis coulé dans son ombre... Les quais étaient à deux pas. J'ai retrouvé la mer. Un paquebot tout blanc ramassait le soleil comme un cygne immense au bord de son bassin.

A plat ventre j'ai glissé sous un camion. Contre les pavés du quai je sentis mon cœur. Il explosait en rafales. Qu'est-ce qu'il avait reçu depuis trois jours... Je fis faire à ma tête le gyrophare. Aucune paire de jambes n'approchait. On entendait au loin, répercutés par les docks, des appels de marins. Une grue promenait sa flèche dans le ciel bleu comme un doigt silencieux.

D'où j'étais il m'était impossible de lire le nom du bateau. Avec la perspective il formait un trait noir, là-bas, sur sa croupe. Pour n'importe où je l'aurais pris. L'escalier de coupée était installé contre le flanc du navire mais un matelot accoudé au bastingage semblait là pour surveiller. Aucune fille ne passant, il suivait autour des cheminées le vol lourd et blanc d'une mouette.

Mes oreilles bourdonnaient d'une ville en émeute. Même le camion pouvait me saisir brusquement par ses roues. Une sirène ulula juste derrière moi, elle fonçait dans les immeubles propageant le scandale. A cause de moi des milliers de gens s'arrêtaient sur le trottoir, s'appuyaient sur la pioche au fond des tranchées, stoppaient un instant le cliquetis de la machine, doigt en l'air sous les néons. Passait le cri de la folie et du sang...

Seul là-bas, derrière la jetée, le ciel bleu resplendissait de calme tolérance. J'ai toujours aimé les ciels bleus du matin sur la mer. Rien n'apaise mieux.

Je m'aperçus alors que le marin avait disparu. Je fis courir mes yeux dans la coursive. Non! Plus de tache bleue. Tout le blanc du paquebot m'appelait. Désert, soudain, il avait pris au ciel toute sa tolérance. Avec précaution je me tirai de l'ombre.

Sans courir mais le plus vite possible je traversai le quai et sautai sur l'échelle. En trois bonds j'étais à bord. Personne. Je me faufilai vers l'avant jusqu'à trouver une ouverture. Enfin une porte céda. J'étais dans le ventre immense du navire. Un instant plus tard je tombai sur les cabinets, l'aubaine! J'entrai dans un alvéole lorsqu'un matelot en sortit. Je le reconnus, c'était celui de la coupée. Il ne sembla même pas me voir, il s'éloigna rejoindre son poste.

Je mis le loquet et m'effondrai par terre. Mes jambes étaient en chiffon. Là, j'étais un peu comme dans un fourgon cellulaire, des parois de fer, mais un fourgon qui s'ouvrait de l'intérieur et qui allait m'emmener peut-être au bout du monde. J'ai pensé à ma mère. Je me suis endormi.

Quand mon estomac me réveilla, j'eus l'impression qu'un gros chat ronronnait près de moi. Mais non, c'était le moteur du bateau. Prudemment j'ai ouvert la porte de ma cache, je me suis dirigé vers le bastingage. Un vent violent me surprit. Il n'y avait plus de port, plus de docks, plus d'appels. C'était la pleine mer sous la nuit.

Un sillage blanc écumait près du navire. Très loin, des petites lumières festonnaient les ténèbres, la côte s'éloignait. La coursive était déserte, on y recevait des embruns. Je me suis approché des hublots éclairés.

C'était le restaurant des premières. Quelques couples y dînaient, élégamment vêtus pour boire du champagne, beaucoup de serveurs impeccables et oisifs discutaient à l'entrée avec discrétion.

L'un d'eux apporta sous mes yeux, juste derrière la

vitre, un immense poisson d'or à la tomate. Je crus que mon ventre allait me dévorer. Il me plaqua au hublot. Le couple dut sentir ma présence, il se tourna vers moi. La jeune femme eut un haut-le-corps apercevant ma face surgie de la nuit, écrasée à la vitre. Sa bouche se déforma, s'arrondit, aucun son ne me parvint. Plus épouvanté qu'elle je détalai dans la coursive. Le sol était glissant comme une savonnette. Je m'engouffrai dans l'entrepont.

Quelques passagers flânaient là. On ne fit pas attention à moi. Je suivis des couloirs au hasard. C'est alors que je tombai sur un adolescent tout replet, en pantalon court sur des cuisses de petit cochon rose. Il dégustait un sandwich trois fois trop gros pour lui. Il avait l'air gâté pourri. Mon sang se figea. Ce sandwich me saisit l'estomac...

Trois jours et trois nuits que ma langue n'avait pas senti la volupté d'une miette. Je ne pouvais pas lui tomber dessus à bras raccourcis pour lui étouffer son repas tout de même... Je ne pus me contenir tant je bavais. Je tentai mon coup:

– Tes parents te cherchent partout et toi tu manges! dis-je.

– Mes parents?... répéta-t-il ahuri.

– Oui.

– Où ça?...

J'avais de la chance, il avait des parents.

– Là-bas où vous êtes!... Qu'est-ce que tu attends, fonce! Ils croient que tu es tombé dans l'eau!

– Ah? redit-il bêtement.

– Donne! Je te garde ton sandwich, tu feras plus vite. Allez! cours, ta mère est dans tous ses états.

Je lui pris un peu de force le sandwich. Il détala sans demander son reste, entièrement effrayé. Au bout du couloir il se retourna pour me voir. Je fis mine de le poursuivre. Il ne se fit pas prier...

Je retrouvai mon cabinet turc et là, à l'abri, je me régalai. Camembert-beurre!

Ça allait beaucoup mieux. Je ne savais toujours pas vers où nous voguions. Certainement un port de la Méditerranée vu le navire, mais où?... A présent que j'étais calé, j'aurais bien fait un somme. C'était la fin de l'hiver et les cabines ne devaient pas être bourrées. Pourquoi ne pas en chercher une vide?... L'idée était bonne. Je ressortis de mon trou. Ici c'étaient les secondes. Ouvrant une porte je comptai quatre couchettes, deux de chaque côté, toutes occupées. J'entrepris de remonter la coursive, cabine par cabine. J'ouvrais délicatement la porte, jetais un œil, fouillais la pénombre. Quand les quatre étaient prises je refermais tout aussi doucement. Et ainsi de suite car tout était complet.

Enfin une tache claire me sauta aux yeux en entrebâillant une porte. Le lit était fait en bas à gauche, les draps tendus m'attendaient. Sur la pointe des pieds je me glissai dans la chambrette, refermai. Les trois autres étaient déjà remplis de sommeil. Je m'étendis de tout mon long. Des mois que je n'avais pas dormi sur un vrai matelas. Celui-ci me parut profond comme ceux des grand-mères. Une houle légère se mit à me bercer. Mes muscles s'oubliaient.

J'aurais flotté ainsi jusque sous les tropiques. Une île, très loin, où des cocotiers gracieusement courbés trempent leur chevelure en de calmes lagons et de faciles vahinés attendent nues les hommes de l'autre monde sur un quai calciné. Et là, dans la beauté mélancolique, mon nom à jamais se serait effacé sous la boue végétale que le soleil corrompt.

C'est alors qu'une petite voix, juste au-dessus de ma tête, vint effleurer notre cube de nuit. D'abord je ne compris pas... Ce n'était qu'un souffle. Mais la voix légèrement s'affirma. C'était une femme qui demandait quelqu'un:

– Georges!... disait-elle. Georges!...

Puis après un silence, un peu plus fort:

– Georges?...

Rêvait-elle cette femme en dessus? Son corps s'agita.

– Georges?...

Sa voix s'étranglait aurait-on dit. Peut-être un mauvais cauchemar. Je ne bougeai pas. J'entendis nettement le froissement brusque des draps et des ressorts qui grincent.

– Georges!!!!

Décidément elle l'avait dans la peau son Georges.

C'est à ce moment qu'une main fouillant le noir vint se plaquer sur mon visage. Nerveusement elle me palpa. J'étais cloué. Un cri alors effroyable transperça le bateau.

– Geooooorges!!!!!

Un raffut de tous les diables explosa dans la cabine, les deux autres dormeurs n'avaient fait qu'un bond, épouvantés au fond de leur sommeil.

– Geooooorges!!!! continuait à glousser cette folle.

Je compris brusquement la méprise. Elle m'avait pris pour son mari qui rentrait se coucher après avoir traîné au bar ou sur le pont.

Tout le monde dégringolait de partout. Quelqu'un sur mon dos dénicha la porte, l'ouvrit. La lumière du couloir nous inonda. A quatre pattes je m'extirpai du magma et fonçai à toutes jambes au hasard du

106

dédale. « Georges ! » résonnait jusqu'au fin fond des cales.

Dans ma fuite je rencontrai de nouveaux cabinets. Je m'y séquestrai à double tour pour ne plus en sortir quoi qu'il arrive. Ah non ! Ça suffisait ! Si je voulais bousiller tout mon cœur il fallait le dire... Pas assez de Marseille, j'allais avoir maintenant un bateau entier sur le dos. Je m'assis par terre en m'engueulant. Si j'avais des goûts de luxe à présent, où nous allions ! Une couchette ! Et pourquoi pas un yacht pendant que tu y es ! Mais tu ne vois pas que tu es un assassin ! Et tu voudrais dormir dans des couchettes ! La guillotine me sauta sur le cou. Je me recroquevillai. Je m'étais laissé aller à la fatigue, à la faim et au sommeil, brusquement je me ressaisissais.

C'est un silence étrange qui cette fois m'éveilla, roulé en boule au fond des cabinets. Le navire paraissait immobile, et du moteur point de ronron.

Je bondis sur mes jambes. Tout en moi était courbatu. Je collai mon oreille à la porte. Rien. Comme un chat je me glissai dehors. Les coursives étaient vides.

Débouchant sur le pont je fus interloqué. Une montagne verte écrasait le bateau et là, tout près, à portée de la main, une petite ville ocre adossée aux coteaux regardait de tous ses yeux du côté de la mer.

Il y avait des palmiers tout autour d'une place et au milieu un joli kiosque à musique, tout en dentelle aurait-on dit. Sous moi quelques dockers poussaient

107

sur des chariots des collines de sacs. A trois pas l'échelle me tendait les bras.

Aucun douanier parmi les caisses et les sacs ne paraissait embusqué. Tout le monde avait déjà débarqué. Une chance. Tout semblait normal.

Avec le flegme d'un homme d'équipage qui n'en est pas à sa première escale je descendis les escaliers. Sans encombre je franchis les grilles. Ça y était! J'étais parmi la foule du port, près d'un petit marché. Je me perdis entre les étalages. Ça sentait le poisson, les algues et le pavé mouillé. Mais quelle ne fut pas ma surprise entendant autour de moi, outre une langue très criarde, qu'on parlait couramment le français...

J'étais peut-être aux colonies? Mais ces gens-là n'avaient pas l'air du tout de couleur. Presque des Italiens à leur façon de chanter leurs appels, et autour de la place, aux fenêtres, s'entrouvraient partout des jalousies.

Je ne pouvais tout de même pas arrêter quelqu'un et lui dire:

– Pardon, on est dans quel pays ici?

Il risquait d'appeler « au secours ». J'eus une idée. M'approchant d'un homme affalé à une terrasse de café, je demandai:

– Pardon, monsieur, pourriez-vous m'indiquer un plan de la ville s'il vous plaît?

Ses yeux s'absentèrent quelques secondes. Il fit dans sa tête le tour de la ville.

– Tiens! Tu en as juste un là, au coin de la mairie, me répondit-il très jovial, et, revenu à moi, son accent me sauta aux oreilles. Le même exactement que mon grand-père qui roulait sur tous les « r ». J'étais en Corse!

Le plan de la mairie me le confirma. « Ville de

Bastia. » Je pensai aussitôt à la police. C'était la même ici et la gendarmerie aussi. Je n'avais fait décidément qu'un piètre petit bond. Elle était loin l'Afrique noire ou l'Océanie... On ne le quitte pas facilement sans papiers, son pays.

Je me mis à fouiller cette ville, bien italienne ma foi, avec ses façades d'un rose lointain et ses jalousies vertes. Partout grimpaient vers les collines des ruelles en escalier. Cent fois je m'y perdis; sinueuses et fraîches elles finissaient toutes, là-haut, dans le soleil.

Des femmes tout en noir me croisaient dans des goulets profonds, furtives elles se dérobaient sous des porches obscurs. Je les trouvais rassurantes, me souvenant de toutes les histoires que mon grand-père racontait où de redoutables bandits, aidés par la population, font une vie durant dans le maquis la nique à la gendarmerie.

Cette pensée me fit du bien. J'avais donc un peu quitté la France. Et puis, depuis le matin, des uniformes je n'en avais pas beaucoup rencontré. Peut-être, comme dans les histoires, on ne les aimait guère ici. En tout cas ça les rendait discrets.

Je décidai de faire le point dans cette île avant de m'embarquer pour le lointain. J'avais repéré au fond d'une de ces ruelles un hôtel si petit qu'il ne portait même pas de nom. Pourquoi ne pas demander une chambre et dès le lendemain me dénicher un petit boulot? N'importe quoi sur les quais pour voir venir.

La patronne était toute jeune, pas plus de seize ans. Souriante et mignonne, je compris qu'elle n'était que la fille. Elle interrompit son travail de serpillière sur les grandes dalles en pierre de l'escalier, et sans me faire remplir aucune fiche me précéda dans un couloir étroit comme un sentier jusqu'à la chambre à huit francs. Je ne la voyais plus tant c'était noir, je me guidais sur ses jambes claires.

– La moins chère de tout Bastia, me dit-elle en riant.

Très vite je compris pourquoi.

Après avoir frappé à une porte dérobée, elle me fit traverser une chambre où un homme dormait à cette heure de l'après-midi. Se tournant vers le mur il grommela. Ma chambre était juste derrière. C'était la même qu'on avait séparée par une cloison de bois. D'un gentil sourire coquin la jeune fille m'abandonna.

C'était tout minuscule ici, grand comme un lit, mais le sourire de cette fille m'avait rendu confiant. Je tombai de tout le poids de mes mésaventures sur le lit qui hurla, et content et affamé je m'endormis comme une brute.

Un raffut de tous les diables me jeta hors du sommeil. C'était la nuit. Dix personnes au moins couraient sur la toiture, juste au ras de ma tête. Elle était en tôle ondulée, comme aux colonies. C'étaient des cris!... Ils semblaient vouloir égorger l'un d'eux. Affolé je passai la tête par l'unique petit fenestron du réduit.

Un palmier passait juste devant, ses feuilles retombaient en pagne sur la tôle ondulée. Alors sous la lune j'aperçus le déroutant manège: une nuée de chats de toutes les couleurs prenaient en bas leur élan, escaladaient en trombe le tronc de l'arbre et venaient atterrir et s'étriper en sifflant sur le toit. Puis ils retraversaient la lune comme des furies, dégringolaient par le même chemin, faisaient à perdre haleine le tour du jardinet et rattaquaient en braillant encore

110

le tronc de l'arbre. C'était dans le noir une danse comique ét macabre qui granula ma peau.

Sur ma tête ils étaient plus de vingt à labourer la nuit. J'étais juste sous le rendez-vous de tous les vauriens de la ville. C'est pas pour rien qu'elle était à huit francs ma chambre. En plus le lavabo était commun et c'était l'autre qui l'avait.

On venait d'attaquer mars, les chattes devaient être dingues. J'eus l'impression que mon toit allait céder sous le poids de l'amour. On aurait dit vingt ambulances fonçant dans le palmier toutes sirènes hurlantes.

J'avais une envie folle de pisser; mais où?... La lucarne était trop haute et je n'avais pas le lavabo. J'hésitai un grand moment à réveiller l'autre, tournant en rond, plié en deux. Je finis par me décider. Je ne pouvais pas tout de même pisser dans mon lit.

Le plus délicatement possible je tournai la poignée et m'enfilai à tâtons dans la pénombre. Silence. J'allais atteindre l'autre porte, de mémoire, quand une voix soudaine me fit sursauter.

– Allume la lampe plutôt que de faire le pantin dans le noir!

C'était un jeune homme assis sur son lit, bien réveillé et qui souriait à belles dents.

– C'est tout au fond du couloir à gauche. Tu peux y aller je ne dors pas. Je ne dors jamais après minuit... C'est impossible avec ces sales chats. Je leur ai tout fait, pas moyen de les faire bouger d'un pouce. Ils aiment notre toit!... Il n'y a que là qu'ils peuvent bien s'enfiler qu'est-ce que tu veux... C'est vraiment con les chats!

Je filai au fond du couloir me soulager et revins. Il s'habillait. Tout de suite il eut l'air très élégant. Pantalon clair à pinces, chemise de printemps, légers mocassins sable. Il envoyait devant la glace, en

111

arrière, une belle chevelure d'or rouge souple et aérienne. Puis il tira sa langue le plus loin possible, les yeux concentrés sur la glace. Il s'en rapprocha pour bien voir jusqu'au fond. Mécontent il se tourna vers moi. C'était un garçon de mon âge à peu près, légèrement plus grand et nettement plus beau. Le genre séducteur. Les yeux d'un vert peu connu.

– Assieds-toi un moment, le temps que ça leur passe. C'est un coup de cinq heures du matin...

Il se laissa tomber sur son lit disant cela, jambes étalées. Je m'assis en slip et un peu grelottant sur l'unique chaise.

– Alors ils t'ont refilé cette cage à poules... C'est une honte! Ça ne fait même pas partie du bâtiment... Ils ont scellé en douce trois poutres métalliques et ils ont fixé dessus cette chambre en carton. En la divisant en deux ça leur fait seize balles. Le même prix qu'une chambre normale! C'est tous des voleurs les Corses, je te le dis!... Tu n'es pas corse au moins?

– Euh... Non, pas vraiment, j'avais un peu de famille mais il reste presque plus rien. Une tante, je crois, dans un village...

– Je te dis ça mais je m'en fous, je n'ai rien contre eux. Je trouve qu'ils ont trois cents ans de retard c'est tout... S'ils t'acceptent, tu peux leur demander n'importe quoi... Si tu leur dis que leur île est la plus belle, ils se feraient brûler pour que tu sois bien. Par contre, s'ils t'ont dans le nez, tu peux te rhabiller... Moi ils m'ont dans le nez! Dès le premier jour ils m'ont pris en grippe. Je suis trop moderne pour eux! Ce sont des paysans endimanchés... Quand ils se pavanent sur leur place Saint-Nicolas, le soir, on dirait toujours qu'ils sortent de la messe... Tu comptes rester longtemps à Bastia?

– Je ne sais pas... Je viens juste de finir l'armée. Il n'y a pas de travail à Marseille alors je suis venu voir ici.

Il éclata de rire. Il avait vraiment de très belles dents, puissantes et distinguées à la fois, comme tout son physique d'ailleurs qui était fort et délicat. Beaucoup d'allure... A se demander ce qu'il faisait dans une chambre à huit francs ?

– Du travail en Corse ? Laisse-moi rire il n'y a que ça ! Tiens, moi si tu veux je t'en trouve dès demain du travail ! Ça te dirait de commencer demain ?...

– Sûr, ça m'arrange... Je n'ai presque plus d'argent sur moi.

– Bon ! Ça m'arrange aussi... Je te laisse ma place. J'en ai marre de leur servir de larbin. Je suis vestiaire dans une boîte de nuit. Tu n'as qu'à prendre leurs manteaux... Pas très payé mais relax. On te fiche la paix... Évite de leur faire les poches, ils sont capables de te saigner. A la rigueur la petite monnaie. C'est pas des gens qui comptent. Pour ça au moins ils ne sont pas regardants... Ce soir, c'est le jour de fermeture, je te présenterai demain au patron... Moi j'en ai assez fait. Je vais me la couler douce avec le printemps qui vient... Tous les jours à la plage ! Il faut que je sois noir d'ici la fin du mois...

Il était beau et élégant, il semblait ne s'oublier guère. Il devait passer une bonne partie de son temps à s'occuper de lui. Ses pantalons sur le lit se cassaient en un pli impeccable et sur le lavabo s'alignaient au moins six parfums différents. Cette chambre couloir sentait le sommeil et la lavande.

En tout cas si son histoire de vestiaire était vraie, c'était inespéré ! Trouver du travail comme ça, dans la nuit, entre deux portes...

On a bavardé encore un moment sur le raffut des

chats et puis je suis allé me recoucher. Lui est sorti avant le jour. Il connaissait un four qui vendait des croissants tout chauds près du port. J'ai dit que je n'avais pas faim la bouche noyée d'envie. On s'est souhaité une bonne fin de nuit, on se retrouverait ici vers midi, salut !

J'ai pensé en me couchant qu'il était bien sympathique avec ses airs de dandy flexible et son regard souriant. Il ne devait pas trop mal se débrouiller après tout pour m'abandonner ainsi son boulot. C'est une petite fortune des yeux verts... Comme un capital qui travaille pour vous chaque jour, on n'a qu'à le promener de-ci, de-là, dans les rues, aux terrasses des cafés et le miracle s'accomplit. C'est ainsi depuis la nuit des mondes.

Je tournais depuis deux bonnes heures quand il vint me chercher. Dehors les façades flamboyaient. Sur la grand-place les palmiers lançaient de leurs feuilles vernies des esquilles de soleil.

Tout en marchant il me parlait, content. On avait sorti sur les balcons des parasols gais comme des salades de fruits. Devant les cafés les tables étaient bondées entre de grandes jarres roses.

– C'est la belle saison qui commence. Regarde ! Il y a des filles splendides partout. On se demande où elles passent l'hiver et brusquement en quelques heures elles sortent comme un champ de narcisses... Ça me rend dingo toutes ces femmes ! J'ai pas le temps d'en draguer une qu'une autre encore plus belle me passe devant... Je ne sais plus où donner de la tête !

114

Il disait vrai. On ne pouvait pas faire dix pas sans qu'une de ces fleurs aux épaules précocement bronzées accoure et l'embrasse en riant sur la joue, l'œil mutin et conquis. Il les connaissait toutes! Et sur toutes on voyait qu'il faisait un effet électrique. J'avais rarement vu ça ailleurs qu'au cinéma.

– Quand même, on a beau dire, reprenait-il un peu plus loin, il y a de ces morceaux! Elles sont à la mode en plus, mais regarde-les!... C'est les hommes ici qui sortent du Moyen Age. S'ils n'étaient pas là on se croirait volontiers flânant sur la Croisette... Moi je suis parisien: c'est pour ça qu'elles m'adorent! Elles ont toutes les yeux tournés vers les Champs-Élysées. Les mecs, ils ont les yeux tournés vers le village. Ils ne sont pas dans le coup. C'est ça qui les rend fous! Ils me haïssent...

Je ne savais plus que penser de cette nouvelle amitié. Car si les filles se retournaient sur nous, les mâles, eux, du fond des bistrots nous décochaient depuis le début de la place des regards chargés de chevrotine. Pour ma première journée à Bastia c'était réussi. Discrétion assurée.

Nous atteignîmes la boîte en question. Une planche vieillie suspendue à des chaînes annonçait: U PUZZU au fer rouge.

– Ça veut dire « le puits », m'annonça mon protecteur, et nous nous engouffrâmes dans un escalier raide comme une corde.

La boîte était tout au fond, une grotte perdue loin dans la terre, entre le repaire de pirates et le trou de renards. Quelques lumières vertes surgies d'amphores moussues rappelaient qu'on était bien au-dessous du niveau de la mer.

Derrière un comptoir de bateau un grand type moustachu et obscur comme un phoque était penché sur des comptes. Mon compagnon lui présenta l'affaire. Le patron leva à peine la tête vers moi. Il semblait s'en fiche comme de sa dernière bouteille que son vestiaire change de mains. Il grommela, loin dans ses chiffres:

– C'est bon, c'est bon! Ce soir à six heures... Et pas plus tard!

Nous regagnâmes la lumière solaire. Quelle facilité... Un détail me chagrinait tout de même, celui de ma sécurité en un lieu aussi peu catholique. Je pris des gants pour ne pas éveiller ses soupçons.

– Tu sais, j'ai déjà travaillé à Marseille dans une boîte un peu ce style, c'étaient des bagarres tous les soirs, sans compter les descentes de police. Un samedi ils ont foutu le feu... Une équipe rivale. La boîte était bourrée... Les flics ont fini par tout boucler.

– Alors là, mon pote, ce n'est pas le genre de la maison! Chez Sabiani tout le monde file doux, il est connu comme le loup blanc dans le milieu. Personne n'oserait seulement laisser tomber son verre. Il a même dans sa poche le commissaire principal... Alors des scandales et des descentes c'est pas demain que tu en verras!

Il annonçait ça en riant, comme si je lui avais parlé d'un risque d'avalanche à Tombouctou. Il ne pouvait pas me faire plus plaisir. Sans le vouloir j'allais être abrité par le milieu. « Le commissaire principal dans sa poche... » Qu'elle était jolie cette petite phrase. Il en devenait doux comme un mouchoir de soie le commissaire principal. Je me sentis soudain presque acquitté d'avoir un patron avec de telles poches.

– Bon! Je te laisse, me dit-il, je suis sur un coup unique, une nana bourrée aux as et en plus... Belle comme un cœur. Je te raconterai ça à l'hôtel... Au

fait, j'avais oublié de te dire, moi c'est Valentin,
Valentin Jeudi.

– Moi c'est René, lançai-je alors que déjà il s'éloignait au milieu de la place.

Se retournant il me cligna de l'œil. Il faisait une
tache claire sous le soleil de midi. Un point rassurant
qui se perdit là-bas dans les ruelles plus fraîches du
port.

J'aurais bien aimé à ce moment qu'on s'assoie
ensemble à une jolie terrasse et lui payer la plus
grosse glace de tout Bastia. Je lui aurais payé n'importe quoi d'ailleurs pour rester avec lui un bout
d'après-midi. Il me donnait son amitié, comme ça,
simplement, comme on donnerait l'heure et puis il
poursuivait souriant vers ses occupations.

Le soleil de printemps jetait autour de moi des
poignées de bourgeons et sur la mer après la place
une passerelle légère d'argent. Je me suis engagé dans
les ruelles, par où Valentin avait disparu, en me
disant qu'avec un peu de chance je le retrouverais,
mais je faisais celui qui visite la ville, mains dans les
poches, sur les traces du vent.

Calmement, sur le sol, le soleil allongeait les façades. Je suis allé au bout de la jetée parce qu'un
bateau tout blanc passait lentement près du phare,
sans corner, comme un promeneur qui frôle une
maison évite les graviers afin que le silence jusqu'au
bout du chemin le protège. Bientôt il ne fut plus sur
la mer qu'une mouette en repos qui doucement
balance. Bastia sous le dernier soleil était un abricot.

Il y avait bien longtemps que je n'avais pas senti sur
mon dos toute cette lumière. J'ai eu l'impression, un
instant, que j'aurais pu vivre là dans l'immense douceur d'une vie qui n'a pas de mémoire.

Quand la nuit fut entièrement close sur la ville et qu'apparurent des guirlandes d'ampoules tout là-bas, infimes, dans les criques du cap, je regagnai la place.

C'était l'heure où les gens profitant de la nuit descendent dans des trous encore bien plus obscurs pour se frotter les uns contre les autres. J'ai rejoint mon poste.

Quelques premiers clients déjà piétinaient devant ma loge. Une planche rabattante me séparait d'eux. Sans même s'apercevoir que le bonhomme avait changé ils me passaient leur manteau tout en s'émoustillant. Des halos rouges et verts les attendaient dans les coins pour enflammer leurs corps de lumières étranges. Comme les corps métis d'une escale équivoque. J'étais le premier douanier de ce port. Ils me tendaient leur bagage avant de débarquer sur le quai du plaisir. Ils me laissaient un franc.

Je les entendais ouvrir la porte en haut et puis ils attaquaient en riant l'escalier du vertige. Quand les rires étaient féminins, je sortais ma tête en dehors de ma loge, j'avais alors une vue splendidement remontante sur des cuisses tendues de prudence tant c'était escarpé. Sur les talons aiguilles les muscles se bandaient pour garder l'équilibre.

Certaines attaquaient le vide de profil, agrippées à la corde. Je voyais alors toute l'orée des fesses. Ah ! C'était somptueux d'en bas ! Tout musclé d'effroi... Quand c'était un couple je rentrais mon périscope. Ils sont jaloux ici les hommes et susceptibles sur tout ce qui touche à la pudeur. Je le savais par mon grand-père et Valentin aussi m'avait bien prévenu.

« Attention ! m'avait-il dit, ici ne fixe pas les hommes et quand tu croises une belle femme ne te retourne pas de suite comme sur le continent. Moi je

118

n'ai jamais pu m'empêcher... Ça me jouera un sale tour... »

Avec les couples donc, je faisais comme si je ne voyais pas les femmes, je m'accrochais aux cintres. J'avais bien le temps ensuite de me rincer l'œil, elles fonçaient tout droit sur la petite piste circulaire juste en face de ma loge après le coude du couloir. De ma place je les englobais toutes. Elles ondulaient éclairées d'en dessous par des dalles lumineuses.

C'était époustouflant! Surtout que cette année-là les robes raccourcissaient à vue d'œil. On se demandait jusqu'où elles remonteraient! C'était une bien jolie mode. Moi qui étais resté des siècles privé du spectacle affolant d'une paire de jambes... Là, mon imagination en devenait marteau! Je ne savais plus à quel saint me vouer! J'en oubliais d'un coup ma faim. Un appétit avait évincé l'autre.

Ma vue déjà basse en temps normal tremblait dans l'effort comme un désert sous le soleil brûlant. Tout se troublait dans le feu de mon sang. Elles oscillaient en couleurs ces créatures de rêves!

J'avais de temps en temps, malgré tout, un regard vers l'escalier, pas voyeur celui-là, non, inquiet. De cette inquiétude permanente qui m'étranglait depuis mon évasion. J'attendais toujours et partout qu'une meute en uniformes fonde sur moi à l'improviste comme sur le condamné à mort quand il ne s'y attend pas.

C'est dans cette position, ma tête continuellement tirée hors de ma loge comme celle de l'escargot timide et curieux, que je vis se présenter en haut de l'escalier cette paire de jambes...

Longues, hâlées, pleines, elles jouaient sur les marches, venant vers moi, tendant à la craquer à chaque mouvement une minuscule jupe de soie fauve. C'était

119

une toute jeune fille, svelte et racée. Une déesse qu'on aurait entravée.

Son corps radieux atteignit ma loge. Je reçus dans les reins brusquement une friture bouillante. Tout son être me cinglait. Après toutes les femmes que j'avais vues défiler depuis le début de la soirée sur l'escalier initiatique, elle était tout simplement éblouissante. Ma gorge s'assécha.

Comme ses cuisses, ses épaules se dénudèrent. Un châle vénitien en glissa, qu'elle me tendit en souriant, noir avec des roses rouges.

– Tiens! Valentin n'est pas là?... m'interrogea-t-elle surprise, m'apercevant au fond de mon trou.

Je voulus répondre mais ma voix s'était absentée. Légèrement plus grande que moi, de l'autre côté de la planche elle m'observait, interrogative... Quelle noblesse! Tout son corps me fusillait. En elle pourtant une tendresse exquise... Elle dut à cet instant ressentir tout mon trouble, sa voix tenta, gracieuse, d'éluder l'émotion.

– Valentin est souffrant pour que vous le remplaciez? reprit-elle, détournant généreusement son regard pour ne pas m'écraser.

Elle devait avoir une vaste habitude de ce genre de situation. Promenant sans doute son ascendant depuis toujours, comme d'autres un pied bot.

J'entendis ma voix bredouiller, rauque et courte:

– Non, il ne souffre pas, il a démissionné.

– Ah bon? lança-t-elle presque gravement, ses yeux obscurs de nouveau fichés dans mon trouble.

– Oui, il en a assez de travailler la nuit, il préfère se faire bronzer, bégayai-je bêtement sans salive.

L'étonnement et la déception assombrirent encore le mystère de son visage. Elle baissa les yeux.

– Je vous remercie, dit-elle, et elle se détourna

120

pensivement vers la piste. Là, elle ondoya auprès de quelques autres, incandescente de la lave qui coulait sous ses pieds.

Certaines filles alors regagnèrent leur place. La boîte entière, médusée, se concentrait sur elle. Un moment il n'y eut plus que son corps, il avait éteint jusqu'à la musique et au brouhaha des verres et des voix. Toujours pensive elle dansait. On sentait qu'une magie la séparait du monde. Lointaine, elle sembla ne pas voir le ravage qu'elle opérait. Les couples étaient restés bras en l'air, le regard foudroyé par le miracle de ses formes.

Les muscles aussi tendus et soyeux que le tissu qui par endroits tentait de les dissimuler, caressaient les fumées vertes et rouges qu'en volutes ils faisaient valser.

La salle entière avait le souffle court. Ses fesses comme un miroir renvoyaient dans les yeux de chacun toute leur poignante lumière. Soudain tout son corps se figea. Son regard chercha ma loge. Elle vint.

– Vous êtes son ami? me demanda-t-elle comme si nous n'avions pas interrompu notre petit dialogue.

Je compris qu'elle en était toujours à Valentin.

– Euhh... C'est un bon copain. Vous voulez que je lui fasse une commission?

– Pensez-vous qu'il ait l'intention de quitter Bastia? me questionna-t-elle rapidement.

– Non! Il ne va pas rater la belle saison, il aime trop la mer, dis-je comme si je le connaissais depuis toujours. Ça me rapprochait d'elle.

– Ah!... Oui, prononça-t-elle le regard déjà ailleurs. A bientôt j'espère, je viens volontiers passer un moment ici, on s'y sent hors du monde... J'aime beaucoup ce genre d'endroit... Embrassez Valentin de ma part voulez-vous bien?

Je lui tendis son châle vénitien. Paralysé je la vis s'envoler, souple et vertigineuse, comme une fumée quand on ouvre une fenêtre.

C'est Valentin qui vint me réveiller le lendemain. Le soleil était déjà haut. Il ne devait pas être loin de midi.

– Allez, grouille-toi, feignant, il fait un temps splendide! Je t'invite au restaurant.

Je concentrais toute mon énergie, encore endormi, afin d'enfiler mes hardes lorsqu'il éclata de rire.

– Ah! non. Tu ne m'as pas fait assez honte hier comme ça? Fiche-moi ça à la poubelle! Je suis pas l'armée du salut!

Il disparut dans sa chambre et reparut aussitôt enfoui sous un monceau de chemises, comme sous une brassée de foin.

– Attends! Je vais t'en choisir une. C'est quoi ton tour de cou?

– Ma foi...

– C'est pas grave, de toute façon je te vois mal avec une cravate. Tiens, enfile-moi celle-là!

C'était une chemise rayée, rose et bleue, une Cacharel à manches courtes. Légère et printanière, comme celle qu'il portait. Je remarquai alors qu'il s'était changé des pieds à la tête depuis la veille. Il aurait fait un sacré mannequin!

Il me tendit un pantalon, bleu ciel, assorti aux raies de la chemise. Il était trop long pour moi... Tant pis! Ça cacherait un peu mes chaussures affamées. On n'avait pas du tout la même pointure.

– Ah! Ça va déjà mieux... Tiens! Donne-toi un coup de rasoir et tu seras presque présentable. Je t'attends dehors, au soleil, on gèle ici dedans.

122

Il était vêtu comme au milieu du mois d'août et on était à peine au tout début du printemps.

Quelques instants plus tard nous marchions gaiement sur le grand boulevard qui traverse de part en part toute la ville pour aller se prosterner là-haut au pied des grands escaliers du palais de justice. Sur le côté droit en montant, toutes les vitrines nous aveuglaient de leur éclatante lumière. C'est là qu'étaient les plus luxueux magasins. L'autre côté était dans l'ombre, il semblait réservé aux drogueries et à l'alimentation.

– Viens! me dit-il, m'entraînant par le bras à l'intérieur d'une de ces boutiques: *La Galère.*

Elle était criblée d'alvéoles de plâtre, tout comme dans un pigeonnier, et chaque niche protégeait une petite pile de lainages d'un coloris toujours différent. Comme si nous regardaient des centaines de pigeons au duvet multicolore. Tout ici portait la marque Cacharel. C'est donc là qu'il se servait Valentin.

Il me présenta à Brigitte, la jolie jeune fille qui tenait le magasin. Il lui fit un très gentil compliment sur ses boucles toutes nouvelles qui rendaient son cou encore plus ravissant. Épanouie de bonheur, elle se détourna vers le fond de la boutique, où une cliente lui demandait son avis de l'intérieur d'une cabine. On voyait dépasser un morceau de robe à volants.

Tout en continuant à bavarder avec Brigitte, qu'un paravent maintenant dérobait, Valentin s'approcha d'une petite table et, avec la vivacité d'un pêcheur à la main, je fus éberlué de le voir faire glisser le tiroir-caisse et y puiser, souple comme une truite, une liasse de billets qu'il enfila dans sa chemise entrouverte. Il referma tout aussi délicatement le tiroir et sans cesser de parler se rapprocha de la cabine.

– Bon! Brigitte, puisque tu es occupée je ne vais pas te déranger, je repasserai cet après-midi...

Le visage de Brigitte apparut, toujours souriant, elle nous lança pendant que nous sortions un baiser.

On descendit vers le port. Je sentais le regard interrogateur de Valentin, en coin. Il savait que je l'avais vu. Comme je ne disais rien il m'annonça:

– C'est la fille la plus chouette que je connaisse! C'est comme si *La Galère* était à nous deux. Elle me donnerait sa chemise, cette nana...

Question chemise je n'aurais pas eu de mal à le croire avant le coup du tiroir. Mal à l'aise il rectifia:

– Enfin... Elle me donne toutes les invendues, les fins de série.

J'étais plutôt gêné, j'avais vu en vitrine la même exactement que celle que je portais.

– Tu sais entre nous, avec Brigitte, l'argent ça va, ça vient, le mois dernier elle a eu des difficultés, je lui ai passé cent sacs... C'est sympa qu'il y ait des gens comme ça, avec qui ça ne compte pas le fric.

Il parlait pour écarter son trouble. Moi, de son geste je m'en foutais, j'avais une faim de tous les diables mais ça pouvait être risqué de fréquenter un danger pareil.

On était sur le port. De beaux restaurants alignaient leurs tables nappées de blanc au ras des flots, juste au niveau des barques. Des panières de coquillages serties de citrons scintillaient sous les parasols. On ne savait plus si l'odeur de marée sortait du port ou des cuisines.

On s'est retrouvés attablés, au bord de l'eau, avec un garçon à côté qui attendait la commande, comme un énorme flocon de neige sous le soleil de midi.

J'aurais mordu dedans tellement j'avais faim, il déplaçait avec lui, légèrement, les fumets les plus renversants de la terre.

– J'ai une de ces dents! gloussa Valentin enseveli dans la carte. Qu'est-ce que tu dirais d'une belle langouste toi, hein?... Tu l'aimes au moins la langouste?

– Sûr..., balbutiai-je.

Je n'en avais jamais goûté.

– Alors deux langoustes « Feu d'enfer », garçon! Et les plus grosses!

– Si vous voulez bien me suivre jusqu'au vivier afin de choisir vous-même, osa le garçon avec tout le respect que l'on accorde aux clients d'exception.

– Mais non je connais la maison, on fait confiance, rétorqua Valentin négligemment. Conseillez-nous plutôt un vin du feu de Dieu!

– Eh bien... Permettez-moi messieurs de vous suggérer notre pouilly-fuissé...

– Va pour le pouilly!

Le garçon s'effaça à reculons, voûté de déférence. J'étais comme deux ronds de flan! Et dire que deux jours plus tôt j'avais fauché le sandwich d'un gosse... Des langoustes « Feu d'enfer »! Ma bouche coulait comme une source.

La langouste me fit penser au corps fabuleux que j'avais vu la veille, faisant gracieusement glisser le châle vénitien. J'en fis part à mon acolyte:

– Ah! J'oubliais, une fille t'a demandé hier soir, très belle! Elle avait l'air ennuyée de me voir à ta place.

– Où ça?

– A la boîte... La plus belle fille de Bastia en minijupe.

– Ah... Béatrice, laissa-t-il tomber avec une totale

indifférence, c'est la fille du sous-préfet; le jour où elle me lâchera un peu la grappe! Elle passe sa vie à me chercher, je la hante... Et crois-moi, c'est vraiment pas un bon coup!

Moi qui pensais lui faire plaisir en évoquant cette idole. Moi qui aurais donné dix ans pour lui effleurer simplement le genou. Décidément c'était un garçon bien étrange ce Valentin. « Pas un bon coup »!... Et la fille du sous-préfet par-dessus le marché. Il était blasé de tout ma parole!

Il n'en fut que plus grand à mes yeux. Sa chevelure rousse sous le soleil incendiait toute la terrasse. On apporta les langoustes. Ma bouche se remit à couler.

Pendant que je m'escrimais gourdement dans la chair blanche, massacrant le crustacé, Valentin enchaîna sur les femmes. Ses mains semblaient accoutumées à ces menus luxueux, la langouste glissait sans façon hors de la coque, soumise. Peut-être séduite elle aussi comme la fille du sous-préfet?

– Tu sais les femmes, si j'avais voulu! J'aurais pu faire du cinéma à Paris. J'ai connu une actrice qui se serait vendue pour moi... Et célèbre! Elle disait que j'étais le nouveau Gérard Philipe, quand je voulais, que je devrais signer un contrat avec l'Amérique. Ça la rendait dingue que je me gâche. Non! Moi ce qui m'intéresse c'est la photo. L'an dernier j'ai gagné le premier prix avec un Nikon au concours Fruidor: Une fille dans une fontaine, presque nue avec les gouttes et le soleil derrière en pluie. Un morceau de paradis... J'ai eu plein de propositions après... Des trucs extra. Non! Moi finalement ce qui m'attire, c'est l'aventure. Je ne peux pas rester deux jours au même endroit.

Je me demandais en raclant ma coquille s'il ne me

menait pas un peu en bateau ce zèbre! Qu'est-ce qu'il foutait dans une chambre à huit francs, beau comme Gérard Philipe? Il a fait signe de loin pour un deuxième pouilly. J'en ai profité pour commander des spaghetti bolognaise. Il m'a regardé bizarrement, le garçon aussi mais sans qu'il y paraisse.

Je me suis plus régalé aux spaghetti qu'à la langouste parce que là au moins j'y suis allé franco. Une bamboula du tonnerre!

Allégrement la seconde bouteille a filé. Il faisait de plus en plus beau sur ce port. On était heureux, habillés tous deux en printemps Cacharel. Souriants on regardait passer les filles qui vont au travail en faisant un détour par les quais et les beaux restaurants pour ne pas perdre tout de la belle journée. On leur faisait des plaisanteries fines et quelquefois elles riaient.

J'ai eu l'impression, un instant, de devenir un riche et que toutes les sales difficultés de la vie venaient, comme les jolies filles, virevolter autour de moi et sourire parce que tout est facile soudain. J'ai oublié Verdun, le brouillard et ce mort de tous mes malheurs à venir. Il n'y a plus eu autour que le grand soleil sur la mer et les robes légères.

On s'est mis à philosopher avec Valentin « parce que c'est beau la vie quand même » et que « ça vaut bien la peine d'être vécue » car « on a beau dire malgré toute la souffrance des hommes quand on est là sur un petit port au soleil et qu'on digère une langouste en achevant un nectar pareil! », on en avait commandé une troisième pour finir, « eh bien les malheurs de la terre avec nous autres dedans ça pèse pas lourd à côté ».

La police serait venue m'arrêter à cet instant-là, sur le port, je lui aurais tapé amicalement sur l'épaule et ça n'aurait pas été plus mal pour chacun. On aurait quitté la scène en chœur et tout le monde aurait ri, et ça nous aurait évité tout ce qu'on a connu par la suite, une fois qu'on eut éliminé le nectar, et que le soleil a été moins joyeux à partir de cinq heures parce qu'il a commencé à descendre derrière la citadelle nous laissant sur ce port où plus personne ne flânait et les couleurs des barques, si gaies, ont commencé à s'éteindre.

Le soir au « puits » Béatrice est revenue. Je l'espérais depuis l'ouverture. Les autres, je ne les voyais pas. Elle a fait descendre au fond du trou, d'un coup, toute sa lumière. Elle était encore plus belle! Depuis la veille j'avais dans ma tête ses jambes qui jouaient soyeuses, ambrées, infinies, l'une contre l'autre, légèrement frôlées sans cesse! Les mordre jusqu'au sang! Là, sans prévenir, sur les marches... Comme une obsession!

Dès qu'elle fut devant moi, là, avec son sourire si noblement adorable, je me suis senti brusquement rien du tout. Pfut! Pulvérisée l'obsession. La fille du sous-préfet!... Et la bagarre encore, secrète, pour trouver les mots:

– Bonsoir, il y a de l'ambiance ce soir, hein... C'est le printemps...

Elle s'est appuyée contre la planche de profil, debout-assise, la jambe droite à peine relevée, la fesse marquée profondément par la raideur du siège, tendue sous une étoffe noire ce soir.

On a bavardé longtemps comme ça, pendant que les clients entraient et sortaient. Le coin lui plaisait. Tous la détaillaient furtivement au passage. Quelquefois leurs manteaux effleuraient la planche et puis ses cuisses... Elle n'en paraissait pas ennuyée. Les clients, comme moi, recevaient une volée de flèches à travers tout le corps. Être un instant ce manteau !...

Elle, paisible, poursuivait ses pensées. Des pensées qui, je m'en rendais bien compte, insidieusement glissaient toujours vers Valentin. Pour qu'elle demeure là encore, le plus longtemps possible, je lui servais l'air de rien ce que de moi elle attendait.

Je lui dis que nous avions déjeuné ensemble sur le port. Que la langouste était à point. Que nous avions parlé d'elle et que Valentin alors s'était illuminé : « Ah ! Béatrice !... s'est-il écrié, c'est la plus chouette fille que je connaisse ! »

– Vous êtes sûr qu'il parle de moi avec autant de chaleur ? m'interrogea-t-elle, depuis quelque temps je le trouve plutôt fuyant... Très froid avec moi, comme si je l'agaçais.

– J'ai l'impression que vous l'intimidez... Oui c'est ça, vous l'intimidez ! Vous savez, sous des dehors très sûrs, c'est un type fragile. Moi qui le connais bien, je peux vous dire qu'il n'est pas comme ça avec les autres filles, pour la bonne et simple raison qu'il s'en fout.

Perplexe elle me sonda. Mais je sentis très vite que j'avais fait mouche. Elle parlait avec plus d'entrain, heureuse soudain, de la pluie et du beau temps.

Si intelligente et belle, j'avais déniché sa faiblesse : l'immense naïveté de son amour pour Valentin. Le point douloureux qui fait pleurer les gosses quand on appuie dessus. Elle était prête, sur ce chapitre, à avaler n'importe quoi. Et moi, pour l'avoir près de moi plus souvent, j'étais prêt à lui faire gober des œufs d'hippopotame.

Elle m'a donné rendez-vous pour le lendemain. Elle devait faire une partie de tennis à cinq heures.

– Vous voulez bien m'y accompagner ? Ça me

ferait tant plaisir de discuter avec vous encore, j'ai l'impression que contrairement à moi vous connaissez bien la vie... Ce n'est pas vrai?

– Ah! C'est sûr, j'ai vécu tant de choses, confirmai-je, c'est pour ça que Valentin se sent bien avec moi. On est deux aventuriers.

En plein dans le mille!

– C'est exactement la sensation que j'éprouve lorsque je suis près de vous, deux aventuriers... Flûte! déjà deux heures. Il faut que je rentre à présent, bonsoir. Ils me prennent vraiment pour une enfant à la maison!

Disant cela elle s'élança sur les marches, bouche boudeuse et regard souriant. Vertige...

Inoubliable, elle s'envola là-haut vers la nuit. Je l'aurais violée!

C'était un jour nouveau. Le patron décida qu'il était bien temps qu'on ferme. Et comme tous les soirs maintenant, c'était aussi dans mes attributions, je donnai un bon coup de balai partout sous les tabourets et les tables. Il y avait encore, accompagnant mes gestes, tout le parfum qu'au fil de la soirée, près de moi elle avait déposé.

Il était bien trois heures du matin quand je saluai le patron. Il habitait, lui, juste au-dessus. On n'y voyait goutte dans le passage voûté qui menait à la place, je venais juste d'éteindre la lanterne rouge du club sur la porte. Un remue-ménage soudain me fit sursauter. Un grand bruit de ferraille. Ça venait des poubelles. Sans doute des chats... Je m'apprêtais à quitter dare-dare ce coupe-gorge lorsqu'un râle me parvint, un râle de chat humain pensais-je, là, sous les poubelles. Mes poils se dressèrent. Je tendis l'oreille.

Bientôt la plainte se renouvela, plus précise et plus humaine. Une espèce de souffrance étouffée d'ordures. Je m'approchai... Une forme claire bougea comme un paquet vivant au milieu des déchets. Nom de Dieu! Une paire de jambes dépassaient. Je demandai:

– Y a quelqu'un?... C'est quelqu'un?...

Le râle me répondit faiblement, du fond des seaux. C'était un homme!

J'attrapai ce qui devait être les pieds et tirai hors de la fange. Un corps assez lourd suivit. Je le traînai vers l'orée du passage sur les dalles de pierre, jusqu'à ce que les lampadaires de la place précisent un peu le mort-vivant.

D'abord je ne vis, à la place de la tête tant ce n'était qu'un sang, qu'une énorme grappe de raisin noir écrasé. Plus d'yeux, ni bouche, ni nez. Rien! Une tête explosée! Je me penchai sur le désastre. Mon cœur s'arrêta... C'étaient les pantalons et la chemise claire de Valentin! Surtout les pantalons, car la chemise presque entièrement était passée sous le pressoir. Je reconnus les chaussures aussi, au cuir si délicat, éclaboussées de sang.

Il se remit à gémir. Je me demandais d'où le son pouvait encore sortir. Plus de bouche. Un massacre! Plus de Valentin que quelques traces Cacharel, sur quoi le sang gagnait lentement du terrain. Le tissu se gorgeait. On ne l'avait pas raté.

Quelque chose cependant ne lui ressemblait pas. Deux énormes paquets de cheveux gluants recouvraient ses oreilles. Comme s'ils avaient poussé brusquement le temps du carnage. C'est en l'asseyant contre le mur que je compris toute l'horreur. Le cuir

131

chevelu avait été tranché du front jusqu'à la nuque, il pendait de chaque côté de la tête et là, au milieu, sous le sang vivant on voyait tout le crâne nu. Je vomis sur sa chemise, d'un coup tout le restaurant de midi. Il ne bronchait plus. Il devait avoir son compte.

Pourtant un son encore, informe, s'échappa du hachis. Une bulle. Il mourait lentement. Je bondis vers la première porte, sonnai plusieurs fois et courus me cacher deux porches plus loin. Si on me trouvait là près de lui, mon compte était bon. Les secondes ne passaient pas... Je le voyais là-bas assis sous le lampadaire, qui se vidait. La marée écarlate atteignait le pantalon. Aucune lumière ne s'allumait dans les étages. Peut-être n'y avait-il personne, ou bien ils avaient peur?

L'hôpital était à portée de voix, quelques centaines de mètres. Je l'avais vu le premier jour en visitant la ville. Aucune voiture non plus ne passait à cette heure. Sous le silence de la lune, j'eus l'impression d'entendre sur le goudron tomber les gouttes de sang.

Je revins vers Valentin aux cent coups, lui attrapai un bras, l'énergie de la peur le hissa comme un sac sur mes épaules. Vacillants on avança dans ce désert de pierres.

Je sentais dans mon dos couler la chaleur visqueuse de son sang. Malgré ce sang en moins il pesait une tonne. On a longé la place côté bistrots. Chaque fois je voyais la lune dans les baies vitrées noires, pâle.

On a attaqué la côte après le croisement. Là mes jambes ont commencé à trembler fermement. Plus il se vidait, plus je le sentais lourd. On n'y arriverait jamais! Il ne râlait même plus le bougre.

Soudain un moteur a ronflé quelque part dans la

nuit... Derrière nous, il forçait dans la côte, j'ai pensé aussitôt à une patrouille et me suis projeté dans la première encoignure. On s'est écrasés dans un tas de cartons. Un boucan du tonnerre! La voiture est passée, je n'ai pas pu la voir. J'ai tiré Valentin des cartons. Un pantin! Ma tête a frôlé la sienne, j'ai fait un bond de côté, j'avais senti de la bouillie contre ma joue et mon oreille. Sa figure maintenant n'était plus qu'un amas de caillots. Entièrement noire.

Tellement monstrueuse que ça m'aida à le recharger sur mon dos. Je préférais le savoir derrière que là, devant mes yeux. Un cauchemar le nouveau Gérard Philipe! S'il n'avait pas été si gentil avec moi, je serais parti en courant jusqu'en bas de l'île, sans me retourner en hurlant. J'ai aperçu l'hôpital.

Quand on l'a atteint, je l'ai déchargé et me suis effondré près de lui, sous la lampe du portail. Là, je l'ai mieux regardé. Je n'avais dans ma vie jamais rien vu de pareil. Pire que cent films d'horreur bout à bout! Une seule image.

J'ai tangué jusqu'à l'entrée des urgences, inscrite en bleu ciel dans la nuit. J'ai sonné à réveiller un mort et j'ai calté dans le noir de l'autre côté de la route, où de vieux wagons rouillés devaient faire jadis le trafic du port. J'avais tout juste tourné le coin d'une ferraille qu'un homme en blouse blanche, là-bas, apparut sur le seuil.

Il aperçut mon paquet sous la lampe, se pencha et aussi sec repartit en courant aux urgences. Une minute plus tard il ressortait très agité avec un collègue et une civière.

Ils l'ont chargé puis, un instant, sont venus fureter du côté de la nuit, ils cherchaient quelque chose. Celui qui était sorti le premier a dit:

– Il n'a pas atterri là tout seul quand même?

Et l'autre a répondu:

– C'est peut-être une voiture qui n'avait pas envie de laisser son adresse.

Ils ont empoigné la civière et se sont dirigés vers l'entrée des urgences. Comme ils me tournaient le dos à présent, je ne comprenais plus les mots qu'ils se disaient.

Je suis resté un moment encore, tout seul au milieu des wagons, abasourdi. Est-ce qu'il allait mourir à présent Valentin? Peut-être cette nuit? Peut-être était-il déjà mort, tout à l'heure sur mon dos ou quand on s'était écrasés à cause de la patrouille. Il avait sans doute fini, lui donc, de rouler sa bosse. Fini de faire craquer tous les jupons, d'un port à l'autre, au gré des quatre saisons.

Ça lui avait servi à quoi d'être beau comme un dieu, pour finir dans la poubelle à vingt ans comme un chat qu'on trouve le matin écrasé sur la route et que du bout des doigts on fout dans les ordures? Il avait peut-être un peu trop joué avec le feu? Il me l'avait pourtant bien répété Valentin qu'elle était dangereuse la Corse, pleine d'hommes jaloux. Et c'est lui qui tombait dans le piège, comme s'il avait cherché, sans l'avouer, à se perdre. Ça me fit froid dans le dos!

Parce qu'il y en a dans le monde, tout de même, des ports et des filles où on ne vous tue pas à cause de vos yeux verts. Pourquoi juste cette île, où les hommes se parlent avec de la poudre et du plomb?

A moins que ce soit le tiroir-caisse? Ou n'importe quelle autre sorte de tiroir... Avec cette espèce de zigue on ne pouvait pas savoir, il devait en faire tous les jours des vertes et des pas mûres!

J'en étais là, à triturer tout ce sang dans ma tête, les yeux toujours fixés sur la petite lumière bleue des urgences, quand une autre lumière, bleue aussi celle-là mais beaucoup plus fouettante, vint cingler mon regard. Une voiture de police, en trombe, entra dans l'hôpital. On avait dû les prévenir par téléphone. Ils venaient voir le gus.

Ce n'était pas le moment de moisir ici. Ils risquaient de fouiller un peu les parages pour trouver des traces de rixe ou d'accident.

J'ai suivi les rails jusqu'à l'entrée du port puis j'ai contourné la place, trop voyante, en longeant par-dessous le parapet, là où la mer vient frapper par gros temps des blocs immenses de granit. De là, par les ruelles du marché, j'ai rejoint mon hôtel. Tout était calme. J'ai gravi comme un loup l'escalier.

Si le veilleur de sa loge me voyait surgir de la nuit avec ma chemise ruisselante de sang, il ferait bondir tout l'hôtel de terreur juste avant l'arrêt de son cœur. On aurait dit que j'avais assassiné vingt bœufs à l'abattoir à coups de manche.

Il dormait sur la table. J'ai atteint nos chambres au bout du couloir. Je me suis effondré dans l'obscurité sur le lit de Valentin.

J'allais sombrer quand d'instinct je sursautai. Je me retrouvai debout, la lumière allumée. Un éclair m'avait traversé la tête: la police pouvait débouler à tout instant. C'était un jeu d'enfant de retrouver l'hôtel dès qu'ils auraient identifié Valentin. Il avait sans doute quelque papier sur lui...

Je consultai la nuit par la lucarne. On sentait au dessin plus foncé du palmier sur le ciel que le jour allait poindre, ses palmes à peine balancées par la brise de mer. Les chats s'étaient tus.

J'arrachai mes vêtements poisseux. Par la lucarne je les envoyai en boule au fond du jardin. L'herbe abandonnée y était plus profonde. Et dire que ces vêtements je les avais enfilés le matin même, frais et repassés. Elle avait été interminable cette journée. Et comme elle avait tourné vite pourtant, quand je revoyais la terrasse ensoleillée du beau restaurant et puis, tout de suite dans la nuit, la tête écrabouillée de Valentin... C'est drôle la vie, il faut s'attendre à tout... Depuis la mort de ce capitaine à Verdun, si brusque, elle ne m'étonnait plus moi la vie. Je savais jusqu'où elle pouvait nous perdre.

Je m'habillai en hâte, fourrai tout dans un sac Air France et filai comme j'étais venu sur le velours des ténèbres. Derrière la vitre il ronflait toujours le veilleur, agrippé au registre, comme s'il tenait dans ses mains, protégé, tout le sommeil des passants de la nuit.

Quand j'ai atteint le seuil, la mer au loin glissait au ciel une lumière rose. Il ferait encore beau.

J'ai pris tout de suite à droite, vers le haut de la ville, parce qu'il faisait frisquet et que là ça montait. Je devais me trouver un coin tranquille, un trou de soleil pour récupérer, dormir un bon coup et filer. J'en avais bien besoin du soleil avec ce qui me dégringolait sur la tête, du soleil et de la lumière encore et encore pour réchauffer jusqu'au fond tous mes os.

J'ai contourné la citadelle. Le jour versait du petit-lait dans la blessure des murailles. C'est une forteresse moisie par les embruns et la pisse de chien. J'ai continué. Il me fallait du large.

Après les dernières maisons c'est tout de suite la colline. Un chemin partait dans les pins. Je l'ai pris. C'était en montant un chaos de rochers bleus dans des nids d'arbousiers. Brusquement j'ai été mieux. Les pins respiraient là-haut dans le ciel, comme la soie qu'on froisse. Plus je montais plus j'étais bien. J'allais vers le jour.

Dès le premier sommet j'étais en nage. En bas il faisait encore presque nuit. La vieille ville là, juste sous mes pieds, sortait de la brume. Ses toits de lauzes luisants comme une tortue mouillée. Plus loin vers le sud, les brouillards paressaient dans des vallons obscurs. Devant c'était la mer immense.

C'est alors qu'il m'a semblé la voir, en contrebas, nichée dans le maquis. Juste un coin de tuiles dans la bruyère mauve. Oh! Trois tuiles, pas plus... Il fallait en avoir besoin pour la voir! J'ai coupé droit dans le crépu d'une gineste, au pif. J'ai débouché en plein devant avec mon sac, comme on arrive à une gare au fond de la campagne après avoir coupé par les prés et les bois.

Une minuscule maison qui s'éveillait, rose, dans le matin. Aucun chemin, nulle part. Rien. Un orphelin qui fait plaisir à voir.

Et tout d'abord j'ai bu. J'ai bu et rebu. Glacé! Ça devait arriver de bien plus haut. Ça sortait vivant d'un tuyau planté au milieu d'une tête joufflue. Une petite fontaine collée à son lavoir et l'eau qui fredonne, seule, dans la première lumière du jour.

J'étais sur une terrasse au ciment tout éclaté, une vigne sur ma tête devait faire de l'ombre l'été. La broussaille attaquait de partout. Pas d'hier qu'elle était seule! S'accrochait quand même autour une couronne d'iris et dans le mur près de la porte un beau lilas. C'était ouvert. Je suis entré.

En bas, au rez-de-chaussée, ça faisait peine à voir. Partout des gravats et des meubles éventrés. Jadis des enfants avaient dû jouer là, il restait sur les murs des dessins au charbon et des cœurs transpercés. Dans un coin du plafond j'ai aperçu une trappe. Ça devait monter à l'étage. Juste dessous les enfants avaient tiré un buffet pour pouvoir grimper. J'ai fait comme eux, je me suis hissé.

En haut tout était impeccable. Sans la poussière du plancher. J'aurais cru que les gens venaient juste de partir. Deux petites chambres absolument vides pourtant, même pas un lit, seulement dans la première une cheminée.

C'est celle que j'ai choisie, d'entrée, et je suis allé voir mon sac par la fenêtre, qui était resté en bas devant. Ce que j'ai découvert alors, c'était beau! Mais beau! Ah! J'en aurais pleuré après la nuit de sang, comme si une jolie fille me réveillait, du fond d'un cauchemar, la main sur mon front et son regard paisible. Ça vous attrape le ventre, comme ça, au détour d'un chemin, tellement c'est beau soudain quelquefois.

Un jardin descendait vers la mer en terrasses. Il fallait être là pour le voir, debout, à la fenêtre. D'en bas on ne pouvait pas imaginer.

D'abord c'étaient des orangers et des figuiers avec de l'herbe jusqu'à la taille et puis de gros cerisiers, plus bas, aux troncs gris un peu rouge. Sur la droite, une oliveraie comme un étang d'argent penchait vers le vallon. Et tout en bas, au loin, la route d'argent elle aussi. Et après la route, juste en dessous, la mer comme un champ tout frais de labours où la terre est si vive qu'elle vous éblouit.

Il avait été conçu pour cette maison le soleil. Parti du seuil il allait maintenant, par paliers, réveiller tout le jardin, d'un mur à l'autre de pierres sèches. Le beau jardin perdu.

Un petit bout de phrase m'est passé par la tête alors: « Cent ans de dimanches... Seul depuis cent ans de dimanches. » Peut-être parce que c'est le dimanche qu'on se sent le plus seul, après, quand on est devenu vraiment seul. Je suis descendu chercher mon sac.

Je me suis allongé dans l'herbe, là où le soleil l'avait déjà séchée, tout contre la façade. La source chantonnait à deux pas et le soleil engourdissait ma tête. J'ai sombré.

Quand je me suis réveillé il était debout sur le toit le soleil, droit comme un I, il m'envoyait dessus tout le poids du printemps. Je ruisselais. J'étais heureux de me retrouver là, chez moi, cerné par le maquis. Loin de tout! J'ai trempé ma tête dans la fontaine.

A l'hôtel je ne pouvais pas bien sûr y retourner mais la boîte aussi devenait dangereuse, c'est là qu'ils fouineraient: sa chambre et son boulot. Et toujours pas le rond pour prendre la tangente. Elle me plaisait bien, moi, cette maisonnette couleur soleil. Si je n'avais pas été recherché, j'aurais pû travailler des années pour qu'elle soit à moi. Je n'aurais rien changé dans le jardin, simplement nettoyé les deux pièces du bas, fait mettre des fenêtres. Tiens! C'est vrai, elles avaient disparu les fenêtres... Et je n'aurais plus vu personne. Faire le mort au paradis...

C'est la faim, bien sûr, qui tire des bois les loups. J'en avais une belle! A présent que Valentin était peut-être mort, il n'y avait plus que Béatrice qui puisse me sortir de là, encore que s'il était vraiment mort ça lui ferait une belle jambe que j'aie une dent comme ça. Qu'est-ce qu'ils devaient bouffer à la sous-préfecture!

J'ai tourné un bon moment dans le jardin pour trouver quelque chose, je suis descendu jusqu'au fond. Rien. C'était encore trop tôt. Alors j'ai décidé de faire tirer jusqu'en ville, j'avais rendez-vous au tennis à cinq heures avec elle. Il n'était pas cinq heures au soleil. La journée s'était écoulée comme un ruisseau sous les noisettes, paisible. J'ai pris au hasard par le maquis vers ce qui semblait être une rumeur lointaine.

Près de la mer un gamin m'indiqua le chemin. Je l'aurais reconnue entre mille sur la terre rousse du tennis, son élégance. L'élégance du félin qui jongle avec sa proie. Partaient d'elle sans cesse des éclats de grâce. Souples et vives ses jambes. Deux flammes enragées.

En s'approchant, le grillage posait sur sa peau une résille noire qui jusqu'aux fesses la moulait. Et quand elle se baissait pour cueillir une balle, le petit triangle blanc de la culotte! Elle me rendrait dingo! Sous un léger coton ses seins aussi vivaient, libres comme ses jambes. Un corps de satin... Elle m'aperçut.

— Tiens! Bonjour, comme je suis contente que vous soyez venu. Je termine dans une minute, je viens.

A son rire joyeux je compris qu'elle ne savait encore rien.

Un instant plus tard elle était près de moi, sa raquette sous le bras. Souriante et dorée.

— Valentin est à l'hôpital, dis-je.

L'effroi traversa son regard.

— Valentin... Un accident?

— Je ne crois pas... Je viens de l'apprendre, il paraît qu'ils l'ont bien démoli.

— Mais qui? Ce n'est pas possible!

— On ne sait pas encore.

— J'y vais! Je connais bien le chirurgien c'est un ami de papa. Accompagnez-moi.

— Je... Je ne préfère pas.

— Pourquoi? prononça-t-elle troublée.

— Eh bien... Je suis son meilleur ami, ceux qui l'ont

140

esquinté me cherchent sans doute aussi. Je me suis mis un peu au vert, le temps que ça passe.

– Vous vous cachez?

– Un peu. J'évite la ville.

– Ah! Je comprends... Il n'était vraiment pas aimé, Valentin. Je peux vous aider vous savez, je connais beaucoup de monde. De quoi avez-vous besoin?

– Oh! De rien non... Enfin, je suis parti comme ça... Peut-être un peu de nourriture.

– Écoutez, je fonce à l'hôpital, rendez-vous demain neuf heures ici, j'apporterai des provisions... Non mais ils sont complètement fous, ces Corses! De vrais sauvages! Lui qui est si gentil.

– Surtout ne dites rien à personne. C'est un secret entre nous, hein? On est les seuls à pouvoir l'aider Valentin.

– Comptez sur moi.

Elle m'embrassa la joue gauche et courut à sa voiture dans tous ses états.

Le lendemain je redescendis au tennis, plus affamé qu'une meute. Dans le silence des collines j'avais dormi comme une souche.

Elle arriva peu après moi, le visage défait.

– Je n'ai pas fermé l'œil de la nuit, me dit-elle, je suis bouleversée. J'ai parlé au chirurgien hier, personne ne peut voir Valentin. Il est dans le coma... Trois fractures du crâne et de nombreuses blessures, mon Dieu c'est horrible! Ils ne savent pas s'il vivra.

– Et la police? demandai-je anxieux.

– La police... Je ne sais pas. Je pense qu'une enquête est ouverte. S'il meurt quelle importance!

141

Cette île est pleine de malades. Ils font l'amour avec leurs armes à feu. Il n'y a que Valentin qui pourrait les renseigner, il doit connaître ses agresseurs... Et vous, son ami, vous avez bien une idée ?

– Une idée ? Ma foi non... Ils étaient tous jaloux de lui. La preuve : vous êtes la plus belle fille de Bastia et vous vous intéressez à lui.

Un petit sourire triste éclaira un instant son regard. Un regard beau comme l'aube, sous ce sourire voilé.

– Vous êtes très gentil... Ah ! J'oubliais, j'ai apporté quelques petites choses. Je vais vous accompagner. Et puis comme ça je connaîtrai votre repaire, je viendrai vous dire bonjour sans prévenir. On se sentira moins seul.

– Mon repaire ?

– Oui, là où vous vous cachez.

– Mais... C'est qu'il faut grimper, c'est loin.

– Tant mieux ! J'ai besoin de me dégourdir les jambes. Je viens de passer trois heures dans un livre et je ne saurais pas dire ce que c'est. Je pensais à Valentin perdu dans son coma.

Elle me prenait de court.

– Bon, si vous y tenez. Je vous préviens, vous allez être déçue, c'est une turne. Moi je dors là parce que la ville est trop risquée.

Je pris son sac de sport qui contenait les provisions et on se mit en route. Le soleil était chaque jour plus brûlant. Elle ne portait qu'un jean et un tee-shirt sans manches épuisé de soleil. Les seins dessous le tendaient souplement.

En montant on causait et c'était agréable. J'étais content du poids du sac, un poids à la mesure de mon ventre. Elle était vraiment délicieuse cette Béatrice, d'entrée on lui faisait confiance. Peut-être à cause de la beauté?

Enfin on arriva, par le fond du jardin en bas. Je m'étais frayé un raccourci sous les arbres la veille, que personne ne pouvait voir.

– Voilà! C'est là, dis-je. Vous voyez c'est tout à l'abandon...

Elle s'immobilisa, le visage levé vers la maisonnette là-haut. Des yeux d'enfant.

– Mais c'est cent fois plus beau que les jardins de la sous-préfecture! Mille fois plus beau! C'est le paradis!... Si j'avais pu imaginer qu'à deux pas de la ville...

– Montez voir ma fontaine!

Elle souriait, ravie. Moi aussi.

– C'est bouleversant, prononça-t-elle quand on eut atteint la terrasse. Il n'y a pas de mot, c'est toute la poésie.

J'étais fier, la poésie... Je lui fis tout visiter et puis on s'installa sous la tonnelle naissante. Je pris les provisions.

– Vous avez déjà faim? me demanda-t-elle, il n'est que onze heures.

Elle était touchante. J'aurais mangé le sac avec la fermeture Éclair. On déballa.

Il y avait deux tubes de lait Nestlé, j'en suis fou, du gruyère, un saucisson, deux boîtes de thon à la tomate, un pain complet, trois tablettes de chocolat au lait, des biscuits, des cigarettes (je ne fume pas), quatre poires et un carton de jus de raisin. J'avais les yeux qui me sortaient de la tête. Médusée elle me regarda dévorer. Ça la faisait rire. Elle me rinça une poire à la fontaine.

– Je vous apporterai un Camping Gaz et des couverts et puis chaque fois que je viendrai quelque chose de bon. Ils ne vous trouveront pas les brutes et quand Valentin sera guéri il viendra vivre ici, avec vous. J'arrangerai la maison. Ce sera un secret entre nous trois...

Depuis que je l'avais fait rire, elle semblait oublier dans quel état il était le pauvre Valentin. Tellement beau autour qu'elle rêvait. Et elle au milieu, c'était la plus belle!

– Bon, ce n'est pas tout il faut que je redescende, je n'ai pas prévenu on m'attend pour déjeuner. Ah! On est bien ici. Je reviendrai bientôt, surtout pas d'imprudence, d'accord?

Elle posa sur mon nez un baiser et s'élança dans la verdure, en bas, vers la mer. Je restai seul assis sur la terrasse, le saucisson dans une main et le Nestlé dans l'autre.

Tout l'après-midi je marchai dans la colline. Dès que d'un surplomb je dominais la ville, je cherchais dans l'entrelacs des toits les terrasses blanches de la sous-préfecture, près du port et les petits dominos roux des tennis au bout des maisons. J'ai cru voir aussi les murs de l'hôpital mais c'était peut-être une vieille usine.

Le lendemain dès l'aube, j'étais sur pied. Je me suis frotté entièrement dans la fontaine avec du sable. Mon corps était rouge comme le ciel vers l'Italie. J'ai mis les plus beaux habits de Valentin. De la fenêtre de ma chambre j'ai guetté le fond du jardin. A mesure que l'heure tournait je sentais mon front cuire. Puis, le soleil lentement est passé sur le toit. L'ombre a commencé à descendre les escaliers du jardin.

A un moment j'ai entendu un bruit sur la terrasse. Je me suis penché. C'était un chat noir qui tirait un rat gris. Le rat avait sa tête à l'envers, égorgée. Le chat s'est assuré qu'il était bien seul et il s'est mis à

144

manger le bout des pattes. Il a goûté la queue. Ça n'a pas dû l'emballer, il est passé au cou. Là, il a pratiqué un trou dans la blessure et il a sorti des bouts de viande longs comme des boyaux.

De temps en temps il attrapait le rat dans sa gueule et il l'envoyait en l'air, comme pour prouver sa supériorité. Alors, il s'arrêtait pour scruter les alentours... Tout était calme. Il reprenait. Il a agrandi le trou jusqu'à ce qu'il soit plus grand que le reste du corps. Bientôt il n'est resté que la tête et un morceau de peau vide. Une tête crachée de poisson, pointue, l'œil rond. C'était le contraire de Valentin, lui, il gardait sa tête intacte.

J'ai fait « grrr » de ma fenêtre. Le chat a fait un bond de côté. Il a planté ses yeux jaunes dans les miens, s'est tassé sur ses pattes. Un frisson m'a parcouru l'échine. On s'est soutenu le regard jusqu'à ce que mes yeux pleurent alors pour ne pas perdre la face j'ai hurlé: « Houaaa!!! » de toute ma force les bras au ciel. Quand j'ai ouvert les yeux il avait disparu.

C'était peut-être le chat de la maison. Mais alors, il pouvait avoir quel âge?

Le lendemain matin je me suis remis à attendre, assis sur la fenêtre. Au loin passaient des bateaux. On voyait l'île d'Elbe. Quelquefois un appel presque éteint arrivait de la ville. Un nom se noyait, perdu dans le ciel bleu.

Comme le soleil allait encore filer derrière la colline, j'ai repensé au chat. Je suis descendu et je l'ai appelé. Silence. J'ai commencé à fouiller les buissons. J'avançais sous le couvert en appelant gentiment. J'avais été bête la veille de jouer au plus fort, c'était sorti de moi. Il avait bien raison de m'envoyer sur les roses.

145

Quand même... Un petit miaulement, un froissement de feuilles, un signe sans rancune... C'est pas la mer à boire bon Dieu quand on est seul au fond des bois! Oh! Et puis il commence à me courir sur le haricot ce gatou. Je ne vais pas me mettre à plat ventre!

J'ai décrit une grande courbe au-dessus de la maison. Je suis rentré bredouille. Je me suis mis alors à gueuler comme un âne pour qu'il ne revienne jamais ce bâtard de malheur! Mais quand autour de la maison ç'a été noir comme de l'encre, je lui aurais bien léché les bottes pour qu'il dorme avec moi. Et merde! Qu'est-ce que j'avais fait pour avoir un destin si tocard? J'ai pris un bout de saucisson et je l'ai mis devant la porte.

Les trois jours suivants il a plu comme vache qui pisse. Pas de Béatrice. Ah! tristesse! Du côté de la ville la nuit avait oublié de filer. A midi encore les lampadaires brouillaient le port de leur halo mouillé. La mer était soudée au ciel telle une porte géante de plomb.

De mon jardin, tant traînaient des brouillards, je ne voyais que ma tonnelle ruisselante de pluie. Les figuiers semblaient, plus bas, des bergers égarés dans la laine d'un infini troupeau.

Ici j'étais au sec mais des provisions il ne restait dans un coin que des boîtes et des tubes éventrés. Devant la porte le bout de saucisson avait pris le large.

Comme à Verdun, le temps jetait son ancre. La Meuse aurait pu passer, funèbre sous ma fenêtre, c'était le même ciel. Sauf qu'ici il faisait bien plus doux; et qui m'empêchait de partir battre la campagne? En tout cas avec un temps pareil pour la première fois, dans mon dos, je ne sentais pas le poids de la police. Et ça nom d'un chien, ça vaut tous les ors de Byzance!

Un matin, quand même, il nous est revenu le soleil et avec lui un appel, tout frais, dans le jardin. J'ai couru à la fenêtre. C'était elle! Trempée jusqu'à la taille. Son corps long découpé sur l'éclat de la mer. Elle effaçait le jour. J'ai bondi dehors. Mon cœur était fou.

– Coucou! C'est moi. Oh! Ne dites rien, je sais je suis une égoïste. Vous avez dû mourir de faim et de froid tout ce temps.

– Moi! Non... J'ai chassé.

– Ah!

– Oh! Vous savez avec un bout de lacet je tiendrais une vie au fond de l'Amazonie. C'est tout au flair et au doigté.

– Vous m'étonnerez toujours. Et moi qui ai eu peur de venir jusqu'ici. J'en ai profité pour reclasser les auteurs américains. Je travaille trois jours par semaine à la bibliothèque municipale. Ah! J'en ai plein le dos de cette cathédrale. Un ennui mortel! Ouf... Qu'on est bien dans vos collines! Mais qu'on est bien... Ça vous ennuie si je fais sécher mes vêtements? Je dégouline.

Tout en retirant de toutes ses forces son jean, elle parlait de Valentin:

– Il est toujours dans le coma, les radios sont mauvaises. Vraiment il n'y a qu'à la télé qu'elle progresse la médecine. On le laisse mourir.

Elle portait dessous une culotte en soie saumon. J'avais du mal à la suivre.

– Deux fois par jour je passe à l'hôpital en réanimation. Le chirurgien me fuit tellement je le mets mal à l'aise. Je le réveille la nuit par téléphone. Je ne vis plus.

Elle fit sauter un pull angora. Jaillirent ses jeunes seins nus. Pas que le chirurgien qu'elle mettait mal à l'aise. Ils étaient durs et gracieux à la fois. Sans pudeur elle suspendit son linge à la treille.

– Au moins je bronzerai, dit-elle, je n'ai même pas le cœur à aller jusqu'à la plage... Vous êtes sûr que je ne vous gêne pas? ajouta-t-elle s'étendant sur le ciment chauffé.

– Oh! non... Non non, répondis-je pétrifié. Je fais mon train. Bronzez!

Je fis semblant d'entrer dans la maison pour chercher quelque chose. Je m'étouffais. Dehors sa voix me parvint:

– J'ai dans mon sac de quoi manger et du pain frais, servez-vous, moi j'ai déjà déjeuné.

J'étais monté dans ma chambre et je la guettais d'un coin de la fenêtre. Ma tête prête à sauter en arrière. Elle fit sauter sa culotte comme on chasse une fourmi, la jeta sur son sac et s'allongea sur le ventre offrant ses fesses au soleil. Mon cœur eut un raté. Rondes et nerveuses. Des fesses comme je n'en avais jamais vu. Ah! L'audace! Divinité! Ma gorge s'assécha. Non, mais elle me prenait pour l'eunuque, bordel! J'étais ensorcelé. Qu'est-ce qu'elle voulait, le viol? Je redescendis sur la terrasse. On versait de la braise dans mon pantalon.

– Vous ne vous faites jamais bronzer? me questionna-t-elle. Vous n'aimez pas rester immobile au soleil?

– Si si j'adore, je termine une bricole et je viens...

Il y avait Valentin tout de même...

Une minute après j'étais à ses côtés avec mon slip pour ne pas l'effrayer. Je choisis d'entrée la position sur le ventre pour éviter l'insolence.

– Si je capture un singe on jouera à Tarzan.

Ça ne la fit pas rire. Elle semblait tout alanguie derrière ses longs cils. Discrètement je me relevai un peu sur mes coudes pour mieux en profiter. Une longueur de liane. Son dos... Ses cuisses... Ses mollets... Ses pieds en pointes sur le sol... Elle n'en finissait plus d'être belle. Chaque muscle imperceptiblement mouvant sous la peau comme ces herbes vives dans le fil de l'eau. Le grain si fragile de cette peau. Et puis alors le plus touchant: deux fossettes au pinceau juste au-dessus des fesses. Ah! L'embolie! Je l'aurais bouffée. Tellement trop belle! Intouchable!

Pourtant, me penchant mieux, j'aperçus sur la fesse gauche un tout minuscule bouton rouge, un grain de piment qui changea tout. Elle était donc humaine... Je fus un peu rassuré soudain. Pas absolument pure...

Ma bouche s'avança vers sa fesse, indépendamment de moi, et je mordis... Elle fit un bond d'acrobate, hurlant:

– Vous êtes fou!...

Son regard me fusilla de reproches et de terreur.

– Mais qu'est-ce qu'il vous prend? Vous perdez la tête?... Vous... Vous m'avez fait mal!

J'étais pivoine. Un instant on se regarda, bêtement, elle debout. Mon slip pointait encore tout mon égarement.

– Excusez-moi, balbutiai-je. Vous êtes si belle... Je me suis emporté.

Son regard revint un peu vers la douceur.

– Vous m'avez fait si peur, je crois que je rêvais.

149

– Moi aussi je rêvais, mais en vous regardant.

Elle frôla un sourire, enfila sa culotte et s'assit près de moi.

– Ce n'est rien, je vous comprends. Vous êtes si seul vous, comme Valentin. Il y a longtemps que vous n'avez pas connu de filles?... Je veux dire vraiment.

– Euhhh non... C'est vous qui me troublez.

Elle tâtonna vers son sourire, l'atteignit, celui que je lui connaissais, si tendre.

– Vous savez, René, tous les hommes me trouvent belle et je ne suis pas plus heureuse pour ça, au contraire. Que j'aimerais être n'importe qui... L'une de ces filles que je croise dans la rue, ni belle ni laide, qui me regardent avec envie, un instant, et qui continuent vers leur bonheur. Ah! Si vous saviez...!

Elle baissa les yeux.

– Quoi?

Elle hésita, fouilla tristement mon regard, baissa de nouveau ses paupières et dit tout bas:

– Je n'ai jamais connu le plaisir avec un homme... Jamais.

– Vous voulez dire que...

– Oui, je ne sais pas ce que c'est que jouir. Jouir tout simplement, comme tout le monde. J'ai tout essayé, je peux bien vous le dire, quelle importance... J'ai couché avec des dizaines d'hommes, n'importe où: des grands, des petits, des gros, des poilus, des bossus, un gendarme. Partout! Dans la rue, dans l'eau, des voitures en marche, des W.-C. publics, sur un chameau, dans les coffres d'une banque un soir, j'ai tout essayé, ne riez pas... La caresse des femmes aussi... Je n'en peux plus, je ne connaîtrai jamais le plaisir... Vous pouvez me comprendre?... Ça me fait tant de bien de vous dire ça d'un coup. Je suis sûre que vous comprenez.

– Oui je comprends...

– Une fois dans ma vie, je n'en demande pas plus.
Ce n'est pas la mer à boire une fois. Souvent je pense
qu'il y a un équilibre, un équilibre injuste. Je suis
belle mais mon corps ne connaît pas le plaisir, d'autres sont moins belles et heureuses. Heureuses avec
des corps normaux... C'est injuste ! Je suis tellement
désespérée que mes règles ont disparu. Il y a trois ans
que je ne les ai pas eues... Je sais que je n'aurai
jamais d'enfants... Je suis belle et seule et puis un jour
je serai laide et seule. Ah ! Ils peuvent être beaux mes
yeux, ils ne me servent qu'à pleurer. Et mon ventre !
Beau et plat mon ventre, il est sec comme un désert...
J'aimerais en finir une fois pour toutes, je ne sers à
rien, je suis une inutile... Je vous agace avec mes
histoires de femme stérile ? Je le sais. J'en ai tellement
marre d'être une paire de fesses. Rien que ça, fesses
de luxe ! Voilà ce que je suis ! Je voudrais tant être
comme tout le monde, faire l'amour et avoir des
enfants, des quantités d'enfants... Je voudrais être
grosse avec des tas d'enfants.

Elle éclata en sanglots. Je la pris dans mes bras.
Son corps était bouillant de soleil et d'émotion. Il se
soulevait par à-coups. Elle bredouilla, noyée de larmes.

– J'aime Valentin parce qu'il est comme moi, beau
et seul... On est si seul quand on est beau. Vous aussi
vous êtes seul... Je vous aime beaucoup vous savez.

– Oui, mais je ne suis pas beau.

Derrière le rideau de larmes, je vis ses dents. Elle
riait.

– Mais si, idiot ! Je suis si bien avec vous. Je vous
sens malheureux, jamais je n'ai parlé autant de moi
qu'avec vous.

Elle était devant moi, plus belle que jamais. Sous le

soleil de midi ses seins étaient vermeils. Une larme brillait au bout du mamelon.

J'aurais bien volontiers tenté ma chance pour la faire jouir, qui sait?... J'avais entendu dire que ça débloque de parler. Là alors, elle avait mis le paquet. J'en étais tout retourné. Je comprenais soudain les paroles de Valentin: « Crois-moi, c'est vraiment pas un bon coup! »

Ma foi! moi je la trouvais époustouflante, même sans orgasme. Je l'aurais épousée tout de suite, là, sur la terrasse, rien que pour la regarder. J'aurais pu la regarder cent ans et la trouver chaque jour encore plus émouvante. Même après ses confidences elle me mettait le corps à feu et à sang. Ah! J'aurais bien fini par en dénicher un de truc qui la fasse jouir! Je lui aurais fait l'amour en faisant l'arbre droit sur une seule main en chantant des cantiques albanais. La pluie et le beau temps! Elle était tombée sur des glands, jusque-là, un point c'est tout. Des égoïstes! C'est de paroles dont elle avait grand besoin. De paroles gentilles avec des attentions. Je me remis à lui parler, tout bas, dans les cheveux.

L'après-midi coula sur nous, blottis dans la tendresse. Elle fit même dans mon épaule un petit roupillon. Un peu de bave s'échappa de ma bouche bée tant je la dévorais, abandonnée sur moi. Je ne respirais plus. J'avais l'impression, près d'elle, que rien ne pouvait m'arriver. Elle aurait désarmé, si belle, un bataillon d'adversités, rendu hilare le plus lugubre neurasthénique, elle, si triste.

Et les jours ont filé comme ça, dorés, dégringolant sur nous comme des fruits trop mûrs. C'était l'été. J'oubliais ma peur.

Et puis un beau matin elle a débouché du maquis en larmes, elle riait.

– Valentin s'est réveillé! me cria-t-elle sautant dans le soleil. Il est sauvé! Sauvé!

Elle atterrit dans mes bras, suffoquée de bonheur et de course. Elle chialait comme une Madeleine, partait d'un rire fou.

– Alors Jean qui pleure et Jean qui rit, dis-je, lui pinçant la fossette qu'elle avait si mignonne sur son joli menton.

– Je sors de l'hôpital, il m'a reconnue... Mon Dieu! C'est le plus beau jour de ma vie!

Sur le coup j'ai été content, d'un bloc, pour Valentin et pour la vie, parce qu'on réfléchit toujours moins vite que la vie ou que notre égoïsme a un peu pris du ventre. Elle est venue moins souvent me voir sur la colline. Elle passait ses journées, là-bas, à l'hôpital.

J'ai senti alors m'envahir la tristesse. Elle m'échappait. Elle l'aimait toujours autant.

Le soleil avait beau, très tôt, rougir la mer et réchauffer les pierres, dans mon cœur il pleuvait. Et les longs après-midi, quand je savais qu'elle ne viendrait plus, s'étiraient dans le silence des collines comme un dimanche à l'hospice l'été, désert, parce que les familles ont préféré la plage.

J'ai recommencé à avoir faim. C'est Valentin qui devait se régaler... Ah! J'avais été naïf. Une fille de sous-préfet... Plus belle que le jour!

Je suis descendu au bord de la route nationale. Il y avait là quelques restaurants de routiers. On m'a embauché pour la plonge dans le plus pourri, tout de suite, parce que l'autre zigue s'était fait la malle avec tous les jambons. Le patron m'a bien engueulé pendant que je me retroussais les manches, pour que je n'aie pas envie de me retrouver au violon. C'était un Chinois. Il ne savait pas à qui il avait à faire ce porc ! J'étais tendu comme une corde de guitare.

On m'avait mis dans une cave, devant une espèce de lavoir. Je recevais d'en haut, par un monte-plats, toute la vaisselle gluante. Je leur renvoyais aussi sec le travail. Le sol était en terre noire, ça faisait de la boue sous mes pieds. Là, je ne voyais jamais personne sauf en coup de vent, toutes les vingt secondes, la grosse tête bridée du chinetoque dans l'escalier, pour voir si je ne bouffais rien.

Il y avait dans le fond un mur de boîtes de conserve et un congélateur bourré comme un semi-remorque. D'abord je me suis contenté de ce qui restait dans les plats, avalant sans mâcher pour qu'il ne croie pas, l'autre enflé, que je lui vidais le buffet. Ça me rappelait le mess sous-off à Verdun, en beaucoup plus préhistorique. Plus j'astiquais à grande eau, plus la boue me suçait les pieds puis les chevilles.

Ah ! J'étais bien loti ! On n'y voyait goutte là-dedans. Il avait mis, ce putain de Chinois, la plus avare des ampoules. Une luciole dans un caveau. Et toute la sainte journée, les pieds et les mains dans la vase, je léchais les plats. Ça nourrit les restes. C'est même ce qui engraisse le mieux. Toute la sauce. Ah ! Saleté ! Le repas des cochons !

De temps en temps le matin, si rarement, elle passait Béatrice en courant d'air. Un petit coucou, trois friandises. Elle m'aimait bien. Je lui dis que j'avais trouvé du travail, elle fut bien contente pour moi.

– Ça me fait très plaisir vous savez, au moins vous êtes moins seul. Il a tellement besoin de moi.

Elle avait raison. Moins seul... J'avais cent fois par jour, dans le dos, la tête du Chinois vert. Je lui aurais fait volontiers un nœud derrière la tête en tirant sur ses yeux et puis je l'aurais enfermé dans le congélateur. Histoire de rigoler. Moins seul! Alors quoi? Il fallait que je me fasse ouvrir la tête en deux pour qu'on voie dedans, enfin, toute ma solitude?

J'ai sué dans ce trou jusqu'au gros de l'été, recomptant chaque soir mon pécule. Je le gardais dans ma chambre, sous le manteau de la cheminée, plié dans un journal.

Encore un mois à marner dans la glu du chinois, calculais-je, et puis à moi l'autre côté du monde. Ici je n'avais rien à regretter. Que de la peur au ventre et de la fange aux pieds! Béatrice?... Ah! J'en étais sûr maintenant, ce n'est pas moi qui la ferais s'accrocher au plafond.

Ils ont fini par le relâcher l'autre zèbre. C'est elle qui me l'apprit alors que je sortais, une nuit, lessivé du chinois. Elle m'invita à monter dans sa voiture, il serait si heureux de me voir.

Ce n'est pas que j'avais une envie folle de le retrouver, cette poisse. Comment refuser? Je suis monté. Elle a fait demi-tour vers la ville. Il avait, me dit-elle, récupéré sa chambre dans le petit hôtel. Il nous attendait. Il était tard et le veilleur dormait toujours, comme trois mois plus tôt, agrippé au registre. Valentin avait eu le temps de mourir et de vivre cent fois, lui, il ne s'était aperçu de rien. Il ronflait. Tant mieux! J'avais une ardoise dans ses mains.

En montant l'escalier Béatrice me prévint:

– Vous savez il garde quelques traces, c'est un peu

impressionnant la première fois, mais avec le temps...
Surtout rassurez-le, il est très angoissé. Il ne veut plus
sortir.

En ouvrant la porte je fis un bond de côté, Fran-
kenstein nous attendait.

– Hello! Regarde qui j'amène, lança Béatrice pour
alléger un peu le climat. Entrez, René! On va trinquer
aux retrouvailles.

J'hésitai... Assis sur le lit, voûté, il tournait vers moi
une face de cadavre évadé de la vivisection. Je tentai
un pas. Jamais je ne l'aurais reconnu. Ils lui avaient
bricolé complètement le visage. Partout de petites
coutures rouges soutenaient le paquet et d'un bout à
l'autre de la tête en plein milieu, une fermeture Éclair
de motard lui bouclait la cervelle. Boule à zéro,
fraîchement trépané, il me scrutait. Ah! Ils lui avaient
arrangé sa jolie cafetière! de la haute couture...

– Tenez! Asseyez-vous, René, là, près de votre ami
et débouchez-nous ce champagne. C'est le meilleur
de la sous-préfecture. Alors, comment le trouvez-
vous? C'est plutôt encourageant non pour quelqu'un
qui sort tout juste de l'hôpital?

– Ma foi... Mon Dieu oui, répondis-je, prenant
place près du bagnard fou. C'est pas mal réussi. Ah!
Ils sont habiles oui... Habiles... Et puis il manque
encore les cheveux. C'est surtout ça qui frappe... Les
cheveux... On dirait un permissionnaire.

On fit semblant de trinquer.

– C'est toi qui m'as amené à l'hosto? articula
faiblement Valentin, son regard hagard dans le
mien.

– Non pourquoi?

– J'y suis pas arrivé tout seul!... Tu aurais mieux
fait de me laisser où j'étais. Tu crois que je ne vois pas

vos manigances... C'est pas une tête que j'ai c'est un patchwork.

Il planta autour le silence.

– Mais enfin, Valentin, tenta Béatrice s'asseyant près de lui de l'autre côté, tu es dehors, libre, d'ici trois mois on ne verra plus rien. Le chirurgien me l'a affirmé, ce n'est qu'une histoire de patience... Enfin, Valentin, tu n'es plus un gamin tout de même...

Sa jupe avait glissé sur ses cuisses pendant qu'elle parlait. Je voyais un petit bout de culotte. Elle l'aimait toujours aussi fort. Ah! C'est aveugle l'amour! Elle ne le voyait pas ma parole! ou bien alors il ressemblait de plus en plus à l'idée qu'elle se faisait de l'aventurier. Un aventurier qui aurait fait six tours du monde en courant sous les coups de sagaie. Parce qu'alors là, j'avais beau ne pas être terrible, je lui étais quand même passé bien devant.

Elle l'avait pris par le cou et lui caressait tendrement le caillou. Elle l'encourageait de chuchotements doux.

– Tu verras, je connais une plage déserte, on ira en voiture... Le soleil, l'iode, la mer, d'abord très peu et puis progressivement tu verras, à la fin de l'été...

J'avais donné ma mise, la partie maintenant se poursuivait à deux. Je me suis retiré discrètement, en jetant un dernier coup d'œil sur le bout de culotte. C'est tout ce qu'elle daignait m'accorder. J'en aurais au moins pour la route. Dehors la ville dormait. J'ai repris, par les plus sombres rues, le chemin des collines.

Les collines, le chinois. Le chinois, les collines. L'été s'écoulait. Bon! Fallait penser aux choses sérieuses. Mon petit paquet grossissait sous le manteau de la cheminée. Pour quelle destinée? Je me promettais de descendre un matin sur le port, flairer les gros bateaux qui partent. Fini mon beau roman d'amour... « Occupe-toi de tes fesses ! je me disais. Oublie-la ! toi tu n'es rien, zéro, que dalle ! Allez fous le camp ! Tu ne voudrais pas t'installer à la sous-préfecture quand même ? Pauvre type ! Ah ! quelle rigolade ! »

Un dimanche ils se sont pointés mes deux tourte-reaux. Il faisait beau. Je finissais ma lessive dans le lavoir. Je les ai aperçus de loin qui grimpaient, comme deux petits vieux, les terrasses du jardin. Ils s'arrêtaient souvent pour le souffle. Elle lui parlait alors comme à un enfant. Elle l'encourageait.

Ils venaient passer la journée avec moi. Son visage, ma foi, allait plutôt mieux. Son crâne commençait à donner un joli blé en herbe. On s'est assis au soleil.

– Tu vois, Valentin, dit-elle, comme tout est joli ici ? Je ne t'avais pas menti, hein ?... Tu pourrais venir t'installer avec René, il y a deux chambres et puis ça te changerait de cet hôtel sinistre. Regarde ce soleil ! Ce calme... Ah ! Ça me fait rêver...

Valentin demeurait écrasé sur lui-même, hébété. Il ne l'écoutait même pas. Il s'est dressé, péniblement, et a fait le tour de la maison, comme s'il cherchait le chat ou sa canne. Bien diminué le bougre. Tout était ralenti: son pas, ses mots, ses mains. Il avait pris d'un coup cinquante ans. Il a disparu dans la maison. Peut-être à cause du soleil sur les blessures fraîches.

Avec Béatrice on a babillé gentiment, une oreille dans la maison. Il avait dû s'asseoir dans la pénombre. Je la regardais remuer ses lèvres, à peine, au soleil, faire jouer sa main dans la soie des cheveux... L'or des yeux... Ah ! l'ensorceleuse ! J'avais beau la chasser par tous les trous de ma cervelle, elle me revenait la maladie, par tous les pores de la peau. Il y avait en elle un je-ne-sais-quoi... Mon cœur se livrait à un joli solo de batterie.

Au bout d'un moment Valentin est ressorti. Il s'est planté devant moi et m'a lancé:

– Dis donc! Tu t'emmerdes pas toi avec ma garde-robe! Je peux te filer mon slip si t'en as pas?

Je suis resté comme deux ronds de flan. Il avait vu à l'intérieur son sac et ses chemises.

– Et tu voudrais que j'habite avec ce type? a-t-il ajouté. Bon! Allez, moi les oiseaux ça me donne le cafard, je rentre.

Il a pris le chemin du retour. Telle une mère affolée, Béatrice en courant l'a suivi. Elle m'a fait de loin un signe d'impuissance.

Bon! Eh bien, foutez le camp la belle et la bête. Vous commencez à me courir! Non mais! j'aurais dû le laisser dans son sang, comme un civet, cet abruti. Ah la la! Qu'est-ce que ça vous change un bonhomme quatre coups de gourdin.

Je suis allé étendre mon linge et puis je suis rentré dans la maison. Ma décision était prise. Demain j'irais au port. Je n'avais plus rien à foutre dans ce coin. Je me suis dirigé vers la cheminée pour recompter mon pécule.

Ma main d'abord ne l'a pas trouvé. J'ai palpé mieux l'intérieur... Rien. Peut-être de l'autre côté... Bizarre. Mon ventre s'est mis à s'agiter. De l'autre côté rien. Je suis entré entier dans la cheminée. Mes mains volaient partout. Toute la vieille suie me dégringolait sur la tête. Rien rien et encore rien! Brusquement j'eus un éclair: Valentin! Un sac de patates me tomba sur la tête. Mon cœur se paralysa. Volé! Il me l'a volé.

Je bondis vers la fenêtre. Ils avaient disparu. J'avais une chance de les rattraper avant qu'ils n'atteignent la route. Je sautai sur la terrasse et m'élançai dans le jardin. Ah! Salaud! Le salaud! En un clin d'œil je dévalai la pente. La route était déserte. Ils avaient filé. Sans réfléchir je pris vers la ville comme un fou. Les promeneurs du dimanche se retournaient sur moi. Je ne voyais que mon argent. Mon salut. Hors de moi, ruisselant j'atteignis l'hôtel. Quatre à quatre j'avalai les marches, fis exploser la porte de la chambre. Ils étaient là tous les deux, assis côte à côte, comme l'autre soir en train de chuchoter. Ils firent un seul bond.

— Salaud! gueulai-je, rends-moi mon fric ou je t'achève!

Je l'agrippai d'une main par le col, mon poing prêt à s'abattre. Béatrice lança un cri, l'œil atterré:

— Lâchez-le! Vous devenez fou! Au secours!

Je le débraillai, déchirant sa chemise. Il était mou comme un fromage. Le regard déserté. Elle tenta de s'interposer, je perdis l'équilibre, on roula tous les trois sur le lit. Dessous elle hurlait toujours.

— Au secours! Arrêtez!...

Il me sembla alors entendre une course dans le couloir, des voix. Des hommes surgirent dans la chambre. Ils se jetèrent sur nous. On était un paquet à se battre sur le lit. Quelqu'un me tirait par les pieds. Le lit céda.

Quand l'ordre fut un peu rétabli, je comptai trois types. L'un d'eux aboya:

— Sortez vos papiers en vitesse! Police!... Veuillez nous excuser, mademoiselle Dubreuil, il y a quelque temps que nous les avons à l'œil ces cocos.

Je sentis une main gelée me fouiller le ventre. Un bloc de glace prit mes pieds.

— Allez grouillez-vous! Vos papiers!

C'est surtout à moi qu'ils s'adressaient. Une

mâchoire lourde comme une table de ferme et un crâne de judoka. Je fis semblant de me fouiller.

– Alors ça vient?

Mes jambes ne tenaient plus que par un fil.

– Je les ai oubliés chez moi, bredouillai-je.

– Où ça chez toi? brailla-t-il.

– Euuhhh... Là où j'habite.

Il changea de couleur.

– Bon! Assez plaisanté, suis-nous au poste!

Il me poussa dehors.

– Et toi, Jeudi, interdiction de quitter l'hôtel jusqu'à nouvel ordre compris?... Encore mille excuses mademoiselle Dubreuil, mais je crois que vous ne devriez pas côtoyer de pareils lascars.

Il fit demi-tour et me repoussa devant lui dans le couloir. Je faillis m'écraser dans l'escalier. Je ne vivais plus. Cette fois ça y était, j'étais bon comme la romaine.

Bien encadré je sortis de l'hôtel. Ils m'engouffrèrent dans une 404 noire, derrière avec l'inspecteur. Les deux autres s'installèrent devant. On démarra.

La ville a commencé à défiler, presque déserte. C'était un après-midi de fin août et ma course allait s'achever. Tout avait été si rapide. Dans un instant ils sauraient qui j'étais. Peut-être le savaient-ils déjà? On a longé la plage. Là, des familles jouaient au ballon sur le sable, dans le bonheur du soleil. A cet instant j'ai pensé à ma mère. Quand j'étais gosse elle m'avait dit parce que je n'arrivais à rien à l'école: « Tu sais, René, dans la vie, tout dépend toujours de toi. On a tous en nous une force gigantesque. On peut faire n'importe quoi. » Et là, dans la voiture, j'entendais sa voix. Comme si elle était assise près de moi, ma mère, pour me protéger des inspecteurs.

Discrètement j'ai posé ma main sur la poignée de la

161

porte. La voiture filait sur un grand boulevard. En moi j'avais fait le silence. On a ralenti pour prendre à droite une petite rue. « On peut faire n'importe quoi. » J'ai appuyé d'un coup sur la poignée et je me suis jeté par la portière. J'ai boulé comme un lapin sur la chaussée et sans me retourner je suis parti comme un bolide. Droit devant.

Dans mon dos la voiture a hurlé. Ils avaient mis en marche la sirène. J'ai entendu ses pneus s'arracher sur l'asphalte, bondir vers moi. J'ai pris à gauche et je me suis jeté sous une camionnette arrêtée. La sirène a miaulé à un mètre, furieuse. J'ai foncé dans l'autre sens. Je n'avais pas fait cent mètres qu'elle était sur mes talons plus déchaînée que jamais. Une guêpe géante ! Une porte était là, j'y plongeai. C'était un bar-tabac. Tout le monde se retourna.

Des joueurs de belote restaient le bras en l'air. La sirène déversa son vacarme, fila. Je ressortis, croisant quelqu'un. Une 4 L attendait devant la porte, vide, son moteur tournait. Sans doute le type que je venais de croiser. J'ouvris la portière, sautai sur le siège et d'un coup de première m'élançai sur le boulevard.

La voiture hurlante me croisa. Je baissai la tête. Cinq minutes après je sortais de la ville vers le sud.

Je décidai de rouler un moment, puis de cacher la 4 L et m'enfouir dans la forêt. Ça n'allait pas être facile... Toute l'île aurait mon signalement. Est-ce qu'ils savaient qui j'étais ?

Le soir commençait à tomber, mes genoux étaient en flanelle. Je m'accrochai au volant pour freiner mes tremblements. J'étais trempé comme une soupe.

Bientôt ce fut le chien et loup. Je cherchais un chemin de terre pour m'y enfiler, quand j'aperçus des travaux sur la route, un peu en avant. Sans doute une tranchée... Ils avaient mis des lanternes autour pour qu'on ne tombe pas la nuit dedans. J'avançai.

Brusquement mon cœur fit un saut périlleux. C'était un barrage de police! Je les voyais maintenant, précis. Des gendarmes en treillis, mitraillette au poing et lanterne dans l'autre me faisaient signe de me garer. Une brume passa dans mes yeux... J'étais cuit.

Je mis mon clignotant tout en réfléchissant à cent à l'heure, ralentis. Les gendarmes s'écartèrent un peu. Je longeai lentement le barrage comme si j'allais m'arrêter, leurs têtes défilaient. Gagner quelques mètres... Je voyais sous les casques flamber leurs yeux. Encore quelques pas...

Soudain un coup de sifflet retentit. C'était le signal! Je balançai un coup de troisième et bondis en avant. Presque aussitôt des détonations retentirent. Le claquement sec des pistolets-mitrailleurs. Jamais je n'aurais cru qu'un jour on tirerait sur moi. Ça y était! Peut-être j'étais déjà mort? Je m'écrasai dans mon siège sous le volant. La nuit crépita, se disloqua, lança l'électrochoc et ce fut le silence.

Je relevai la tête. J'étais donc vivant? La voiture fonçait toujours droit devant. Dans mon dos je ne sentais rien de grave. Aussitôt dans le rétroviseur je vis les phares. Ils me prenaient en chasse. Avec ma 4 L et ma vue basse j'étais fadé. J'eus dans la débâcle une dernière idée. Ça pense l'instinct. A une allure incroyable. Mes nerfs étaient déjà tout cramés.

Au premier virage, dès que les phares derrière eurent disparu, je pilai, sautai de la voiture et plongeai dans un champ. Comme c'était une bonne pente ma voiture continua toute seule. Je voulus courir mais mes jambes butèrent dans un fil de fer, je m'étalai dans des mottes. Deux fourgons passèrent à toute allure et au même instant j'entendis un énorme fracas de ferraille. Je me relevai. Des phares dressés agrippaient la lune, tels des bras éperdus fuyant le fond du ciel. Ma voiture en bas de la côte s'était plantée dans le décor. Des portières claquèrent, des cris... Je vis des silhouettes noires traverser les faisceaux lumineux et sauter dans la nuit.

Était-ce ma chance? Ils avaient l'air de me croire là-bas plié sous la ferraille. Peut-être pensaient-ils m'avoir touché. Je me tâtai. Non, ça allait.

J'étais dans un champ de vignes. Je choisis une raie qui partait bien vers l'horizon et jambes à mon cou fonçai dans les ténèbres. Je n'étais pas au bout du champ que déjà des phares balayaient les prairies. Ils ne m'avaient pas trouvé, de nouveau ils étaient sur les dents. Je sautai une clôture et ventre à terre cinglai vers la pleine campagne, au large de cette route maudite où les gendarmes devaient se déployer pour ratisser la nuit comme des tirailleurs.

Je courais à perdre haleine. Pourtant je ne la perdais pas. Ça vous triple les jambes et les poumons la peur. Je savais maintenant qu'ils tireraient à vue, sans sommations. En fonçant j'entrevis sur ma gauche des feux rouges qui se déplaçaient dans la nuit. Sans doute une petite route, un chemin. Ils essayaient de me prendre à revers. Je piquai sur la droite. C'est à cet instant dans mon dos qu'ils se mirent à aboyer. Ils avaient les chiens! Je ne touchai plus terre.

Brusquement devant moi le sol s'argenta, m'éblouit. Une immense étendue scintillait sous la lune, je stoppai net. De l'eau. Un lac? Un étang?... Je tentai de le contourner. Les molosses se rapprochaient.

Me revint soudain l'image de Paul Newman courant dans l'eau pour que les chiens policiers le perdent. J'entrai dans l'eau. D'abord jusqu'aux genoux, puis la taille. Mes pieds s'enfonçaient... C'était des marécages! Mon sang ne fit qu'un tour.

J'allais être gobé par les sables mouvants. Je n'avais pas le choix, les chiens me talonnaient. Je me mis à nager en surface. Je n'avais pas atteint l'autre rive que déjà la meute était au bord de l'eau. Plus enragée que jamais. Je m'immobilisai dans les joncs.

Des torches fouillèrent la surface. J'entendais les voix comme si j'étais avec eux: « Faut faire le tour, mon adjudant... On sait pas ce que c'est là-dedans! »

Je vis leur file obscure s'étirer sur la berge, comme une chenille carnivore avide de m'avaler. Une chenille qui hurlait.

Je me remis à nager comme un batracien. Par décharges électriques. C'était à celui qui arriverait le premier en face. J'avalais un bol à chaque brasse, fou de terreur. D'un instant à l'autre les détonations pouvaient reprendre. Je faisais tellement de bruit dans l'eau que je n'entendais plus les aboiements. Ma tête se planta dans la vase. La terre ferme! Je m'agrippai aux roseaux, glissai, m'affalai, me relevai, patinai et repris mon galop effréné.

Les chiens semblaient avoir perdu ma trace. Ils s'énervaient, là-bas, assez loin sur ma droite.

Le terrain maintenant partout devenait bourbeux, criblé de fondrières. C'étaient les fameux marais de la plaine orientale. Sinistres sous la lune. Je m'y enfonçai. Dans mon dos se dressait la masse noire des montagnes, devant ça ne pouvait être que la mer.

De plus en plus je glissais, m'effondrais dans des mares croupies. Il devait y avoir là-dedans des grappes de moustiques, des nids de serpents et de malaria, des crapauds géants... C'était avant qu'on assèche

165

pour y mettre des agrumes. Un bout d'Afrique égaré en Méditerranée, comme un morceau d'enfer tombé sur terre. Entre deux brouillards dérivait une lune de boue.

Soudain je crus entendre son souffle, plus vaste que l'horizon, plus profond qu'un sommeil. J'en étais encore loin mais je savais qu'elle était là. Derrière mes tempes battait la mer.

Alors le ciel s'ouvrit, vivant d'étoiles. Comme la poussière qui vole et scintille dans un rayon de soleil. A l'infini courait la plage, blanche sous la nuit. Je m'étalai dans le sable, il était dessous encore chaud.

Aussitôt mon cerveau se remit en marche; ce qu'il faisait d'ailleurs depuis un bout de temps. Et pas trop mal ma foi. A droite la plage filait vers le sud, à gauche elle retournait sur Bastia. Devant la mer, derrière j'en venais, merci!

Il fallait prendre une décision, et vite. Ils pouvaient surgir des marais à tout instant. Combien d'équipes étaient là, dans mon dos, à mordre mes talons? Je me mis à leur place: le gars se tirait vers le sud, on l'accroche. Il s'affole et saute dans les marais. Admettons qu'il atteigne la mer – c'est mon cas –, il continue d'instinct comme un dératé à cavaler vers le sud. Derrière c'est le danger, la mort, les chiens. C'est Bastia et il en vient. Bon! S'ils pensent comme moi ils filent vers le sud. J'ai pris vers Bastia.

Je suis descendu au bord des vagues. J'ai fait deux trois cents mètres l'eau jusqu'aux mollets pour la trace et puis je suis remonté sur le sable, là où il est le plus dur parce que la mer le tasse à chaque coup de langue. J'ai trouvé mon rythme: vif et régulier. Le sol portait ferme. J'avais dans le corps encore assez de peur pour tromper la fatigue.

Bien sûr ils pouvaient être là, postés n'importe où

et me tirer comme un lapin, au passage. Un risque à courir. Si je faisais le mort dans un coin, demain j'aurais sur le dos tout ce que l'île compte d'uniformes et de chiens.

Dans la pénombre j'avalai de la plage. Les vagues couvraient mes pas. C'est l'amie du fuyard la vague. Pas de bruit, pas de trace. Sitôt passé sitôt léché. Une mère qui veille sur chacun de vos pas. Mon fils un assassin ? Blanc comme neige ! Elle se ferait couper en deux. Elle en démord pas la vague. Et la boue noire qui gantait mon corps faisait un morceau de nuit à peine plus pressé que le reste.

Soudain l'aube éclata. Le ciel en feu surgit de l'eau. Je courais dans la poudre de cuivre. Derrière la dune, au loin, c'était encore de gros paquets de nuit. Je vis mon corps : une croûte obscure. Je retirai ces loques et les enterrai dans le sable. J'avais un slip qui pouvait faire de loin maillot.

Tout en continuant je me lavai la tête. Je gambergeais : que peut faire un homme à poil recherché de partout ? Bon, c'est sûr qu'ils n'allaient pas me flinguer comme ça en coureur matinal. Et ensuite... J'eus beau tourner et virer, dans ma tête ne revenait que Béatrice. Allez savoir ? La confiance.

Quand j'atteignis par la plage les premières maisons de la ville, le soleil tapait déjà fort. Quelques baigneurs étalaient leurs serviettes. Personne ne me regardait vraiment, je n'avais donc pas l'air de tomber de la lune. Pourtant j'avais dans les pattes au moins quarante bornes. Depuis la veille je tricotais.

C'est alors que je vis la cabine téléphonique, au bord du sable. J'avais mon idée. Coup de chance, personne n'avait barboté le bottin. J'y cherchai Dubreuil, c'est comme ça que l'inspecteur avait appelé Béatrice. Dubreuil... Voilà ! Ils y étaient, et seuls encore. Une allumette à présent. J'en trouvai une par terre. C'était un truc que j'utilisais souvent à Marseille. Je composai le numéro et introduisis l'allumette dans la fente... On décrocha.

– Allô? Je voudrais parler à Béatrice s'il vous plaît.

– C'est de la part de qui?...

Une voix de femme.

– Oui... Un ami... Richard.

– Un instant, ne quittez pas.

Mon cœur se remit à faire le dingue. J'étais dans les appartements de la sous-préfecture, moi que toute la sous-préfecture cherchait. J'eus un rire de trouille ou de nerfs. Il ne devait plus m'en rester lourd de nerfs.

– Allô? Qui est à l'appareil?

– C'est moi euhhh... Votre ami.

– Mon ami?...

– Oui le vôtre...

Elle reconnut tout de suite mon accent du Midi.

– Mais où êtes-vous donc? Si vous saviez! Vous êtes fou de m'appeler ici.

– Je ne pouvais pas appeler ailleurs.

– Mais vous appelez d'où?

Sa voix s'était faite très faible. Cela me rassura.

– A l'entrée de la ville, sous la citadelle.

– Bon, attendez... Vous voyez le phare? Au bout de la jetée?

– Oui.

– Je vous y rejoins dans un moment. Attendez-moi, soyez prudent, vous êtes complètement fou.

Elle y tenait à ce que je sois fou. Elle était un peu dépassée. Et moi alors! Complètement largué.

– Ah! fis-je, si vous pouviez m'apporter un pantalon et puis quelque chose pour le haut... Et puis des chaussures si vous pouvez... Je suis tout nu dans une cabine et je ne voudrais pas me faire remarquer.

Ne me parvient que du silence.

— Je fais du 41, dis-je pour dire quelque chose.

On raccrocha.

Une demi-heure plus tard je vis s'amener sa petite voiture rouge. Elle se gara le long des voiliers. Béatrice escalada les escaliers de la jetée, elle se retournait. Moi je ne l'attendais pas au phare mais dans les rochers, au cas où on l'aurait suivie. Non, il n'y avait personne. Aucune voiture après elle n'était entrée sur le vieux port. Je la rattrapai. Elle sursauta. Elle était blanche comme un linge.

— Vous voulez me tuer! suffoqua-t-elle. Depuis hier je suis aux cent coups, on ne parle que de vous.

Je la tirai derrière la jetée, côté mer. Là on était dissimulés. Il n'y avait que quelques pêcheurs, de loin en loin, sur de gros blocs de pierre.

— Mais où sont vos vêtements?

— Je les ai jetés.

Ses yeux faillirent jaillir des orbites. En trois mots je lui racontai tout: la poursuite dans Bastia, le barrage, les marais, tout.

— Voilà! Je vous ai appelée, je n'ai que vous sur cette île.

— Mais qu'avez-vous fait?... Mon père m'a interrogée toute la soirée hier. Il ne comprend pas comment je pouvais me trouver dans un hôtel pareil avec des individus de votre espèce.

— Moi non plus, ils me prennent pour qui?

— Ils ne le savent pas eux-mêmes. D'abord ils croyaient avoir affaire à un déserteur de la Légion qui a assassiné deux bergers dans la montagne, quelqu'un vous avait repéré sur votre colline. Ils ont trouvé ça louche. Et puis hier soir à l'hôtel ils se sont aperçus de leur erreur. C'est un Allemand le déserteur, ils ont vu que vous n'aviez pas l'accent. Alors, en fouillant dans leurs fichiers ils ont cru vous reconnaître. Un autre déserteur je crois, de l'armée normale celui-là et qui aurait assassiné son capitaine. Enfin, je ne sais pas, ils en ont contre les déserteurs. Tenez, enfilez ça!...

Elle tirait de son sac de sport des affaires.

– C'est un costume que mon père ne met plus, je l'ai trouvé dans des cartons. Les chaussures seront peut-être un peu grandes. J'espère qu'il ne s'en apercevra pas.

Trois minutes plus tard j'étais en sous-préfet.

– Venez, me dit-elle, j'ai eu une idée en venant.

On grimpa dans sa voiture et elle démarra. Je reconnus le boulevard où on m'avait traqué la veille et puis le bar-tabac. Tout ça défilait comme on repasse un cauchemar le lendemain matin. La ville était calme. Je la traversais dans un costume de sous-préfet. Étrange. Ça serait arrivé à un autre j'en aurais rigolé.

Tout en conduisant elle jetait sur moi des petits coups d'œil intrigués.

– Là où je vous emmène, c'est le dernier endroit où ils penseront vous chercher. Un petit monastère perdu dans la montagne... Ils ne sortent jamais, sauf le père. C'est un homme sur qui on peut compter. Il a été mon directeur de conscience. Mais dites-moi si vous fuyez tant que ça c'est que vous avez fait quelque chose de grave tout de même?...

Les châtaigniers défilaient maintenant de chaque côté de la route. On s'élevait.

– Oui, je ne sais pas... Je ne suis pas un assassin.

On roula un moment dans le silence.

– Vous savez pour votre argent, reprit-elle, ça ne

m'étonne pas. Je l'ai surpris deux fois en train de fouiller mon sac. Il ne faut pas lui en vouloir, il est si désespéré. Ça le rassure l'argent, il achète des tas de vêtements et il ne sort même pas. Il se fait horreur.

– Oui, mais moi, c'était mon seul moyen de quitter la Corse. A présent je suis foutu !

– Je vais lui parler, j'essayerai d'arranger ça. Ah ! Décidément vous êtes deux drôles d'oiseaux. Il n'a pas tort mon père, deux drôles d'oiseaux !

Un léger sourire cligna dans le coin de son œil. Elle avait du cran tout de même. Exactement la fille que j'aurais épousée. On arrivait.

C'était une espèce de forteresse en pierres noires, dressée sur un éperon rocheux. Une porte monumentale. On aurait dit un temple hindou.

Béatrice tira sur une corde. A l'intérieur une clochette s'affola. Au bout d'un moment, un petit battant s'entrouvrit dans un coin de la porte. Une tête de moine hésita. Il reconnut Béatrice et nous fit signe de passer. C'était un moine myope, il avait l'air content de nous voir. Béatrice parlait bas mais je l'entendais qui l'appelait « Mon père ».

On était dans un grand couloir noir et je tendais l'oreille. Elle lui dit que j'étais un ami... Que j'étais envahi par le doute... « Oui, mon père, une profonde inquiétude... C'est ça, mon père, du repos, de la solitude, qu'il fasse le point... Vous êtes très bon, mon père... Le temps qu'il faudra. »

La bouche du moine était si confidentielle que je n'en recevais que le fredon, ou alors l'écho amplifié par les lèvres de Béatrice : « Oui, c'est le mot, mon père, égaré... Lui-même le chemin de Dieu... Évidemment son âme. »

Ah ! Qu'est-ce qu'elle était maligne. Je me retournai pour sourire vers le mur. Mon ange gardien, quelle adresse! Quelle classe! Belle et rusée. Une panthère!

– Oui, mon père, il saura reconnaître les siens.

Je me mordais la langue. Au moment de se retirer, Béatrice m'arrêta dans la pénombre, le moine nous précédait. Elle posa sur ma bouche un baiser, brusquement, qui me chatouilla jusque sous la plante des pieds. Elle fit alors dans son dos une adorable grimace. C'était, je le sentais bien, pour me donner du courage. Mon cœur était tout ébouriffé. Elle dansait dedans.

Elle nous a dit au revoir à tous deux et je suis resté avec le moine. Il a refermé la porte et nous sommes allés par des couloirs. Il me parlait:

– Je vais vous montrer votre chambre, de l'autre côté de la cour. C'est la partie la plus ancienne du monastère, fin du XIIe sans doute. Bien entendu, elle a été plusieurs fois restaurée. Un frère vous apportera les repas; si vous avez besoin de vous confier, prévenez-moi... Les frères travaillent et prient, ils n'auraient pas le temps de vous entendre. Évitez même de trop leur parler, ce sont des enfants. Venez assister à l'office demain matin, c'est à six heures, nous chantons.

Des enfants... J'étais comme, si loin, lorsque ma mère me laissait à l'entrée de l'automne dans la cour d'une pension et que quelqu'un m'accompagnait au dortoir dans des odeurs nouvelles. Mon cou s'étranglait. Est-ce que j'étais fait pour vivre tout le temps seul dans des collines ou derrière ces murailles de nuit? J'aurais voulu courir après la petite voiture rouge et qu'on parte ensemble à la mer. C'était la fin de l'été. Bientôt elle serait déserte la mer.

Le lendemain matin quand je me réveillai il était plus d'onze heures. Le père dans la cour avait l'air de

172

me guetter. Tout juste s'il me dit bonjour. Il devait être vexé que je ne sois pas allé à son office l'écouter chanter. Je me suis assis au soleil.

De chaque côté de la cour partaient des galeries. Des tunnels criblés sur un côté de petites cellules. La mienne était dans une annexe, entre la cour et les jardins. Minuscule, voûtée, un tabouret, un lit et une table. Un fenestron y déposait trois gouttes de jour.

De temps en temps, frôlant un mur, un moine passait sous son capuchon comme une ombre. Robe de bure marron, pieds nus dans les sandales, il trottinait d'un trou à l'autre. Ils me faisaient rigoler. Des lapins le jour de l'ouverture.

Un, tout particulièrement, m'amusait. Grand et maigre comme un clou, la tête en avant sur un cou de girafe, un poivron lui était poussé en plein milieu de la figure. Toutes les trois minutes il traversait la cour, l'œil égaré, en appelant: « Suzanne! Suzanne!... » Et puis il disparaissait du côté des jardins, ou très préoccupé dans une galerie. Celui-là ne semblait même pas me voir. Tout à son obsession. De l'autre côté du monastère j'entendais, renvoyée par les murs, sa voix écorchée de maigre: « Suzanne! Suzanne!... » Et puis il resurgissait d'un trou quelconque de la termitière, encore plus hagard qu'à son dernier passage: « Suzanne! Suzanne!... » Il avait l'air de l'avoir sacrément dans la peau sa Suzanne.

Je ne savais plus si allait m'apparaître une créature de rêve ou bien sa vieille mère?

C'est un chien qui débloula. Et mon moine tout de suite à ses trousses, hurlant: « Suzanne arrête-toi! Suzanne! » Ils firent trois tours de cour, coudes au corps, s'enfilèrent comme deux bolides dans un trou. Une poussière de troupeau cachait les bâtiments. Ça alors c'était du sport! J'en restai baba.

Au bout d'un moment, je crus entendre s'élever du côté des jardins le sanglot d'un chien. Je pris cette direction. Je n'avais pas plutôt débouché dans les plants de choux que le spectacle me figea:

Le grand moine avait attaché Suzanne à un arbre dans un coin du jardin et lui assenait sur l'échine de redoutables coups de bâton. Elle hurlait à la mort. Il était en nage sous la robe de laine, sa tête de coq pivoine. « Ah! Saleté! Saleté! » haletait-il redoublant sur l'échine. « Tu vas me le payer, saleté! » Et ran... Ran... Il lui cassait les reins, les yeux hors de la tête. Et à chaque coup de bâton: « Ah! saleté! »

Elle se traînait dans la poussière autour de l'arbre, les oreilles plus plates que des crêpes. Un chiffon. Il en tremblait le moine, la bouche écumante. Il bavait quelque chose. « Garce! Garce! Je vais te dresser moi... Ah! sale chienne! »

Enfin il s'effondra épuisé. Un moment ils restèrent immobiles, sans se voir. Suzanne braillait toujours comme un âne.

Le moine alors rampa vers elle, l'attira dans sa robe, la serra de toutes ses forces sur son cœur. Il pleurait. « Ma Suzanne, ma petite Suzanne, tu m'écoutes jamais... Tu as mal? Tu as très mal? Viens, ma Suzanne, je vais te soigner... Là, là, ma chérie, oh! ma Suzie... Ma petite chérie... Pourquoi tu t'es échappée? »

Couché dans la terre il l'étreignait comme une femme, secoué de sanglots: « Mon bébé viens! Oui oui là... Oh! Que tu m'aimes toi... Oh! Qu'elle avait un chagrin, ma Suzie. »

C'était une petite chienne setter, noire et blanche. Jolie comme tout. Elle était tombée sur un dingue. Terrorisée elle ne bronchait plus: « Oh! La chérie de son papa... Qu'elle était contente là dans les bras du papa... »

Il se tordait dans la poussière avec Suzanne, les yeux injectés de sang. Il ne m'avait même pas vu.

C'est un autre moine qui m'apportait les repas. On me faisait manger seul dans ma cellule. J'avais comme l'impression qu'on m'isolait.

Il se pointait un plateau à la main, posait tout sur ma table. Oh! pas grand-chose: un plat de légumes, du pain, de l'eau et un fruit. Et restait planté comme un santon sur le pas de la porte. Moi je m'installais et je ne disais rien. On se regardait du coin de l'œil.

C'était un minuscule moine rougeaud. Une tête à souffler dans une trompette. Il attendait debout que j'aie fini. Collant comme un timbre. La cinquantaine.

Un soir quand même je l'entrepris, histoire de passer cinq minutes:

– Ça fait longtemps que vous êtes là? demandai-je.

Il ouvrit des yeux de merlan frit, comme si je lui avais demandé la longueur de son sexe.

– Ici dans le monastère?... Ça fait combien de temps?...

Il dansa un moment d'un pied sur l'autre, le regard au plafond. Comme s'il ne m'avait pas entendu. Pas très propres ses pieds...

Bon! s'il n'avait pas envie de répondre qu'il reste. Ce n'est pas tous les jours qu'on devait lui faire la conversation. Je pensai à autre chose.

– Dix-sept ans!

Je sursautai. Il s'était mis à parler brusquement.

– Ah! fis-je, ça fait un bail ça...

Il retomba dans le silence. Décidément ce n'était pas sa soirée. Au bout d'un moment il se remit en marche. Il devait avoir besoin de beaucoup réfléchir avant de se jeter à l'eau.

– Je suis venu ici parce que ma mère est morte. Avant je travaillais dans les trains. On habitait Dijon.

Confus il baissa la tête. C'était un gros timide.

– Oh! C'est bien les trains. Pourquoi vous avez quitté?

Son regard chavira.

– Je... Je ne pouvais pas vivre seul quand même! On aurait dit que je l'avais insulté.

– Oui bien sûr... Et vous sortez des fois ici?...

Moment de silence... Bon, j'avais pigé. Je faisais mon train; ça allait venir... Dix minutes passèrent.

– Je ne suis jamais sorti... Vous n'avez pas peur vous dehors avec tous les dangers?... Il paraît qu'on vous assassine dès que la nuit tombe! C'est le démon qui est partout... Ici c'est la maison de Dieu, ça lui fait peur...

– Oui, mais un gaillard comme vous, dis-je pour rigoler un coup, ça n'a peur de rien un gaillard comme vous!

Réflexion...

– La nuit il rôde autour des murs. Je l'entends... Le chien hurle à la mort au fond du jardin. Il voudrait qu'on sorte... On sortira jamais!

Il releva frénétiquement sa robe, se palpa partout. Il me tendit violemment quelque chose.

– Regardez! brailla-t-il l'œil atterré, j'ai trouvé une pierre au pied du mur avec l'empreinte de ses sabots fourchus.

Il se pencha vers moi comme pour un secret. J'observai l'objet: c'était un fossile.

Ses yeux étaient à cinq centimètres des miens. Ils les scrutaient à tour de rôle. Complètement halluciné le pauvre.

– Alors?

– Vous avez raison. C'est bien les pieds du démon. Vous l'avez trouvé où exactement?

Déroulement de la bobine... Stop.

– L'an dernier dans le jardin!

– Alors ça veut dire qu'il entre la nuit dans le monastère. Oh! Je sens que je ne vais pas rester longtemps ici!

Je n'avais pas fini ma phrase que sa robe s'envola. Il s'échappait en criant dans le corridor.

Et voilà! Décidément ils étaient tous fêlés ces moines. C'est vrai qu'il ne faut pas être tranquille au départ pour s'enfermer dix-sept ans dans un site pareil. En plus ils ne voyaient jamais personne. Pas un mot. Rien. De quoi devenir marteau. C'est le père qui s'octroyait toutes les visites. Il les filtrait, les guidait au parloir. C'est lui qui avait toute la science. Les autres étaient là pour bosser; une fine équipe d'imbéciles!

Ma foi... Moi, j'étais nourri logé, autant profiter du spectacle.

Le matin donc je m'installais ventre au soleil, orteils en éventail et j'attendais le cirque. C'était tous les jours pareil.

Sur le coup de midi la grande bringue s'amenait: « Suzanne... Suzanne! », il passait, repassait. Disparaissait et revenait encore. Il se montait tout seul le bourrichon. Il marmonnait dans sa robe, jurait et brusquement Suzanne détalait. Toujours du même endroit; derrière le tas de bois de la cour. Il le savait lui, le bougre, mine de rien il faisait semblant de chercher, comme les enfants.

Alors c'était une course éperdue. Lui fonçait juste derrière, sa robe relevée pour ne pas se prendre les pieds dedans. Quand la cour ressemblait à un champ de bataille, ils disparaissaient du côté des jardins. Là, j'attendais. Je comptais jusqu'à soixante. Une vraie pendule ces deux-là. A soixante pile ça commençait. Suzanne hurlait comme un perdu. Il lui donnait sa branlée quotidienne. Et puis les cris baissaient, ce n'était plus que des plaintes. Ils en étaient à la scène d'amour. Je pouvais alors regagner ma cellule, c'était l'heure du repas.

L'après-midi il faisait très chaud. C'était septembre, on ne les voyait pas les moines. Ils devaient faire semblant de prier. J'ai bien eu l'impression, des fois, qu'ils me lorgnaient par le judas de leur cellule. Surtout que j'étais nu. Je me faisais bronzer. C'est lourd comme un tombeau le regard d'un moine. Des heures je sommeillais dans le silence surchauffé des derniers après-midi d'été.

Lentement, le ciel tournait sur les grands murs du monastère. Par-dessus la chapelle montaient les flammes du soir. Point de mire du soleil, la petite croix, là-haut, s'embrasait la première et puis tous les toits se cuivraient, d'un coup. La cour était rose. Alors, sous le tas de bois naissait un beau lac d'ombre. Il s'avançait vers moi et le ciel était vert. J'entendais du côté de la mer, sous la brume, sonner l'heure lointaine. La voix des moines montait dans le soir. Ils chantaient leur solitude de velours.

Je pensais à ma vie: qui sait comment ils avaient fini là tous ces moines? C'étaient des âmes perdues. Peut-être que dans vingt ans je serais encore là, moi aussi, avec ma soupe de légumes, un chien serré dans

178

mes bras. Qui sait?... J'étais entré au monde de
l'oubli. N'était-ce pas ça que je demandais, finalement, à ma vie?... J'avais atteint, sans partir, l'autre
côté du monde. C'était la fin du jour.

C'est quand même le soir qu'on se sent le plus seul.
Toute la sainte journée passe encore de supporter
leurs faces d'abrutis. Mais là, le soir, dans les noirs
corridors de cette forteresse, ah! nom de Dieu!
J'aurais donné trois de mes doigts pour un regard de
femme. Et c'est l'autre pignouf qui s'amenait. Le
crâne presque aussi chauve qu'un bouton de porte.

Ah! j'en avais soupé de leur soupe! S'il n'y avait
pas eu toute la police à mes trousses dehors, je lui en
aurais volontiers fait un chapeau. Si c'est permis
d'être bête à ce point! Bête à manger du foin! Un
mois que j'étais là et je n'en pouvais plus. Et lui,
dix-sept ans... Qu'avait-il donc dans le ventre! A part
ces putains de légumes!

— Vous n'avez jamais connu de femmes? lui hurlai-
je un soir qu'il passait ma porte.

Il faillit de peur lâcher son plateau.

— Et des putes! Vous savez ce que c'est des
putes?...

Son sang s'était retiré.

— Eh bien moi, poursuivis-je, je vais décamper. Je
vais aller retrouver ma maîtresse. Tu sais pas non plus
ce que c'est toi une maîtresse?... Une femme qui
t'attend le soir toute maquillée, avec des lèvres écarlates et des yeux troublés de désir... Mais alors tu sais
rien toi! A quoi ça sert qu'il t'ait inventé le Bon Dieu?
Si c'est juste pour bouffer de la soupe?... Quand
j'arrive chez elle, la mienne, je sais qu'elle m'attend
depuis le matin. Elle baisse les paupières parce que je
l'intimide... Elle a une robe noire décolletée
jusqu'aux fesses dans le dos. Elle ne dit rien. Elle sait

ce que je veux. Alors, elle défait sa ceinture et lentement fait glisser sa robe sur son corps.

Il ne sait plus sur quel pied danser mon moine brusquement. Sur le plateau tout s'est mis à tinter.

– D'abord l'épaule et puis je vois jaillir un sein, puis l'autre. Ils sont nus. Des seins à te sortir les yeux des trous! Sa robe tombe d'un coup sur les chevilles, elle n'a qu'une petite culotte de soie... Elle soulève une jambe... l'autre, elle sait qu'elle doit garder ses talons aiguilles.

Il est violacé l'andouille. Ah là je le tiens l'animal! Il ne va pas s'en tirer comme ça. Je continue. J'en ai la bouche sèche.

– Elle reste immobile, les yeux toujours baissés, très belle. Je regarde ses cuisses... Son ventre... Je lui dis de se retourner... Ses fesses. Ah! ses fesses! Elles sont rondes et tendues ses fesses et dures sur les talons aiguilles.

Il ouvre de ces yeux! On dirait un chien errant qui vient de rencontrer un chapelet de saucisses. Le diable à côté aurait l'air d'un enfant de chœur. Je bois du petit-lait.

– Ah la la... Cette paire de fesses! Je m'approche et doucement je fais glisser la culotte de soie... Tu en as déjà vu toi, des fesses comme ça?

Ses yeux sont tellement grands maintenant, qu'il les voit. Ça c'est sûr. Ah! On peut dire que ça le démange soudain. Ils ont beau se contorsionner dans tous les sens pour l'oublier leur quiquette, tant qu'ils ne l'ont pas coupée...

– Une paire de fesses comme ça, nues, offertes! c'est encore meilleur que si le Bon Dieu t'embrassait tout d'un coup sur la bouche... Et ses longues jambes de satin, à peine un peu écartées pour que j'y glisse ma main.

Je fais le geste.

– Elles sont bouillantes ses cuisses!

Ah! S'il ne la vend pas ce soir même au diable, son âme, je me fais curé! Ce n'est plus une tête qu'il a, c'est un lit défait.

– Alors je lui dis de se coucher par terre, sur le tapis. Elle le fait. Des fois sur le dos, des fois sur le ventre, comme j'ai envie. D'en haut je la regarde... Elle attend par terre, soumise. Je peux lui faire n'importe quoi. Tout ce que je veux elle l'accepte... Elle est comme ça ma maîtresse! Elle s'appelle Béatrice. Je lui dis: « Mets-toi à genoux Béatrice », et elle s'y met.

Je crois qu'il va tomber par terre. Ses oreilles vont éclater, rouges comme un bouquet de pivoines. Tout son sang s'est concentré dans sa tête. Il s'est renversé toute ma soupe sur sa robe. Il ne le sait pas. Il regarde ce ventre... Ces cuisses... Ces fesses... Il est à point. Il va me violer; je lui ai vraiment sorti le grand jeu. Moi-même je la vois, Béatrice, nue sur les dalles, à mes pieds. J'en suis malade.

Bon! J'en ai marre maintenant de le mener par le bout du nez dans la splendeur de Béatrice. Autant donner de la confiture à un gendarme!

– Fous le camp! je lui crie. Va te toucher dans ta cellule! Va faire sous ta robe tes petites cochonneries, vieux puceau! Allez ouste tu pues des pieds!

Il hésite entre la fesse et la peur... Je montre les dents: ça y est il ne voit plus la fesse. Il se retire à reculons. Il repart, tel quel, avec mon plateau qui lui coule dans les jambes.

J'éteins et je me fourre dans mon lit.

Un soir, le père vint frapper à ma porte. On me demandait au parloir, me chuchota-t-il à travers. Je ne l'avais pas revu, celui-là, depuis mon arrivée. Il

181

avait pris la mouche que je ne me confesse pas de tout, à lui le berger des consciences, moi l'égaré, et puis surtout que je ne vienne pas admirer sa belle voix. Peut-être qu'il avait appris aussi que je parlais au frère. A force de vivre là, mesquins comme un panier de veuves, c'étaient tous devenus des gros jaloux.

Je le suivis, sur mes gardes, au parloir. Est-ce qu'il ne m'avait pas mijoté quelque tour de cochon?... N'allais-je pas me trouver nez à nez avec un escadron de gendarmes? Je le laissai me distancer. J'avais depuis belle lurette repéré, côté jardin, une brèche dans le mur par où je pouvais prendre le maquis. Mais non, quelle ne fut pas ma surprise reconnaissant de loin, découpée dans l'encadrement d'une porte, tournant le dos au parloir éclairé, la silhouette de Béatrice. Heureuse elle m'étreignit. Imaginez mon cœur!... Entrant dans la pièce, j'aperçus Valentin assis avec sa gueule en coin de rue. On se lâcha quand même deux sourires.

Béatrice referma sur nous la porte. Le père avait disparu. On échangea quelques paroles gentilles. Elle me dit que je faisais plaisir à voir et, en riant, que j'étais gras comme un moine... Qu'ils avaient beaucoup pensé à moi pendant toutes ces semaines. C'est vrai qu'elle était mieux la trogne de Valentin. Le temps commençait à prendre les coutures. Comme il s'attaquerait un jour à la beauté de Béatrice, là il altérait la laideur. Des lueurs de charme par-ci par-là ressortaient. Et puis il y avait tous ces jeunes cheveux.

– C'est Valentin qui a voulu venir, lança Béatrice. N'est-ce pas Valentin que c'est toi?... Eh bien, vas-y, balourd, explique-lui!

– Oui..., articula-t-il confus, voilà... On a compris

que tu étais dans un sale pétrin... Alors on a pensé que d'autres papiers...

Il tira de sa poche un passeport bleu.

– C'est mon passeport. Dans quelques jours quand tu auras mis les voiles je dirai que je l'ai perdu. Toi avec ça tu peux te faire la malle. C'est simple, regarde... Tu descends en ville discrétos, tu fais quatre photos et avec une lame de rasoir tu en glisses une sous l'œillet, là. Comme ça... Simple comme un bonjour.

Il mimait le travail.

– Ni vu ni connu je t'embrouille.

Derrière le masque je retrouvais son regard. Cette généreuse malice qui m'avait frappé la première nuit, dans l'hôtel sans nom. Des étoiles de bonheur passaient dans ses yeux. Un peu de bave s'étirait au coin de la bouche.

– Et avec une pointe de stylo, poursuivit-il, sur l'envers tu refais le coin de tampon. Ils n'y voient que du feu, je l'ai déjà fait plusieurs fois.

Moi aussi je l'avais fait à Marseille pour payer moins cher le cinéma avec une carte bidon d'étudiant.

– Tu n'as qu'à apprendre par cœur tout ce qu'il y a dessus et s'ils te demandent le nom de jeune fille de ta mère: c'est Marie Rosier et mon père Eugène. Tu te souviendras, Marie Rosier et Eugène? Écris-le!

– Non, ça va, je me souviendrai.

Il poussa vers moi le passeport. Ça me faisait tout drôle de me retrouver là, avec eux, après toute cette solitude. Ils sentaient la ville, les lumières, la mode et sur leurs visages il y avait comme le reflet des belles vitrines avant Noël. Au lieu de me rendre heureux, ça me serra la gorge. Demain avec ce passeport je partirai loin d'eux, vers une obscurité peut-être

183

encore plus noire. Derrière des mers où après tant d'années on a peur du retour. Alors on reste assis sous le soleil d'un port, le regard vers le large et on ne revoit plus, devant soi, que le temps de l'enfance.

On est restés un bon moment dans le silence tous les trois. C'était une petite pièce comme on en voit partout dans les pensionnats et les aumôneries des casernes le soir, nue avec une ampoule qui n'atteint pas les coins. Béatrice avait enlevé sa veste. Sous son chemisier lilas, si près de moi, un adorable petit sein montrait le bout du nez. J'avais une envie folle d'y glisser ma main. De le prendre entièrement dans le creux. Si doux, si chaud. Et de le serrer, serrer pour emporter avec moi pour toujours sa chaleur et que dans vingt ans, où qu'on soit tous les deux, je sente dans ma main sa brûlante lumière.

— Ah! j'oubliais, m'interrompit Valentin, j'ai effacé vert sur le passeport et j'ai marqué marron pour les yeux. C'est Béatrice qui m'a dit que tu les avais marron, moi je ne l'aurais jamais remarqué. Pour la taille tu n'auras qu'à un peu te grandir, il ne doit pas y avoir grand-chose. Attends, fais voir...

Il se dressa, moi aussi. Non, il n'y avait pas grand-chose finalement. Quatre ou cinq centimètres.

— Tu n'as qu'à acheter des santiags, c'est au poil et ça fera la différence. Tiens! Ça me fait penser qu'on t'a apporté quelques fringues, et dans le passeport il y a un peu d'argent.

Il me cligna de l'œil.

— Sans rancune alors... Tu sais, je savais plus trop ce que je faisais et j'avais pas le courage de me tirer une balle dans la tête. On t'oubliera jamais...

Je les ai raccompagnés jusqu'à la grande porte. Il faisait nuit noire. On s'est embrassés comme on a pu, le cœur maladroit. Avant d'entrer dans le brouillard, Valentin s'est retourné, il m'a lancé:

– Alors, comment ils s'appellent tes parents?

– Euhhh... Marie Pommier et Eugène, j'ai répondu.

Il a éclaté de rire.

– Marie Rosier et Eugène! a-t-il articulé en gloussant, Rosier comme les cochons... roses.

Le brouillard les a happés. Quand de l'autre côté de la route leurs portières ont claqué, ils riaient tous les deux.

– Rosier comme les roses de l'été!

C'était la voix de Béatrice. Elle criait pour ne pas pleurer. Ses mots étaient en larmes.

– Oui..., ai-je lâché.

Et comme j'avais un chat angora dans la gorge j'ai laissé leurs feux rouges se noyer lentement dans la brume.

Alors, je me suis dit: « Allez, Valentin, il faut rentrer, tu vas attraper froid... » et j'ai pensé à ma mère, Marie Rosier. Elle avait le visage de Béatrice.

Deux jours plus tard je débarquai en Italie. A Piombino. Valentin avait raison, ils n'y avaient vu que du feu les douaniers. Valentin c'était moi à partir d'aujourd'hui, fils de Marie Rosier et d'Eugène Jeudi. Quoi qu'il arrive et pour toujours. Je n'en démordrai pas!

J'avalai un cappuccino brûlant, dans un de ces petits bistrots minuscules où on a eu du mal à faire entrer un comptoir et mangeai quelques beignets à la crème. Le patron ne faisait pas attention, chaque fois

185

qu'il se tournait vers le percolateur, j'en engloutissais un. Je n'en payai que deux. Il me changea un peu d'argent, fit le calcul à sa façon... On était quittes.

Je pris la route devant moi. Il commençait à pleuvoir. Le ciel était frisquet.

J'avais dans l'idée de traverser l'Italie par la largeur pour rejoindre Trieste. On s'imagine mal comme elle est large l'Italie, surtout vers le nord. C'est un fémur de bœuf!

De temps en temps une voiture stoppait. On faisait quelques kilomètres et puis je me retrouvais sous un pont. Plus j'entrais dans les terres, plus le ciel était bas. La journée fut courte comme un tour de manège.

Pour me réchauffer, j'avançais un peu dans le crachin de décembre. Je frôlais de grosses fermes qui sentent fort la vache. Des chiens aboyaient dans le brouillard du soir. Autour, tout était morne et plat. De temps en temps, sur le bord de la route, surgissait de la nuit une colonne de soldats. C'était une haie de cyprès noirs.

Je finis par dénicher une grange sans que les chiens fassent trop de raffut, au bout d'un chemin. Ils se contentèrent de tirailler leurs chaînes. J'entendis grincer les volets de la ferme. Une lumière disparut. Je me creusai un terrier sous les balles de paille et m'y fourrai. Toute la nuit la pluie redoubla sur mon toit. La paille tirait mon jus.

Dès l'aube, je quittai mon repaire. Partout ils sont matinaux les paysans. J'enfonçai dans la fange. Plus ça tombait, plus roulaient vers l'ouest des montagnes de pluie. Maintenant ça craquait de partout comme un troupeau d'aurochs déboulant en trombe sur un village de tôles ondulées. Un troupeau noir et fou comme une mer sans rives.

Des heures j'attendis sous un pont, transi. Les poids lourds m'envoyaient sur la tête leurs gerbes de boue. Ils ne me voyaient pas. J'avais la couleur du ciel, du goudron et des arbres. La couleur de la nuit à midi.

Je finis par voler un vélo à l'entrée du village, devant l'épicerie. Des heures je pédalai dans les trombes, pour retrouver mes os. Le soir je couchai dans un chantier avec mon vélo. Je fis du feu. Avec des sacs de ciment et des planches de coffrage je construisis une cabane dans ce royaume des courants d'air.

Au matin on me ficha dehors. On m'avait pris pour un voleur. Je pédalai vers l'est, contre le vent. Personne ne m'aurait pris à présent. Je n'étais plus qu'une serpillière battant dans les rideaux de pluie. Un lambeau de vent.

Parfois, liquidé, je m'arrêtais dans un caboulot. Je commandais encore un cappuccino et me plantais devant le poêle. Les fesses bien collées contre. Tout de suite j'étais dans une mare, fumant comme une cafetière. Quelques paysans me regardaient, ils riaient. Au bout de deux heures ils me regardaient toujours, mais de travers. Je renfourchais ma bécane et je filais dans l'ouragan.

D'autres granges, d'autres chantiers... Je frôlai Venise, traversai Trieste. Je ne séchais plus. Quand j'arrivai à la frontière yougoslave le soir tombait.

Je la franchis facilement. Les douaniers restaient dans leurs guérites, blottis. Il tombait des cordes de moulin. Ne connaissant pas le règlement sur les vélos, je la franchis à pied.

Un kilomètre plus loin une guimbarde s'arrêta, me prit. Le type était ivre mort. De temps en temps il sortait un peu de la route, je sautais sur le volant. Il

187

n'arrêtait pas de me baragouiner dans sa langue natale sans s'apercevoir que je n'étais pas né là.

Il finit par stopper devant une auberge. Entra en titubant. Il me paya tout ce que je voulais. J'ingurgitai à m'en faire péter la panse. Toutes les trente secondes il me balançait une énorme claque dans le dos en éclatant de rire. Il buvait comme un trou. De temps en temps je faisais semblant de rire moi aussi et je lui en envoyais un bon dans les côtes pour qu'il continue à payer. Ça lui suffisait comme dialogue, sauf que lui avait des pognes deux fois plus lourdes que moi. Il m'arrêtait le hoquet pour au moins dix ans. Ça avait l'air d'un paysan en goguette.

Dès qu'il tourna le dos, je filai à l'anglaise. Caché sous un hangar, bientôt je le vis se pointer sur le pas de la porte. Il me cherchait... Il se mit à tourner en rond sous la pluie battante. Il m'appelait. Il partit sur la route à pied, tomba dans un champ, revint sur ses pas et balança un grand coup de pied dans une voiture qui se garait. Deux gaillards en surgirent et minutieusement lui démolirent le portrait. Quand il fut définitivement étalé dans la boue, ils entrèrent dans l'auberge en rigolant.

Je m'approchai de lui. L'œil mi-clos, bras en croix, il poursuivait son charabia. Ah la la! il en tenait une bonne! Je ne demandai pas mon reste. En petites foulées je repris mon chemin.

Décidément j'étais encore tombé dans un fameux pays. Tout ce qu'il y a de plus tranquille les gens par ici. La nuit était noire comme un tunnel muré.

Je décidai de marcher devant moi le plus longtemps possible pour ne pas mourir de froid. Chaque fois qu'une paire de phares s'allumaient dans mon dos, je sautais dans le fossé. Aucune envie de retomber sur mon zèbre.

Un peu avant l'aube la pluie cessa. Il devait y avoir dans mes jambes un sacré ruban de route. Elles flanchaient. Au point du jour j'aperçus en haut d'une côte une baraque de cantonnier. Sans trop forcer j'enfonçai la porte. Des pelles, des pioches, quelques panneaux triangulaires pour chutes de pierres et chantiers, des bouteilles vides de bière... Je m'effondrai dans un coin et m'endormis comme une brute. Là, c'était sec.

Le lendemain soir un camion qui puait le mouton me déposa sur le bord de la route, en pleine montagne, quelque part entre Karlovac et Sarajevo. La pluie n'avait pas repris, toute la campagne fumait, trempée jusqu'aux os.

Je traversai deux trois hameaux de rien. Quatre chaumières féodales plantées dans le purin. Des masures toutes pareilles, basses et carrées, en terre avec des toits de planches et de tôles, comme des patchworks rouillés. Il ne devait y avoir qu'une pièce là-dedans et tout autour des choux. Des verts et des rouges pour changer le dimanche. Pas âme qui vive! Une désolation. Même pas un roquet pour aboyer à mon passage. Rien. Ils étaient presque aussi pauvres que moi. Une pacoule pareille, je n'en avais jamais vu!

Pourtant, à un tournant de la route, oh! surprise! Dans un pré en pente, trois vaches et une bergère étaient plantées. Elles m'avaient vu venir de loin. Aucune voiture ne semblait jamais passer par là. Je m'étais peut-être égaré dans un de ces chemins toujours mouillés de pluie.

La bergère s'approcha. Elle portait une robe à fleurs, longue, des châles à n'en plus finir et des bottes en caoutchouc. Son nez et ses mains étaient rouges comme si de sa robe avaient éclos trois bouquets de pivoines. Elle me souriait. Ça alors pour une rencontre c'en était une. Je m'arrêtai. Elle pouffa en balançant la tête d'arrière en avant. Je ne savais pas si elle était contente ou si elle se moquait? Je me jetai un bref coup d'œil. Bien sûr, je n'étais pas très affolant dans mon costume de sous-préfet tourné cloche. Elle non plus n'avait rien pour faire carrière. Je lui trouvais même une sacrée paire de dents, juste devant. La fille d'un castor et de Fernandel.

Elle me fit un petit signe. Comme ça, de la main, pour que je m'approche. Je regardai à gauche et puis bien à droite... Que de la brume dans des arbres morts. Je m'avançai.

Elle fit alors demi-tour et chemina dans son pré, sans jamais s'arrêter de rire. De temps en temps elle se retournait et me faisait signe de la suivre. Je franchis le petit fossé et m'engageai dans le champ. Ma foi, elle n'allait pas me faire une prise de judo tout de même? Abandonnant ses trois bêtes, elle filait maintenant vers un petit bois en contrebas du pré. Et toujours ses petits signes...

Je me dis soudain qu'elle en avait envie. Subitement, comme ça, en me voyant passer. Elle pensait peut-être que c'était la grande mode, pour les étrangers, mon costume bizarre. Qui sait? Et puis des hommes, jusqu'aux fins fonds de l'horizon, il n'y avait pas l'embarras du choix. Elle n'était pas si mal que ça après tout... A part la tête. Tout ce qu'il faut là où il faut. Je lui trouvais même une certaine allure à présent, là-bas, à l'orée du bois. Une souplesse féline pour franchir les ruisseaux.

Du feu circula dans mes veines. Une grande chaleur m'embrasa. J'étais tout émoustillé. Combien de mois que je n'avais pas touché de femmes?... Quelle aubaine! C'est son rire qui me chagrinait. Je l'entendais monter du bois.

On prit un sentier fangeux qui piquait droit dans un trou de brouillard. J'avais de la boue jusqu'aux mollets et des nuages autour du cou. Je me baissai un peu tellement c'était bas, pour ne pas la perdre. Elle avançait à grands pas.

On déboucha enfin, tout en bas, sur un autre pré. Vraiment très plat celui-là, comme un immense bassin plein à ras bord de brume.

Quelle ne fut pas ma surprise, apercevant devant moi des bois blancs pour un goal et juste derrière un petit bâtiment. C'était un stade! Ça alors! Un stade dans un tel trou. Le ballon décidément c'est comme les églises, même quand il n'y a plus rien, mais alors rien de rien, on fonce encore dedans. Ça fait vivre.

Ma bergère disparut dans les vestiaires en gloussant. Je l'y suivis. Elle était là dans la pénombre, debout, immobile avec ses belles dents. Elle cessa de rire. La gorge sèche, je m'avançai. Là au moins on serait à l'abri, tranquilles, ce n'était pas un jour à match.

Elle se baissa, empoigna sa robe et d'un coup la releva. Pas de culotte... Des espèces de bas noirs recouvraient toutes ses jambes. A pleines mains je lui attrapai les cuisses. Mon sang se glaça. Mes mains bondirent. J'avais senti une fourrure... Je me penchai pour voir... Ah la la! Elle était velue comme un gorille! Noire de poils de la tête aux pieds! Mon cœur stoppa. Je reculai. Elle tenait toujours sa robe là-haut sur sa tête. Elle attendait.

Ah! je voyais mieux à présent: des touffes hirsutes lui escaladaient le corps, partout! Ça moussait. Était-ce un footballeur déguisé en bergère ou une bergère qui aurait pu faire du foot?

191

Atterré je sortis à reculons. Une vraie bête! A côté j'étais imberbe, une peau de bébé. Je courus à travers les brouillards n'importe où, je n'avais qu'une hâte, fuir ce lieu pas très bien famé. Je me perdis au milieu de nuages. Ah! quel pays de sauvages! Je commençais sérieusement à regretter la prison.

Toute la journée j'avançai entre chien et loup. Monte, descends... Monte, descends. Elle avait donc filé ma route? Elle me faisait le coup de l'aiguille dans la botte de foin. Je piquais au fond de vallées de plus en plus noires. Des hordes de brumes y rôdaient en loques. Cour des miracles de fantômes qui coulaient dans les creux. Je sautais d'un haillon à l'autre, écartant ces lambeaux de laine accrochés à chaque branche morte.

C'est en sortant d'un bois de chênes que, brusquement, je sentis la fumée. Mon nez s'écrasa presque contre un mur. Un mur! Je ne l'avais pas vu arriver ce village. J'étais en plein dedans. Tout de suite la route. Ah! quel bonheur, je ne la quitterai plus! Noire et mouillée comme tout à l'heure, je la tâtai du pied, bonne route, bonne route. Elle me parut presque chauffée. Je n'avais pas osé me le dire tout le temps dans la forêt: j'avais eu peur des loups. C'est bête comme chou mais c'est vrai. Peur du loup...

C'était un patelin tout en longueur, comme ils les font par ici, de chaque côté de la route. Ça s'étirait comme ça sur un bon kilomètre, mais si on passait derrière une chaumière c'était tout de suite les champs et la forêt. Ils avaient tellement peur de la perdre comme moi, la route, qu'ils ne la quittaient pas d'un pouce dans tout ce coton. Pas de ruelles, aucune place ni recoin. Rien. Rien que la route. Moi, ça me suffisait.

Alors seulement je repensai à ma bergère, là-bas,

toute poilue dans son brouillard. Je rigolai tout seul et je repris mon chemin.

Quand un poids lourd me déposa à l'entrée de Sarajevo, il faisait noir. Je finis par dénicher la gare. Ah! Je n'étais pas le seul à avoir eu cette idée par ce temps de cochon. La vieille salle d'attente était tout embrouillée de corps. C'était les premiers beatniks que je voyais. A l'époque ils commençaient à sillonner un peu partout les chemins de l'Europe. Jeans rapiécés, fleurs, vestes de treillis et coupe Louis XVI. Tous plus ou moins fourrés dans des sacs de couchage.

Certains grattouillaient un peu de musique, d'autres ronflaient. Des guitares et des harmonicas à gogo. Un peuple de musiciens en marche vers le soleil. Sympathiques, pas méchants pour deux sous. Ils me firent une petite place. Là, j'étais bien. Et qu'est-ce qu'ils sont accueillants les types qui n'ont plus rien! On ne me demanda même pas où j'allais, tout seul dans mon costume. On me donna du vin. Est-ce que je le savais où j'allais moi?... Sans doute comme eux, le plus loin possible. Dans un coin où c'est tellement loin la France qu'on ne me demanderait même pas pourquoi j'étais venu.

Il y avait même des filles avec eux. Pas mal du tout... Gonflées tout de même, ces filles, pour quitter leurs pénates un beau jour nues et crues. Les temps changeaient.

Au petit matin la police nous flanqua tous dehors. On se retrouva en grognant sur la route. Le sol avait gelé, il tintait sous le ferraillement des bottes. Je profitai de la panique pour filer en douce avec un duvet. Je n'étais pas très fier de moi, un peu plus loin sur la route, mais j'avais sous le bras, en boule, presque une vraie maison. J'en avais trop bavé du froid depuis mes débuts à Verdun, lurette. Et puis ils se connaissaient tous eux, ils n'auraient qu'à s'enfiler à deux dans le même pour garder leur chaleur.

Je tâchai de gagner la sortie de la ville avant que ce soit la cohue. Ils allaient tous rappliquer pardi ! Le sud, il n'y a pas mieux pour fasciner les routards pris entre brumes et glaces, et de sud dans une ville il n'y en a jamais qu'un. Et dire que la veille, là, blotti dans la chaleur de la musique et des corps j'avais presque senti des frissons communautaires. Rien de tel que le gel pour faire sortir de soi le loup. Sous ce ciel glacé qui durcissait la terre, hagard je me serais jeté sous n'importe quels phares, afin que le premier chauffeur du matin m'emporte, pieds au chaud tout en bas vers la mer où les maisons de pêcheurs même en hiver sont blanches et les lauriers verts.

Le Monténégro, on ne m'en avait pas dit grand bien pendant tout ce voyage. Les quelques routiers qui baragouinaient trois mots de français me le décrirent comme un pays de sauvages où on égorgeait encore le voyageur le soir au coin des bois. Je l'atteignis le 24 décembre. Le jour du réveillon.

Ça avait l'air, c'est sûr, bien plus encore miteux que d'où je venais. La vraie montagne cette fois. Je croisais quelques hommes le long des routes. Sombres, robustes, ils allaient l'air buté. De plus en plus étroites les routes. Le goudron avait disparu. Un vague ruban de boue entre deux précipices, avec toujours cette tendance à couler vers le bas quand il ne recevait pas d'en haut des cascades de pierres.

Je parvins, tout au sommet d'un col, à un petit bled qui me parut, ma foi, plus animé qu'ailleurs. Ça me fit du bien. Je sentais dans mon ventre, à chaque pas, gonfler la désolation de mon sale destin.

Là, sur l'esplanade, autour d'un immense poids lourd sautaient et hurlaient les marmailles du coin. A se demander comment un engin pareil avait eu le culot de pousser jusque-là? Derrière le gros cul, une file d'attente. Curieux je m'approchai.

Ça alors! quel spectacle! C'était une baleine qu'on faisait visiter... Une vraie baleine en chair et en os! J'étais content de voir un peu de monde la veille de Noël. Je pris ma place dans la file. Les gens me souriaient. Je donnai une pièce, escaladai trois marches de bois et par la bouche géante entrai dans la bête.

Elle faisait au moins quinze mètres sur trois de haut cette bête! On se serait cru dans le couloir du métro. Ils l'avaient entièrement vidée pour que les gens y circulent. C'était interdit de toucher, mais tout le monde touchait. Moi aussi. On allait jusqu'au fond de la queue, puis on revenait. Ils me faisaient toujours des sourires les gens du patelin, je leur rendais. J'avais même l'impression que je les intriguais bien plus que la baleine. Il n'y en avait que pour moi. Je faisais un tabac! On m'aurait fait visiter c'était pareil. Ça alors, je valais une baleine dans ce coin...

J'y serais bien resté dans ce ventre encore toute la nuit mais le gardien me fit signe de sortir. D'autres dehors attendaient. Sans doute avait-il senti, celui-là, que je gâchais sa baleine. Il me regardait de travers.

Je repris la route... Un peu en contrebas, à l'abri, je trouvai un bon coin. Je m'y installai pour la nuit. Blotti dans mon duvet, je m'endormis en pensant à la baleine: comment je l'arrangerais si elle était à moi? J'y ferais peut-être trois pièces? On ne doit pas avoir froid là-dedans... Est-ce que j'aurais l'eau? Qu'est-ce que j'étais sale!

Le lendemain je me postai pour le stop. Pas le moindre bruit de moteur à vingt lieues à la ronde. Le grand silence des cimes. Je fis deux trois kilomètres histoire d'amorcer. Rien. Même pas un tracteur. Une charrette vers midi et puis plus rien. Mais alors rien! Que la bise d'après-midi qui soudain glace les mélèzes, sifflant sa solitude de mort.

C'était le jour de Noël. Je me demandais comment ils pouvaient bien le fêter ici Noël. Y croyaient-ils eux à Jésus? Moi non. Ça ne m'avait pas empêché, chaque fois, de faire la fête. J'adore la bûche. Et eux, qu'est-ce qu'ils mangeaient le jour de Noël?

Ça faisait un bon bout de temps que je n'avais pas rencontré d'église. Vers la fin de l'après-midi, alors que le fond des vallées lentement bleuissait, je revins vers le hameau. J'avais une envie folle de parler à quelqu'un devant quelque chose qui fume. N'importe qui. Même le dernier des ivrognes dans une langue inconnue. On se serait donné de grandes claques dans le dos pour se faire passer et le froid et l'angoisse. De bonnes claques de poivrot. Parce que dans ces cas-là on n'a jamais le choix, c'est toujours un poivrot.

Il y avait encore le camion, au bord de la route là-haut, quelques familles poireautaient pour entrer. Je repris ma place dans la queue, escaladai les trois marches. Il faisait bon dans la baleine. Elles me souriaient encore les familles. Moi aussi. J'en reconnus quelques-unes. C'étaient les mêmes qu'hier soir. Elles venaient visiter comme on va à la plage ou au cinéma un jour de fête. Il fallait le savoir que c'était jour de fête ici. Pas le moindre lampion, rien. Aucune guirlande. Que leurs bicoques dans la boue.

En cachette on tripotait les grosses côtes du poisson. Quand le gardien tournait le dos, avec les gosses on balançait un bon coup de pied dans la viande. Ça faisait éclater tout le monde. Bon! On en avait pour notre argent. On nous reconduisit vers la bouche.

Dehors il faisait noir. En riant les familles s'égaillèrent vers leurs turnes. J'achetai un pain et regagnai mon abri après les jardins du village.

Le lendemain à la première heure je remontai voir ma baleine et les familles que je connaissais. Elle avait fichu le camp comme un cirque dans la nuit. Sur le plateau il n'y avait plus âme qui vive. La fête était finie. Elle avait dû filer dans l'autre sens. Je n'avais rien entendu pendant la nuit, que le vent des montagnes...

Un vent qui raclait le plateau ce matin à ne pas mettre un Esquimau dehors. Je tournai un peu en rond là-dessus mais personne ne semblait vouloir sortir me voir. Ils avaient dû s'habituer. Comme la baleine, je devais à présent pousser un peu plus loin. Je relevai mon col et repris le chemin de la veille.

A pied je m'enfonçai dans la sauvagerie. De plus en plus la piste se suspendait au-dessus de gorges noires en petits ponts de bois branlants et vermoulus. Mugissaient au fond cent torrents furieux. Je les voyais dessous, entre les planches. Des mastodontes rocheux étranglaient des vallées sans cesse plus profondes. Tout là-haut, sur ma tête, la fuite morose du ciel comme une ombre rapace. Et de temps en temps, accrochées au vertige des pentes, trois cahutes de guingois semblaient attendre le premier flocon pour plonger tête première dans l'âme obscure du ravin.

Où m'étais-je trompé de route? Si moche, celle-là ne pouvait pas bien loin me mener, si ce n'est un peu devant, au fond du dernier gouffre.

A force de recevoir dans le ventre les coups de fouet du vent et me monter par les pieds tout le gel de la terre, tout mon corps s'affaissait. Ce n'était qu'un courant d'air ces falaises suintantes; corridors de géants. Mes poumons brûlaient, ronflaient sous la

197

lame de l'air. Un de ces airs polaires qui s'acharnait à me moudre les reins. Je me traînais... Pas de doute, c'était la fièvre! Mon nez coulait comme une fontaine et depuis belle lurette le coton de mes jambes s'effondrait.

Il me fallait tout de suite un trou, abrité, sec pour m'enfouir dans mon duvet et grelotter en paix. Sans ça j'allais claquer! Je les connais ces grandes fièvres glaciales, elles vous flambent un taureau dans la nuit.

Le chemin sous mes pas sonnait comme une enclume. L'air était tissé de fils de métal, il me tailladait le visage. Et entre deux bourrasques, si j'avais poussé un cri on l'aurait entendu de tous les fins fonds du Monténégro. L'air lançait les bruits comme des hirondelles.

Je fouillai les parages. C'est alors que j'aperçus, quelques lacets plus bas, quatre silhouettes escaladant la côte. Quatre hommes me sembla-t-il, qui rôdaient là-dessous dans la brume. Je les aurais bien attendus pour me porter secours mais je claquais des dents déjà avec trop d'insistance.

Je pénétrai dans le taillis. Tournai, virai, tanguai et m'écroulai enfin dans une espèce de conque bourrée par tous les vents de feuilles mortes de trente ans. Je me fourrai grelottant dans mon duvet, remontai la fermeture et serrai autour de ma gorge, comme un pendu, la petite cordelette. Voilà! J'étais paré pour les grands tremblements. Que la nature fasse son œuvre... Entre les branches noires le ciel filait comme une vitre bleue.

Il n'y avait pas dix minutes que j'étais ficelé comme une volaille quand je crus entendre à quelques pas de moi un chuintement de feuilles. Presque rien, le

198

froissement du vent. Je fermai les yeux. Ils étaient bouillants.

J'allais sombrer quand les craquements reprirent, plus près cette fois. Je tendis l'oreille... Un lapin? Soudain me parvint un chuchotement. Mes yeux roulèrent sur la gauche. Brusquement je les vis! Deux d'abord et puis très vite les deux autres, brouillés par le taillis. Ils tenaient dans la main des bâtons.

Je me souvins alors des paroles des routiers: « Un pays de sauvages où on vous égorge dans le bois! » Ils me cherchaient! Je n'avais que mon passeport et un peu de monnaie. Qu'est-ce qu'ils en savaient eux? Des dents je claquais toujours, mais plus seulement de fièvre.

Ils n'étaient plus très loin à fouiller la broussaille. Je vis briller la lame d'un couteau! Mon corps rejeta d'un coup toute son eau, de la tête aux pieds. Une éponge dans un poing. L'un d'eux se rapprocha... Si je bougeais j'étais fait comme un rat. Ils me saignaient avant que j'aie fait ouf! Je tentai de calmer mes mâchoires. Elles grinçaient comme une grille de fer. Je n'entendais que mes dents.

Mon corps s'était enfoncé dans les feuilles. Seule ma tête trempée dépassait. Le moindre mouvement et j'étais bon; sous moi que des feuilles et branches mortes. Que du craquant. Une bombe!

Il s'avança dans ma direction... Un crâne rasé. Je crus que nos regards se croisaient; le sien était celui d'un fou. Je ruisselai. Il était là, planté à deux pas de mes pieds, il scrutait. Un fou! Je vis alors qu'il n'avait qu'une oreille. J'entendais sur les feuilles tomber mes gouttes de sueur. Et lui?...

Soudain les autres l'appelèrent. Il releva sa tête. Hideuse! Fit demi-tour. Ne m'avait-il pas vu?... Impossible! Mon corps était de glace brusquement.

Je les voyais toujours moi. Ils passaient, repassaient... Lequel m'apercevrait? Allaient-ils m'achever? Ou me laisser estropié dans ma fosse?...

De nouveau ils s'éloignèrent, un peu plus haut. J'avais déniché là une sacrée cachette! Pour combien de temps? C'est ma tête qui m'épargnait, si sale et si barbue elle se fondait dans la terre.

Le bruissement de leurs pas se fit imperceptible. Peut-être encore des ombres, là-bas, dans les arbustes? La terreur me brouillait le sous-bois. C'était le moment ou jamais! Je m'empêtrai les doigts dans la cordelette... Déchirai la fermeture Éclair; crus que c'était bon. Je pris mon élan et bondis. On me ceintura! Je m'écrasai par terre. Effaré je me retournai... Personne! Je n'étais pas sorti complètement du sac. Je l'arrachai et fonçai vers la route. Au même instant je les vis déboucher, à trente mètres sur ma droite. Un instant on se figea. Je ne vis que le couteau.

Comme un sanglier je me jetai dans un éboulis. Roulai dans un bruit de carrière, me relevai et boulai de plus belle. Des tombereaux de pierres descendaient avec moi. Mon corps n'était qu'un fracas. La montagne bascula sur ma tête. Le ciel, l'éboulis. Le ciel, l'éboulis... Vlan! Un arbre me faucha. Sonné je plongeai dans la broussaille sans me retourner. Des branches me cinglèrent la tête. Je ne sentais rien. J'allais comme une bête en flammes droit devant à travers l'incendie. Dingue d'épouvante je hurlais.

J'ouvris les yeux... D'abord je ne vis rien. Sur moi un monticule de loques. Très sombre autour. Ça sentait la pomme. Un rire éclata, je sursautai.

C'était une pièce minable avec une table et un banc. Le sol en terre battue et près de moi dans l'ombre une espèce de géant qui riait aux éclats. Il se dressa, poussa un volet. Un peu de jour tomba sur moi. La pièce était tapissée de pommes, par terre, sur la table, sur des claies, partout.

Le géant m'observait, il riait toujours en hochant la tête comme la bergère poilue. Il s'assit sur le banc, ses mains comme deux enfants sur ses genoux. Peut-être étais-je vraiment comique?

Depuis combien de temps je dormais sous ces loques? Je n'y étais pas venu tout seul tout de même? Je me souvenais de la route. Ma fièvre dans le vent glacé, les bois... Les quatre hommes dans la brume, le couteau! Et la tête de fou, il lui manquait une oreille...

Je regardai le géant: il en avait deux. Je lui demandai:

– Comment ça se fait que je suis là?...

Il éclata de plus belle, se balançant de plus en plus vigoureusement.

– C'est vous qui m'avez amené?...

Maintenant il se tordait. Bon, pas la peine d'insister, il comprenait que dalle.

Je me levai, allai à la fenêtre, dehors tout était blanc. Pendant que je dormais la neige avait recouvert la montagne. Le géant me tapa sur l'épaule, je poussai un cri. Il me fit signe de m'asseoir. Il posa sur la table du pain et du fromage; on mangea. Ensuite il me tendit des pommes, tant que je voulais. D'un geste large il me faisait comprendre qu'il en avait trop. Il riait toujours mais plus doucement à présent. Il balançait sa tête en mâchant; ça devait être un vrai montagnard. Il avait l'air inoffensif. Heureusement! Entre deux doigts il m'aurait fait péter comme une noix le crâne. Je lui souriais en signe de remerciement.

Drôle de contrée tout de même... Ou ils vous égorgeaient ou ils vous donnaient tout là-dedans; il s'agissait de ne pas se tromper de case.

Ma fièvre était tombée. Je ne sentais plus qu'une grande faiblesse et puis des douleurs un peu partout comme si j'avais reçu dans le corps deux cents coups de bâton.

Quand on eut fini, je me dirigeai vers la porte. Il me suivit en gloussant. Quoi que je fasse il s'estrassait. Ma foi, tant qu'il était gai...

Je m'étais cru isolé tout d'abord, mais non. On était dans un de ces hameaux minuscules du bord de route. Des petites chaumières obscures pelotonnées les unes contre les autres de chaque côté du chemin, chacune sous son capuchon blanc, semblaient des petits vieux alignés dans leurs lits le soir dans un dortoir d'asile. J'avais un peu l'impression de sortir de l'hôpital. Tout était calme. Une campagne de cristal.

Soudain, comme si on avait sonné les cloches, les familles sortirent de leurs cabanes en torchis. Elles venaient se planter au bord de la route, devant le petit jardinet et puis elles me contemplaient, avec le géant sur le seuil. A tour de rôle elles arrivaient, du plus grand au plus petit, s'alignaient face à nous et en chœur se pliaient de rire comme si j'avais un pot de chambre sur la tête et une banane dans l'oreille gauche. Le géant près de moi les encourageait d'une petite phrase aiguë, toujours la même, qu'il gloussait en me montrant du doigt. Une voix d'oiseau. C'est lui qui riait le plus fort, il était fier comme un din-don.

Quand la famille estimait qu'elle avait assez ri, elle repartait vers sa masure toujours du plus grand au plus petit. La suivante prenait place, bien face à nous et le géant reprenait pour elle, tout exprès, son petit laïus de trois mots avec sa voix de crécelle qui sortait de là-haut comme un filet d'eau du flanc de la montagne.

Quand *tout* le village m'eut visité, comme par enchantement d'autres familles surgirent du fond des champs. Par petites files de fourmis noires sur l'hori-zon blanc, de toutes les fermes et hameaux désolés elles convergeaient vers moi. J'étais la baleine de cette terre égarée. Ils en prenaient pour leur hiver, c'est mon costume de sous-préfet qui faisait fureur. Eux portaient tous des espèces de chasubles trouées, pour la tête et les bras, en peau de chèvre et de n'importe quoi. C'est surtout des chèvres qu'ils avaient par ici, entre quatre planches collées derrière leur gourbi.

Quand mon géant estimait qu'il avait trop mal au ventre, on rentrait dans sa cagna. Il en avait un fameux lui, de fromage de chèvre. Fort comme un coup de gnôle. Et un de ces jambons fumés... Qui devait être du même animal car jamais je ne vis au plus profond de ces parages autre chose que ces chèvres nerveuses qui vous escaladent une falaise comme on flâne le soir sur la Croisette.

Il avait un peu de miel aussi, cet ours, qu'il sortait exprès pour moi, avec mille précautions. Il tenait à me garder le bougre. Il m'avait trouvé je ne sais où, sous les grands sapins noirs, il ne me lâchait pas d'une semelle, me couvait. Si un fourgon de gendar-mes s'était arrêté il l'aurait pris en poids et balancé au fond du premier ravin. De ce côté-là je n'avais rien à craindre, avec la couche qui était tombée ce n'est pas demain que quelqu'un s'aventurerait sur ces pentes.

Ma foi... Puisque j'étais nourri logé protégé, pourquoi ne pas tirer là un petit bout d'hiver? Pour une fois que les gens ne me couraient pas après. Tant que je les ferais rire ils ne penseraient pas à m'égorger.

Content je repris du miel, il était rouge-noir. Entre la gelée de mûre et celle de groseille. Peut-être du miel d'acacia, mais à cette altitude? En tout cas, royale la gelée! Le géant se régalait pour moi, rien que de me voir. Il n'osait plus y toucher à son miel. Il m'adorait comme un enfant. Il se contentait de saliver en grognant de plaisir comme une chatte qui laisse le meilleur à son fils et qui le regarde avec des yeux ronds de tendresse et d'envie, la bave au coin des lèvres. Quand il ne fendait pas des bûches derrière la cabane, il m'emmenait faire le tour des pièges qu'il plaçait un peu partout dans les bois; surtout des lacets. On avançait sur des raquettes. Je le suivais avec peine. Il semblait devant moi, sous sa peau de bique, une grande bête à l'affût sur ses deux pattes arrière.

Je serais bien resté à la maison, collé contre le poêle, mais il ne me demandait pas mon avis. Il me tendait les raquettes. Il avait une peur bleue que je le quitte, comme ça en cachette. Je voyais bien qu'il ne me faisait pas confiance. Il m'aimait.

Le matin quand le soleil jaillissait des montagnes, entre deux blocs de granit, la neige semblait meringuée par le froid de la nuit. Elle étincelait.

Longtemps on marchait dans le silence immobile. C'est l'heure où la lumière est d'une grande pureté. Montait en moi, près de ce géant, une paix rassurante. Dans ce désert de glace comme une région du ciel où les hommes ne comptent plus, la vie s'arrêtait avec l'eau des torrents. Le monde était pétrifié.

Scintillaient dans l'air dur des cristaux de gel comme luisent l'été dans le ciel bleu les cheveux d'une toile d'araignée.

On traversait des bois, des champs, aveuglés de lumière et puis on s'enfonçait brusquement dans un défilé noir; un couloir où serait restée coincée une charrette. Un coup de hache dans le roc. Vertigineuses sur nos têtes les falaises étaient vernies de gel. Là, le soleil jamais ne jetait un coup d'œil. Et les fûts de glace là-haut suspendus, trempant leurs pointes tranchantes dans l'encre de la nuit, semblaient au bord du ciel d'immenses orgues bleues.

En ces endroits, dare-dare je rattrapais le géant. Courbé sous ces milliers de glaives il en était chétif, humblement il avançait dans les mâchoires de son maître.

Parfois on rentrait bredouilles, parfois avec un lapin raide de gel et de mort. Le soir, au loin, la montagne était rose. Roses les falaises et roses les sapins. Tout le ciel filait du rose au bleu. On atteignait les premières maisons du village accroupies sous leurs morves glacées. Là-bas, au tournant de la route, sous les mélèzes serrés pour la nuit les uns contre les autres coulait une lumière verte comme un ruisseau limpide sur du schiste noir. Une mousse de neige.

Le ciel flambait comme à Marseille les grands soirs de mistral. Et le disque rouge du soleil derrière le dernier piton semblait un fard sur la paupière close d'une femme abandonnée.

Alors brusquement mon ventre s'enflammait. Je sentais dans le creux de ma main vivre le sein bouillant de Béatrice. Ce petit sein si souple et si pointu qui revenait sans cesse battre dans ma mémoire, comme je l'avais entrevu le soir du monastère palpiter dans l'insouciance du chemisier lilas.

Ah! Où qu'on soit le soir c'est le pire! Le pire! Malade de ce sein... Je serrais le poing, à mort, pour qu'elle crie là-bas, Béatrice, je n'entendais craquer que les os de ma main. Ce sein, comme un soleil de neige, me brûlait les yeux.

Je ne trouvais plus le sommeil. Jusqu'à l'aube je tournais dans mes loques. Besoin d'une femme à en crever! Les jours passaient. Je regrettais la bergère velue, sous les poils c'était quand même une peau de femme, une peau fiévreuse et tendue. Offerte. Sous les châles je plantais les seins de Béatrice et toutes les nuits je mordais dedans.

Vers la fin de l'hiver la neige commença à fondre. D'abord on vit apparaître le beau noir des sapins. Les toitures coulaient jusqu'aux derniers rayons. Entre les cahutes des flaques de neige jaune. Et puis deux jours plus tard des mares de boue, des sentiers de boue. Un campement de boue. Enfin, les premiers bruits secs d'un chemin défoncé.

Le géant était inquiet. Il avait raison. Une nuit qu'il ronflait à soulever le toit, je me glissai dehors. On y voyait comme en plein jour, doucement je refermai la porte.

Je pris sous la lune le long chemin noir. Arrivé aux premiers arbres je pensai: « Le chemin des femmes. » Je ne me retournai même pas, ça m'aurait fait trop de peine de revoir là-bas la petite maison du géant. Il ne m'avait rien demandé, il m'avait pris comme ça. C'est moi qui avais terminé toute la gelée royale. Il avait fini par croire que j'étais son petit. Voilà! Il y a toujours quelque chose qui cloche; si au moins c'était une géante... Je m'enfonçai dans le bois.

C'est quelques jours plus tard, après avoir retrouvé la plaine et puis la mer, traversé des petits champs de figuiers et des grands de tabac par des routes jolies bordées de lauriers-roses, que par un matin brumeux j'entrai à Istanbul.

Un bahut tout déglingué me déposa sur les bords du Bosphore. Il m'avait ramassé la veille après quatre maisons blanches suspendues à la vaste lumière solaire, quelque part entre Thessalonique et la frontière turque. Bien aimable ce coin de Grèce. Paysages et villageois très doux dans la poussière et la lumière de la route qui longe tout le temps les galets roses de la mer. Je pensais m'y attarder quand le camion me prit. C'est ça le voyage! Capricieux comme le ciel de mars. On avait roulé toute la nuit à gauche et à tombeau ouvert. On avait même esquinté un âne perdu seul dans ce désert noir. J'étais content de retrouver la terre ferme.

Pour de la terre ferme chez nous on fait mieux. Istanbul est une ville qui tangue. Tout près de moi, sur le fleuve, des essaims de barques, comme des nids d'araignées rouges sur un arbre fruitier, dansotaient dans la brume. Tout autour, montant à l'assaut d'une colline, sur des pavés si cahotants qu'on aurait eu du mal à en trouver deux jumeaux, grouillaient et tanguaient des marées de voitures. Un fleuve de voitures collé au fleuve de bateaux. Et tout ça dans un délire assourdissant de sirènes, de coups de klaxon, de frein, de sifflet et de cris épouvantables qui tentent d'atteindre leur cible par-dessus la mêlée mouvante de ferraille.

Tout embrouillés d'ailleurs, les gens comme les

siècles. Une charrette de pastèques coincée entre deux bagnoles américaines longues comme des ferry-boats et le cheval qui glisse sur le pavé gluant entre les roues d'un trente tonnes. Et les taxis jaune et noir qui foncent sans regarder dans cette marmelade. Une ville qui tangue comme le sol où elle tente de s'accrocher. La valse des collines. Et par-dessus cette nappe de brouillards et de gaz comme une immense casquette sur la tête cabossée d'Istanbul, les verges dressées de l'Islam, raides et brandies autour d'une coupole bleue, les minarets d'or.

Je m'enfonçai dans le grouillement. De chaque boyau une foule vagissante coulait. Des chiffonniers hurlaient dans le matin en tirant sur leur âne. De toutes les maisons qui sont ici hautes et maigres comme des clous des paniers descendaient et remontaient tirés par des cordes. En bas, des marchands y déposaient tomates, aubergines, pains, yaourts et tout le fourniment. Quand c'était plein on tirait de là-haut; c'étaient des têtes rondes de femmes flambantes de henné.

Avec les paniers montaient et descendaient aussi de rudes insultes à en juger par le cramoisi des têtes dans les fenêtres et les bras menaçants des marchands vers le ciel.

Impassibles, d'autres hommes jouaient aux cartes sur une petite table jaune posée en pente sur le trottoir, en plein déferlement.

Des mendiants attendent, borgnes et hagards, au coin des rues pendant qu'un cataclysme de chats s'assassine pour une tête de poisson.

Moi aussi j'avais faim! C'est tous les jours que ça revient cette histoire. On ne s'en débarrasse jamais. Ah! quelle saleté! Quelle insistance! Je tâtai ma poche. J'avais changé à la frontière mon reste de monnaie pour de l'argent d'ici: une centaine de liras. J'achetai deux épis de maïs rôtis au feu de bois par un gosse de huit ans rasé comme une boule et un peu plus loin un bol de semoule au lait saupoudrée de cannelle que je dégustai sur le trottoir. Ça n'est vraiment pas cher dans ces coins la semoule au lait. Ça pèse bien dans le corps et qu'est-ce que c'est bon! J'en repris une autre.

Ma foi, ça n'avait pas l'air tellement hors de prix la vie par ici. Ils avaient tellement l'air pauvres tous autour et si nombreux que j'avais quelque chance pour une fois de passer inaperçu.

Quand le soleil, très tard, eut percé cette brume, on ne vit plus rien soudain dans les vitrines tant la poussière grise faisait écran sous les rayons obliques.

Derrière une mosquée je dénichai un parc, vers midi, paisible. Il y avait là des bancs et des massifs de lauriers-roses, blancs de poussière eux aussi. Je m'allongeai au soleil et pendant que du ciel partait une prière, nasale et plaintive dans un haut-parleur, je m'endormis profondément.

Quand je m'éveillai le soir tombait sur la ville. Elle était bleue cette ville le soir. Un peu comme Marseille quand on traîne sur le Vieux-Port à l'heure où il s'allume. J'eus un coup de noir; las, repris ma marche par les rues. Elles étaient devenues sales pendant que je dormais, les rues. C'était brusquement une décharge publique.

Des rats me partaient dans les pieds, gras comme des lapins. Pire que Marseille décidément!

Je me retrouvai à l'endroit où le chauffard m'avait laissé le matin. Un grand pont franchissait le fleuve parant l'eau noire de ses halos d'argent. Partout dans la ville des lampes s'allumaient dans les masures

209

grises. De pauvres ampoules jaunes de cuisine comme on en voit dans toutes les villes à l'heure exténuée.

Soudain s'envola dans le soir, lancinante et mélancolique, la prière de l'Islam telle une mélopée qui viendrait du fond des âges pleurer notre égarement dans ce désert d'étoiles. Ici au moins ils avaient le courage de pleurer à haute voix tous ensemble. Ça leur faisait du bien de brailler comme ça un bon coup vers l'éternité noire. Chez nous il faut toujours aller après les dernières maisons pour pleurer ou sur des routes désertes. J'allais me mettre à brailler avec eux sur toute la solitude du monde, en plein milieu du pont, quand j'eus dans mon dos, à cet instant, l'intuition d'une présence. Je me retournai. Une fille était là immobile, elle me sourit. Ses yeux étaient longs et doux.

— Salut! chanta-t-elle. Tu veux du sheet?

— Quoi? répondis-je.

— Du sheet! j'en ai un très bon... Du libanais.

— Du quoi?

Elle éclata de rire.

— Du sheet!... De la merde!... Du hasch! Mais d'où sors-tu?

— Ah! du hasch! Fallait le dire! (Je fis celui qui était au courant.) Non merci je suis un peu raide en ce moment.

Elle m'avait surpris. Elle me scruta étrangement de haut en bas.

— Tu débarques, toi?

— Pourquoi?

Elle éclata encore.

— Des comme toi il y a longtemps que je n'en ai pas vu. Tu dors où?

— Dans un jardin public derrière la mosquée.

– Tu dors dehors? Eh bien, mon pauvre, si tu te crois déjà en été... Tu es là depuis quand?

– Où, sur le pont?

– Mais non, s'esclaffa-t-elle, à Istanbul idiot!

Je n'étais résolument pas dans le coup, mais qu'est-ce que j'étais content d'avoir trouvé une Française. Elle avait un joli accent de Paris.

– Je suis arrivé ce matin en stop. Comment tu as fait pour deviner que j'étais français?

Malicieux ses yeux souriaient.

– L'habitude... Tu sais je suis là tous les soirs alors tu parles si je les connais les gogos... Encore qu'avec toi j'aie hésité, parce que tu avoueras qu'entre le touriste et le hippy on ne sait pas trop où t'épingler toi. Tu fais plutôt paumé dans ton genre...

Elle parut réfléchir, jeta un coup d'œil alentour, fit la moue.

– Attends! Ça ne marche pas très fort ce soir, de toute façon j'allais rentrer. Viens, je vais t'amener où je crèche. T'en fais pas c'est le bouge le plus pourri de la ville... Huit liras la nuit, trois balles ça te va?

Si ça m'allait! Je lui aurais tout donné à cette adorable poupée: ma monnaie, mon costume et la chéchia du premier péquenot qui passait sur le pont pour qu'elle me garde un moment avec elle. J'avais déjà une peur bleue qu'elle m'abandonne là, entre deux mondes, sur un pont suspendu à la nuit. On s'enfonça dans la ville, du côté que je commençais à connaître depuis le matin.

En escaladant une ruelle je la regardais marcher devant. Pas mal roulée ma foi... Un assez joli petit cul dans son jean. Et surtout ce qui me plaisait, c'est qu'elle était gentille. Et puis des yeux d'une douceur... J'aurais payé pour qu'elle me regarde. Des

211

yeux sombres comme ses cheveux, mais tendres...
Dedans on oubliait la nuit. On arriva.

Ah! Pour une antiquité c'en était une! Un haillon la
façade, avec un vieux panneau sur la porte: *Gulhane
Hotel*. L'intérieur c'était pire! On avait peur de passer
à travers l'escalier. Derrière ma brunette c'était un
palais!

On entra au premier dans une pièce tapissée de lits,
les uns sur les autres comme à l'armée. Des gens
dormaient dans des duvets, d'autres s'affairaient
autour d'un Camping Gaz. On ne fit pas attention à
nous.

– Au fait, me demanda-t-elle, où sont tes affaires?
– Quelles affaires?
– Ton sac!
– Je n'en ai pas... On me l'a volé à... En route.
– Tu n'as rien? (Elle était perplexe.) Bon ça ne fait
rien on s'arrangera. Tiens! Prends ce lit, je pense qu'il
est libre, j'avertirai le patron... Je te laisse te reposer.
Si tu veux venir tout à l'heure dans ma chambre c'est
tout là-haut sur le toit, une pièce au fond de la
terrasse. C'est la seule chambre individuelle de la
maison. De là-haut je vois toute la ville, j'ai attendu
deux mois avant de l'avoir. Tu verras, ça vaut vraiment le coup.

Elle me lança un fabuleux sourire et disparut dans
le couloir. Je voyais les anges...

Qu'avais-je fait au Bon Dieu pour qu'enfin il me
regarde? Elle avait bien dit que je vienne dans sa
chambre? Ça alors, juste moi! Je devais être pile son
type d'homme. J'avais donc un type?... Je me par-
courus des pieds à la tête comme elle l'avait fait sur le
pont. Ma foi, pourquoi pas... Ça pouvait faire un
type. La preuve, c'est qu'elle m'attendait. Ah! si vous
aviez vu ce sourire!

212

Je bondis autour de la table tellement j'étais content, gloussant de plaisir. Du coup ils se sont redressés les gars du Camping Gaz. Ils m'ont détaillé. Leur lait a versé. Ils ont râlé après moi comme c'est pas permis en nettoyant la table. J'en ai profité pour fouiller le sac d'un dormeur. J'y ai trouvé un nécessaire de toilette, juste ce qu'il me fallait. J'avais des ailes, tout me réussissait.

J'avais repéré un robinet au fond du couloir. J'entrepris un grand astiquage. Ça n'était pas du luxe! J'étais sale comme un cochon. Sous mes pieds que je hissai à tour de rôle dans l'infime vasque, l'eau coulait noire. Je me dépêchai; si elle avait vu le spectacle mon amoureuse d'en haut... Au fait je ne savais même pas son prénom. Qu'importe! Elle me le chuchoterait sous les draps tout à l'heure. J'en poussai des petits cris de bonheur en me ponçant tout le reste et surtout ce que de moi elle attendait. Je l'imaginais retirant son pull. Quelle grâce! Elle ne devait pas porter de soutien-gorge, non, ça n'était pas le genre. Tout de suite je vis les seins de Béatrice, les siens devaient être aussi beaux. Chauds, menus, vivants. Ah! quelle frénésie! Elle enlevait son jean, à demi couchée sur le lit car il serre, oh! divine! Des jambes mais des jambes... Des fuseaux de soie. Et quel galbe... Dures les fesses! Une splendeur! Ah! vite vite! J'en dérapai et m'étalai comme une gifle sur le carreau trempé. Shplaff! Ça me remit un peu l'imagination dans l'axe. Je me rhabillai.

Un instant plus tard j'étais sur la terrasse, à l'air libre. Que la ville semblait belle maintenant, elle scintillait à mes pieds. Les mille et une nuits... Et quelle douceur soudain. Mon cœur couvrait le vacarme d'Istanbul.

Petit cube de ciment posé sur la terrasse, la cham-

213

bre se découpait dans le bleu de la nuit. Timidement je toquai à la porte... Rien. Je me permis d'insister. Pas mieux. S'était-elle absentée? Mon cœur changea de rythme. Je tournai doucement la poignée, la porte s'ouvrit. Quel spectacle! Dans une fumée à couper au couteau je crus voir des formes humaines assises en tailleur sur le sol. Au moins une dizaine. Je fis un pas pour mieux voir. C'était bien ça, dans un silence de messe circulaient des cigarettes grosses comme des boudins blancs. Je n'avais jusque-là jamais senti l'odeur du haschisch. Pourtant je la reconnus tant elle était féroce et si épaisse qu'on n'avait pas besoin de fumer pour planer. Il suffisait de respirer.

Quelqu'un tira sur mon pantalon. Je me baissai. C'était au fond du brouillard ma Parisienne. Elle me fit un brin de place et tout de suite me passa le joint. Pour une surprise, quel malentendu! Et moi qui croyais être son type. Pauvre type oui. Elle devait faire monter là, tous les soirs, tous les allumés du Bosphore. Je tirai un bon coup sur le joint pour bien lui faire voir que j'étais pas né d'hier. Une pelletée de braises s'engouffra dans mes poumons. Mes yeux me sortirent du crâne. La messe vira dans ma tête comme un manège dans la brume. Pour oublier ce corps à côté, cette paire de seins, je m'acharnai sur le boudin à mirages. Le manège s'accéléra. Moi qui ne fume même pas du tabac d'ordinaire, j'étais content du voyage. La chambre prit son envol.

Brusquement tout devint si comique, ces gens dans ce nuage qui pompaient comme des fous les yeux pleins de strabismes, que dans mon coin je me tordis de rire, mais alors me tordis comme rarement on se tord. A en attraper des crampes! Je me demandais pourquoi j'étais le seul à me tordre! Ne voyaient-ils pas eux comme c'était mortel? J'aurais bien fait un effort pour retrouver mon calme, c'était plus fort que moi, je me roulais par terre de rire. Je braillais. Ah! Rien à faire, j'étouffais.

Il me semblait que je riais depuis des jours quand se fit en moi une sorte de vide. Étendu par terre, je ne riais plus. Je n'étais pas triste non plus. Je ne ressentais rien. Je ne faisais que les voir autour avec une précision de loupe. Je voyais chaque millimètre de leur peau. Chaque pore, chaque poil dans sa ride, le soleil de leurs yeux. Un soleil refroidi qui laissait voir sa vie à travers les nervures. Je savais exactement, derrière chaque œil, à quoi chacun pensait. Ils pensaient tous au même instant des choses différentes. Et moi au même instant je les pensais tous à la fois. Ça ne m'étonnait pas. Mon cerveau devenait si puissant qu'il s'éleva dans la pièce. Mon corps entra en catalepsie. Il n'y avait plus de place pour lui ni pour rien. Mon cerveau occupait toute la chambre, il allait se répandre en bas dans la ville, digérer les vieux quartiers, les mosquées et le pont, remonter sur l'autre colline, avaler lentement mendiant après mendiant, les femmes rouges dans les fenêtres, les ânes et leurs marchands, chaque cri de la ville, les bateaux, les rats, toute la crasse et même le prieur là-haut, accroché à son minaret comme un morpion sur le sexe du monde.

Quand je me réveillai, j'étais sur un lit. Un jour bleuté entrait par un fenestron. C'était une chambrette recouverte de tapis sur le sol et les murs avec partout des bibelots, des nuées de bibelots. Dans un coin, accrochées à un manche à balai, des dizaines de robes pendaient de toutes les couleurs, comme autant de femmes très minces suspendues à un trapèze. Et puis des pulls et encore des pulls. Des piles interminables de pulls comme dans une boutique. J'allai

215

jusqu'à la porte. Je reconnus la terrasse sur le toit et tout autour la ville; montait d'elle le ronflement de ses rues.

J'eus l'impression que le jour baissait. Des fenêtres s'éclairaient, de-ci de-là, dans les façades sombres. C'était donc le soir. Qui avait pu me coucher sur ce lit? Elle, la vendeuse de hasch? A cette heure elle devait être quelque part dans la ville, peut-être sur le pont où elle m'avait abordé. C'était gentil tout de même de m'avoir gardé là. Sans le savoir j'avais dormi près d'elle.

Soudain j'eus envie de l'étreindre, de l'embrasser partout. J'étais un peu son mec puisque je dormais dans son lit. Elle m'avait laissé à la maison pendant qu'elle faisait les courses. Je revis ses jambes marcher devant moi dans son jean, les fesses pâlies par l'usure des formes. Je ne pus résister à l'envie de la voir tout de suite. J'avais sur moi, encore, le parfum de son lit.

Je fermai la porte, mis la clef dans ma poche et dégringolai dans la rue. Le vacarme me sauta au visage. Quand j'arrivai tout en bas, sur le pont, la nuit était totale. C'était l'heure d'hier. L'heure de ma Parisienne. La même prière montait dans le ciel noir.

Dix fois je fis le pont, hagard, remontai à l'hôtel. Personne. Je redescendis, finis par m'égarer dans les quartiers d'en face, de l'autre côté du pont où je n'étais jamais allé.

A chaque coin de rue je croyais l'apercevoir. Jamais ce n'était elle. Une envie folle maintenant de la voir m'oppressait. Elle seule pouvait calmer, si loin de tout, ma solitude. M'enfouir dans son corps et ne plus entendre jamais la solitude étourdissante de la ville.

Un attroupement cependant attira mon attention. Je m'approchai. Était-elle là dans la foule ? Peut-être en danger ?... J'écartai les badauds. Derrière, au lieu d'un accidenté, d'une folle ou d'un cracheur de feu, je ne vis que l'entrée d'une ruelle, gardée de chaque côté par un immense policier. Que s'était-il passé ? J'observai un moment le manège. Ça alors, quel étrange mouvement... La police barrait le passage aux femmes, d'un geste les refoulait. Les hommes eux entraient et sortaient de la ruelle sans être jamais inquiétés. Comme c'était bizarre. Toutes les femmes avaient l'air de touristes que leurs maris abandonnaient là pour disparaître dans le goulet. Sagement elles attendaient. Aucune Turque, même à la page, ne poireautait. Je tentai ma chance. La police ne me regarda même pas.

C'était une ruelle si pentue qu'elle paraissait s'enfoncer dans les entrailles de la ville. Une ruelle toute en escalier. On avait d'en haut la sensation de pénétrer dans une termitière. Jusque dans les plus noires profondeurs ça grouillait. Rien que des hommes là-dedans ! Une marée d'hommes qui tremblait à l'entrée de la nuit. L'enfer des mâles.

Je m'avançai vers le premier tas : tout de suite je compris. Derrière une vitre plusieurs femmes à moitié nues attendaient. Assises sur des tabourets, jambes croisées, elles me parurent belles. C'était le vaste bordel de la ville. Le quartier interdit. Un escalier criblé jusqu'aux égouts de bouges. Et plus sale qu'ailleurs ici. Des gens glissaient sur les pavés où bavaient des eaux grasses. Tout suintait la crasse, les hommes étaient surexcités. Moi aussi. Je m'enfonçai.

Les rez-de-chaussée étaient comme des trous pleins à craquer de chair rose. De la belle chair gainée de rouge et de noir. De la chair en cage offerte à tous.

Dehors c'était la bousculade. A qui s'approcherait le plus de l'entrée, les yeux en flammes.

Tortueuse la ruelle descendait, multipliant ses cages. Et plus on descendait, plus les chairs devenaient flasques et molles, bouffies. D'énormes créatures étaient là, cuisses grandes ouvertes, aspirant là-dedans tous les yeux affolés. Leurs bouches criardes riaient sur des cous gras comme les cuisses. De tout petits pieds se balançaient nus ou bien dans des pantoufles.

Plus je m'enfonçais, plus elles étaient gigantesques. On commençait à voir quelques vieilles. Bien fripées et difformes. Elles ne souriaient même plus celles-là, affalées depuis quarante ans sur le même divan qui perdait par-dessous son crin, par touffes, comme elles leurs cheveux. Elles somnolaient sous les paupières peintes. Leurs bouches écarlates pendaient.

Je me dis que ça devait être moins cher par ici tellement elles étaient ratatinées. De plus en plus chauves. Une borgne s'exaspérait les seins puis les écrasait contre la vitre, sa langue dehors. Il y en avait pour tout le monde. C'est étrange, plus elles faisaient peur plus j'étais excité.

De gros Turcs moustachus profitant de la cohue se collaient contre moi. Je n'arrivais pas à savoir s'ils en voulaient à mes sous ou à mes fesses? Je serrais dans ma poche mes quelques pièces de monnaie.

Quelquefois un homme entrait, choisissait une pute et disparaissait dans un coin. Tout le monde dehors se penchait pour le suivre le plus loin possible. On restait comme ça, tant qu'il n'était pas ressorti, à imaginer tous en chœur ce qu'il pouvait lui faire, penchés. Ça faisait une vie que je n'avais pas écrasé contre moi une femme. Mon sexe allait exploser. Quand l'homme ressortait, longtemps on le suivait des yeux pour chiper un peu au passage de son ravissement. Touriste ou Turc il s'en allait béat. On le mangeait des yeux, congestionnés jusqu'aux oreilles.

Vers les derniers boyaux de ce repaire j'avisai soudain une de ces femmes assises sur un pouf qui ne me parut pas mériter une aussi basse position dans la hiérarchie de la ruelle. Bien que copieusement grasse elle n'eût pas détonné, là-haut, dans les premières vitrines où s'en alignaient quelques-unes, ma foi, de toute beauté. Là, avec ses copines, souriante elle avalait des loukoums.

Je n'eus pas le temps de réfléchir plus. Mon sexe me prit par la main et me tira à l'intérieur. Toutes me regardaient. J'allai vers elle.

– C'est combien? dis-je.

– Fifty liras... Cinquante, O.K? Nous y va? Français! enchaîna-t-elle en me montrant du doigt.

Comme je faisais oui de la tête, ravie elle découvrit deux superbes rangées d'or. Elle se dressa. Je la suivis. On passa derrière une immense salle divisée en boxes par des cloisons de planches. Elle souleva un tapis sur sa droite et m'introduisit dans l'un d'eux. Il n'y avait pas de plafond, on entendait tout comme dans une écurie où soufflent, piaffent et hennissent des chevaux sans qu'on les voie.

Elle entreprit de me laver le sexe dans une bassine d'eau savonneuse posée sur une chaise puis, retroussant sa petite combinaison noire, s'allongea sur une toile cirée qui servait de dessus-de-lit.

Accueillante elle ouvrait grand son sexe. Comme ça, sans fioritures. Direct au but. Je grimpai sur le lit.

Elle était si large que j'eus l'impression de pénétrer un flan tiède. Il n'y avait pas deux minutes qu'ainsi je la besognais quand j'eus envie de regarder ses yeux,

219

pour voir s'ils chaviraient. Je me dressai un peu sur elle... Je fus interloqué! Elle continuait à avaler des loukoums qu'elle attrapait de sa main gauche sur une chaise à côté. Ça alors! Elle me traitait vraiment par-dessous la jambe. Elle ne s'interrompit même pas. Elle me sourit.

Résigné à tirer le meilleur profit de mon dernier argent, j'enfouis ma tête dans la moiteur du cou et pétrissant dans ma cervelle les corps mêlés de Béatrice et de la Parisienne je m'abîmai dans le plaisir.

En deux temps trois mouvements j'étais dehors. Enlevé c'est pesé! Ça, c'est de l'abattage! Je repartis léger.

Quand j'arrivai au *Gulhane Hotel*, une ombre me sauta au visage.

— Oh! Mais tu te fous vraiment du monde toi! Non, mais tu te prends pour qui? Ça fait trois heures que je poireaute!

C'était la Parisienne.

— Qu'est-ce qu'il y a? tentai-je.

Elle se cabra.

— Ce qu'il y a! Ce qu'il y a! Il y a que depuis vingt-quatre heures tu encombres ma chambre, voilà ce qu'il y a! Tu fumes plus que tout le monde réuni, tu t'offres un coma de pacha et à présent le bouquet tu me flanques à la rue.

Je sentis sa clef dans ma poche.

— Je ne pouvais pas laisser ouvert avec les voleurs...

— Mais tu pouvais merde la donner au patron, la clef!

220

– Oui, je n'ai pas eu confiance... Ce genre d'endroit.

– Ah! Ça c'est la meilleure! Monsieur n'a pas eu confiance... Monsieur débarque à Istanbul comme la pire des cloches, je charrie cette cloche chez moi et Monsieur fait la fine bouche. Monsieur n'a pas confiance! Ah, mais ce n'est plus du toupet, c'est de la débilité légère! Mais tu es complètement sifflé! Tu es nase... C'est moi qui n'ai pas confiance oui, tu es bien le genre d'oiseau à me vider la chambre pour deux verres de raki! Bon, donne-moi la clef et suis-moi on verra ça là-haut. Non mais ça alors!

Je la lui tendis et lui emboîtai le pas. Je ne l'avais pas vue tout à fait sous cet angle la veille cette Parisienne. Elle avait l'air si doux. Je mis ça sur le compte de la fatigue. Elle semblait, en montant, exténuée. C'est dur pour une jeune fille cette totale bohème, et les nerfs, à vendre tous les jours en douce ces genres de machins.

Dans la chambre soudain elle se calma. Sans avoir rien vérifié elle s'assit au bord du lit. Je fis mine de me retirer.

– Bon, je te laisse dormir... A demain peut-être...

Elle me fit face brusquement, la panique noyait ses yeux.

– Non! Je t'en prie ne pars pas. Reste là, je ne me sens pas bien ce soir. Sois gentil, ne me laisse pas seule, ne me laisse pas seule...

Ses mots sortaient saccadés à présent, meurtris d'angoisse. Ce retournement subit me figea. Stupide, je demeurai planté devant elle. Elle prit mon silence pour de l'indécision, se jeta sur la porte et la claqua.

– Ne pars pas! Je t'en supplie je suis très mal. Dors avec moi! Je veux sentir ton corps contre moi, je

221

veux que tu me parles, je veux que tu me serres. Viens, serre-moi! Serre-moi le plus fort possible!

Elle se rua sur moi, je la serrai de toutes mes forces. Quand je la sentis étouffer, je m'écartai un peu pour comprendre. Ses yeux allaient mieux. A travers un voile un sourire passa. Quelle fille étrange...

– Viens! Couchons-nous, dit-elle presque tendrement, ça va mieux... C'est passé.

Elle défit son jean, le fit glisser, le jeta dans un coin, puis son pull tout aussi nerveusement. Je fus médusé... Elle portait dessous une espèce de bustier ivoire à croisillons. Si serré à la taille qu'il faisait saillir les seins. Elle me fit penser brusquement à une glace à deux boules. Plus ronds et plus lourds que prévu ses seins. Des seins à la vanille.

Elle délaça son bustier. C'était drôle ce bustier sur elle. Elle s'appliquait à me dérouter. Nue, elle se glissa sous le drap jusqu'à la taille. Fasciné j'avançai vers ses seins, m'agenouillai près du lit et voracement les gobai. Brûlants et tendus ils emplirent ma bouche. Pour mieux me les offrir elle s'arqua. Trempés ses seins étaient encore plus beaux, vifs et piquetés de rousseur. Je pensai qu'ils étaient saumonés.

D'un geste brusque je fis voler le drap. Tout son corps apparut, comme une robe qu'on déchire. Ma tête se troubla. Affolées ses mains bredouillèrent sur ma braguette. Elle parvint à décoincer le premier bouton, les autres sautèrent. Malgré la pute mon désir restait intact. Au bout de ses doigts palpitants mon sexe surgit. Ivre, je me dressai. Agenouillée sur le lit à son tour elle me goba. Ses lèvres étaient en feu. Ses mains deux oiseaux de volière. Avant qu'il ne soit trop tard je la courbai et avec la vigueur d'une raclée sur ses fesses je la pris violemment. On coula

222

par terre comme deux œufs dans la poêle. A point on s'endormit.

Vers le milieu de la nuit, du fond de mon sommeil j'eus l'impression qu'on me parlait. On me parlait, on me parlait... Lentement je fis surface. Je me souvins alors qu'elle était là, près de moi, chaude et soyeuse entre le ciel et Istanbul. Une lame de bonheur s'abattit sur mon corps. C'est elle qui me parlait, là, tout près. Son souffle adoucissait la nuit.

Pourtant, tendant l'oreille, je ne parvenais pas à comprendre ce qu'elle me disait. Sa voix était sourde, les mots trop rapides. Je me penchai sur elle.

– Quoi?... Répète..., lui dis-je tendrement.

Mais son débit ne s'interrompit même pas. Elle continuait à tresser dans la nuit des guirlandes de mots qui ne m'étaient, pensai-je, pas du tout destinés. Elle rêvait.

Un bon moment je tentai, l'oreille sur sa bouche, de dénicher une porte, un mot donnant accès à son ténébreux monologue. Rien. Pas la moindre clef. Le chant égal de l'eau. Un ruisseau quelque part dans la nuit, au bout d'un pré dans les roseaux.

Soudain, comme si un serpent l'eût piquée sous les draps, d'une décharge fulgurante elle se dressa. Raide, elle se tenait assise sur le lit. Son visage et ses seins se découpaient dans un peu de lune.

– Hé! Ho!... lui demandai-je un peu plus fort, tu veux que j'allume? Ça ne va pas?...

Aucune réponse.

Je commençai à être inquiet. Était-elle somnambule? Dans la pénombre ses yeux brillaient. Donc ils étaient ouverts... Je touchai son bras: glacé! Un frisson m'inonda.

La réveiller en douceur? Tenter quelque chose, quoi? Je ne savais toujours pas son prénom. J'avais entendu dire qu'on ne réveille pas les somnambules, ça peut les tuer.

A cet instant elle reprit son bourdonnement. Sa tête obscure se mit à rouler vertigineusement d'une épaule sur l'autre. Elle émettait le bruit sourd de ces frelons noirs, l'été, prisonniers dans une chambre. Plus ça allait, plus le bourdonnement enflait dans la pièce, plus sa tête virait. Très courte fronde dans la nuit, sa chevelure sifflait.

Je pensai à une messe noire. Un rite vaudou. Une folle au milieu des ténèbres fouettant les esprits. Je me dressai, tâtonnai partout pour trouver une lampe, sentis sous ma main l'interrupteur, la lumière éclata. Alors avec la vitesse de la lumière, elle se laissa tomber sur le dos, ferma ses paupières et parut en une seconde s'égarer dans le plus profond sommeil.

Longtemps je restai là, à l'observer sous la vive lumière. Paisible elle dormait. Aucune trace de sorcellerie ne troublait son visage. La folie était passée. Calmes, ses seins reposaient fragiles et doux. J'en mis un dans ma main, il avait retrouvé sa température normale. Il me rassura. J'éteignis la lumière, entrouvris le fenestron et vins me recoucher.

Mes yeux restaient grands ouverts, obnubilés par elle, par cette fille étrange. Elle m'avait sacrément remué. Ça n'était pas pour rien qu'elle m'avait supplié de rester là hier soir. Qu'est-ce qui la possédait avec tant de violence? Est-ce qu'on pouvait dire qu'elle devenait folle la nuit? Et le jour? Je la connaissais si peu.

La nuit coulait maintenant sur nos corps tièdes. Elle sentait le laurier, l'essence et la cannelle. Lentement la chambre blanchit. Un marchand meugla, là-bas, dans les fonds de la ville. Un bébé se mit à pleurer tout près dans les balbutiements de l'aube. La fenêtre s'ouvrit en grand. C'était le vent du matin. Le vent de la mer Noire.

Quand elle s'éveilla, il devait être tard. Depuis longtemps la ville avait retrouvé tous ses bruits. Ça sentait surtout l'essence maintenant, peut-être la friture. Entrait dans la chambre, telle une sirène que personne n'arrête, un interminable coup de klaxon.

Elle posa sur moi son regard. Il était vague. C'est ça, pensai-je, qui fait son infinie douceur, ce regard lointain. Tendre comme un sourire.

– Tu as fait un drôle de cauchemar cette nuit, tu parlais seule, lui dis-je.

– Ah bon..., répondit-elle, ailleurs. Non, j'ai bien dormi.

Je restai baba. Avec tout le ramdam qu'elle m'avait fait elle ne se souvenait de rien. Elle avait bien dormi... Qu'est-ce que ça devait être quand elle avait le sommeil agité?

Elle se leva. Nue dans le jour de la fenêtre je la trouvais plus potelée que la veille. Grassouillette mais pas trop. Son nombril était rond et profond comme un puits vu d'avion dans un champ de blé.

Je me levai et la pris dans mes bras. Elle restait debout immobile, les bras le long du corps. Je lui caressai le dos et les fesses. Elle avait la peau des fesses plus rugueuse qu'ailleurs. D'un mouvement très doux elle se dégagea et enfila une robe indienne.

– Tu as faim? me demanda-t-elle.

– Je meurs de faim!

Elle fit chauffer de l'eau sur un Camping Gaz et sortit des biscuits.

– Qu'est-ce que tu vas faire aujourd'hui? reprit-elle.

– Ma foi... Je n'ai plus un radis.

Elle ne leva même pas la tête, comme si c'était naturel.

– Ne t'en fais pas, je te montrerai. Ce n'est pas très difficile à gagner... Il commence à y avoir un peu de concurrence mais bientôt les paquets de touristes vont débarquer. C'est eux qui nous cherchent.

Quand on est sortis la ville s'est calmée. Il devait être un peu plus de midi, le soleil était bon.

Descendant une rue elle m'a dit qu'elle s'appelait Lydia, moi Valentin ai-je répondu en riant.

– Pourquoi tu ris? m'a-t-elle demandé.

– Parce qu'on aurait pu vivre comme ça douze ans sans se connaître.

Elle n'a pas paru comprendre. Elle semblait étonnée. J'étais bien dans cette rue au soleil près d'elle. J'ai eu envie de la prendre par la main, je n'ai pas osé. Alors je me suis mis à sauter sur un pied. Elle a été encore plus étonnée. Ça sentait l'anis.

– Tiens, tu vois le pont où je t'ai rencontré là-bas? C'est le pont de Galata, c'est là qu'on va... Tu verras mon vendeur, ils sont quelques-uns comme ça, le mien est correct. Si tu ne les connais pas ils t'entubent, ils te refilent n'importe quoi... Il faut marchander sinon ils te prennent pour un vulgaire touriste. Après c'est l'habitude.

Au bout du pont ça faisait comme une plate-forme. Un petit port caché sous les dernières piles. Quelques pêcheurs vendaient du poisson debout dans leurs barques. Il n'y avait presque plus personne à cette heure.

On s'est approchés de l'un d'eux qui rangeait son bateau. Lydia et lui ont échangé quelques paroles en turc et puis en anglais, que je n'ai pas comprises. C'était un homme d'une cinquantaine d'années en chemise blanche râpée au col, une casquette sur la tête. Malgré la casquette son visage était torréfié. Comme tout le monde ici il portait la moustache.

Il me fit penser à mon grand-père soudain, debout dans sa barque, autrefois dans le port de Marseille. Le soleil de midi, l'odeur du poisson, de la mer, la peinture fraîche... Elle était rouge et bleue cette barque, peut-être comme celle de mon grand-père, je crois qu'il la repeignait souvent. Ici aussi ils mettaient des casquettes et leurs mains étaient toutes tordues par les rames et l'eau de mer.

Il a tendu à Lydia un poisson dans un papier journal. Elle a payé sans qu'il dise de prix. J'ai pensé que c'était convenu comme ça entre eux depuis des mois. Est-ce que mon grand-père avait fait du trafic lui aussi en son temps ? Peut-être d'alcool ou de cigarettes ? Il n'avait jamais été riche pourtant.

On s'est éloignés sous le soleil de printemps.

– Viens, tu vas voir, je connais un petit coin adorable, m'a-t-elle dit gentiment.

C'était un bistrot au bord de l'eau. Trois tables et quelques chaises rouges dehors au soleil, toutes différentes les chaises, bricolées avec des bouts de bois.

– Regarde comme c'est beau... C'est la mer de Marmara.

De petites barques passaient, dolentes, l'air était doux. Au loin, posé sur des coupoles, un voile de brume séchait au soleil comme un drap sur un arbuste l'été dans un jardin.

Un homme qui ressemblait au pêcheur nous a apporté deux cafés dans des tasses minuscules. J'étais heureux. Lydia a soulevé le poisson, dessous dans une autre page de journal elle m'a laissé entrevoir six piles de petites plaquettes. Des plaquettes vert armée sous cellophane, aussi plates que des chewing-gums Hollywood mais plus longues et plus larges.

– Tu verras, on peut en tirer jusqu'à dix fois leur prix. Il y a de ces poires! On se demande comment ils arrivent jusqu'ici, ils te donneraient tout l'argent du voyage. Ils se prennent pour Humphrey Bogart dans *Le Port de l'angoisse...* C'est marrant tu verras, ils repartent en rasant les murs les yeux hors de la tête comme s'ils avaient dans le slip le trésor des Mayas... De ces tartes!

Un peu plus tard dans l'après-midi on a fait le tour, pour m'initier, de tous les points de vente. Le Grand Bazar d'abord, grouillant comme une médina où des files de cars déversent leurs cargaisons de touristes; tout à côté la mosquée Bleue et la Coffee Shop. La gare où on les prend à froid au saut du train et toujours et encore le pont de Galata que l'on traverse pour aller à Hong Kong, Calcutta ou comme moi l'autre soir aux putes.

Elle m'apprenait à ne pas confondre avant de les aborder un Allemand, un Anglais, un Japonais.

– *You want sheet?* lançait-elle tout bas, souriante, puis elle se débrouillait.

Chaque fois que nous passions devant un marchand de semoule au lait elle m'en offrait un bol. Je ne disais jamais non. Ça la faisait rire! Alors c'est elle qui cherchait les marchands rien que pour rigoler et moi je disais toujours oui. J'étais content de la voir rire. Mon ventre enflait...

– Encore un?

– D'accord!

Elle explosait. Son rire montait dans la nuit d'Istanbul, ses yeux se trempaient de larmes. J'en reprenais un autre, elle se tordait. Ça me faisait du bien. Encore un! J'oubliais ma vie... Autour grouillait la ville. On était seuls.

Cette nuit-là ma foi elle a bien dormi. Moi moins, je la guettais. Son petit souffle tout doux, tout rond dans mes bras; un chaton jusqu'au matin. Je sentais monter l'amour. Quelle tendresse là, si près, mon nez dans ses cheveux. Tout le parfum du bonheur... Et ses fesses bouillantes dans le creux de mon ventre, et son sein dans ma main, je ne bougeais plus pour ne pas la troubler. Elle respirait pour nous deux. Ah! oui alors je l'oubliais là ma vie! Verdun, le cachot, le capitaine au pied de sa voiture. C'était si loin tout ça, peut-être un autre... Je m'oubliais dans l'extase de sa peau. Une aile de papillon son sein dans ma main, fragile et palpitant. Sur moi la nuit d'Orient.

Pourtant au réveil, soudain, elle me parut bizarre à nouveau. Brusque, elle renversa des objets dans la chambre, râla contre tout, contre moi. Prit à pleins bras une pile de pulls et l'envoya voler aux quatre coins de la pièce. Pluie de couleurs. Elle en avait marre marre mais marre que ça n'a pas de nom! Elle voulait mourir hurlait-elle, tout de suite en finir! A quoi ça sert ce cirque, marre! Elle souffrait trop. La terrasse, se jeter en bas et puis merde! Fait chier la vie!

Elle enfila sa robe indienne et dégringola dans la rue sans chaussures, comme une folle. Un instant après elle resurgit trois litres de lait et deux miches de pain énormes dans les bras. Encore plus folle! Ses

229

mains tremblaient. Elle avait ramassé en cours de route un strabisme soigné, son œil droit était complètement désaxé. Elle ouvrait une bouche grande comme un four. Elle étouffait.

Ça alors? Elle si belle sous le sommeil, folle furieuse brusquement. A n'y rien comprendre, j'eus peur.

Elle fit tiédir une immense casserole de lait et trempa directement dedans de gros morceaux de pain qu'elle déchiquetait. Sans mâcher elle avalait, avalait... De plus en plus vite, de plus en plus gros. Ses yeux hagards sur la casserole louchaient comme un triangle. Elle enfournait maintenant des morceaux plus gros que sa main, gorgés, les doigts jusqu'au fond du cou pour mieux se gaver.

En deux coups de cuillère à pot elle ingurgita les deux miches et presque tout le lait. Elle s'effondra dans un coin, elle geignait faiblement. Elle tenait son ventre à deux mains, gros et tendu comme une pastèque. Je crus qu'il allait craquer. Elle le regardait comme si elle allait accoucher dans un quart d'heure, ses yeux s'étaient redressés.

Ça devait lui faire un mal atroce tout ce pain gonflé dans son ventre. Elle le soutenait, glissait doucement par terre. Elle ne parlait plus de se jeter en bas, captivée par cette immense douleur. Elle disparaissait sous le ventre. Bientôt elle ne remua plus. La plainte filait toujours entre ses dents comme la roulette du dentiste qu'on entend de la salle d'attente.

Dans mon coin j'écarquillais les yeux. Elle avait soulevé sa robe indienne jusqu'aux seins. Je ne voyais, à l'autre bout de la pièce, que cette bosse de chair. Où avait-elle mal finalement cette fille? Je n'y comprenais rien. Sinon qu'elle avait vraiment mal dans un coin de sa tête, mal à s'arracher une partie du corps. Mal à se faire exploser le ventre! Qu'attendait-elle de moi au juste, que je la rassure ou que j'assiste à l'explosion? Je tournais en bourrique et pourtant je l'aimais.

Peut-être se serait-elle jetée de la terrasse, tout en bas sur le pavé si je n'étais pas là, pensai-je alors qu'elle se contorsionnait autour de son enflure. En tout cas, depuis ces quelques jours, elle m'avait bien aidé dans ses tendres moments à charrier toute ma solitude.

Sans doute me serais-je jeté du pont moi aussi, l'autre nuit, sans la douceur qui avait inondé mon dos brusquement. On s'aidait l'un l'autre à ne pas se jeter n'importe où et c'était déjà bien.

Je pris donc l'habitude de la voir se livrer deux trois fois par semaine à ses curieuses manigances. Quand elle ne se dressait pas dans la nuit pour bourdonner sous la lune, elle partait comme une folle dès le réveil acheter son pain et son lait. Elle remontait se gaver après m'avoir mis plus bas que terre avec son regard croisé à ne pas retrouver la maison. Et puis voilà... Le ventre plein à craquer elle se calmait doucement. Je connaissais la chanson, elle le refrain. La journée pouvait commencer.

Une fois qu'elle s'était enfilé son pain trempé, elle ne touchait plus rien. C'était sa dose. Elle ne se nourrissait que de pain et de lait.

On partait donc par les rues vendre nos plaquettes, pas très loin l'un de l'autre, chacun son client sans se quitter des yeux.

Des clients moi je n'en avais guère, je n'osais pas

les aborder. Après *You want sheet?*, je ne savais plus quoi raconter. Je ne connaissais de l'anglais que quelques mots dans les chansons, ça aurait donné: *You want sheet I love my darling for ever and never...* Je restais la bouche ouverte, souvent ils s'en allaient. Je traquais donc le Français.

Lydia, elle, avait ce don du racolage, elle fourguait ce qu'elle voulait. Jolie, elle savait être coquine. Qui se serait douté à la voir si à l'aise, moineau des rues, du cirque qu'elle me faisait une fois à l'hôtel. Elle recueillait même des foules de propositions cochonnes dans toutes les langues et en turc. Elle venait me les raconter entre deux ventes, quand on prenait le café minuscule au bord de la mer de Marmara. Elle en riait, contente que je veille sur elle. Le soir à l'hôtel on comptait le magot. La vie filait.

Et puis un soir, comme ça, tout à trac elle me doucha. Elle m'annonça qu'elle n'avait pas eu le mois dernier ses règles. Elle pensait être enceinte de moi.

– Mais tu ne prends pas de pilule? Rien?

Je n'avais jamais envisagé ça. Je tombai des nues.

– Non, répondit-elle, en France j'ai déjà avorté.

Le lendemain elle fit des tests. Enceinte elle l'était bel et bien! Il ne nous manquait plus que ça!

Allez avorter, vous, dans un endroit pareil sans connaître personne! On était dans de beaux draps. Pour le même tarif ils vous tuent ici la mère et le bébé; ah! la tuile!

On eut beau le tourner et le retourner dans nos têtes, cet enfant, il n'avait pas sa place dans nos vies. Je ne lui disais pas pour ne pas la vexer mais elle était folle comme un toupin et moi recherché pour meurtre. On fait mieux comme parents... D'ailleurs, elle ne tenait pas à le garder, déjà elle le sentait qui encombrait son ventre.

– Je le sens là... Touche!... Mais touche n'aie pas peur, je te dis qu'il a bougé!

– Mais ce n'est pas possible, il n'a même pas deux mois. C'est un gaz.

– Je te dis que c'est lui, ah! C'est dégoûtant! J'ai quelqu'un de vivant dans mon corps!

– Eh bien alors, tu devrais être contente, tu vas avoir un ventre comme ça... Encore plus gros qu'avec ton pain... Énorme!

– Tu me dégoûtes! Il faut le faire partir tout de suite! Tout de suite! Il va me faire éclater!

Elle me faisait devenir chèvre. Pour savoir où elle avait mal?

Je me souvins d'avoir entendu raconter, enfant, dans mon quartier qu'il fallait éviter aux femmes enceintes la secousse des pavés, ça décroche les bébés. Je lui fis part de mon idée. Tout de suite on se mit en branle ici même dans la chambre d'hôtel.

– Monte sur la table et saute le plus lourdement possible sur le sol!

Elle le fit. Une fois, deux fois, dix fois jusqu'à ce qu'elle n'arrive plus à escalader la table.

Le soir même j'ai volé un vélo à deux pas de l'hôtel. Elle est montée derrière. On a fait comme ça, presque toute la nuit, le tour des quartiers les plus pourris de la ville, là où il n'y a pas deux pavés de pareils. Ah! je les connais les pavés d'Istanbul, c'est les pires du monde! Deux mois j'en eus les reins cassés, elle pas le moindre saignement. Il s'accrochait le bougre.

Une semaine durant on le soumit au traitement. On

montait le jour le vélo dans la chambre pour ne pas se le faire voler et chaque soir on repartait pour une chevauchée sur la lune. Tagadam tagadam tagadam... Je fonçais sur une armée de tortues. Il a tenu bon le sagouin! J'avais les intestins dans les talons, on ne trouvait même plus le sommeil tant il nous brisait ce gosse.

Alors, soudain, elle n'en parla plus, comme s'il avait par magie évacué son ventre. Plus question de monter sur le vélo, de sauter de la table ou de tenter quoi que ce soit. Elle ne le sentait plus... Pour elle il n'avait jamais existé. De ce jour elle n'en reparla jamais.

Son attitude aussitôt changea à mon égard, elle ne voulait plus que je l'accompagne gagner notre vie. Je devais rester à la maison, là, à l'attendre dans cette chambre d'hôtel.

Elle devint jalouse. Je ne pouvais même plus descendre faire trois pas dans le quartier. C'est elle qui partait vendre les petits sachets et ramenait les courses. Elle remontait à l'improviste, dix fois par jour, pour me surprendre dehors. C'est là que je voyais qu'elle se faisait des idées. Qu'aurais-je pu faire dans cette ville où les trois quarts des femmes sont séquestrées, sinon aller aux putes? Peut-être était-elle jalouse des putes? C'était plutôt dans sa tête.

C'est moi qui aurais dû être jaloux! Elle filait traîner je ne sais où à des heures impossibles et rappliquait couverte de propositions. Et ce gosse qui quoi qu'on fasse était bel et bien toujours là, qu'est-ce qui me prouvait qu'il était bien de moi? Il avait peut-être déjà une tête de Turc? Celle de celui qui nous fourguait le sheet ou du dernier péquin du pont de Galata? N'importe lequel de ces gros moustachus qui passaient leur journée à la frôler dans les coins d'ombre sous prétexte qu'elle a un jean et qu'elle n'est pas à la maison. Ah! j'en avais moi, des raisons de hurler de jalousie!

Je me mis donc à l'attendre à la maison. Je me levais tard, de plus en plus tard, et je traînais sur la terrasse. C'était la terrasse de l'hôtel mais personne jamais n'y montait. Notre terrasse particulière finalement. Là-dessus je vis arriver le printemps. C'est là, sur les toits, que la tiédeur se pose d'abord et puis lentement par les murs elle descend vers les cours. Quand elle est tout en bas c'est l'été. La ville est blanche sous la grande lumière et la chaleur feutre les bruits. Sur les terrasses les femmes ne montent plus qu'en coup de vent, le soir pour étendre le linge. Notre chambre devint une fournaise, dedans on étouffait, dehors on rissolait. Je vivais à poil.

La nuit pendant qu'elle dormait nue sur le drap je posais ma main sur son ventre en sueur. Il levait. Je vais être papa me disais-je dans le noir et j'attendais, trempé, la fraîcheur de l'aurore. J'eus envie bien des fois de me glisser dehors dans la touffeur des rues, de reprendre la route, un matin, vers l'orient. Quelque chose me retenait... Quoi? Ma tendresse pour Lydia? L'enfant? Ou tout simplement ma lâcheté devant la solitude, la faim et la poussière des chemins. Je suis resté.

Un soir que je l'attendais sur la terrasse, on avait pris l'habitude de vivre le soir sur la terrasse, la ville s'apaisait, on recevait là les premiers souffles de la mer, la voilà qui surgit en pleurs à une heure incroyable, son visage tout démonté, du khôl partout. Une figure de zèbre. Elle s'effondre dans un coin et vas-y que je ruisselle.

– Mais qu'est-ce que tu as Lydia?... Qu'est-ce qui t'arrive?

Son corps se soulève de plus belle, la voilà qui pleure comme un veau.

– Parle-moi, Lydia... Je suis là... C'est moi, Valentin !

Je la prends dans mes bras, je la berce. On aurait dit un gosse. Je finis par voir ses yeux, si grands si doux dans les larmes.

– J'ai rencontré un homme, balbutie-t-elle enfin, un Turc... Il m'a dit qu'il était pilote de guerre...

Et la voilà qui glousse à nouveau.

– Oui et alors, quoi pilote de guerre ?

Je lui tapote le dessus de la tête pour qu'elle continue.

– Il m'a dit qu'il me donnait cent dollars si je couchais avec lui.

– Et alors ?...

Elle braille comme un perdu soudain. Entre deux sanglots elle articule :

– Alors il m'a rien donné !

J'étais abasourdi. Je ne savais plus si je devais me bouffer les doigts de jalousie, me rouler par terre de rire ou lui flanquer deux baffes ? Je lui ai flanqué deux baffes. Ça lui a fait du bien. Pendant une semaine elle s'est tenue tranquille. Elle ne s'est même pas permis de bourdonner la nuit.

Pour la calmer ça l'a calmée cette expérience ! A compter de ce jour elle ne m'a plus quitté d'un pas. D'une douceur... Elle mangeait dans ma main. Dès que ça n'allait pas, bras en l'air je lui montrais la baffe. Ce fut radical.

Elle s'est mise, toute la sainte journée assise sur le

lit, à fabriquer des coussins. Des coussins par dizaines. Elle n'arrêtait plus. Tous les matins je l'accompagnais au Grand Bazar pour choisir les tissus et la bourre, puis elle remontait travailler. C'était pour elle les coussins, elle avait, comme d'autres de fraises, une envie de coussins.

Quel labyrinthe ce Grand Bazar avec ses passages, ces recoins criblés de trous, cette poussière d'objets de lingerie, de riens, cette odeur forte de peaux de bique, de brochettes et de moisi. Et toujours cet immense grouillement. Cette anarchie de termites.

On commençait à être connus comme le loup blanc malgré tout là-dedans. Pensez! Tout notre magot devenait coussins. S'ils nous recevaient avec le sourire les marchands juifs et les Grecs... Ils nous guettaient à l'entrée des ruelles pour être les premiers à nous tirer dans leur souk, ces cavernes d'Ali Baba. Là, Lydia succombait. Rien n'était plus émouvant que ces soies, ces moires, ces fleurs. Un bruissement de couleurs dans l'ombre de ces grottes.

Et les marchands, de leurs courbettes risettes et blablablas sous les monceaux de chatoiements. Et Valentine bey par-ci et Valentine bey par-là... Ça veut dire monsieur Valentin en turc. Il n'y en avait que pour moi. J'étais l'homme!

J'en profitais pour m'envoyer quatre ou cinq chiches kebabs inondés de raki. C'était offert par la maison. Un gamin courait me chercher ça dans l'échoppe voisine, chez le cousin. On était bien honorés. Je rentrais content à l'hôtel, la vie était facile. On achetait sur le retour quelques poivrons farcis pour le soir et du yogourt glacé pour tout de suite. Tous les jours la nouba!

Une fois là-haut sur la terrasse elle était à son affaire Lydia. Elle palpait, reniflait, découpait, bourrait et faisait en un clin d'œil éclore de ses doigts un coussin magnifique. La chambre en était inondée. On aurait pu se jeter du plafond n'importe où sans se fendre le crâne. Une mousse de fleurs. Des ronds, des carrés, des triangles, des gros et des petits, des longs et des cœurs, de tout! Tous plus beaux les uns que les autres.

J'en profitais pendant qu'elle était occupée pour lui poser quelques questions, l'air de rien, histoire de connaître un peu sa vie à cette étrange.

– Qu'est-ce que tu faisais Lydia avant d'atterrir ici?

– J'étais dans un pensionnat, me répondit-elle, à Paris... Des religieuses.

– Depuis quand?

– Toujours...

– Et tes parents, ils sont à Paris tes parents?

– ...

– Il y a longtemps que tu ne les a pas vus tes parents?

– ...

– Mais tu as bien un père et une mère, bon Dieu! Tu t'en fous de tes parents?... Ils le savent que tu es là?

Elle ne m'entendait plus. Chaque fois c'était la même chose, arrivé aux parents bouche cousue. Un pot. Pas facile de lui tirer les vers du nez, dès que je fourrais trop loin un doigt dans son passé elle se hérissait. C'est de là qu'elle devait être zinzin, de son passé. Parce que soyons honnêtes, ces coussins non plus ce n'était pas normal. Ils débordaient en crue sur la terrasse, montaient, montaient. Voulait-elle se noyer sous une marée de fleurs? J'étais inquiet.

Son ventre aussi comme un coussin gonflait. On approchait du terme. De la terrasse je regardais partir.

238

ces soirs de fin d'été... Le soleil, tout là-bas, embrasait les derniers recoins de l'Europe puis il foutait le feu, tout près, aux quartiers les plus pauvres où les maisons ont encore leurs façades de bois. De l'Asie déboulaient les taureaux de l'orage, obscurs et sourds dans la poussière des déserts. Entre l'eau et le feu montait, fragile, une prière. Je regardais avant le noir tous ces coussins, son ventre, et mon cœur ne savait plus à quel saint se vouer.

Quand les coussins eurent tout recouvert: le lit, les deux chaises, la table, le Camping Gaz et tout le saint-frusquin, elle ressentit les premières douleurs. C'était l'automne. Depuis quinze jours elle me parlait en anglais. Je ne cherchais plus à comprendre. De temps en temps je lui envoyais dessus un coussin. Elle était ailleurs.

Un matin, tout de même, elle se cassa de douleur. Je consultai son ventre: il était rond et soyeux comme un saladier en bois d'olivier. En plein milieu éclatait un bourgeon, le nombril s'était retourné. La souffrance mettait son visage en pagaille. Ça pouvait bien faire neuf mois... Je l'habillai et la soutins dare-dare jusqu'au premier hôpital. Elle n'eut pas une seule parole pour son ventre, rien. C'était comme une rage de dents ou une appendicite, ni plus ni moins. Il fallait que ça passe.

L'hôpital était bien délabré, il sentait l'éther et la cantine. On nous fit grimper à l'étage. Là, deux bonnes sœurs s'emparèrent de Lydia et me flanquèrent à la porte presque outrées que je sois venu jusque-là.

Toute la journée j'errai dans Istanbul. Je ne pus rien avaler tellement je ne sentais plus moi aussi que mon ventre. J'entrai dans un hammam puis dans un cinéma, en ressortis chaque fois tout de suite, fis six fois le tour de la ville, traversai des mosquées, des marchés, des groupes faméliques, me retrouvai sans savoir trop comment chez les putes. Tombai par hasard sur celle avec qui j'étais monté presque un an plus tôt, j'entrai. Elle ne me reconnut pas, on passa derrière. Sur la chaise il y avait toujours des loukoums. Combien de tonnes avaient bien pu défiler en un an sur sa chaise. Et toujours elle s'empiffrait. Énorme. Ça me calma un peu.

Le soir tombait quand je revins à l'hôpital. Je retrouvai l'étage, ouvris plusieurs portes, dénichai la tête de Lydia entre deux draps dans une salle commune. Pâle, elle semblait épuisée. C'était une longue salle grise qui sentait fort la transpiration et le henné. Une dizaine de femmes allaient et venaient de leur lit aux toilettes sans jamais s'arrêter. Cacophonait une anarchie de radio. Je m'assis sur le lit.

– Alors? C'est pour quand? lui demandai-je.

Ses yeux étaient lavés, sa bouche une rose sèche. Sans me voir elle me fixait.

– Ça y est... C'est une fille... Ils l'ont mise au fond du couloir.

Mon cœur soudain me fit défaut. Il mit une réelle mauvaise volonté à reprendre son service. Ma langue, telle une figue, s'assécha. Elle m'avait annoncé ça comme on dit: « Les chiottes c'est au fond à droite. »

J'articulai:

– Attends-moi là... Je vais la voir, je reviens tout de suite.

Je bondis vers la porte, courus au fond du couloir.

Je ne l'avais pas tout à fait atteint quand une sœur gigantesque, bras en croix, me barra le passage. Elle baragouinait que c'était interdit avec de grands gestes. Elle me repoussait vers la sortie, méchante comme la peste. Merde alors! Si on ne pouvait même plus voir ses propres enfants! C'est elle qui m'avait mis dehors le matin. Je vis rouge. Je l'empoignai comme je pus par les mamelles et l'envoyai dinguer contre le mur. Elle s'étala. Sa cornette roula plus loin comme un camion qui perd sa roue.

Je l'enjambai et fonçai vers ma fille. Derrière une grande vitre j'aperçus des bébés, une bonne douzaine, certains encore fripés devaient être du jour. Mes yeux pianotèrent au hasard des berceaux. Ils étaient tous bronzés avec des cheveux noirs, sauf un... La mienne? Je la trouvais déjà jolie. Ils lui avaient fait avec quatre cheveux une petite houppette. Elle dormait comme un boxeur, les poings tout faits. C'est vrai qu'elle aurait à se défendre, la pauvre dans la vie, avec des parents comme nous.

J'allais pénétrer dans la nursery pour voir la ressemblance quand éclatèrent des hurlements de bête. Du bout du couloir la grosse sœur déboulait suivie de quelques types. Je n'eus que le temps de plonger dans un escalier.

Je débouchai en bas dans les cuisines, tout le monde s'interrompit pour me voir tel un kangourou bondir à travers les fourneaux. Je sautai dans une cour, longeai un bâtiment, aperçus la grande porte, ouf! J'étais dans la rue. La foule m'emporta.

Je ne me doutais pas, à cet instant, perdu dans une nuit lointaine, que ma première rencontre avec ma fille à cent à l'heure dans un couloir serait l'image exacte, comme condensée, de ce que plus tard ensemble ou séparés nous vivrions...

241

Une telle vague de bonheur alors me souleva d'être papa brusquement, comme ça, je ne l'avais pas bien réalisé jusque-là, que j'entrai dans le premier bistrot et commandai une tournée de raki générale. Tout le monde m'entoura, des moustachus bien sûr. Je leur fis comprendre avec mes bras que je berçais un bébé et puis avec mon doigt je désignai ma poitrine parce qu'il était à moi. Tous ouvrirent la bouche, levèrent les bras et les abattirent en chœur sur mon dos. Ils avaient compris.

Au milieu de la nuit j'étais encore là, avec eux, ivre mort et il en restait toujours un debout pour réclamer la tournée générale.

Quand le soleil me réveilla, j'étais sur un banc dans les jardins de l'hôpital. Par quel miracle? Je me souvins que j'avais une fille. Prudemment je remontai à l'étage comme une chienne à qui on a volé ses petits avant qu'elle ne les compte et qui revient en douce à la niche pour voir si des fois on ne les aurait pas remis.

Poussant la porte de la salle commune, je tombai pile sur l'énorme sœur. Ses yeux flambèrent mais elle ne broncha pas, terrorisée à l'idée que je lui arrache encore les mamelles ou ayant assimilé entre-temps quelques bribes du sentiment paternel.

Tous les bébés étaient sur le ventre de leur mère sauf un: la mienne. Décidément! Elle était au pied du lit de Lydia, aubergine elle hurlait.

– Tu ne l'allaites pas? lui demandai-je, elle meurt de faim cette gosse!

– Je m'en suis occupée neuf mois, répondit-elle, maintenant c'est à toi.

– Mais elle est trop petite, elle a besoin de toi... Regarde! C'est la seule qui braille.

Je la pris dans mes bras.

242

– C'est elle qui a demandé à venir, pas moi, jamais!

Je m'assis près de Lydia. Elle était plus légère qu'un duvet, j'avais la sensation de tenir un linge vide.

– Regarde comme elle est jolie quand elle se calme, on dirait toi... Comment on va l'appeler?

– Je ne sais pas... Comme tu voudras...

J'observais à la dérobée les yeux de Lydia. Pas une fois elle ne les posa sur sa fille. Elle fixait le mur et au-delà.

– Mais tu vas bien l'élever quand même cette enfant, dis?

– ...

Non, même parler ne lui disait rien. Qu'allais-je devenir avec une mère pareille? Ah! Pour une folle j'en avais trouvé une bon Dieu! Gratinée!

Je me penchai sur le nouveau-né. Elle semblait me chercher de son regard bleu marine. Sa bouche était au pinceau et ses cils longs comme des ailes d'ange. Pas l'air du tout d'être la fille d'un Turc... Je lui trouvai même le front bombé de ma grand-mère, celle qui avait un caractère de cochon. Non, pas de doute, c'était bien la mienne. Jolie comme un cœur.

– Dis, il faudra lui couper les ongles, regarde elle s'est toute griffée.

Un mur.

Pendant quelques jours tout se passa ainsi. Je venais à l'hôpital à l'heure des tétées, lui donner le biberon. Elle n'avait pas un appétit bien solide. En tout cas, de sa mère elle n'avait pas pris cette folie du lait. Elle butinait.

Obstinément, Lydia refusait de mettre un pied hors du silence.

Le jour arriva où il fallut regagner notre chambre

d'hôtel. Le docteur nous fit comprendre qu'on devait d'urgence filer au consulat déclarer la gosse. En silence on rentra chez nous. C'est vrai qu'elle n'avait pas de nom cette enfant... Il faut avouer qu'elle manquait aussi énormément de mère.

Lydia le jour même reprit son train-train par la ville. Elle repartit comme si de rien n'était vendre du hasch au pont de Galata. Je me sentis mère au foyer.

La nuit tombait autour de nous quand on frappa à la porte: c'était le patron de l'hôtel. Il me remit une lettre, tiens, rien sur l'enveloppe... Inquiet je la décachetai. C'était signé Lydia. Je lus:

J'ai trouvé un très joli petit âne. Je l'ai acheté.
Je pars en Grèce avec lui, il s'appelle Charlot.
Je te laisse toutes mes affaires et un peu d'argent.
Je suis sûre que dans une autre vie on s'aimera très fort.
Je t'aime et j'ai peur.

Lydia.

Mes jambes se dérobèrent, je m'effondrai sur le lit. Partie... Elle est partie... Lydia partie... Un seul mot battait ma tête comme un sang fou, partie partie partie. Impossible! J'aperçus le bébé à côté, dans un rêve il souriait. Et si c'était vrai? Si elle était vraiment partie, désaxée comme elle l'était?

Je dévalai l'escalier de l'hôtel avec le fol espoir de la trouver là encore dans la rue en train de préparer son âne. L'immense foule du soir me glaça. Comme un fleuve aveugle elle coulait vers les trous de la nuit. Je hurlai: « Lydia! Lydia!... » mais personne ne m'entendit tant elle est accaparée cette ville par son terrible ronflement. Effaré je reculai dans l'ombre. Seul! Seul à nouveau comme un assassin!

Je sentis alors dans mon corps jusqu'où je m'y étais attaché à Lydia malgré ses lubies et ses extravagances. Où allait-elle se perdre, seule elle aussi, maintenant? Et ce bébé là-haut qui allait se réveiller dans une nuit sans mère. Je ne pouvais pas quand même, notre enfant dans les bras, lui courir après dans toute la poussière du monde.

Toute la nuit je l'attendis. Le bébé me sentit agité, il pleura souvent. Dès que la ville pâlit sous l'aube, je fonçai au consulat. J'avais l'impression qu'ils pourraient faire quelque chose là-bas, m'aider à la retrouver. Peut-être avaient-ils déjà des nouvelles? J'espérais un accident. J'aurais aimé courir dans un hôpital de la ville et lui dire qu'elle ne s'en fasse surtout pas, qu'elle revienne très vite à la maison, je m'occuperais de tout pour l'enfant, elle ferait ses quatre volontés.

Ils n'avaient jamais entendu parler de nous au consulat. Un employé très chic et mal réveillé feuilleta mon passeport, prit des notes, me demanda comment je désirais appeler ma fille? Tout à Lydia je n'avais pas eu le temps d'y penser. Un nom me traversa la tête: « Charlot » avec qui elle était partie. Je dis: « Charlotte », ça me rapprochait d'elle. L'employé sourit. Me tendant un imprimé il me dit:

– Voilà, avec ceci vous êtes en règle. Comme si elle était née en France, dès demain elle sera enregistrée. Vous restez encore quelque temps en Turquie?

– Euhhh... Non, nous allons rentrer pour mon travail.

– Drôle d'idée tout de même de venir accoucher ici... Ça ne s'est pas trop mal passé? Parce que vous savez les hôpitaux à Istanbul, il vaut mieux être en bonne santé.

Commençait-il à flairer quelque chose de louche?

– Non, ce n'était pas prévu, elle est née avant terme. On croyait être tranquilles jusqu'au mois prochain, je vous remercie... Au revoir, monsieur.

– Au revoir, monsieur Jeudi, mes félicitations et bonne fin de séjour.

Je m'éclipsai sans demander mon reste.

Elle s'appellerait donc Charlotte Jeudi. Il fallait que je me dépêche, ça faisait bien deux heures qu'elle attendait à l'hôtel mademoiselle Charlotte Jeudi.

Attendre, on a su ce que ça voulait dire Charlotte et moi. Des jours et des jours nous avons attendu. Des jours infinis. Cent fois je descendais sur le trottoir scruter d'un côté et de l'autre si elle n'arrivait pas. Le moindre charreton, vélo, carriole cahotant dans la brume des gaz devenait un âne pour moi. Istanbul se peupla d'ânes fantômes qui s'évaporaient en approchant. Charlot trottinait loin...

Il a bien fallu se faire à l'idée qu'elle ne reviendrait pas Lydia. J'ai vendu toutes ses affaires aux paumés de l'hôtel: robes, pulls, coussins, pour une bouchée de pain et je suis descendu trouver son fournisseur, en bas sous le pont. J'ai eu droit à un bon petit lot de plaquettes, de quoi voir venir le long du chemin. Oh! moi ça irait toujours, je n'étais pas mort de faim jusque-là, mais elle Charlotte, il lui fallait son lait. Passer en Grèce et retrouver Lydia, voilà ce qui m'obsédait!

Revenus à l'hôtel j'ai eu une très bonne idée. Langeant Charlotte je l'ai bourrée de sachets, partout dans la grenouillère. Un bébé truffé au hasch. Ils n'iraient tout de même pas la déshabiller à la frontière pour fouiller dans ses couches.

J'ai rempli un sac d'affaires, embarqué le Camping Gaz, une casserole, le biberon et tout ça d'un côté

Charlotte de l'autre on a déménagé à la cloche de bois. Sans tambour ni trompette. On devait plus d'un mois. Le patron était au marché, on a filé tranquilles.

A part pour sortir de la ville où il faut toujours prendre un bus, le stop a bien marché. C'est attendrissant un homme avec un bébé dans les bras, très vite je l'ai remarqué et puis ce qu'il y a de bien dans ces pays-là, c'est qu'on n'est jamais considéré comme une cloche ou comme un romano.

Le lendemain on s'est présentés à la frontière. Les papiers étaient en règle et comme je n'avais pas changé Charlotte depuis la veille il y avait peu de chance qu'ils y aventurent leurs doigts. Même les chiens policiers auraient bouché leur nez. Grâce aux odeurs de Charlotte on est passés en Grèce sans être inquiétés. Ils m'ont rendu les papiers comme s'ils me tendaient la serpillière, du bout des doigts.

Ce n'est pas que ce soit très grand la Grèce, bien moins que la Turquie, mais c'est bourré de recoins. C'est un pays à recoins. Des ports et des criques à n'en plus finir. Et des routes de rien qui se terminent nulle part. Des chemins qui vont dormir dans des vignes, d'autres qui s'égarent sous des mers d'oliviers. Où commence le sable des plages, où finit celui des chemins? On voyage dans la dentelle.

Pour commencer, comme les jardins étaient vides à cette époque de l'année, j'ai déniché un bon moyen pour vivre au jour le jour sans entamer la marchandise. C'est un pays criblé de chapelles, chaque colline a la sienne et dans toutes il y a une assiette pour déposer la monnaie. Je l'ai prise.

D'assiette en assiette on a vu du pays avec Charlotte. On faisait notre bonhomme de chemin. C'est Dieu qui payait le lait.

De temps en temps je demandais par gestes: « Une fille sur un âne, vous n'auriez pas vu? », des fois oui, des fois non... Comment les croire? Des femmes sur des ânes ici il y en a une derrière chaque figuier. Autant chercher une puce sur le dos d'un hérisson.

On a tout de même continué. Rien d'autre à faire. Le soir on s'installait dans l'une de ces chapelles pour la nuit. Elles sont toutes très jolies, blanches avec des portes et des fenestrons ronds. L'intérieur est blanc aussi ou bleu de mer. Il y a des visages naïfs sur les murs et des lustres étranges. Palais pour nains.

Charlotte voyait à présent. Pendant que bouillait son eau sur le Camping Gaz j'allumais aux quatre coins des buissons de cierges, tant qu'il y en avait. Elle adorait ça. Elle roulait ses yeux partout dans la chapelle comme si des arbustes éclataient en mille bourgeons de feu. Elle était ravie.

Je la prenais dans mes bras pour le biberon et pendant que goulûment elle pompait, ses yeux roulaient toujours d'un miracle à l'autre. Elle s'endormait comme dans un jardin sous des rosiers de feu.

Je la couvrais bien avec les pulls de sa mère et je sortais regarder sous la lune, filer comme des insensés les chemins de la nuit. Lequel avait-elle pu prendre? Peut-être avait-elle dormi là, elle aussi, quelques jours avant nous? Peut-être était-elle déjà à l'autre bout de l'Inde parce qu'en sortant d'Istanbul elle avait trouvé plus joli le soleil de l'Orient? Comment savoir... Le plus simple eût été qu'il n'y ait pour tous qu'un chemin, celui que la lune, tout droit sur la mer, argentait.

Le matin, juste avant de filer, je passais à la caisse. Par ici la monnaie! Je reprenais Charlotte sous le bras et vogue le navire. On partait rebondir d'une colline à l'autre cherchant dans la poussière quelques traces d'amour. Rien! Rien! Et encore rien! Que le silence de mes pas dans la vaste lumière. Le ciel comme un miroir dans une chambre abandonnée.

Plus le temps passait, plus j'avais besoin de Lydia. Plus la route déserte criait qu'elle était perdue pour toujours, plus enflait dans mon cœur le poids de son absence.

Quand on s'arrêtait pour souffler dans les champs d'orangers, je sortais sa lettre. Je la savais par cœur parbleu mais j'avais chaque fois l'impression que derrière les mots, l'écriture un peu folle, elle me ferait un signe Lydia, comme un code d'amour entre deux amants.

Je suis sûre que dans une autre vie on s'aimera très fort. Je t'aime et j'ai peur. Lydia.

Moi aussi j'avais peur et même énormément et je n'étais pas sûr que dans une autre vie il revienne soudain cet amour. C'est tout de suite que je le voulais, ça me donnait la colique.

Pour dormir à présent je choisissais toujours une chapelle au bord d'un cimetière parce qu'il y a un point d'eau pour les fleurs et qu'ils sont plus généreux les gens s'ils viennent voir leurs morts.

Un soir que Charlotte venait de s'endormir au fond d'une chapelle et que je flânais par là entre des tombes blanches, regardant les photos des morts que les familles laissent dans des niches entre trois fleurs et deux babioles, je vis soudain du maquis surgir une ombre étrange. Quelques haillons sur un squelette. Glacé, je m'affaissai entre deux dalles. La créature s'avança... Quand elle fut à deux tombes de moi, son visage s'encadra dans une couronne de plastique. Le spectre était une vieillarde sans âge et sans chair. Pieds nus elle glissait sur le gravier. Des pieds de bois. Ce qui dépassait de son corps, sous les loques, n'était que veines bleues agrippées à des os. Sans me voir elle passa...

Parvenue à l'autre bout du cimetière, elle alluma une bougie. Alors, la flamme posée dans le creux de sa main pour éviter du soir le moindre souffle, elle entama un curieux rituel. Elle alluma chaque tombeau. Tirant la vitre qui protège la niche du vent, elle emplissait d'huile un petit ustensile, donnait de sa bougie du feu à une mèche et refermait la niche.

Ainsi elle remontait vers moi, laissant derrière elle pour chaque mort une flamme captive. Je n'osais bouger. Quand elle atteignit mon caveau, alors que j'attendais d'elle un cri de terreur, ses yeux balayèrent mon corps sans le voir. Des yeux blancs comme le marbre au fond d'un visage d'os noir. Des yeux aveugles... Une aveugle qui allait parmi les morts plus à l'aise que moi-même. J'étais béant. Ses doigts sans hésiter saisissaient chaque objet, le replaçaient au millimètre, rapides comme le vent. Elle se déplaçait sur les tombes, agile et précise comme la main noire d'un pianiste sur des touches d'ivoire.

Sur nous la nuit se fermait laissant saigner sur la colline la blessure du couchant. Dans l'obscurité le spectre aveugle poursuivait son travail...

Le cimetière où nous étions était la proue d'un promontoire au-dessus de la mer. J'eus bientôt l'étrange sensation d'être embarqué sur un vaisseau funèbre égaré dans l'eau noire.

Quand un souffle s'éleva des profondeurs de l'ombre, toutes ces flammes frémirent au front des tombes poussant un chant sinistre. Je relevai les yeux. Sur l'immense brasier, les étoiles étaient mortes.

Un cri alors perça la nuit venant de la chapelle. Près de moi la vieille détala. Hurlante elle se jeta dans le maquis. Je me précipitai vers la chapelle, Charlotte venait brusquement de s'éveiller. Ses yeux étaient fous. Je la pris dans mes bras. Elle avait senti sur elle, pour la première fois, passer le souffle de la mort.

En deux temps trois mouvements j'embarquais les affaires et nous déguerpissions de cet endroit lugubre.

Du haut de la colline suivante, essoufflé je me retournai. Là-bas, un corbillard à la dérive brasillait sous le linceul du ciel.

Quand on eut fait le tour complet de la Grèce, on recommença. Oh! ce n'est pas que l'espoir pesait lourd en moi de retrouver Lydia, non, il faut bien faire quelque chose dans la vie et surtout ne jamais ralentir sinon c'est comme sur un vélo, on tombe.

Je me débrouillais pour être toujours sur un petit port tôt le matin, à l'heure blanche où les barques rentrent de la pêche. Je m'asseyais sur la jetée et je regardais les pêcheurs démêler de leurs filets toutes ces frétillances de couleurs. L'air était doux. Gentiment ils m'offraient ce que d'ordinaire on rejette à l'eau. J'allais le faire griller dans la crique voisine pendant que le soleil, au loin, embrasait la mer calme.

Charlotte ne me quittait pas. Elle tenait assise

251

maintenant. Ses beaux yeux d'or sombre suivaient tous mes moindres mouvements, rieurs et tristes. Comme ces nègres naïfs qui voient un jour débarquer un Blanc et qui n'en perdent pas une miette.

Je lui faisais goûter les meilleurs morceaux. Qu'est-ce qu'on a mangé comme poisson cette année-là... Avec l'argent des chapelles j'achetais le pain, le lait, une boîte de feuilles de vigne farcies: des dolmades. On ne s'en tirait pas trop mal l'un dans l'autre. On a rencontré pire...

Un jour qu'on marchait, elle sous mon bras dans la caillasse sans ombre du Péloponnèse, on a entendu en contrebas du chemin, dans le fossé, monter comme une plainte. J'ai posé Charlotte et je suis descendu. Ah la la! il y en avait un là-dessous qui n'en menait pas large. Peut-être mon âge? Jeune en tout cas et plus maigre qu'un clou. On ne savait pas ce qui trouait sa peau, des os ou des pierres pointues sur lesquelles il gisait.

Il a entrouvert des yeux incolores, balbutié:

– Sa-lut...

Un Français.

– Mais qu'est-ce que tu fous dans un état pareil? ai-je demandé.

Je me souviendrai toujours de sa réponse, jusqu'au bout, même si un jour je perds entièrement la mémoire. Il a articulé:

– Je vais... A-thènes... ven-dre... mon-sang...

Les bras me sont tombés. Il n'en avait plus une goutte de sang. Une peau de lapin.

On en voit de drôles sur la route croyez-moi. La vie n'avait pas dû lui faire beaucoup de cadeaux à ce bougre-là. Ça me fit froid dans le dos. Une tête de hareng.

Je lui ai donné tout ce qui pouvait traîner dans mon

252

sac comme croûtes et la petite monnaie que j'avais empochée dix minutes plus tôt. Je l'ai remis tant bien que mal debout sur le bord de la route, il n'avait pas les mêmes souliers. Le destin choisirait la direction.

J'ai ramassé Charlotte et on a filé. C'était le bout du monde s'il arrivait là-bas, lui, au premier tournant.

Quand je me suis retourné un peu plus loin, il n'était plus sur le bord de la route. Il était retombé.

Et voilà! Il en a fait un de beau voyage lui! Qui sait jusqu'où il l'a traîné son squelette? Peut-être que si un jour je retourne là-bas et que je le retrouve ce coin paumé du Péloponnèse bourré de soleil et de pierres brûlées, je dénicherai dans le fossé quelques pauvres vieux os. C'est pourtant pas un désert la Grèce, ni très loin, c'est comme ça la solitude, on n'y peut rien. Ça grouille comme un plein ciel d'étoiles et comme les étoiles c'est infiniment seul.

Eh oui je l'ai quittée moi aussi la Grèce peu après. Je n'aurais sans doute jamais dû... Avec le printemps la douceur de l'air mit de l'or sur les joues de Charlotte. Le soleil le soir rôdait beaucoup plus tard sur les routes avec nous. Alors passez muscade... On vivait tous les deux aux crochets de Dieu.

Je m'apprêtais donc à entamer mon troisième tour de Grèce, Charlotte un peu plus lourde sous le bras, quand on rencontra par un beau jour de mai à la sortie d'un village un couple de Français. Ça les fit rire de me voir trimbaler comme ça un si gros bébé. On causa.

C'étaient deux instituteurs et ils m'en apprirent de belles... Et tout d'abord qu'en France c'était la révolution. Tout était paralysé! La grève générale et à Paris, toutes les nuits, les étudiants et la police se foutaient sur la gueule. Un merdier comme on n'avait pas vu depuis 36. Même de Gaulle ne savait plus où

253

se fourrer tant ça volait bas. De Gaulle, un général...
Et même le premier! Ça m'intéressait, je tendis
l'oreille. S'il les avait lui à zéro qu'est-ce que ça devait
être le reste? Toute l'armée, les gendarmes, les juges
et leurs greffiers... Cette partie obscure de la France
qui un temps avait bien dû se tripoter pour savoir
dans quel sens j'avais tourné mes talons.

La révolution! Ah la la! si je m'étais attendu à une
chose pareille en ce jour si paisible de mai où les
petites maisons blanches du bord de l'eau s'accou-
daient dolemment sur l'ombre pourpre de leurs bou-
gainvillées.

Eux, ils en avaient eu marre de la grande panique,
ils venaient goûter le calme de l'Antiquité. Chaque
matin ils achetaient le journal pour voir si des fois ce
n'était pas fini et ils allaient le lire en bronzant sur des
pierres où s'était assis déjà Agamemnon.

Ils avaient une DS noire, je les faisais bien rire, ils
m'ont dit de monter. Pourquoi pas?

Je leur ai indiqué les bons coins agréables pour
camper. Ils m'ont fait visiter un bout d'Antiquité;
quatre pierres de guingois qui depuis trois mille ans
font semblant chaque jour de tomber. Deux intellectuels.

Tout de même ça me turlupinait cette histoire de
révolution. Je lisais les articles avec eux dans *Le
Monde*, le seul journal français qu'on trouve un peu
partout. Ma foi, tout était donc chamboulé chez
nous... La police en voyait des vertes et des pas mûres
et les ministres à plat ventre sous leurs bureaux se
faisaient des cheveux. Tout le reste s'en payait une
tranche, plus personne ne voulait plus rentrer nulle
part. La France avait le ventre au soleil.

Alors pensez, quand ils ont parlé de rentrer ces
deux-là vers la fin du mois pour voir un peu où ça en

était, je n'ai pas craché dans la soupe, j'ai pris Charlotte et on s'est installés. Roulez jeunesse et vogue la galère! Il resterait bien pour moi encore quelques pavés.

Quand on a atteint la première frontière, je me suis souvenu brusquement que j'avais dans mon sac toujours les plaquettes de hasch. Je les avais presque oubliées tant ici la vie est un parfum de roses. J'ai glissé le paquet sous la banquette.

On a stoppé devant le poste. Il y avait quelques voitures avant nous. J'ai attrapé Charlotte, mon sac et j'ai dit aux époux qu'on allait faire un brin de toilette. Une fois dans les lavabos, par le vasistas, j'ai observé le manège. Les voitures défilaient... Pas trop sourcilleux les douaniers. Quand c'est venu à nous ils ont eu envie de faire un peu de zèle. Peut-être parce qu'on était français? Une poussière de révolution envolée jusque-là.

J'étais prêt à partir à toutes jambes à travers la campagne droit derrière les bâtiments, tant pis pour les instits. Ils ont fouillé les bagages, reniflé le coffre, jeté de-ci de-là un coup d'œil. Tous portaient des lunettes noires. Il y avait longtemps que mon cœur n'avait pas battu sa chamade. Ah! ils allaient en faire une tête les époux si on tirait le paquet de leur siège! Ils n'étaient pas près de bronzer. Mais non, les douaniers ont refermé le coffre, tout allait bien.

Un peu mouligasse je suis sorti des sanitaires et on est allés tous ensemble se faire appliquer le tampon. En voiture Simone! Ouf, on a attaqué la Yougoslavie.

Très vite ce fut la montagne. Toutes fenêtres ouvertes on roulait. Quel luxe la DS, Charlotte ronflait. Moi j'étais derrière l'institutrice, de temps en temps elle se retournait, souriait le visage fouetté de vent. Belle oui... La trentaine, juste ce qu'il faut de pervers au coin de la bouche et des yeux. Ah! ce sourire... Une jupe fendue!

Elle se tourna vers le paysage. Sa chevelure claquait devant moi telle une crinière au galop. Je vis son bras glisser par-dessus son siège, lentement tomber... Sa main délicatement vint se poser sur mon genou. Mon ventre se creusa. Je jetai un coup d'œil dans le rétroviseur: l'époux était tout à sa route, il négociait.

La jolie main toujours aussi prudente remonta sur ma cuisse. Ça me fit des chatouilles partout, je me mordis la langue. J'étais à deux doigts d'étouffer. Je me laissai un peu aller sur le coussin pour lui faciliter le travail. Oh! Je ne m'étais pas trompé sur les coins des yeux... Des lueurs de sexe. Ses doigts s'escrimèrent un moment sur les boutons de braguette. Qu'elle se débrouille! La difficulté attisait sa folie, sa main tremblait. Enfin apparut au grand jour ce qui la hantait. Elle entama un concerto de dos et pour cinq doigts; à chacun d'eux scintillait une bague.

Sa main volait. Mon corps s'arqua. On eût dit dans le soleil éblouissant de la route la colonne Vendôme à midi harcelée par l'éclat des plus grands bijoutiers. Mirage!

Entre deux étourdissements je tendais le cou vers le rétroviseur, il était perdu dans ses virages. Autour la Yougoslavie valsait. Nerveuse comme lui elle passait les vitesses, ma tête vrombissait. Ah! la garce! La sainte! Je l'inondai.

On n'avait pas fait cent bornes qu'elle y repiqua et

ainsi de suite pendant tout le voyage. Je n'eus plus de répit. Comme un serpent d'Afrique sa main se laissait glisser derrière le fauteuil et remontait jusqu'au pis de la vache. Elle me vidait! J'étais à présent couché de tout mon long entre les sièges, langue dehors. Et l'autre, toujours rivé à sa route, un fanatique du volant.

Je faisais un beau salaud quand même, j'avais failli l'envoyer en prison et voilà qu'elle me masturbait. Diabolique innocente! Et le mari... Ah! le mari! Deux fois cocu lui: sa liberté puis sa femme. Je rigolais doucement sous les banquettes. Et si je lui piquais sa bagnole?

Ah! on devient carne à rouler sa bosse partout dans les chemins! J'étais maintenant à peu près prêt à tout. Ni trop cru ni trop cuit, une ordure à point. Ils seraient contents en France, j'avais empiré. Oh! Charlotte si tu voyais ton père... Pauvrette, elle rêvait. Il a roulé tout le long comme un dingue pendant que sa femme me vidait.

En France il n'y avait même plus de douaniers. C'est drôle un poste frontière vide, c'est comme au carrefour un uniforme avec personne dedans. C'était donc vrai. On entra au royaume du crime.

Eux ils étaient de Paris, moi Marseille.

– O chéri ça me ferait tant plaisir de voir la côte, Cannes, Antibes, Saint-Trop, oh! oui pour me faire plaisir... On ne va pas les abandonner là avec un bébé si petit, dis?

Il se fit un plaisir de faire le détour. Lui, ce qui l'intéressait c'est la route. Le paysage il s'en foutait. On piqua sur la mer.

Elle était insatiable! Cannes, Antibes, Saint-Trop...
Autant de villes autant d'orgasmes, un poignet

257

de fer. Au milieu du corps, moi, un brandon fumant.

Quand ils m'ont déchargé sur le port de Marseille je leur ai dit: « Merci... Merci pour tout... », ma voix était petite comme un pépin de figue, petite, légère... J'ai un peu remué les doigts: « Salut... Merci... » Je tenais plus debout.

Marseille... Voilà donc que j'y étais revenu après presque trois ans et sous le bras quel paquet. Par où commencer? En attendant je me laissai tomber sur une bitte, là, tout au bord de l'eau. Le soleil était bon, passaient des robes claires, des pantalons d'été. Comme tout avait l'air élégant ici: les façades, les gens, les cris légers dans l'air, l'odeur du poisson. Étrange... Cette ville si sale jadis m'apparaissait luxueuse aujourd'hui, presque raffinée. Paris au soleil.

Se pouvait-il qu'en trois ans les Marseillais aient atteint tant de délicatesse, ou était-ce le plaisir d'entendre autour de moi tous les mots familiers, l'appel des enfants qui courent sur le quai dans la grande lumière? Ce même quai où vingt ans plus tôt j'avais fait mes premiers pas.

Les barques comme des jeunes filles légèrement houlées, toutes les vives couleurs... Les mêmes qu'à Istanbul c'est vrai, mais tout beaucoup moins bruyant ici, grouillant, poisseux et surtout, surtout, l'émoi de la mémoire. Tout l'incendie du ventre le jour où on revient.

De révolution en tout cas je n'en voyais pas trace. Jamais si calme le Vieux-Port n'avait été, pas le moindre reflet ou odeur de police. Peut-être l'avaient-ils réussie leur révolution? Ils avaient l'air bien dégagé.

Je décidai de me renseigner un peu alentour. Avec Charlotte on s'enfila dans des ruelles plus sombres, là où les gens plus affairés semblaient être un peu moins chic, donc plus abordables.

J'entrepris sur le trottoir, derrière les pyramides de fromages, une crémière.

– Ah! mon pauvre, tu débarques! jacassa-t-elle, oh! ils nous ont fait rigoler les étudiants à Paris! Bonne mère quelle rigolade... Mais tu sais on en a vu d'autres nous ici à Marseille, il faut pas qu'ils viennent nous faire chier les étudiants parce qu'en plus qu'il fait chaud et quoi qu'ils disent les Parisiens c'est toujours nous qu'on trime! Il faut pas qu'on nous monte le bourrichon parce que bouffer, ça mon coco, on bouffera toujours! Tourne vire ils bouffent bien les étudiants eux aussi alors? Qu'est-ce qu'ils nous emmerdent! Et la police c'est du pareil au même... Qu'elle nous fiche la paix la police parce que quand on n'est pas capable de flanquer un bon coup de pied dans le cul à tous ces fils de rupins on peut le bouffer son képi! Je te les enverrais tous au charbon moi! Ah! c'est pas eux qui se lèvent à trois heures du matin! Tous des planqués les poulets c'est moi qui te le dis! Ils en ont pas assez morflé des pavés dans la gueule crois-moi... Tiens, si c'était moi je leur...

Je n'ai pas écouté le fond de sa pensée, à reculons je me suis faufilé à travers un tas de curieux qui commençaient à s'amasser. Elle allait pour de bon rappliquer la police toute planquée qu'elle était. Oh! je le retrouvais, là, Marseille, celui dont je me souvenais. Il suffisait de faire trois pas à l'écart du soleil.

Là, les femmes et les pavés sont tout de suite plus gras.

En somme, je m'étais fait avoir par les journaux et les instituteurs. C'étaient toujours les mêmes boutiques où l'on paye toujours avec le même argent, le même bon sens populaire partout et moi pour eux... Toujours un assassin!

Non, c'est moi qui avais changé, pas eux. J'étais devenu au fil des jours, je le sentais bien, entièrement salaud. Oui, salaud! Prêt à tout à présent pour sauver ma peau. Salaud jusque dans les derniers replis de mon ventre, avec un cœur plus noir que l'encre la plus noire.

Ah! de la peur il m'en restait, ça oui, dans chaque bout de viande, mais des regrets... Pour le capitaine ou pour le roi de Prusse pas un pet de lapin. Plus rien! Liquidés jusqu'à la trame et une fois pour toutes les regrets. Sauver ma peau et celle de Charlotte, à part ça ils pouvaient tous crever. Un égoïsme sain comme l'œil. Seulement voilà, des types prêts à tout autour et surtout à Marseille il devait en rôder pas mal. Par où commencer...

Pour commencer et comme on a toujours plus d'idées que de courage je me suis dirigé vers le Secours catholique qui n'était pas bien loin.

On fut bien reçus ça je dois l'avouer. Trois ou quatre dames impeccables étaient là, la tête dans les cartons à trier des monceaux de linge. Dès qu'elles aperçurent Charlotte elles s'empourprèrent en chœur. Un bouquet de grosses roses rouges. Les mains jointes devant la bouche, la paupière attendrie, ce ne fut que des oh! des ah! Et encore des oh! Et des « Seigneur quelle adorable poupée!... Mais regardez-moi ces cils si c'est pas mignon! Et ces grands yeux, mon Dieu sont-ils gentils tout étonnés!... Et la petite

fossette là, regardez... Ah! non, c'est trop mignon...
Vous permettez, me dit l'une d'elles les bras tendus,
ça me ferait tant plaisir? »

Je lui passai Charlotte. Tout de suite elle dépassa
toutes les autres dans le pourpre. Tomate. J'eus peur
qu'elle flanche. Elle était tout au bord de l'extase
mystique.

– Quel âge a-t-elle? balbutia-t-elle.

– Six mois.

– Six mois... Oh, non c'est trop charmant, trop
charmant...

Elle allait tourner de l'œil.

– Et la maman! Elle doit être heureuse la
maman.

– Elle est morte, répondis-je.

– Morte? bredouillèrent-elles en chœur.

– Oui.

Leur sang se retira. De grosses roses blanches...
Silence de mouche. Charlotte dut sentir la stupeur,
elle brailla.

– Ô doux Jésus, pauvrette... Là, là, regardez elle a
compris, quelle tristesse... Pauvre mignonne, non non
là. Si c'est pas malheureux quand même, quelle
misère... Veuillez nous excuser nous ne voulions
pas...

– Ce n'est rien, vous ne pouviez pas savoir.

Je baissai la tête.

– Mon Dieu pauvre garçon! Quelle détresse, quelle
épreuve, mais comment cela est-il arrivé?

– En la mettant au monde.

Et je baissai encore un peu la tête.

– Seigneur quelle fatalité! Pauvre garçon... Pauvre
enfant!

Des larmes apparurent, les cœurs lâchaient. Elles
étaient à point.

– J'ai perdu mon travail à l'étranger, ma femme, je rentre, je n'ai plus rien.

Elles se pressaient contre moi. En larmes, elles croyaient que c'était moi qui pleurais.

– Mais non vous allez voir, surtout ne pleurez pas! Nous allons vous aider, oui oui vous aider... Nous sommes là pour ça attendez... Regardez, nous avons tout ce qu'il faut, pour vous, pour le bébé, tenez vous avez eu raison de venir, c'est le Seigneur qui vous envoie... Ah! le pauvre papa! Quelle fatalité!...

Il n'y eut plus de carton assez grand pour y entasser toute leur charité. Pour Charlotte n'en parlons pas, elles se disputaient le plaisir d'ajouter chacune, encore et encore, de ravissants petits lainages de couleur.

– Tenez, regardez! Ça n'a même jamais encore servi et ceci pour vous, ça n'a jamais été porté, voyez l'étiquette, quelle chance on le dirait fait pour vous, prenez prenez... Prenez tout ce que vous voulez vous êtes chez Dieu, vous êtes chez vous...

Elles dénichèrent un couffin sous des piles de draps pour transporter Charlotte, avec son petit matelas et toute la literie. D'une propreté!

Je leur demandai si par hasard elles n'avaient pas quelques adresses pas chères pour louer une chambre? Elles avaient ça aussi. Et juste avant de se quitter, au sommet de l'émotion, si elles n'avaient pas un peu de monnaie pour acheter le lait ce soir? Là, j'avoue qu'elles se consultèrent un peu du regard. La maman morte dut traverser leur tête à chacune au même instant, ce ne fut qu'un élan vers la caisse.

– Tenez! Prenez, prenez tout! Qui plus que vous en a besoin, hein? Finalement c'est vrai quoi!

Elles étaient bouleversées de ce qu'elles venaient de faire. Une infinie pureté les transporta jusqu'à la porte. J'aurais pu à cet instant leur demander leur robe, leur sac, leur gaine et leur culotte elles m'auraient tout donné. Elles n'étaient plus que lumière... Je leur avais fait grand bien. Elles souriaient.

Elles ont fait avec moi trois pas sur le trottoir. J'étais chargé comme un baudet. Si j'avais insisté elles me prenaient chez elles. Quand j'ai tourné le coin elles me faisaient toujours coucou de la main.

C'était mon jour de chance, tout près de là dans le quartier je dénichai mon affaire. La première adresse fut la bonne: le dernier sous les toits d'un vieil immeuble marseillais. Sept étages.

C'est un Noir qui vint m'ouvrir. J'entrai. D'abord je ne vis rien... Premièrement parce qu'il n'y avait pas dans le hall de lumière et puis parce que les murs étaient laqués de noir. J'eus du mal à le suivre. On passa dans la cuisine. D'autres Noirs étaient là, ils préparaient le repas en jouant du tam-tam. Là aussi les murs étaient laqués de noir. Heureusement qu'ils portaient de grandes robes criardes. Les boubous semblaient se déplacer seuls, le noir des têtes se confondant avec le noir des murs.

Sur un coin de table, entre des épluchures, je palabrai un instant avec celui qui devait être le chef de la tribu. Autour résonnait l'Afrique, ça sentait bon le curry.

Ce chef était compréhensif, plus noir et plus fort que les autres on tomba tout de suite d'accord. Je lui donnai pour commencer tout l'argent du Secours catholique et comme j'avais vu circuler, blanc dans les mains noires, un joint dans un coin de la cuisine, je tirai de mon sac deux plaquettes de hasch que je fis claquer, bon poids. Content, il me tapa sur l'épaule en montrant ses dents blanches, j'avais droit pour ce prix à utiliser la cuisine.

263

Il me fit faire le tour du proprio. Partout du noir du sol au plafond, sauf la salle de bains qu'ils avaient eu le bon goût de peindre en rouge sang. Discret comme appartement, rassurant. Il en était fier. Toujours ses dents blanches. Ma chambre, noire elle aussi, me rappela brusquement celle où j'avais débarqué le premier jour à Bastia, la chambre à huit francs où j'avais connu Valentin. Minuscule. Un lit à une place et c'est tout. Un recoin pour caser Charlotte. Du moment qu'on n'était pas à la rue.

La fenêtre donnait sur les toits d'une église beaucoup plus basse que l'immeuble. Une foule de pigeons y flânait comme sur une placette des villageois l'été. Étrange, le genre de monument qu'on regarde toujours la tête tordue vers le ciel. J'eus l'impression près de ce Noir que l'Afrique se foutait de l'Occident, il m'apparut encore plus colossal. Je lui dis que j'étais ravi vraiment, je l'adorais déjà ma chambre. En bas sur le trottoir se croisaient des fourmis, j'ai fermé la fenêtre.

On s'installa. Oh! ce ne fut pas long, je posai dans leur coin Charlotte et son couffin, empilai trois cartons et m'affalai sur le lit. C'était un sommier sans matelas. Après le sol en ciment des chapelles, les ressorts m'accueillirent comme un divin duvet.

Dehors le soir devait tomber sur la ville, dans la chambre il faisait déjà nuit. On s'endormit tous deux bercés par les tambours lancinants de l'Afrique. Pardessous la porte le curry entrait ensoleiller la nuit.

Des siècles qu'on n'avait pas si bien dormi. Je m'éveillai heureux. Charlotte avait déjà ses yeux grands ouverts, elle attendait sage comme une image. Elle devait mourir de faim pauvre bébé, je ne lui avais rien donné la veille. Silencieuse elle me regardait comme si déjà, si minuscule, elle avait tout compris de notre vie, toutes nos difficultés et notre solitude. On aurait même dit qu'elle veillait sur moi, là, dans le matin pour que personne ne me dérange. Je suis allé la chercher et je l'ai mise un peu avec moi dans mon lit. Là elle était contente, elle comprenait tout cette gosse.

Quand on est sortis le soleil se posait dans les rues, léger derrière un voile de mariée, les ruisseaux bouillonnaient, de jolies femmes nous souriaient en ouvrant leurs boutiques. Du fond de son couffin Charlotte toujours me regardait, elle devait commencer à se demander: « Quand est-ce qu'on passe à table? » J'y pensais moi aussi et j'avais là-dessus mon idée. Encore un peu de patience bébé et on va s'en payer une tranche!

Si Charlotte comptait sur moi, je dois bien avouer que depuis quelque temps je m'appuyais beaucoup et pas très innocemment sur elle. J'avais bien remarqué l'effet qu'elle produisait partout, si jolie dans les bras d'un jeune père. Une fois de plus j'espérais bien jouer sur l'attendrissement. On se dirigea donc vers le Prisu le plus proche.

Les magasins sont calmes le matin, plus ils sont grands, plus il leur faut de temps pour étirer leur corps et déployer leurs membres. Il faut les prendre comme ça, au réveil, lorsqu'ils n'ont pas trouvé encore toute leur vigilance. Vers dix heures c'est déjà trop tard, il y a des yeux partout! Celui-ci tentait vainement d'ouvrir les siens, englués dès le matin sous la coulée tiède et sirupeuse d'une symphonie au Théralène.

Parfait, parfait. Je commençai par glisser sous le matelas de Charlotte trois barquettes d'escalopes et autant de jambon. Je choisis le meilleur, le parme coupé fin fin. Quelques fromages un peu plus loin, l'alimentation était paisible, un jeu d'enfant. Un bon chocolat suisse au lait et aux noisettes, Suchard. Je craquai sur les boîtes de crabe plus à cause du prix que du goût, je ne me souvenais pas y avoir un jour posé ma langue. J'en pris cinq.

Lentement Charlotte remontait du fond de son panier sous la poussée des victuailles. Encore deux tubes de Nestlé pour moi, j'en suis maboul, et on s'est déplacés vers le rayon bébé. Là, j'ai choisi un bel assortiment de petits pots Gerber: fruits, légumes, viandes... Et trois boîtes de Blédine pour tous les deux. Charlotte continuait à s'élever. Je transportais à présent une enclume. J'ai attrapé le lait en poudre le moins cher et on s'est avancés vers la caisse. Il me restait dans la poche trois sous espagnols.

Dès qu'elle vit Charlotte la caissière s'ébahit, elle appela aux anges ses copines. Comme c'était désert, toutes rappliquèrent et nous voilà repartis pour des oh! des ah! des oh! la la! et autres gloussements attendris. Toutes voletaient, roses, autour de notre caisse.

Soudain mon dos s'inonda: Charlotte avait dépassé le rebord du couffin, elle penchait, penchait, elle allait verser. Apparurent sur le matelas une rivière de petits pots. Je me jetai sur le couffin en hurlant:

– Excusez-moi! excusez-moi! J'ai oublié sa jumelle dehors!

Attrapant tout le paquet sous le bras je fonçai vers les portes de verre.

Personne n'eut le temps de réagir, je détalai comme un perdu. Trois rues plus loin je m'effondrai à côté de ma fille entièrement éberluée par le galop. On se regarda. Pauvre chou elle n'était pas au bout de ses peines avec moi. Je pouvais tout lui faire elle ne pleurait jamais du moment que c'était moi. Je n'avais ni pris ni payé le lait en poudre, on s'achemina tranquilles vers la maison des Noirs où nous attendait pour le coup une sacrée bamboula.

Ainsi s'organisa notre nouvelle vie, pépère en somme. Un bon toit, de quoi cuisiner et ma foi le coup du couffin pour le pain quotidien n'était pas si mal trouvé. Je fus moins gourmand les jours suivants, juste le nécessaire par-ci par-là en changeant un peu de vache à lait.

L'émotion! Voilà la corde sensible. L'émotion et le culot! Quand on a acquis ça on peut se lancer dans les pires affaires, on joue sur du velours. Modestement avec Charlotte on faisait nos armes.

Je prenais à l'approche des caisses mon air le plus naïf, le plus désemparé, elle, son regard le plus doux. L'ange et le papa paumé. Poignants jusqu'aux larmes on passait. On aurait payé avec des kopecks qu'on nous aurait rendu la monnaie.

Souvent elles sont gentilles les caissières. C'est beaucoup de rimmel sur un gros cœur. Elles sentaient bien qu'on était du même côté de la barrière, alors... Ça ne devait pas être tous les jours du caviar non plus leur vie; elles caressaient tendrement la tête de Charlotte, ça leur rappelait le leur qu'elles avaient laissé au point du jour chez la voisine. Dans la tendresse passaient les provisions. Sourires, petits coucous, mon Dieu que c'est mignon...

Trois mois s'écoulèrent. Je payais mon loyer avec du sheet. Ça leur allait aux Noirs, du moment qu'ils fumaient, se saoulaient de musique. Pas ennuyeux pour deux sous. Je croisais des ombres dans les corridors; ils entraient, sortaient, dormaient le jour, dansaient la nuit. Une vraie vie de patachon. Ils ramenaient pas mal de filles aussi à la maison et bien roulées... Ah! non, ce n'est pas une légende croyez-moi, ça plaît le Noir. Enfin, ils se débrouillaient.

Les voisins d'en dessous étaient horrifiés. Une fois ils appelèrent la police pour messe noire sur leur tête et rites vaudou. Pendant toute la descente je poireautai nu dans le placard à balais. Elle devait être en règle finalement cette tribu, dès le lendemain le rite vaudou recommença.

Ils sont incorrigibles ces Noirs, j'en sais quelque chose à présent. Le sexe bien sûr, mais surtout la musique. Ah! la musique, elle transpire de leur peau, elle les pulvérise. Ils y sont condamnés!

Les meilleures choses cependant ont une fin. Bientôt je n'eus plus un seul gramme de hasch pour le loyer et mon argent de poche. L'automne approchait à grands pas. Surtout pas le moment d'être à la rue...

Au bistrot du coin j'entrepris d'éplucher les petites annonces, comme tout le monde, en buvant mon chocolat. Je n'étais pas très bien loti, on demandait toujours des spécialistes ou alors vraiment des ramasse-poubelles. Rien pour moi. J'y avais déjà goûté à l'armée et ailleurs, non non, je valais mieux que ça.

Un beau matin, pourtant, une annonce m'intrigua: on recrutait des auxiliaires à l'hôpital psychiatrique. Je lus et relus, il n'était question d'aucun diplôme. Je sautai dans le premier bus.

C'était au bout de la banlieue pauvre de la ville. Au terminus. Là où de grands immeubles sans balcon coincés les uns entre les autres se mêlent à la vieille banlieue, celle des jardins de rien du tout fermés par des capots de voitures, des pneus et la tôle ondulée. Un immense mouchoir à carreaux, un mouchoir sale où pousse, dans la terre grise, la soupe des H.L.M.

Des enfants dévalaient en plein mistral un nouveau boulevard à quatre dans un caddie. C'était là, juste sous l'autoroute: une barrière, son gardien et dessus en grosses lettres HÔPITAL PSYCHIATRIQUE DÉPARTEMENTAL. Je fus impressionné. Je m'éloignai pour regarder un peu à travers le grillage. Des petits bâtiments longs et bas, des morceaux de pelouse ici et là et des allées goudronnées qui s'en allaient desservir tout ça. Peu de monde dehors. Où étaient-ils les fous? J'aurais bien voulu en voir deux ou trois en action avant de me lancer. Tout paraissait normal, je suis entré.

C'est le surveillant général qui me reçut en roulant sur les « r ». Pas Corse du tout, plutôt du centre.

– Vous arrivez un peu tard, mon garçon, m'annonça-t-il bourru du fond de son fauteuil. Vous pensez bien que depuis ce matin il en défile dans mon bureau...

– Bon... Excusez-moi tant pis.

Je me levai, regagnai lentement la porte. Avant de disparaître, malgré tout, je lançai un dernier hameçon.

– Et, à part des auxiliaires, vous n'avez besoin de rien... Pour l'entretien ou pour n'importe quoi?

– Mon pauvre garçon je ne vois pas, non, les effectifs sont à présent complets... Enfin, laissez-moi toujours votre adresse on ne sait jamais, une défection. Avez-vous terminé votre service militaire?

– Oui... Naturellement.

– Dans quelle arme?

Je n'eus pas le temps d'inventer un bobard.

– Dans l'infanterie, à Verdun.

– A Verdun! lança-t-il soudain intéressé. Mais c'est que j'ai mon grand-père là-bas, inhumé. Nous allons le fleurir chaque été. Ah! Ça alors, vous arrivez de

269

Verdun? Vous devez donc connaître le cimetière de Douaumont? C'est là qu'il repose depuis 17.

La chance rôdait.

– Si je le connais ce cimetière! Si vous saviez le nombre de nuits que j'y ai passées à monter la garde et par des moins quinze des fois. Ah la la! Si je le connais, comme ma poche, oui!

– Là mon garçon, vous ne pouvez pas savoir comme je suis ému, profondément ému, parce qu'à l'heure où la jeunesse casse tout et se moque de tout, qu'il y ait encore de braves garçons comme vous qui veillent sur nos morts, sincèrement je suis ému...

Il l'était, il l'était. Sa voix s'emplissait de grelots. Je revins un peu vers son bureau.

– Surtout ne vous en faites pas, monsieur, ils sont très bien gardés nos morts et c'est normal. C'est pour nous après tout qu'ils sont morts, on leur doit bien ça. C'est pas vingt ou trente de nuits qu'ils ont passées là-bas eux, mais des hivers entiers dans le froid et la boue avec l'angoisse d'un obus dans le ventre ou d'une balle dans la tête.

A mesure que je parlais, me revenaient les discours de l'adjudant Dindard dans la cour des arrêts, cet imbécile.

– Et malgré tout ils ont tenu nos grands-pères pour qu'on parle encore aujourd'hui la langue qu'ils parlaient, non, moi quand j'avais froid à Verdun je pensais à eux et je me trouvais un enfant gâté.

Le surveillant général ouvrait des yeux comme l'Arc de triomphe. Une larme roula sur sa joue... Je me rassis.

– Attendez, bafouilla-t-il, ne partez pas, vous m'êtes vraiment sympathique... Vous ne pouvez pas savoir le bien que vous me faites... Vos paroles sincères, votre cœur généreux. Ah! il nous en faudrait cent comme vous ici, ça marcherait sur des roulettes... Disons dix et je serais comblé! Non, il ne faut pas désespérer, vous êtes la preuve qu'il demeure encore quelque chose de sain dans la jeunesse. Ah! je suis bouleversé, voyez-vous!... Avec tous ces événements, ce cynisme, cette haine de la famille, j'en suis malade comprenez-vous! Malade!... Vous n'imaginerez jamais combien cet instant me ramène à la vie, attendez... Maintenant que j'y pense... J'ai peut-être quelque chose pour vous. Venez, suivez-moi, je crois me souvenir qu'il nous manque encore un auxiliaire au 13. Venez mon garçon, ce serait criminel de laisser repartir bredouille un élément de votre valeur. Criminel!

Il avait vraiment le mot pour rire, je le suivis. On prit sa voiture, il avait aussi ce brave homme des problèmes de jambes.

C'était le dernier pavillon de l'hôpital, au fond d'un cul-de-sac. Un pavillon pareil à ceux que nous avions croisés dans la côte pour venir jusque-là. Un étage seulement pour que les fous, sans doute, ne se jettent pas de trop haut. Pas de toit de tuiles, une immense terrasse et là, devant nous, debout au bord du vide mon premier fou. Vision inoubliable! Étendard de la folie battant dans le ciel bleu.

Une espèce de chimpanzé au crâne rasé se masturbait en buvant le mistral. Une tête brûlée de soleil et au milieu du corps, écartelant le pyjama, un sexe plus gros que son bras et son poing, comme si le sexe masturbait le bras. Troisième jambe dressée vers le soleil tel un pylône en feu.

Enfoncé dans son ciel jusqu'à l'égarement, il ne nous vit même pas.

– Vous vous habituerez, me lança le surveillant général, c'est à peu près tout ce qu'il leur reste:

l'instinct. Le sexe et la nourriture... Vous en verrez d'autres, croyez-moi! Quand on entre ici, il faut s'attendre à tout. Dans quelques années, si vous restez avec nous, vous ne verrez plus rien, ça fait partie du paysage... tant qu'ils font ça, remarquez, ils ne sont pas dangereux et puis, vous savez, à présent avec les méthodes modernes on n'a plus le droit de rien dire, il paraît que ça leur fait même du bien, ça les libère... D'ici qu'on demande aux infirmières de les soulager de leurs mains... On en viendra là, que voulez-vous, si c'est thérapeutique! Ah! je vous le disais, on aura tout vu, c'est le monde à l'envers! Venez, je vais vous présenter au personnel.

On entra. Il faisait bien sombre là-dedans et quelle odeur tassée de Javel et de soupe. Des ombres tournaient dans le hall. Il m'entraîna vers une cage de verre où se tenaient en blanc les infirmières.

– Je vous présente notre nouvel auxiliaire, annonça-t-il, un très bon élément, croyez mon flair, un garçon sensé et qui a du cœur, vous avez de la chance.

Incrédules, les infirmières me détaillaient des pieds à la tête, plutôt le corps que la tête. Dans ce métier, très vite je m'en rendis compte, c'est plus de muscles qu'on a besoin que de tête.

Il manquait justement ce matin-là un infirmier, le surveillant général se tourna vers moi.

– Cela vous ennuierait de commencer tout de suite? Je n'aime pas trop, voyez-vous, les équipes sans hommes, c'est le cas aujourd'hui. On ne sait jamais ce qui peut arriver.

– Mais certainement, monsieur, je peux, je peux!

– Parfait! Je vous disais que nous avions déniché là un élément d'élite. Parfait! N'hésitez pas à passer à mon bureau si quelque chose vous chagrine, vous me ferez très plaisir et puis vous me parlerez un peu de Verdun... Bon, je me sauve, j'ai encore tous les effectifs... Bonne chance, mon garçon!

Il me serra vigoureusement la main et disparut. Je pensai soudain à Charlotte que j'avais laissée seule depuis le matin. J'étais coincé. Tant pis, elle s'arrangerait bien avec les Noirs s'il y avait quelque chose. Ils ne la laisseraient pas quand même pleurer toutes les larmes de son corps.

Les infirmières s'étaient replongées dans un registre, j'en profitai pour sonder un peu la pénombre alentour.

Derrière la vitre des spectres passaient. Gris, voûtés, les membres en chiffon, ils allaient devant eux comme des morts vivants avec leurs yeux de boue. Par terre une créature atrophiée se traînait à l'aide de ses bras, ses jambes suivaient derrière plus courtes que des mains.

Des femmes assises dans le hall fumaient comme des trains, les cuisses grandes ouvertes sur des ventres sans culottes. Hagardes, elles pompaient se balançant d'avant en arrière au rythme des bouffées. Autour d'elles le sol était blanc de mégots, comme s'il neigeait.

Tous allaient dans leurs loques, cassés, muets, hideux, ou bien telles des statues laissaient couler de leurs bouches tordues la bave de l'absence. Leurs yeux d'aveugle tournés vers le dedans, cet infini des fous...

Quelqu'un, brusquement, m'arracha à ce peuple de fantômes. Je me retournai. Une infirmière riait.

– Tenez! dit-elle me tendant une pile de linge, puisque vous faites partie de l'équipe, allez donc habiller le pépé, c'est la dernière chambre là-bas au fond du couloir après le coude... Ah! j'oubliais, reprit-elle en éclatant de rire, surtout ne vous effrayez pas, il est mort depuis hier matin. Vous n'avez qu'à lui passer son costume, il est déjà tout préparé. Vous vous débrouillerez bien tout seul il pèse une plume.

Un mort à habiller?... Quelle plaisanterie... Lard ou cochon ça commençait bien. Je me dirigeai avec les affaires vers le fond du couloir. Les ombres me frôlaient.

Voilà! la dernière porte. J'ouvris. Mon cœur aussitôt explosa. Ah! le tableau! L'enfer de Dante à côté, une maternelle de banlieue.

Un cadavre nu gisait sur le lit, plus maigre qu'un squelette et sur lui, arc-bouté par le travail de la copulation, le chimpanzé du toit transperçait de son sexe énorme la bouche grande ouverte du mort. Il besognait comme un forcené cette bouche sans dents. Sous les attaques du fou le cadavre vivait. Sa tête bondissait sur le matelas, tous les os en ondulaient jusqu'aux pieds, comme si le mort en transe se métamorphosait en serpent. L'autre râlait tellement au-dessus qu'il lui pendait des lèvres une écume de bave, un long jabot blanc. Je hurlai. Le monstre s'éveilla de sa rage, sauta hors du lit et le sexe brandi comme un yatagan se jeta sur moi. Je bondis de côté. Il passa en trombe. Seule sa chaleur me sauta dessus avec l'odeur de bête. Comme un bolide il enfila le couloir et disparut en émettant un son atroce.

Un instant je m'appuyai contre le mur, le temps que mes yeux regagnent leur place. Je me penchai lentement vers la chambrette, le mort avait retrouvé son calme. Seule la bouche demeurait béante, déchirée par le viol.

J'entrai sur mes jambes fragiles. J'avais bien vu jadis à la campagne un paysan mort sur son lit et Mariette le pendu de Verdun en porte-jarretelles, jamais une telle horreur! La peau transparente n'était plus qu'un drap jaune sur la forme des os. Les yeux éteints et le nez pincé comme si on avait collé les narines, le trou noir de la bouche aspirait la caverne des joues. Avec la chaleur de septembre ça commençait à cocoter ferme.

J'entrepris à toute allure de l'habiller avant que le forcené ne rapplique. Je l'attrapai du bout des doigts, sa peau était glacée et flasque comme un chiffon mouillé. C'est vrai qu'il pesait une plume: trente kilos... Un de ces corps qu'on voit au cinéma, quand on reparle des charniers.

La chemise... le costume... N'importe comment fagoté avant que la brute sexuelle nous viole ensemble.

Les infirmières avaient bourré tous ses trous de coton sauf la bouche, dès que je le remuais, montaient du fond de lui des bruits sourds, des grognements d'entrailles, comme s'il en avait assez à présent qu'on le boulègue dans tous les sens.

Les chaussettes... là, je fus étonné: c'étaient des chaussettes de footballeur, bleues et rouges à raies. Au point où il en était, va pour le footballeur. Ma foi, ça allait plutôt mieux que tout à l'heure. Je refermai la porte et trottai vers la cage de verre.

– Tout s'est bien passé? me demanda l'infirmière. Pas trop remué?... Bon! La famille ne devrait pas tarder, ainsi que l'ambulance d'ailleurs, on l'attend depuis ce matin pour la morgue. Ces ambulances, c'est toujours la même histoire, il finira par se vider... Ce sera du propre alors dans son costume, je ne vous dis que ça, vous verrez!

J'en avais assez vu pour aujourd'hui, merci. Je n'osais pas lui parler du dément sexuel. Peut-être c'était monnaie courante ici?

Sur le coup de midi la famille du mort arriva. Fils et petits-fils, tous sur leur trente et un.

– Occupez-vous d'eux, me chuchota mon infirmière, c'est l'heure des médicaments, le coup de feu, ensuite nous pourrons manger tranquilles. Accompagnez-les donc voir le pépé.

On s'achemina. Très intriguée, un peu inquiète, la famille regardait autour errer cette horde de gueux. Elle avançait groupée, redoutant une attaque, les yeux derrière la tête.

Le vieux attendait dans son costume, très sage à présent. La famille fit cercle. Silence... Un moment s'écoula... Je levai la tête: ils avaient tous le regard fixé sur les chaussettes de foot. Aïe! C'est vrai que ça la foutait mal ce footballeur de quatre-vingt-dix berges. J'eus envie de rigoler tout d'un coup, comme s'il était mort au début de la première mi-temps.

Ils se consultaient, outrés. Le mort continuait imperturbable à émettre des bruits. On est restés plantés là encore un bon moment à l'écouter, puis l'infirmière a surgi.

– Je suis vraiment très ennuyée, messieurs dames, a-t-elle annoncé, je viens de téléphoner, l'ambulance ne sera pas là avant cinq heures, il faudrait pourtant le transporter à la morgue il fait si chaud... Vous pouvez venir un instant, a-t-elle ajouté s'adressant à moi personnellement.

Je la suivis dans le couloir.

– Ce n'est pas possible de le laisser plus longtemps dans cette fournaise, me dit-elle tout bas, il faut coûte que coûte le mettre au frigo. Ah! je suis vraiment embêtée... Écoutez, je ne vois qu'une solution, la morgue de l'hôpital n'est pas loin, trois cents mètres tout au plus, il n'y a qu'à le charger sur le porte-plats et le pousser jusque là-bas. Nous l'avons déjà fait l'été dernier et puis vous savez ici c'est l'asile... Ce n'est pas très décent mais, que voulez-vous, on ne peut pas les laisser dans cette infection. Il a peut-être déjà commencé à s'écouler.

C'est vrai qu'il cognait dur, on le sentait du couloir.

Pendant que l'infirmière, avec des gants, expliquait à la famille le topo, je filai à la cuisine chercher le chariot.

On le chargea, tout léger dans son costume et je me mis à pousser.

– Juste après l'administration vous tournez à gauche, m'expliqua l'infirmière m'accompagnant jusqu'à la porte, là vous verrez l'église, c'est juste derrière, un bâtiment rond... N'oubliez pas de demander les clefs au concierge en passant.

Dehors le mistral avait forci. Les arbres se couchaient. Au bord de la route des buissons de genêts se battaient comme des chats. A dix mètres la famille suivait de plus en plus ahurie.

C'est quand j'ai attaqué la pente que les choses se sont gâtées. Il glissait sur l'aluminium le mort. Je me suis retourné pour demander de l'aide quand une rafale du tonnerre de Dieu nous est tombée dessus. Une bombe! Le chariot s'est soulevé comme une barque, le pépé est passé par-dessus bord. Il s'est envolé de l'autre côté de la route, son costume gonflé de vent.

Je m'agrippai au porte-plats pour qu'il ne dévale pas tout seul la côte, freinant des quatre fers. Je parvins à le coincer de travers contre le trottoir. De l'autre côté de la route, dans le caniveau, le pépé aussi était coincé, on aurait dit un enfant qui a volé le costume de son père et qui se roule dans le ruisseau pour le faire enrager. Toute la famille était penchée sur lui.

Ils me l'ont rapporté pendant que je tenais le chariot comme un cheval qui piaffe. Ils le tenaient tous par un bout d'étoffe, sa tête pendait. Ils l'ont déposé sur le porte-plats comme un costume vide habité par le vent. Voilà ce qu'il était cet homme qui avait vécu si longtemps sur un bout de campagne ou dans un coin de ville tout au long des plaisirs de la vie ces dimanches matin, petites perles blanches dans l'infini chapelet du travail; une bouffée de vent.

On est repartis. Tous autour tenaient à présent le costume, qu'il n'aille pas refaire le pantin dans le ruisseau. Ils se demandaient jusqu'où on allait encore descendre au fond du cauchemar. Ils en avaient la berlue. Un groupe de revenants accompagnant l'un d'eux à quelque sacrifice.

Et moi j'en faisais partie. Ah! pour ça j'étais bien à l'asile! Et pour un bout de temps... Mais ce premier jour dans le mistral, accroché depuis le matin à mon mort, je ne m'en doutais pas.

On est passés chez le concierge et puis on a trouvé le bâtiment, derrière l'église. Là, ça soufflait un peu moins, on était dans le creux de l'hôpital. La famille n'a pas voulu entrer, elle avait décidé une fois pour toutes qu'elle n'irait pas plus loin.

C'était une immense salle ronde la morgue, sans fenêtres. La lumière du jour y tombait, verticale, à travers les pavés de verre du toit. Et là, en plein milieu, comme un autel dans une arène vide brillaient deux caissons en fer-blanc. J'ouvris la première porte: la tête d'un mort m'assaillit, bandée comme un œuf de Pâques. Je refermai à la volée. Le deuxième était libre, ouf! J'attrapai mon cadavre par la cravate et le pantalon et l'enfournai tête la première dans le trou.

Les jambes raidies faisaient des manières, je les tordis tant bien que mal dans le frigo et claquai une bonne fois pour toutes la porte sur les pieds du footballeur. Au vestiaire et bon débarras !

Dehors la famille m'attendait, rangée en ligne à l'abri du vent. Elle m'emboîta le pas.

Charlotte bien sûr avait pleuré toutes les larmes de son corps. Les Noirs ne l'avaient même pas entendue. Le tam-tam...

Il n'y avait pas de crèche, si tôt le matin dans le quartier. J'ai pris le risque, tant pis, de l'amener avec moi à l'asile. C'est comme ça qu'on a pris l'habitude, tous les deux, de prendre le bus chaque matin pour la banlieue.

A cinq heures le réveil sonnait ; c'est tôt cinq heures pour un bébé, dehors il faisait nuit noire. Pas le temps de la changer. Je l'emportais trempée à l'hôpital. Dans le bus on terminait la nuit l'un contre l'autre. Pas grand monde à cette heure dans le bus, quatre enfarinés qui roupillent blêmes de sommeil et descendent comme des somnambules depuis une vie au même arrêt. Ils relèvent le col de la canadienne et on les voit prendre, leur petit sac sur l'épaule, une rue sur la droite encore plus noire que la nuit. En dormant ils s'y enfoncent jusqu'à l'usine de sucre ou de savon, là-bas, après la dernière ampoule. Le soir ils reviennent en dormant, c'est une ligne fantôme. Le bus des ombres.

Moi je posais ma tête dans le panier de Charlotte, un peu humide, un peu chaud, et on se repiquait ensemble un petit roupillon. Rien à craindre, nous c'était le terminus: le chauffeur poussait sa gueulante.

En automne à cinq heures il fait encore frisquet, dare-dare je trottinais vers le pavillon 13, qu'elle ne prenne pas froid.

L'hôpital aussi dormait encore sous la nuit. Seuls quelques infirmiers se hâtent dans les allées à cette heure, de loin leurs pas résonnent. Les fous sont dans leurs cauchemars tout empêtrés de somnifères. Dans les cages de verre les veilleurs attendent pour pouvoir partir se recoucher ou ajouter quelques parpaings à la baraque qu'on construit depuis dix ans, bien plus loin que le terminus et le plus près possible de l'autoroute parce que ça coûtait une bouchée de pain.

– Allez, salut, bonne journée... Bonne journée... Rien à signaler?... Non c'est tranquille, sauf l'entrant qui nous a emmerdés toute la nuit, l'éthylique! Il faudra dire à l'interne de lui augmenter un peu son traitement. Ils nous font chier ces nouveaux internes, les médicaments c'est pas fait pour les cochons... Et puis s'ils viennent là les fous, c'est pas pour les cors aux pieds... On a tout marqué sur le cahier. Bon, allez, je me tire, il faut encore que je voie ma femme au cinq pour le gosse, elle est du matin... Ciao... Ciao à demain...

Ce n'est pas une heure désagréable au pavillon le matin. Les infirmières arrivent déjà toutes pomponnées, elles parlent du film d'hier soir, cuisine, le tricot qu'on est en train de terminer... On feuillette les *3-Suisses* en buvant le café. Tout est calme. Une bonne odeur monte dans le vestiaire de parfum et de café, quelquefois on fait griller du pain. Quand le petit déjeuner des fous arrive, on prélève en douce quelques plaquettes de beurre et, ma foi, elle peut commencer la journée.

Elles étaient très gentilles les infirmières, tout de suite elles l'ont adorée Charlotte. Dès qu'on arrivait elles se précipitaient sur le panier pour la changer la pauvre gosse. Elles s'y mettaient à quatre pour la dorloter et moi elles me beurraient les tartines tellement je leur faisais de la peine. Je leur avais dit que ma femme nous avait abandonnés. Elles m'auraient donné le sein. Entre nous, sous les blouses moulantes il y en avait de beaux... Encore tout souples de la nuit et chauds comme des croissants.

J'en apercevais des morceaux pendant qu'elles se changeaient. Fugitives perspectives. Elles ne se cachaient pas trop, juste un peu de profil pour ne pas avoir l'air. Et pour que l'entrevue reste bien désirable. Pendant que glissaient les fermetures Éclair, je poussais des oh! et des ah! Ça les faisait rire comme des chatouilles, elles en redemandaient. Quelquefois une jupe leur échappait, que voulez-vous?... Si mal réveillées, ou toute la blouse, tout le corps surgissait, admirable; alors moi dans mon fauteuil, pensez: « Oooh! » En chœur elles gloussaient. Elles en raffolaient.

C'était de loin le meilleur moment de la journée. Les petits déjeuners voluptueux... C'est là que j'ai appris à faire des compliments aux femmes. Elles viennent juste de quitter le mari qui ne leur dit plus rien depuis dix ans parce qu'il parle toute la journée aux infirmières de son service. Alors là, de bon matin, que je m'extasie, ça les rendait tout émouvantes et c'est vrai qu'elles étaient jolies, chacune à sa façon et coquines mais coquines. C'est la folie qui les rend comme ça, toute la journée. Parce que les fous, je m'en suis rendu compte, qu'est-ce qu'ils débloquent sur la fesse. On dirait que leur sexe a explosé dans

281

leur tête comme une grenade dans un blockhaus. Bang! Des éclats de sexe partout.

Sur le coup de sept heures et demie, tout de même, il fallait bien aller un peu les voir ces fous. Certains d'ailleurs encore tout emplâtrés de sommeil commençaient à rôder autour du vestiaire. L'odeur du café pardi!

Comme j'étais tout nouveau et que j'avais du muscle on m'envoyait chez les vieux avec une infirmière pour m'initier. Celle du premier jour, rieuse et bien roulée. On s'y pointait donc, à l'autre bout du pavillon, une pile de draps et pyjamas propres sous le bras. C'est là qu'était mort le pépé, c'est là qu'une vingtaine d'autres attendaient d'un jour à l'autre leur tour, plus flétris, cagneux et abandonnés les uns que les autres.

On ouvrait les portes et nous bondissait dessus, infernale, cette odeur: la pisse et la merde des vieux. Ah! juste après le café et les visions de cuisses, quel effondrement!

C'est dur les premiers jours. Atroce. J'avais honte pour l'infirmière, elle respirait comme moi ce remugle, elle, si fraîche dès le matin. Je faisais semblant de tourner de l'œil et de battre de l'aile, je tombais par terre en entrant, raide, elle éclatait de rire. On y allait de bon cœur.

On se retroussait les manches et allez! Au premier de ces pisseux. Volaient les couvertures, on en prenait plein le nez. Moi par la tête, elle par les pieds, on le charriait hurlant, dégoulinant jusque dans la baignoire. Là, sous le jet, il retrouvait d'un coup ses vingt ans. Une carpe! Il fallait le tenir le bougre. Une fois sur deux il se carapatait en couinant à travers les couloirs, glissant comme une savonnette. On ne le poursuivait même pas, au premier virage: schplaff! Il s'étalait. On le rembarquait par la tête et les pieds et hop, au jus grand-père! Là, il ne bronchait plus, entièrement terrorisé.

Plaque par plaque on décapait sa merde. Montait avec la vapeur l'infection de la nuit; une inhalation d'ammoniac. Un coup de chalumeau en plein dans les sinus. Bah! qu'est-ce qu'elle est piquante la déchéance de l'homme! On entourait le tortionné dans un drap propre, le déposait sur une chaise et au suivant... Ainsi de suite jusqu'à ce qu'on en ait fini avec ces saligauds. A la fin, tous alignés comme ça sur leurs chaises, immobiles sous les draps blancs, ils faisaient penser à la salle d'attente d'un spécialiste pour fantômes.

Les plus malins se cachaient sous les lits, certains passaient à l'as. Souvent les plus vifs d'ailleurs, ceux qui ont compris dès le premier matin ce qui les attend. Ils dureront un peu plus ceux-là, un hiver, deux saisons. Ils s'accrochent encore un peu désespérément à la vie, cet éternel rapport de forces, et farouchement ils végètent en volant chaque soir la bouillie du grabataire d'à côté. Les autres sont déjà tellement loin, perdus dans le gâtisme, qu'ils ne s'aperçoivent pas que la vie est passée comme le repas, sans qu'on y touche. Allez! Il faut éteindre c'est l'heure. Il est temps d'aller mourir.

Quelle tristesse dès le matin! Quelle nausée! Heureusement qu'elle était belle de l'autre côté de la baignoire, ferme et tendue sous sa blouse, à craquer.

D'une main je tenais le sénile, de l'autre le jet. De temps en temps je faisais semblant de rater mon coup, je lui arrosais un peu le haut des cuisses et le buste, elle criait d'effroi, riait aux larmes. A mesure ses formes apparaissaient, bouleversantes sous le tissu trempé. Elle me grondait un peu mais c'était pour rire, je recommençais.

Elle ne portait pas de soutien-gorge. Les pointes obscures des seins tachaient sa blouse. Deux macarons de deuil se dessinaient comme se forme un visage trempé dans le révélateur. Des pointes noires de désir.

Quand elle ruisselait des pieds à la tête c'était encore mieux que si elle était nue. Rien que la sculpture! Musclée, vive, élancée, torride à travers les vapeurs et en plus, en plus, tout le fracas de l'imagination. Ah! oui, alors, ça les rend dingues cette déchéance. Ça leur donne envie de la prendre à bras-le-corps la vie et de la bouffer jusqu'au dernier morceau, comme ça, en rugissant de frénésie, les cuisses et les yeux grands ouverts, la blouse arrachée offrant leur corps de garce. Leur corps avide de la violer la vie, avant qu'elle ne les égare dans les sous-sols de l'oubli.

Moi aussi je l'aurais bien arrachée cette blouse et dévoré ce corps somptueux avant qu'il ne soit tout ratatiné au fond de la baignoire. Qu'est-ce qu'elle braillait la petite vieille pendant qu'on s'aspergeait, et nous de lui répondre:

– Écrase un peu, mémé, tu nous saoules! Tu vois bien qu'on est occupés!

Et je courais autour de la baignoire le jet à la main pour qu'il se tende ce tissu à en craquer et qu'une fois pour toutes elles jaillissent ces fesses et les foudroient tous ces vieux de leur beauté. Et qu'on n'en parle plus de l'infection, de la morgue et du reste... La beauté! Rien que la beauté!

Pendant ce temps le jour se levait, gris et souillé comme les vitres des vieux. Un immense drap sale le ciel, jeté négligemment sur nous.

C'est l'heure où j'allais rejoindre Charlotte, enfermée depuis un bon moment dans le vestiaire pour que rien ne lui arrive. C'est comme ça qu'un beau matin, ouvrant la porte, je la vis petit funambule venir vers moi. Ça alors, elle marchait! Mon cœur se serra. Pendant qu'à l'autre bout du pavillon, lentement mouraient les petits vieux, elle faisait ses premiers pas, seule, mon bout de chou dans la vie.

C'est émouvant un bébé qui se met à marcher et vous trottine derrière alors, sans arrêt n'importe où. Maintenant qu'elle tenait debout, à peu près, plus question de me lâcher d'un pouce, où que j'aille dans le pavillon elle était là, derrière, minuscule à s'acharner. Même les escaliers elle attaquait à plat ventre quand je montais dans le dortoir des fous.

Elles se marraient les infirmières de la voir en travail sans cesse, au bord de l'équilibre, rivée à mes talons. Elle m'aurait suivi jusqu'au fond de l'enfer avec les yeux de la confiance. Toujours je l'entendrai pianoter dans mon dos, toujours, où que j'aille dans la vie. Ça, ça ne s'oublie pas. Symphonie des petits pas, un chant d'amour.

Il y avait dans ce pavillon un autre couple d'inséparables: Jean-Marc et Jeannot, deux débiles profonds de mon âge. Le premier, énorme, Jean-Marc, et l'autre un fil de fer. Laurel et Hardy à l'asile. Partout on les voyait main dans la main, à table, dans les allées, à l'église, du soir au matin sans se quitter jamais.

Ils couchaient au fond du couloir avec les vieillards, dans des lits jumeaux ils s'endormaient main dans la main, comme deux enfants. C'étaient des enfants. Quatre ou cinq ans d'intelligence dans la tête en étant généreux.

A table Jean-Marc ne faisait pas de quartier. On n'avait pas fini de remplir son assiette qu'il l'avait nettoyée. Alors, se penchant sur Jeannot il disait:

– Man pas Annot?

« Tu manges pas Jeannot? » et hop, aussi sec il s'envoyait la gamelle de Jeannot derrière la cravate, d'un coup. L'autre n'avait pas eu le temps de réaliser qu'il était à table, c'était terminé. Il restait planté un bon moment devant son assiette vide, croyant que ça allait venir et comme ça ne venait pas il se levait avec les autres et allait digérer dans le jardin.

Jean-Marc grossissait aux dépens de Jeannot sans que celui-ci s'en aperçoive. Ils s'adoraient.

Le gros avait deux passions dans sa vie de débile: bâfrer et Jeannot. Dès le repas terminé, il courait derrière les cuisines où sont les immenses poubelles à cochons. Les hôpitaux ont des contrats comme ça avec de gros éleveurs, tous les restes sont pour les cochons. Jean-Marc ne l'entendait pas de cette oreille. Si on le cherchait sur le coup de deux heures c'est là qu'il fallait aller directement, derrière les cuisines. On voyait alors sa gigantesque croupe déborder d'une barrique, les jambes en l'air. La tête était au fond dans les déchets. Il ingurgitait la mélasse dans le noir du tonneau, tout ce qui pouvait bien passer devant son groin.

Quelquefois on l'entendait hurler là-bas au fond. Il ne pouvait plus remonter. Debout près du tonneau Jeannot le regardait battre de ses pieds l'air, avec ses yeux de merlan frit. Il n'avait pas l'air de comprendre ce que le gros pouvait bien trafiquer à l'envers. Il aurait pu rester tout l'après-midi, comme un santon, à l'écouter bêtement s'étouffer au fond, en attendant que ça passe.

Lorsque quelque infirmier, passant par là, l'avait délivré de son tonneau à grands coups de pied dans le derrière, ou qu'il eut réussi tout seul à le renverser à force de gigoter, ils se prenaient la main et partaient à travers l'hôpital visiter d'autres poubelles. Il n'était pas rare que passant près d'un autre pavillon, côté cuisine, on vît posée sur une barrique une boule géante: c'était le gros cul de Jean-Marc.

On les voyait aussi plantés au beau milieu d'une pelouse en plein après-midi, se balançant d'un pied sur l'autre en cadence, le regard renversé vers le ciel, main dans la main comme dans une cour de maternelle. Ou alors, parce qu'on les habille souvent de vieux treillis les fous, comme deux soldats égarés dans la guerre, qui ont perdu la tête à force d'avoir peur.

Parfois aussi ça tournait mal, Jean-Marc prenait la mouche car le maigre ne voulait plus avancer, alors il l'attrapait par le col et le secouait comme un prunier.

– Ien Annot! beuglait-il, ien... lé ien! « Viens Jeannot, allez viens! » et ils finissaient toujours par rouler l'un sur l'autre en bas de la pelouse, Jeannot rebondissant sur le ventre de l'obèse.

A ce moment-là de la dispute, tout éberlués dans un massif de marguerites, ils s'étreignaient à pleins bras et ils pleuraient comme deux madeleines en s'embrassant à en mourir et puis ils repartaient toujours se tenant par la main, avec leur veste et leur pantalon trop courts, été comme hiver, comme deux clowns par les allées désertes de l'asile.

Personne jamais ne venait les voir ces deux-là tellement ils étaient moches, alors ils avaient décidé au fil des ans, sans y avoir réfléchi, qu'ils ne se quitteraient jamais et ils se la serraient leur main par tous les temps, persuadés qu'ils tenaient là leur mère.

Charlotte aussi était comme ça, mais elle la pauvre, elle avait juste un an. Qu'est-ce que c'est tout, dans la vie, la main d'une mère, on la remplace à mesure qu'on avance par n'importe quoi, un chien, une boîte, un chiffon, on ne s'en sépare jamais, pas une minute jusqu'à la mort.

On avait aussi dans notre pavillon un Antillais pas tranquille. Un beau Noir, jeune et grand, au regard très doux. Beaucoup de distinction et une peau très fine. Une sculpture ce Noir. Son obsession à celui-là, c'était son sexe. Il ne le trouvait, à son goût, jamais assez dur. C'est pour ça que sans répit, vingt-quatre heures sur vingt-quatre aux quatre coins du pavillon et du jardin, il astiquait sa colonne d'ébène avec beaucoup de distinction.

C'est là qu'on voyait qu'il n'était pas tranquille, parce que de sexe aussi beau et aussi dur les infirmières n'en avaient pas rencontré souvent le long de leur carrière, ça non.

Quand il entrait, timide dans le bureau, Hyacinthe, c'était son nom, secrètement les infirmières jubilaient. Elles connaissaient la musique. Les yeux baissés, il s'adressait à nous très poliment:

– Je suis confus de vous déranger, mais voyez-vous, prononçait-il tout bas, j'aimerais si vous le permettez vous confier quelque chose... Je suis très ennuyé et j'ai honte... J'ai honte parce que je ne pourrai jamais satisfaire une femme. Mon sexe est malade, il ne parvient jamais à atteindre l'érection, la totale... J'ai beau, voyez-vous, regarder les images et penser à toutes les jolies femmes que je vois ici, mon sexe demeure déplorablement mou. Qu'en pensez-vous?... Ne pourriez-vous pas me prescrire un médicament qui le fortifie? Je n'arrive pas à être vraiment un homme comprenez-moi...

Ça me faisait tout drôle ce Noir qui parlait comme un livre. L'avait-on mis à l'asile parce qu'il bandait mou? Discrètement les infirmières se regardaient; pétillaient aux coins de leurs yeux des sourires de convoitise. Elles savaient, elles, derrière de si belles formules et la souple étoffe du pyjama, quel dur joyau se cachait. Alors, Joce, celle avec qui le matin je décapais les vieux, sans doute la plus perverse, lui demandait:

– Voyons Hyacinthe! Tu n'as pas honte de venir raconter ça à des dames, espèce de polisson! Fais donc le voir ton machin puisqu'il est si malade et si tu mens gare à toi!

Hyacinthe, les yeux toujours baissés, déboutonnait son pantalon de pyjama et très élégamment faisait apparaître l'objet de son tourment; lisse et raide comme un mât fraîchement passé au goudron. Les infirmières se pâmaient.

– Mais tu n'as pas honte, grand cochon, de montrer une chose pareille! Allez ouste rentre ça et file vite dans ta chambre! Oh! quel vicieux! Quel gros vicieux! Cours te cacher avant qu'on te la coupe!

Cramoisi, Hyacinthe s'accroupissait de honte afin de dissimuler sous un pan de sa veste sa noire obsession et se retirait en marche arrière, tel un boy pris la main dans le réfrigérateur.

Dès qu'il avait disparu, les infirmières partaient

d'un immense éclat de rire, toutes congestionnées et palpitantes de ce qu'elles venaient d'entrevoir. Ah! les garces! Elles le faisaient entièrement tourner en bourrique le nègre distingué. Il faut avouer que c'était tordant. Même Charlotte dans nos jambes battait des menottes, elle comprenait qu'on s'amusait follement. Si jeune, elle pressentait l'exaltation.

Ainsi, des mois durant, inlassablement Hyacinthe se masturba. Avant les repas, après les repas, pendant les repas, en essuyant la vaisselle où dès la première heure dans les vapeurs de la salle d'eau.

C'est comme ça qu'un beau matin je fus stupéfié, dès l'aube. Entrant par hasard dans la salle de bains à peine éclairée par le point du jour, je ne vis d'abord se découpant sur la blancheur des carreaux que le grand corps noir et luisant de Hyacinthe, debout à l'entrée d'une douche. J'allais refermer la porte quand une partie de la salle de bains remua, comme si la faïence se déplaçait près des jambes de l'Antillais. Je mis ça dans l'instant sur le compte de mon réveil brutal et du trop petit jour mais les carreaux continuaient à danser devant mes yeux. Je fis un pas.

La scène soudain m'éclata au visage, à travers la buée: une infirmière en blouse blanche, à genoux, pompait goulûment sur le sexe du Noir. Elle n'avait pas dû m'entendre arriver car elle poursuivait sa besogne sous l'emprise de la frénésie. L'Antillais demeurait impassible, les bras le long du corps, le regard baissé sur l'image soumise. Complètement abruti par son délire d'érection.

J'allais me retirer quand l'infirmière sentit quelque chose. Elle s'immobilisa et tourna vers la porte un visage inquiet. C'était Joce. Nos regards se croisèrent. Se rua dans le sien la plus brutale confusion. Paraly-

290

sée, elle restait à terre, à genoux sur le sol détrempé, les mains rivées à l'épieu d'ébène.

Je ne savais plus trop si mon trouble était dû à la gêne ou à la grandeur du tableau. Je n'eus que la force de bredouiller, quittant à reculons la pièce:

– Oh! excusez-moi, excusez-moi!

Dès ce jour, terrorisée à l'idée que j'aille raconter aux autres une histoire pareille, Joce ne sut plus rien me refuser.

La scène sans cesse venait hanter mon ventre. Je décidai de sauter sur l'aubaine. Elle était coincée. La tenant par le plus honteux secret, j'en fis ma chose. Dès l'aube elle se soumettait à mes caprices, à mes souhaits les plus dépravés.

Dans la salle d'eau des grabataires, au fond du couloir, je la fis vivre à genoux. Elle n'eut pas l'air de s'offusquer, au doigt et à l'œil elle exécutait mes ordres. Corps et âme elle se voua à moi.

– C'est l'heure il faut y aller, annonçais-je sur le coup de sept heures, après le petit déjeuner du vestiaire.

On prenait une pile de draps propres et elle me suivait. Je la sentais toute palpitante derrière, son souffle durcissait. Elle savait ce qui l'attendait. Mes oreilles flambaient.

Elle portait une blouse deux tailles trop étroite pour elle, exprès. Tout saillait et craquait sous l'étoffe. Une fois dans la salle d'eau je refermais la porte et je lui ordonnais de la retrousser jusqu'à la taille. Elle s'exécutait, l'enroulait autour du ventre, découvrait ses longues cuisses et ses fesses tendues. Je lui interdisais de mettre une culotte si tôt le matin.

– Retourne-toi! lui intimais-je.

Elle se retournait, lentement, soumise sur ses talons hauts. Tous ses muscles bandaient des chevilles à la croupe.

– A genoux maintenant puisque c'est ça que tu aimes!

Elle s'y mettait.

– Avance!

A quatre pattes dans l'eau, docile, elle avançait. Elle en rajoutait la garce, ses fesses amplement ondulaient, roulaient sous mes yeux hagards. Je n'y tenais plus. Mon sexe surgissait comme une langue de belle-mère. Elle osait alors tenter un regard vers l'ouverture de mon pantalon. Ses yeux lui sortaient de la tête. Sa bouche déjà s'entrouvrait à deux pas de moi, prête à gober. Je la faisais languir...

– Attends encore... Tu en as trop envie pour l'avoir maintenant... Tourne encore autour de la baignoire, je veux voir tes fesses remuer. Allez! Mieux que ça! Plus vite!... Cambre-toi plus! Fais-moi tout voir...

Elle frétillait de plus belle, glissait sur les carreaux trempés. Chaque fois qu'elle passait devant moi, elle lançait un coup d'œil furtif à ma braguette. Mon gland était pourpre comme une tête de débile profond. De temps en temps d'ailleurs, il s'en encadrait une de tête de débile dans l'entrebâil de la porte. Je le chassais à coups de pied dans le cul.

– Ça t'excite! criais-je sans voix, qu'on puisse nous surprendre, hein? Ça t'excite?... Allez continue d'avancer ou je vais tout de suite raconter aux autres que tu suces des Noirs et que ça te rend folle!

Elle haletait, suffoquait, entravée par l'étoffe. Je l'empoignais alors et déchirais sa blouse de haut en bas, d'un coup. Crac! Éclatait au grand jour sa poitrine: des seins furieux. Je l'attrapais par les cheveux brutalement et lui plaquais le visage sur mon sexe. Elle me dévorait. On n'entendait plus du sol au plafond que son râle de chienne. Son corps s'arquait.

Alors seulement je la ployais violemment et on s'élançait par terre dans une chevauchée fantastique. Je la violais! On se rendait mutuellement dingos.

Les débiles et les vieux s'en ressentirent. On les habillait en hâte, plein de merde, après ça. La salle de bains nous était réservée, qu'ils aillent se laver en galère. J'avais autre chose à penser qu'à leur pisse centenaire. Le corps brûlant et pervers de Joce me rendait fou. Une perversité vertigineuse!

Pendant que je m'enfonçais donc, chaque matin un peu plus, dans les abîmes du plaisir, Hyacinthe, lui, poursuivait aux quatre coins du pavillon son sexe comme un chien récalcitrant. Je lui devais, c'est le cas de le dire, une fière chandelle. Du bout de son innocence, il m'avait mis sur un sacré coup. C'est le fantasme du Noir qui était allé tirer du fin fond de Joce la garce. Furieuse, elle n'avait plus de bornes à présent, se prêtait à tout, me devançait même quelquefois sur le chemin sinueux des pires scélératesses.

C'est à peine croyable ce que le sexe prend de l'importance à l'asile. Plus les jours passaient, plus je me rendais compte qu'il envahissait toutes les têtes, le sexe. D'abord celle des fous qui se touchent et copulent le long des allées et des jours sans fin, comme ça, simplement, comme d'autres font du jardinage, sans se soucier du voisin. Mais il enflait aussi dans la tête du personnel ce sexe, tant il était partout, débordant, étalé, vorace, à pendre lamentablement par l'ouverture d'un pyjama ou tendu d'insouciance au beau milieu d'une pelouse, au soleil.

C'est comme au-dessus d'une procession, une croix que la foule porte et bénit, le sexe à l'asile. C'est le Christ des fous. Et c'est aussi le nôtre à la fin, celui des infirmiers, car dans cette infinie procession de délires et de haillons on se met tous à honorer au fil des jours le même dieu et on défile en chœur par ces allées d'asile, du soir au matin la bouche bée vers le ciel, où flotte pour nous tous une immense paire de testicules sur une verge de géant. Et en chœur on chante, mains jointes avec les fous, le cantique du cul. Autour, il n'y a plus rien.

C'est comme ça aussi qu'ils arrivent les malheurs, comme le plaisir, par le sexe. Un après-midi qu'on était tous là, l'équipe, à se taquiner la croupe dans le bocal, le bocal c'est le nom qu'on donne au bureau dans les pavillons parce qu'il est fermé de vitres pour tout voir, un après-midi donc, on a entendu soudain s'élever du côté des cuisines un cri infernal. Un appel sans fin de bête. On s'est précipités.

C'était bien dans la cuisine que ça se passait. Hyacinthe était debout près de la table avec du sang partout, sur son pyjama et sur ses mains. D'abord on n'a vu que ça, le sang et la bouche hurlante, mais quand on s'est approchés tous en bloc, alors là, ça nous a fauchés comme une mitrailleuse. Il tenait dans sa main son sexe coupé Hyacinthe, sa braguette pissait le sang. Devant lui il y avait le hachoir à pain sur la table, éclaboussé comme une guillotine. Il venait juste de se le trancher.

Ce fut l'effroi! On ne savait plus par quel bout le prendre. On tournait autour de la table en criant avec lui. On glissait dans son sang. Une infirmière partit en courant devant elle. Je me mis à vomir tant j'avais mal au sexe pour lui. Il s'abattit d'un coup comme un sac de farine; livide brusquement. Il n'avait pas en tombant lâché le boudin noir.

C'est notre surveillante qui eut le réflexe d'appeler tout de suite l'ambulance. Pour une fois elle est arrivée illico. On a empoigné le dingue tout n'importe comment et on l'a chargé dedans avec toujours son sexe à la main et son pyjama écarlate. Tout autour les fous regardaient sans comprendre, comme si on l'emmenait de force parce qu'il refusait de prendre ses médicaments. Joce est montée avec lui et ils sont partis avec le sexe coupé sur les chapeaux de roues pour l'hôpital nord, tout à côté, où ils ont un service de chirurgie énorme.

On est restés un bon moment, tous plantés devant le pavillon, nous parce qu'on était atterrés et les débiles parce qu'ils étaient contents de voir que pour une fois on prenait le soleil dehors avec eux et pas toujours enfermés derrière les vitres du bocal.

Jean-Marc tenait la main de Jeannot et il lui disait gentiment à l'oreille des choses douces.

De l'autre côté de l'autoroute, le soleil est tombé comme Hyacinthe, ensanglantant le ciel.

A partir de ce jour les infirmières ont essayé de me faire comprendre, très gentiment je dois le dire, qu'il n'était pas du tout prudent de laisser courir dans le pavillon des journées entières Charlotte, comme ça sans surveillance, avec tous ces fous qui rôdent dans les coins avec dans leur tête on ne sait jamais quoi. Et puis des scènes pareilles, tout ce sang, ces hurlements, les images choquantes... Elles m'ont parlé des traumatismes infantiles dus aux scènes d'horreur. Elles en connaissaient un bout là-dessus vu qu'elles avaient fait, elles, leurs études entières d'infirmière. Sans compter que tous ces sexes à l'air et ces femmes sans culottes qui pissent debout, ce n'est pas très bon pour une si petite enfant; quelle image elle aura plus tard des adultes si elle grandit là-dedans? Et les risques de viol? Est-ce que j'y avais pensé moi, aux risques de viol? Non, je n'y avais pas pensé... Parce que pour eux, les fous, un an ou quatre-vingts c'est le même tabac, du moment qu'il y a un trou!

C'est vrai qu'ils s'enfilaient tous comme ça au petit bonheur. Chats, chiens, femmes ou mulets, quelle différence quand il n'y a plus que l'instinct? Les hommes aussi, allégrement, s'emmanchaient entre eux sans faire de frais, tout simplement au détour d'un bosquet.

Je me souvenais de mon premier jour à l'asile, le débile s'agitant dans la bouche du mort... Elles avaient raison les infirmières, c'était de la folie de laisser grandir là une enfant de cet âge; autant laisser se promener au cirque la petite chevrette savante dans la cage des lions. On ne pouvait pas avoir toujours un œil dessus, surtout le matin où il y a tout le travail. Que faire?

A quelques jours de là, la surveillante m'apporta une adresse. Elle s'était renseignée dans son quartier, un peu chez tous les commerçants et elle avait fini par dénicher, me dit-elle, un couple très bien avec déjà deux enfants et que ça arrangerait pour une somme très raisonnable d'en prendre en pension un troisième.

Toute l'équipe trouva formidable cette proposition. Charlotte passa de bras en bras parce qu'on allait la voir moins souvent maintenant. Chacune la fit sauter, l'embrassa, l'étreignit. Elle était ravie. On me fit promettre de la ramener tout de même de temps en temps. Elles étaient sincèrement émues les infirmières, elles s'y étaient attachées. C'était comme si chacune avait été un petit morceau d'une maman, et Charlotte aussi le sentait sans savoir au juste qu'est-ce que ça pouvait bien être exactement une maman.

Il y eut quelques larmes. C'est là qu'elle avait fait ses premiers pas, ses premiers mots. Elle connaissait ici tout le monde par son nom, le personnel comme les fous, mais elle n'avait pas l'air de faire trop la différence. Cette innocence surtout était émouvante et puis il faut dire qu'elle devenait, la coquine, de plus en plus jolie.

Le lendemain c'était mon jour de repos, je préparai son petit sac, oh! pas grand-chose, quelques jupettes qui lui allaient encore du Secours catholique et deux trois gilets que les infirmières lui avaient tricotés pendant le service ou qui n'allaient plus à leurs gosses. On a pris le bus dans la matinée.

C'était une banlieue bien semblable à celle où j'avais grandi. Le stade d'abord au milieu des champs, quelques grosses fermes et puis les premiers pavillons couverts de roses que les gens ont construits vers la fin de leur vie. Ce sont leurs enfants qui les habitent maintenant. Ils ont planté devant un petit carré de pelouse à la place du figuier qui faisait des saletés en septembre et là où était le banc vert, bricolé avec quatre planches ramenées des quais, ils ont mis sous un parasol la table ronde en fer avec ses quatre fauteuils blancs. C'est vrai que c'est plus chic. Les volets aussi on les a peints en blanc, le vert c'était trop rustique. Derrière la maison on a rajouté le garage pour la voiture rouge du mari, celle de la femme couche dehors, la vieille 2 CV qui les avait menés sur la Costa Brava camper pour leur lune de miel. Ça fait un bail, elle tient toujours.

Les Fernandez habitaient après l'église, en contre-bas, le rez-de-chaussée d'une grosse maison que la propriétaire, une veuve aisée, occupait au premier. Ils avaient droit à un bout de jardin sur le derrière pour les gosses et à cueillir les cerises à la belle saison.

Quand on arriva ils étaient à table en écoutant le jeu des mille francs. Ils ne m'attendaient pas si tôt. Le mari me céda sa chaise parce qu'il avait terminé. Je pris Charlotte sur les genoux et on blagua un moment du temps et de la politique, sans s'engager.

Ils n'avaient pas trente ans tous les deux. C'est lui qui devait travailler car elle, une petite blonde menue, était encore en robe de chambre et mules à cette heure.

L'air de rien, pendant qu'elle me parlait des amyg-dales de l'aîné, un robuste morveux de six ans mat comme le père, je lorgnai un peu vers les assiettes pour voir si on mangeait bien dans cette maison. Ils avaient eu salade de tomates et ragoût de pommes de terre, ma foi, ce n'était pas trop mal. Pas trace de dessert.

– Il reste un fond de ragoût, dit soudain la jeune femme à qui mon regard n'avait pas dû échapper, vous voulez que je le fasse réchauffer?

– Non non non je vous remercie, répondis-je gêné, on a mangé juste avant de venir.

Ce n'était pas vrai, je ne voulais pas faire mauvaise impression. On tomba d'accord sur le prix de la garde avec la nourriture et l'entretien. C'est moi bien sûr qui fournirais tout le linge.

Comme deux heures approchaient le mari s'ex-cusa, il devait repartir au boulot. Je lui dis qu'il fallait que j'y aille moi aussi, j'étais même en retard. Je ne voulais pas qu'il croie que j'essayais de rester seul avec sa femme. Il eut l'air soulagé. On est tous sortis dans le jardin.

J'ai dit à Charlotte que j'allais bientôt revenir, qu'elle soit bien sage. Déjà elle jouait au tracteur avec la petite fille. Je versai un acompte au mari qui le remit à sa femme et on se dirigea vers le portail. Comme Charlotte ne m'avait jamais quitté d'un pouce, elle ne se doutait pas que je partais pour de bon. J'entendais son rire derrière la maison, monter joyeux dans le ciel bleu de juin.

Je dis au couple que je viendrais la chercher une fois par semaine pour mes deux jours de repos, qu'ils m'appellent à l'hôpital s'il y avait quoi que ce soit. J'avais le cœur serré.

Le mari m'a raccompagné jusqu'à l'arrêt du bus. Il parlait peu et ses mains étaient toutes fendues. Ça devait être un maçon.

Et le train-train reprit à l'asile comme si rien ne s'était passé. Je prenais mon bus tout seul le matin à présent, c'était un peu moins gai, heureusement que le soleil très tôt dore la ville en été. Même à cette heure les femmes partent au travail bras nus. Les robes se résument à quelques fleurs. On voit de ces paires de jambes dans le bus, bronzées, que les secousses lentement dévoilent. On aimerait filer toujours sans terminus, toutes fenêtres ouvertes jusqu'au fin fond de l'été.

Les jambes de Joce, je les ai regardées avec moins de rage, elles aussi pourtant avaient embelli. Elle allait tous les jours à la plage après l'hôpital. Non, le cœur n'y était plus vraiment, c'est le Noir qui m'avait coupé la chique en se tranchant le sexe. Je ne pouvais plus ni la faire chanter ni lui promettre une queue d'ébène. Il nous avait coupé l'herbe sous les pieds. Ils le gardaient à l'hôpital nord en observation.

Les vieux de nouveau eurent accès à la douche, ils retrouvèrent un peu de dignité. Ils en avaient besoin... Ça leur avait plu pourtant cet intermède, ces belles cuisses aperçues, nerveuses, sur les dalles du bain. Éclair de jeunesse... Et puis, à tout prendre, ils préféraient à l'eau, même chaude, l'odeur tiède de leur caca.

En tant qu'auxiliaire je n'avais pas le droit d'effectuer tous les soins, les infirmières tout de même m'initiaient au fil des mois aux mystères de la folie, à ses dangers surtout. J'appris à faire des piqûres, des perfusions et même à recoudre des plaies, ce qui normalement est réservé à l'interne. Je distribuais les « buvables » aussi, juste avant les repas dans des verres poisseux où les noms, inscrits sur des bouts de sparadrap, bavent lentement comme leurs propriétaires qui, trois fois par jour, tendent vers eux des mains de plus en plus tremblantes. Des médicaments si amers qu'on les enfouit sous des rasades de sirop infâme. Imbuvable! Eux ils aimaient ça, les malades, ils se bousculaient pour l'apéro. « Du calme! Du calme! criai-je. Où vous vous croyez! »

Et quand une bagarre éclatait je devais tout de suite m'élancer au milieu, vu que j'étais l'homme de l'équipe. Drôle de métier... Enfin, j'apprenais le boulot. De temps en temps je recevais un bon coup derrière la tête.

Il fait si beau en été qu'on bâcle un peu les soins le matin et les toilettes. On se languit d'aller dans le jardin. Là, on s'assoit sur un banc, tranquilles sous le grand pin avec deux fous à côté pour faire semblant de les garder au cas où quelqu'un arriverait. On se raconte des blagues, blouses relevées pour que les jambes, même au travail, profitent.

Les alcooliques à travers la haie font les voyeurs. Ils ne sont pas fous eux, surtout à jeun, ils savent ce que c'est des belles cuisses. Ils en prennent plein les yeux. Les infirmières font comme si de rien n'était mais elles la soulèvent bien haut la blouse, jusqu'à la culotte, pour bien les faire baver. Ça leur apprendra à boire comme des trous! c'est vrai quoi, alors qu'il y a de si belles cuisses sur terre. Ou c'est l'œil qu'on se rince ou le gosier? Il faut choisir. Ça c'est du bon sens populaire. Ah! le sexe c'est comme les orties, on ne l'a pas plutôt coupé que déjà ça repousse! De sacrés numéros ces infirmières.

Quand elles commencent à rougir les cuisses, c'est l'heure du repas. On monte à la pharmacie chercher le plateau de médicaments, comme ça on sera tranquilles aussi l'après-midi. On a la revanche du Scrabble à se faire, toujours sous le grand pin en buvant le café. C'est vrai que c'est bien, tout de même, l'été. On se croirait presque en vacances, là, à deux pas du pavillon, derrière les lauriers-sauce. On pourrait demander aux deux fous de faire le bruit de la mer. Ça sent la bergamote.

Un matin qu'on était là, tous à se prélasser jambes ouvertes, les yeux dans la culotte au bon soleil d'onze heures, la surveillante m'interpella:

— Dites, Valentin, vous ne croyez pas tout de même qu'il faudrait penser à sortir un peu le schizo. Ça fait trois mois qu'il n'a pas mis le nez dehors, on exagère, il doit mourir de chaleur là-bas dedans. Vous n'avez qu'à le promener attaché que voulez-vous! La dernière fois que l'autre équipe l'a sorti, il s'est sauvé sur l'autoroute, il vaut mieux ne pas prendre de risques.

– J'y vais, répondis-je, j'y vais.

Et à contrecœur je m'acheminai vers les cellules à l'étage. On était si bien au soleil dans ce bouquet de cuisses.

Celui que notre surveillante appelait le schizo était un échalas d'une vingtaine d'années et de deux mètres de haut, maigre comme un coucou, qui avait assassiné sa mère quelques mois plus tôt. Il ne l'avait pour ainsi dire jamais quittée sa mère, pendant vingt ans. Au dire des voisins c'est elle qui lui interdisait de mettre le nez dehors, pour son bien, afin qu'il ne lui arrive rien. Par amour. Elle faisait toutes les courses en vitesse et veillait sur lui tout le reste du temps. Elle ne le sortait qu'une fois par semaine, le dimanche par la main, pour aller fleurir la tombe du père qui leur avait laissé jadis une petite pension en tombant d'une grue.

Tout ça était écrit sur le cahier de rapports avec les détails du meurtre: un beau jour donc, les voisines inquiètes de ne plus voir les allées et venues de la mère frappèrent à sa porte. Personne ne répondit mais une repoussante odeur vint chavirer leur tête. Une odeur infecte de pourri. Affolées, elles appelèrent Police-Secours qui enfonça la porte et découvrit dans la chambre toute l'horreur:

La mère était attachée sur le lit, nue, comme écartelée, des pieds à la tête lardée de coups de rasoir. Le visage était méconnaissable. Il lui avait coupé le nez et tailladé les yeux. La gorge était béante et le sexe grand ouvert de l'anus au nombril, d'un coup. Morte depuis une semaine, elle se décomposait sur le lit conjugal.

Assis à côté, paisible, son fils la regardait. Quand

les pompiers entrèrent il éclata de rire. Depuis il ne faisait que rigoler. Il n'avait pas dit une seule parole. Rien. Ni à la police ni aux médecins. On l'avait d'abord enfermé aux Baumettes, mais comme sans arrêt il se marrait, on nous l'avait envoyé.

C'est ainsi que je le trouvai, ouvrant sa cellule, planté devant moi, rigolant comme un bossu. Je n'étais qu'à demi tranquille avec un engin pareil, je lui fis signe de me précéder. Avec un drap je lui attachai bien la taille et nouai l'autre extrémité solidement à mon poignet. On sortit ainsi attelés, lui devant. Il se marrait de plus belle, découvrant ses grandes dents et ses gencives enflammées.

Voyant déboucher notre équipage, les infirmières à leur tour éclatèrent. Je leur fis signe de se taire, de ne pas le vexer, c'est moi qui en avais la charge, je n'avais pas envie qu'il me fasse au premier tournant le coup de la chambre à coucher. Il ne parut pas choqué, l'asperge, il s'estrassa. Ma foi, on attaqua la côte. De loin la surveillante hurla:

– Surtout tenez-le bien, Valentin!... Attention, c'est un fugueur, ne prenez pas de risques!

Elle était marrante celle-là.

Je le baladai donc, de-ci de-là, sans m'éloigner trop, bien sur mes gardes, un peu en retrait, épiant ses moindres gestes. Le lait sur le feu. Il avançait dégingandé sur des jambes sans fin qui ne devaient pas le soutenir beaucoup mieux que celles d'un poliomyélitique. Il n'avait pas dû faire beaucoup de sport dans sa vie, à part le dimanche les quatre fleurs du papa. Surtout ne prenons pas de risques, rentrons vite avant qu'il prenne froid. Une endive!

De temps en temps il se tournait vers moi, ses grandes dents dehors comme un cheval hilare. On allait. Il avait l'air ravi ma foi, trottant dans le soleil, il tirait sur le drap.

Il sut se tenir, une heure plus tard je le bouclai dans sa cellule, toujours aussi content. Il avait pris un léger hâle.

De ce jour, puisque ça faisait plaisir à la surveillante, je pris l'habitude de le promener en laisse un peu partout dans l'hôpital. Ça nous faisait voir du pays et jamais le moindre geste de révolte. Rien, une image. Tant qu'il ne me prenait pas pour sa mère... J'y veillais. Ah! S'il m'avait appelé « maman », Dieu garde, je le bouclais pour toujours.

Où je voulais aller il allait, pas récalcitrant pour deux sous. Tout lui plaisait, il aimait voir du monde. De temps en temps, par les allées, on croisait une autre équipe, célèbre celle-là aussi dans tout l'hôpital: Jean-Marc et Jeannot se tenant par la main. Il les reconnaissait au passage, se retournait pour les suivre un moment en riant de plus belle. C'est une vie qui lui plaisait. Jamais peut-être il ne s'était senti aussi bien.

Moi aussi ça finit par me plaire. Ça me sortait un peu du pavillon. Pas toujours les mêmes têtes d'ostrogoths dans les pattes et puis l'hôpital je le voyais sous un autre jour, un peu comme on voit sa classe un matin d'école buissonnière: l'odeur du genêt dans le ciel bleu, les mouches qui sont folles et les chats guère mieux. Le flegme des fous à travers les pelouses; plus d'heures, de tracas, de rien, que le soleil qui flâne sur ces têtes flottantes et qui dérive en lents après-midi au large des grandes villes.

Il y avait un coin dans l'hôpital que nous aimions tout particulièrement avec Antoine, c'était son nom Antoine, Antoine Castelli. Drôle de nom pour un schizo. Proliférait derrière l'église une intense petite

304

colline de genêts. Une forêt vierge jaune l'été, à peine pénétrable. C'était là qu'on s'installait tous les deux, à l'abri du soleil et des regards pour souffler un moment, sans que personne ne nous dérange.

Le coin était connu mais des malades seulement, jamais nous ne vîmes d'infirmiers par là. Ils devaient le trouver, à leur goût, un peu trop reculé, quelque peu coupe-gorge. C'est vrai qu'il était étrange ce coin. C'était le rendez-vous galant des fous.

Qu'est-ce qu'on en vit défiler et s'enfiler des fous, à deux, à trois et même en groupe, par ces beaux après-midi d'été. A la queue leu leu... C'est fou ce qu'ils ont le sens de la partouze les dingues! Ils ne se formalisent pas du nombre, de l'âge, de la grosseur, tout le monde est le bienvenu, tout le monde y passera. Patience. De ça ils en avaient de la patience, les fous, pensez! Avec les cuves de tranquillisants qu'ils ingurgitent depuis vingt ans et les remorques de somnifères. Ils faisaient l'amour gentiment, le sommeil au bord des lèvres, debout, les genoux un peu fléchis d'hypotension. Il n'y a que le sexe que ça n'endort pas complètement les neuroleptiques. Quand toute la folie dort, lui, il veille le sexe. C'est le seul dans la nuit à rester sur le pont.

Derrière l'église, c'était le pont. C'est surtout les alcooliques, là aussi, qui profitent des folles. Ils ne perdent pas le nord ceux-là, ils savent que pour un paquet de Gauloises ou un Coca-Cola, elles ne font point de façons les folles. Du moment qu'on leur donne à fumer... Elles retroussent leurs robes et allez ne perdons pas de temps. Elles tirent sur la cigarette pendant que l'autre, derrière, leur tire dedans. Tout le monde est content, le soir elles ont le cul rouge, le bout des doigts marron. Elles ne font plus depuis longtemps de mauvais rêves.

Il y a même des alcooliques, on les connaît ceux-là à la longue, qui se font interner pour copuler gratis tous les jours tellement ils en ont marre des fesses de leur femme. Ils font d'une pierre deux coups: ils suivent la cure et ensuite ils prennent du bon temps. Ils n'en sortiraient plus de l'hôpital. Le vivre, le couvert et la cuisse facile, que demander de plus? On se fait passer quelques bonnes bouteilles par les trous du grillage, en douce, derrière la buanderie et cocagne... Au diable le patron, la femme et les nistons! Ils en deviennent même obséquieux avec le personnel pour qu'on ne les fiche pas un beau jour à la porte. Tout juste s'ils n'arrêtent pas de boire.

Ce sont les femmes qui ne l'entendent pas de cette oreille, elles préfèrent les voir ivres morts à la maison qu'à jeun dans ce lieu de débauche. Ah! on ne la leur fait pas, elles l'ont vu le manège, le dimanche, quand elles viennent avec les gosses!

— Dites! nous interpellaient-elles dans les couloirs le dimanche soir avant de s'en aller. Quand est-ce que vous allez nous le rendre mon mari? Il a l'air bien tranquille à présent, il nous a juré à tous qu'il ne boirait plus jamais. Il est complètement guéri cette fois et puis, c'est qu'on en a besoin nous à la maison, qu'est-ce qu'on devient sans lui?

— Oui mais c'est vous, répondions-nous, qui êtes venue nous chercher en courant parce qu'il violait encore sous vos yeux la cadette après avoir jeté le chien par la fenêtre. Alors, vous voulez que ça recommence?

— Mais puisque je vous dis qu'il nous a juré, plus une seule goutte...

Et ainsi de suite tous les dimanches soir. Elles en ont besoin de leur homme, elles l'ont dans la peau.

Même avec deux cocards sur les yeux, trois heures après elles prennent leur défense.

Ah! c'est vraiment là, à l'asile, que j'ai compris jusqu'où elles étaient vicieusement tordues les familles. Ça n'a l'air de rien une famille, c'est même ce qui rassurerait le plus vu du dehors quand on passe, mais dès qu'on fourre le nez un peu vraiment dans la cuisine et sous le lit, c'est là qu'on s'aperçoit qu'elle suinte de partout la folie: du placard avec les couverts en faux argent, de dessous l'évier, du dessus-de-lit au crochet qui descend de l'arrière-arrière-grand-mère, de plus en plus jauni et qui a tout vu depuis, lui, sur tous les lits. La vieille boîte à chaussures où s'acharnent à survivre toutes les enfances en photos dans le jardin, entre le livret de Caisse d'épargne et la liasse écrasante des fiches de paye d'une vie. Tous les objets détraqués, oubliés, qui veillent dans le grenier et dans la cave depuis six générations et qui portent, sous la poussière, toutes les empreintes de la plus vieille et plus quotidienne folie. Celle que personne ne voit, que l'on flanque chaque jour sous l'évier avec le linge sale jusqu'au jour où elle envoie quelqu'un se faire enfermer à l'asile. Alors on vient voir la folie le dimanche à l'asile et personne ne pense à jeter un coup d'œil sous l'évier. Jamais. C'est un peu fort tout de même!

– Mais non, docteur! Je vous dis que je suis tombée. Il est doux comme un mouton... Quand il n'a pas bu c'est le meilleur des hommes, n'est-ce pas, Raymond, que je suis tombée?

Il ne répond pas Raymond, il est si bien lui à l'asile. C'est un peu comme à l'hôtel, on fait la grasse matinée et on part flâner dans les allées et trousser ici, là, quelque dodue démente.

Il avait l'air d'adorer ça Antoine, mon grand schizo,

sous son ombrelle de genêts, ce défilé de culottes volages. Plus il y avait de fesses, plus il riait bêtement. Ce n'est pas sa mère qui devait l'amener voir du si beau spectacle. Un tour au grand galop du cimetière et zou! A la maison. Là, il se pâmait. Il ne semblait pas d'ailleurs y comprendre grand-chose, quelle importance, pourvu qu'il y ait du mouvement. C'est ça qui le fascinait, le mouvement. Là, il était servi!

Il serait bien volontiers allé les rejoindre, rien que pour rire un bon coup sous leurs nez. Il tirait sur le drap et moi en sens inverse, je n'avais pas envie qu'il me file entre les doigts. Allez le rattraper ensuite sur l'autoroute avec ses jambes de gazelle. J'aurais eu l'air fin en rentrant tout seul au pavillon. Je vois d'ici la tête de la surveillante:

– Et le schizo?

– Ma foi... Il a filé.

– Comment!... Mais vous êtes fou, c'est un dingue! Il a découpé sa mère en morceaux! Vous voulez nous mettre tous au chômage? Il va assassiner tout le quartier! Mon Dieu, la préfecture...

Maintenant que je le connaissais mieux, Antoine, je savais qu'il n'irait jamais jusque-là. Il avait tué sa mère, bon... Et alors? Elle l'avait quand même bien cherché. Je tirais sur le drap pour qu'on me laisse tranquille, pour une fois qu'on semblait m'oublier. Tout le monde d'ailleurs passe sa vie à tirer sur le drap: pas de bruit, pas de vagues, que ça ne bouge pas! Il n'eût tenu qu'à moi, je l'aurais bien envoyé voir de plus près le cul des folles, en gros plan, ça lui aurait peut-être remis en place quelques idées.

Il y a même des jours où je fus pris d'un doute. Est-ce que tout ça n'était pas que comédie: ce rire d'imbécile sur ces gencives en feu, jamais un traître mot? Peut-être était-il plus malin que nous tous, tentait-il d'échapper aux années de prison après avoir échappé aux griffes de la mère? Se pouvait-il qu'il me prenne moi aussi entièrement pour un con? Là, à me traîner chaque jour à travers les pelouses, derrière son rire d'idiot.

Un soir, comme ça assis derrière l'église, je lui dis quelques mots gentiment, comme deux bons copains, histoire de le sonder.

– Dis, Antoine, ça te plairait qu'on aille tous les deux en profiter un peu de celle-là, là-bas, elle a l'air bien foutue pour une fois non?...

Rire niais.

– Oh! Ça va, tu ne vas pas me le faire à moi le coup du schizo! Tu crois que je n'ai pas compris depuis le premier jour?... T'en fais pas, c'est pas moi qui dirai quelque chose, bien content qu'on puisse un peu parler... Merde! Tu n'es pas bien avec moi, là? Dis quelque chose!

Ravi, il tournait vers moi sa grande bouche de cheval.

– Arrête ton cirque maintenant ou je t'enferme à double tour et tintin la balade!... Mais dis quelque chose bordel!

De plus belle ses grandes dents sur les gencives saignantes. Rien à en tirer, il était bel et bien jobard.

Tant pis, je profitais du soir. L'air était doux. On attendait le plus tard possible avant de rentrer. Vers la fin août les jours très vite raccourcissaient. Autour la nuit se faisait. On entendait les cricris dans l'herbe. Lentement les fous regagnaient leurs pavillons; l'instinct du repas. Un souffle encore chaud sous les genêts nous frôle, on reste là, béats, à écouter toute la grâce du soir. Au loin, un fou lance à la nuit sa détresse. Il fait déjà plus noir, rentrons.

Le dimanche il tombe sur l'asile tout un ciel de silence. Pour peu qu'un brin de soleil, par les vitres, vienne jaunir les murs, on entend dans les pavillons à l'heure de la sieste errer dans l'air la poussière d'argent. Quelques familles passent dans le hall, furtives, un peu voûtées, en douce elles filent à l'étage où leur fou les attend depuis une vie, chaque dimanche.

C'est aussi le jour du cinéma, comme en ville pour les gens normaux. Ici les malades y vont après la vaisselle, en groupe, encadrés de quelques infirmiers. Depuis qu'il y a eu une bagarre générale et qu'ils ont tout cassé, les fauteuils, l'écran et les portes, une note a circulé dans tous les pavillons: *Si le personnel n'accompagne pas les malades à l'avenir, c'est bien simple, on ne passe pas le film!*

Les infirmiers y vont maintenant, ça fait passer un moment, il y a même de bons films. Quand on revient, l'après-midi est bien entamé.

Ce dimanche-là, je m'en souviens, les infirmières de chez nous avaient tenu à y aller, on passait *La Planète des singes*. J'étais resté seul de garde. Les pieds sur le bureau je lisais *Le Provençal*. La porte d'entrée de temps en temps s'ouvrait, se refermait, je ne levais pas les yeux; les familles... Sous l'immense calme de l'après-midi ma tête avait tendance à s'incliner vers le journal. A la fin de l'entrefilet j'avais oublié le début.

Soudain, un fracas gigantesque me fit sursauter, je faillis basculer en arrière. Planté en plein milieu du hall un colosse semblait chercher le chat qui vient de chiper le bifteck de midi. C'est lui qui venait de claquer la porte d'entrée comme jamais mistral ne se l'était permis. Il me vit. Ni une ni deux le voilà qui fonce vers le bocal. Il se carre devant moi, jambes écartées. Essoufflé, dégoulinant, vermeil, plus massif qu'une porte d'église. Des manches de son tricot de peau sortent deux troncs d'arbre. Une bête!

– C'est toi le docteur? me lance-t-il avec des yeux de brute. Des yeux de mouche noyés de cruauté.

– Non, je suis l'infirmier.

– Ah! l'infirmier!... C'est bon, dépêche-toi! Saigne-moi, vite saigne-moi! râle-t-il.

– Comment ça?

– Saigne-moi je te dis! Tu vois pas comme je souffre! C'est le sang, j'ai la tête pleine de sang! Ah! ma tête! ma tête! Elle va exploser, vite ouvre-moi le bras, là!

Il me tend par-dessus le bureau son membre monumental gonflé de veines. Il a un poignet de force en cuir clouté. Combien peut-il avoir? Trente, trente-cinq ans? D'où sort-il? Je ne l'ai jamais vu dans l'hôpital.

– Alors tu me l'ouvres ce bras ou je démolis tout là-dedans... Tu me l'ouvres, nom de Dieu!

– Mais je ne peux pas vous ouvrir le bras comme ça, attendez, j'appelle l'interne de garde, c'est son rôle ça.

J'avance ma main vers le téléphone. Il attrape alors l'appareil et d'un moulinet le pulvérise sur le bureau. Je ne bronche plus, complètement réveillé d'un coup. Un fou furieux! Il doit venir de dehors celui-là, ou alors ça fait un mois qu'il refuse ses tranquillisants. Je suis coincé, je ne peux même pas m'enfuir. Ah! quelle folie de rester seul dans un pavillon.

– Alors, tu te décides oui à me le faire pisser ce sang ou c'est moi qui t'égorge!

Il commence à baver, la mousse aux commissures.

– Oui oui on y va, calmez-vous on y va.

– Calmez-vous? mais c'est pas toi qui souffres le martyre! Pas toi qui es gorgé de sang! Calmez-vous? Mais tu vois pas que je deviens fou!

Il empoigne le bureau de fer, l'arrache dans les airs et l'envoie comme un tabouret s'écraser contre le mur. Fracas de tous les diables. C'est Hercule! Une créature de guerre. Je me sens tout nu dans mon fauteuil brusquement. Plus rien ne nous sépare. S'il m'empoigne la gorge, ma tête gicle au plafond.

– Très bien, très bien, je lui dis, me dressant sur mes jambes en pâté de foie, je vais vous vider tout ce sang suivez-moi, dans cinq minutes vous serez aux anges, léger... Venez par ici.

Je le frôle, mes cheveux sont droits sur la tête. Pas trente-six solutions. Je passe devant, on monte à la pharmacie. Il étouffe dans mon dos. Un bœuf! Je continue à parler pour occuper son esprit:

– Je vais vous soulager vous allez voir, oh! j'ai l'habitude! vous n'êtes pas le seul dans ce cas, ça se voit souvent des gens qui ont trop de sang pour eux, une petite prise et tout ira bien n'est-ce pas?... Ce n'est pas le mer à boire, un peu douloureux je vous comprends... Même beaucoup je le vois mais vous êtes fort, vous êtes un homme! Un vrai! Vous savez vous contenir vous, c'est bien! Vous avez beaucoup de mérite... Serrez les dents!

J'ouvre la pharmacie, il entre. Ses yeux sont de plus en plus exorbités. Il doit avoir un cerveau très rudimentaire. Sa face est bestiale comme je n'en ai jamais vu. On ne sait pas ce qui domine: bêtise ou cruauté? Ah! la la! Ça n'arrive qu'à moi des coups aussi fumants! Ils me sentent, ils me reconnaissent.

Je fouille dans l'armoire: la boîte à seringues, les aiguilles, voilà! Je prends la plus grosse, 50 cc, pour les ponctions lombaires. Un vrai clystère.

– Asseyez-vous... Deux petites secondes... Voilà! C'est comme si c'était fait.

Il ne s'assoit pas, planté devant moi il observe. Je serre le garrot sur le biceps énorme, ses veines font le gros dos, on dirait des couleuvres qui s'enroulent sur son bras. Elles jaillissent du cou aussi tellement il se tend, s'entortillent autour. Ça fait des nœuds à l'étrangler; si ça pouvait y parvenir...

Malgré que je tremble, je n'ai aucun mal à trouver la veine: une chambre à air. Tout de suite le sang afflue dans la seringue par paquets noirs. Il faut dire qu'il pousse comme un âne lui, il pompe avec son bras. Son poing comme un poulpe s'ouvre, se ferme, s'ouvre, se ferme. Il est fasciné. Il bave. Ah! la brute épaisse!

– Tire, tire, nom de Dieu! Mais vas-y, pompe! gronde-t-il, plus fort! plus fort! Tire-moi tout ce sang, ça me rend fou! Vide-moi, allez vide-moi! Mais tire, nom d'un chien, ça sort pas! Ah! Ma tête, elle me tue ma tête, elle explose... Elle est bourrée de sang! Tire plus fort je te dis! Je suis un bœuf il faut m'abattre!

La seringue est pleine, je la retire et je propulse tout dans l'évier blanc pour qu'il voie bien tout son sang rouge dehors, que ça le rassure. J'en mets partout, j'en fais gicler sur toute la paillasse! Un assassinat!

– Ne t'arrête pas, surtout continue! Continue! Vas-y repique! Écorche-moi! Coupe-le ce bras! Ouvre-moi le corps que je me vide!

De plus en plus fou, ça ne lui suffit pas tout ce sang

313

partout, il en a encore trop. Oh! je vais te vider moi, salopard! Je lui replante la seringue. Je tremble de plus en plus. A force de ne faire qu'un tour le mien de sang va cailler. Voilà le sien qui rapplique dans la seringue, écumant.

– Ah! que j'ai mal, mais mal! Fais que ça s'arrête ou je te tue! Plus vite ou tu meurs! Ah! ma tête, saleté de tête... Ça y est il bout, je le sens, j'ai le sang qui bout dans la tête! J'en peux plus c'est le moment, saigne-moi comme un porc!

De sa main libre il s'arrache les cheveux et les oreilles. Sa face se tord. Je comprends toute la démesure de sa démence, elle est bestiale!

Je refous encore une pleine seringue contre le mur. Ça ruisselle. Cent rigoles convergent vers le trou de l'évier. Ma blouse est écarlate, trempée. Lui aussi, c'est l'abattoir, tout est ensanglanté. Je lui remets la seringue dans le bras. Il pompe tellement qu'elle gicle, je reçois tout dans la figure. C'est chaud et poisseux. J'en ai plein les yeux, je ne vois plus rien. On dérape tous les deux. On est par terre dans la poisse, il tonne.

A quatre pattes je m'enfuis vers la porte en m'essuyant les yeux. Sa main s'agrippe à ma blouse, les boutons sautent. Je lui envoie un coup de pied terrible dans la figure. Il glisse sur le sol visqueux. Je bondis dans le couloir, je fonce. Tout de suite il est derrière moi je l'entends suffoquer. Je m'engouffre dans l'escalier. J'entrevois en tournant son faciès de taureau mal écorché qui charge. Dix par dix je saute les marches. Comme un bolide en bas je croise les infirmières qui rentrent du cinéma, lui ne les voit même pas il est toujours à deux pas de ma nuque, haletant.

De nouveau les escaliers, je remonte. Là je gagne

314

un mètre ou deux, il est lourd. Les dortoirs, les boxes, ça défile, encore la pharmacie. Je m'y jette, claque la porte et ferme à double tour. Ça devrait aller mieux, c'est la plus solide porte du pavillon, le verrou énorme. On a changé tout ça récemment, les camés l'avaient fracturée pour les médicaments.

Aussitôt il s'y rue. Je la vois à chaque coup de boutoir se décoller du chambranle. Je bondis sur le téléphone, appelle la conciergerie:

– Allô! le concierge? Vite, au secours! Appelez la police! Du renfort! Il y a un fou au 13! Au secours, à moi!

La porte se détache de plus en plus du mur. Le vacarme est délirant. Il va faire tomber la bâtisse. D'un coup la porte vole dans la pharmacie, il s'écroule avec elle sous la table à pansements, tout lui dégringole sur la tête: bocal de thermomètres, pinces, boîtes de gaze. Je saute sur la fenêtre, l'ouvre et me jette en bas. Je m'aplatis sur le gravier... Ça va je suis debout, je lève les yeux.

Il est déjà sur la fenêtre, une moitié dehors, il va sauter. Je reprends mes jambes à mon cou, je tourne le coin du pavillon côté cuisines, devant moi une barrique à cochons. Je plonge. J'ai tout juste disparu que j'entends la bête: il passe comme un train.

Je reste écrasé au fond. Quelle infection! On se croirait dans un intestin malade. J'entends mon express qui repasse... Il fait le tour dans l'autre sens.

Les infirmières ont dû se barricader dans les vestiaires en nous voyant débouler noyés tous les deux de sang. Elles doivent croire au massacre. Elles n'ont pas tout à fait tort, s'il me trouve là au fond il m'écrase comme un melon pourri. J'y resterais volontiers dans la fange encore trois jours, mais Bon Dieu faites qu'il ne me voie pas!

Quelques minutes passent... Je n'entends plus rien. Brusquement des moteurs s'approchent ronflant, ils pilent à deux pas du tonneau. Je sors la tête. Le ciel m'a entendu. Deux motards avec leurs casques blancs! Je jaillis. Ensemble ils ont un mouvement de recul, un diable qui surgit de sa boîte. Un diable en sang!

– C'est moi! je suis l'infirmier! Venez, venez, il doit être par là!

Ils se regardent. A cet instant le démon débouche, il nous aperçoit. Une seconde il est déconcerté... Les uniformes. Le voilà qui s'avance prêt au combat, je crie:

– C'est lui, préparez-vous, surtout ne le loupez pas!

Un des motards va vers lui, comme dans les westerns à la fin, les mains prêtes à bondir. Malgré le casque le motard est plus petit. Ils vont se croiser. Ça y est! Comme deux lutteurs ils s'empoignent à la gorge. Le motard saute en l'air, lui envoie un coup de boule énorme dans la tête. Le géant vacille mais c'est le flic qui s'écroule à ses pieds. Malgré le casque c'est lui qui est K.O. Nom de Dieu! Il est invincible!

Avec l'autre ange on se regarde, d'un air de dire: « A qui le tour? » Ça l'a refroidi, il a compris à qui on avait à faire. Je sens qu'il a comme moi une irrésistible envie de détaler. C'est l'uniforme qui le retient. Il sue.

Une fenêtre soudain s'ouvre dans mon dos, je me retourne: c'est Joce. Elle pointe son index vers la côte en criant:

– Le renfort! Le renfort!

Je regarde: trois infirmiers arrivent en courant, ouf! On est cinq à présent. Ça va mieux.

On se met en ligne, on fait front.

Le géant nous évalue... L'un après l'autre il nous jauge. Non, ce n'est pas assez pour lui, il ricane, il grogne, il se met en branle. On serait trente ce serait pareil. Il voit rouge, rien n'arrêtera l'animal sanguinaire.

Les infirmiers ont vu le tas bleu du motard par terre. Ils ne sont pas très encouragés, en ligne on recule. J'aperçois alors Joce qui me fait des signes par la fenêtre entrouverte, elle me dit de venir. Je m'écarte du groupe, j'y vais.

– Tiens prends ça, chuchote-t-elle, me tendant en boule un drap trempé.

Oh! la bonne idée! Je connais le truc, je l'ai utilisé deux trois fois avec des agités. Si ça pouvait marcher? Ce n'est pas le même tabac aujourd'hui...

Discrètement, je prends à revers le sanguin. Il semble m'avoir oublié, il s'avance toujours vers les autres qui reculent d'autant. C'est réglé comme un ballet. Il va les coincer contre la haie, ils ne sont pas beaux à voir. Tous ces muscles couverts de sang les terrorisent.

Je déplie le drap, je le prends par deux coins comme une cape. Sur la pointe des pieds je m'approche de lui par-derrière. Les autres me voient, je suis leur seul espoir; ils font du bruit avec leurs gorges et leurs pieds pour qu'il ne m'entende pas. C'est le moment, je suis à portée: un, deux, trois! Je fais voler ma cape comme un toréador par-dessus sa tête et au bon moment je la rabats sur lui.

Une seconde on voit un fantôme. Il pousse un rugissement. Il n'a pas le temps de se dépêtrer, comme un seul homme on fond sur lui. C'est la

317

mêlée. Je me pends à la tête, chacun attrape au petit bonheur quelque chose. Il s'abat comme une statue. Par terre il fait des bonds, nous décolle du sol, on s'agrippe, c'est notre planche de salut. Si on le lâche là, dans l'état de fureur où il est, il nous mange vivants.

La surveillante accourt, elle me tend une seringue.

– Allez-y, Valentin, dès que vous pourrez, c'est un cocktail de cheval!

J'attrape l'engin et à la première accalmie je le lui plante au hasard à travers le drap. J'appuie d'un coup sur le piston: plaff! Tout dans le corps! Il bondit sous la décharge, notre grappe se soulève d'un bloc. Non, cette fois il est bon, il a son compte.

– Accrochez-vous! lancent les infirmières qui se sont rapprochées, attention! La jambe, la jambe!

Ça y est. On l'a complètement immobilisé. On pèse de tout notre petit poids. Ah! Si on pouvait lui renverser dessus la moto ça nous soulagerait. C'est une histoire de minutes à présent, le temps que les neuroleptiques fassent leur travail.

– Ça ne devrait pas tarder, dit à l'écart la surveillante, un cocktail de cheval! De quoi endormir un troupeau d'éléphants, tenez bon! Tenez bon!

En effet, lentement ça se calme en dessous. La montagne de muscles sous le drap saute de moins en moins. Il souffle comme un phoque. Un des infirmiers a tellement eu peur qu'il le roue de coups en jurant. Le colosse ne répond plus. Il dort.

J'étais à ramasser à la petite cuillère. Lessivé. Plus rien. Maternelles les infirmières m'engagèrent à prendre huit jours de maladie. Allongé dans les vestiaires, une de leurs cuisses sous la tête, vaguement je les écoutais pendant qu'elles nettoyaient ma figure:

– C'est une chance encore qu'on ait eu cette idée pour Charlotte, tu te rends compte si elle avait été là avec toi? Il pouvait la tuer la pauvre gosse. Non, c'est de la folie d'amener ici ses enfants, de la folie! J'espère qu'il n'est pas près de sortir! Ah! Il va m'entendre l'interne, s'il compte traiter cette brute à l'homéopathie! Ils n'ont qu'à y rester, eux, huit heures par jour avec ces enragés, non c'est trop facile! On n'est pas payés pour se faire couper en morceaux. S'ils sont fous qu'on les soigne... Et puis il faudrait des hommes aussi, ce n'est pas un travail de femmes. Imagine que ça soit l'une de nous qui soit restée seule, il la violait cent fois avant de l'égorger...

Le soir même je pris dix jours de maladie. Oh! j'aurais pu m'en passer, j'en avais vu d'autres dans ma vie! Puisqu'elles insistaient les copines ça me ferait quelques jours de vacances, j'en profiterais pour m'occuper un peu plus de Charlotte.

C'est ce que j'ai fait. Dès le lendemain je suis allé la prendre. D'ordinaire c'était pour deux jours, là dix, elle était aux anges. Depuis plus d'un an qu'elle était là, des petites phrases lui venaient, chaque semaine plus charmantes, mais son regard devenait plus lointain. Si gentils étaient-ils les Fernandez ça ne remplaçait pas un père et une mère. C'est de ça qu'elle souffrait au fil des mois Charlotte, de ne pas pouvoir dire à tout instant « papa... maman... » comme tous les enfants de la maison. Elle, elle disait « tonton et tatie ». Ce n'est pas suffisant.

J'avais bien vu comment elle les regardait ces

enfants le soir lorsqu'ils disaient: « Bonne nuit papa, bonne nuit maman », avant de filer se coucher. Elle les regardait par-dessous et tristement. Image du bonheur.

Quand elle était avec moi, tout le temps elle jouait à la famille: « Bonjour papa... Merci papa... Tu viens papa... Dis papa... Regarde papa et patati et papapa... » Dès qu'elle ouvrait les yeux et jusqu'à la nuit, elle mettait du papa partout. Tous les papas qui lui étaient restés dans la gorge durant la longue semaine, tous les papas qu'elle devait prononcer tout bas, pour elle, quand elle était seule le soir dans son lit.

Pendant dix jours on n'a pas vu le temps passer. On s'est baladés partout. Au restaurant, au château d'If, au cinéma, plusieurs fois au jardin zoologique. C'est les loups qui la passionnaient. On ne revenait là que pour eux. Elle pouvait rester des heures à les regarder errer dans la poussière de l'enclos. Ils n'auraient pas fait de mal à une mouche, c'étaient de vieux loups tristes et tout râpés. Des pauvres bâtards de chemins. Des chiens poubelles. Charlotte en était fascinée. Des loups!... Ça suffisait; un mot magique.

Dès qu'on les quittait pour aller voir l'ours, les singes ou le condor, elle me disait au bout de la main, doucement:

– Papa, je veux voir les loups.

Alors on s'en retournait vers les loups et on restait jusqu'au soir, main dans la main, derrière les grilles à les regarder tourner tristement.

Quand le gardien venait nous dire « On ferme », longtemps Charlotte se retournait dans l'allée pour les voir le plus loin possible. Elle devait en avoir un peu peur, mais ça la peinait tout de même de les abandon-

ner si seuls au milieu de la nuit. Toujours elle me
disait:

— Papa, ils sont méchants les loups?

— Non pas ceux-là, Charlotte, ceux-là ils sont trop
vieux.

— Et toi, papa, tu es trop vieux?

— Non, je répondais en lui montrant les dents, je
suis un jeune loup.

Elle était contente, mais un peu plus bas sur le
boulevard elle me demandait:

— Papa, pourquoi ils sont tristes?

Alors on entrait dans un petit restaurant avec du
monde et beaucoup de lumière parce qu'on avait une
faim de loup. Je savais qu'elle avait rencontré, si tôt
dans sa vie, la tristesse. Au dessert on commandait
des glaces avec feux d'artifice. Ses yeux oubliaient les
loups.

On faisait un tour sur le port où les bateaux dans la
nuit se balancent et on regagnait là-haut ma petite
chambre, dans l'appartement des Noirs. On se couchait comme autrefois, la fenêtre grande ouverte
pour laisser entrer le vent frais de la mer. Je lui
racontais l'histoire de deux loups qui étaient très
comiques et un peu malheureux aussi pour qu'elle
puisse y croire. Tous les soirs la même histoire.
Quand je me trompais c'est elle qui corrigeait, même
pour un seul mot; et à la fin:

— On ira les voir papa demain les loups?

— Oui, Charlotte, dodo maintenant, on ira les
voir.

Ça me rendait triste moi aussi cette histoire de
loups, ça me faisait penser à nous. Je profitais de la
nuit pour laisser mes yeux se mouiller de larmes.

Les dix jours sont passés sans qu'on les voie,
comme toujours les vacances. Cahin-caha, un soir, je

l'ai raccompagnée chez ses gardiens. On avait le cœur gros. En descendant du bus on a fait un petit tour encore dans le quartier, il faisait bon, des joueurs de boules s'attardaient sur la place en faisant cliqueter. Des hirondelles commençaient à s'aligner sur les fils pour partir en voyage. On s'est encore un peu égarés dans des traverses derrière l'église. C'était un des derniers soirs à grillons, un vrai soir de fin d'été. Sans se dire un mot, main dans la main, on n'arrivait plus à se rentrer.

Par hasard on est tombés devant le portail des Fernandez, on a hésité... Ils devaient nous avoir vus de leur fenêtre, on est entrés. Ils étaient à table. Elle a rajouté deux assiettes, on a mangé un morceau.

Je pensais que c'était bien de ne pas la quitter comme ça, brusquement, « bonjour au revoir à la semaine prochaine ». On restait encore un peu à côté à faire du bruit dans l'assiette.

– Vous n'aimez pas les ravioli? m'a demandé Mme Fernandez.

– Mais si, mais oui, je les adore, ça doit être les dernières grosses chaleurs.

Charlotte non plus n'arrivait pas à avaler. On avait des gorges trop serrées. Elle a glissé sa petite main dans la mienne sous la table, on se comprenait.

– Vous savez, a repris Mme Fernandez, je n'osais pas vous le dire mais je ne suis pas très contente chaque fois que vous me la ramenez, pendant deux jours elle fait pipi au lit. La dernière fois, elle vous l'a peut-être dit, je me suis fâchée elle a fait pire, trois jours de suite elle m'a emplâtré tous ses draps, oh! j'étais furieuse! Tu te souviens Charlotte hein que tu as été vilaine? Tu ne vas pas recommencer ce soir dis? Ou alors pan pan hein! Pan pan!... A part ça elle serait mignonne c'est vrai, même trop, on ne l'entend jamais. Pas vrai que tu es mignonne quand tu veux?

Elle lui pinça gentiment la joue en souriant. Charlotte baissait les yeux, sa petite main toute crispée dans la mienne.

– Chez vous aussi ça lui arrive quand vous la prenez?

– Non, répondis-je, ça doit être un hasard.

– Un hasard, un hasard... C'est quand même bizarre que ça lui arrive à chaque fois, vous êtes sûr qu'elle ne mange pas trop de glaces avec vous? Ou des bonbons?

– Une par jour maximum, je ne pense pas que... Enfin, je tâcherai d'éviter la prochaine fois, vous avez peut-être raison.

Le mari me sentit gêné, il dit:

– Vous avez vu cette catastrophe en Italie, c'est tout de même incroyable à notre époque! Incroyable!

– Je comprends, ils auraient pu prévoir, ai-je répondu pour dire quelque chose. Je ne savais pas de quoi il parlait. Depuis dix jours je n'avais pas ouvert un journal.

Alors il m'a posé des questions sur mon travail, ça avait l'air de beaucoup l'intéresser les fous. Surtout les dangereux et ceux qui se prennent pour Napoléon. Je lui ai raconté l'histoire du sanguin, il ouvrait des yeux et une bouche... Toutes les trente secondes il se retournait vers sa femme qui faisait la vaisselle.

– Tu entends, Yvette, c'est incroyable! Incroyable! Ah non! moi je pourrais pas faire un boulot pareil, je deviendrais jobard. Comment vous faites pour tenir là-dedans? Ah non, moi je préfère encore crever de faim. En plus il paraît que c'est contagieux la folie, si si je l'ai entendu dire à la télé. Non, même si on me donne deux briques par mois j'y mets pas les pieds moi dans leur truc.

Sa femme haussait les épaules, tournée vers l'évier.

– Et tu crois que tu es mieux toi toute la journée au soleil pour le Smig? Lui au moins il a la garantie de l'emploi, il y aura toujours des fous et même de plus en plus avec ce qui se passe.

Elle était moins naïve que lui. C'est vrai que je n'aurais pas donné ma place pour aller casser des cailloux ou griller au mois d'août en haut d'une charpente.

Charlotte était un peu moins triste que je raconte des histoires pareilles, sans tout comprendre elle était fière de moi. J'en rajoutais. Elle oubliait un peu que j'allais repartir. De temps en temps je mimais les fous, ça faisait éclater tout le monde. Yvette avait suspendu sa vaisselle, toujours en robe de chambre et mules elle m'écoutait, les mains interrompues en l'air dans son tablier relevé.

Comme je n'arrivais plus à quitter Charlotte, je racontais, je racontais... Je m'étais dressé et je marchais dans la cuisine comme les fous dans le pavillon: le regard au plafond, la bouche qui bave. J'en rajoutais. Ils étaient atterrés, ils voyaient l'enfer.

A un moment Yvette a dit que ce n'était pas très bon pour les enfants qu'ils entendent tout ça, qu'ils aillent se coucher. Ça m'a coupé la chique, c'est pour Charlotte que je faisais le cinéma.

J'ai dit bonsoir à tout le monde, j'ai embrassé les enfants. Le mari aurait voulu que je leur montre toute la nuit l'asile.

– Pour une fois qu'on passe une soirée intéressante, a-t-il dit.

– Ça, ce n'est rien, lui ai-je répondu, je vous en

raconterai de belles la prochaine fois, si vous saviez ce qu'ils font de leurs fesses toute la sainte journée...

– Et vous ne dites rien?

Ses yeux étincelaient.

– Leur dire quoi? C'est plus fort qu'eux, ils font ça comme ils respirent. On leur donne la pilule et vous m'avez compris.

Il était baba. Si on lui avait demandé d'aller y faire un tour à présent, il y serait déjà. Discrètement Charlotte a pris ma main.

– Je vais avec toi au portail papa, m'a-t-elle dit tout doucement, son visage était plein d'affolement.

Ensemble on est sortis dans la nuit. Il faisait plus frais maintenant. Le ciel était lamé d'étoiles. Je l'ai prise dans mes bras pour traverser le jardin, je lui ai dit:

– Je reviens la semaine prochaine mon bébé, d'accord? On ira voir les loups et manger des glaces. C'est rien une semaine...

Mes mots étaient si étranglés que je n'ai rien ajouté. Je l'ai posée derrière le portail et j'ai filé. Quand je me suis retourné, un peu plus loin, j'ai vu son visage entre deux barreaux. Qu'elle était petite... Sous la lune son regard était immense, le regard des enfants qui ont faim dans les déserts. Grand comme des larmes. J'ai failli retourner et l'emporter sans rien dire, un instant j'ai hésité sur le trottoir d'en face et puis j'ai foncé dans le noir.

Je n'arrivais plus à avaler ma salive en attendant le bus. Je me suis appuyé contre le mur, j'ai ouvert ma bouche en grand pour respirer. Le parfum des derniers genêts descendait des collines errer sur la banlieue.

C'est sous ce ciel du soir que brusquement j'eus ce pressentiment, la sensation qu'un péril rôdait près de moi, comme si le fantôme du capitaine mort venait de retrouver ma trace. Une sensation qui s'était estompée sur les chemins de la Turquie et qui soudain envahissait mon corps. Que deviendrait-elle Charlotte si on venait à m'arrêter? Jamais je n'avais osé y repenser depuis plus de deux ans. Grandirait-elle en m'attendant, accrochée au portail, les yeux fixés sur le coin de trottoir où j'avais disparu?

Dès lors il ne me quitta plus ce pressentiment, je vivais avec lui, nuit et jour, comme d'autres cheminent une vie durant près d'une ombre, leur obsession.

Quand j'arrivai au pavillon le lendemain, quelque chose avait changé. Quoi? D'abord je ne sus le dire. Un léger déséquilibre... Un accroc dans le paysage, quelque part. C'est une infirmière, pendant que je comptais le linge sale dans une atroce puanteur, qui m'expliqua le malaise.

– Tu n'as rien remarqué? me dit-elle.

– Non.

– Jean-Marc?

– Quoi Jean-Marc?

– Eh bien, dis donc, tu les observes toi les malades, ça te passionne la psychiatrie! reprit-elle en riant les bras plongés jusqu'aux épaules dans le linge. Il perd un kilo par jour le gros Jean-Marc, une semaine qu'il n'a rien avalé. Si tu lisais le cahier le matin au lieu de finir ta nuit tu saurais qu'ils ont muté Jeannot au Vinatier à Lyon... Il a un bout de famille là-bas, c'est son secteur, drôle de famille! Depuis six ans que je suis là ils ne sont jamais venus le voir. Pas une fois!

Va y comprendre quelque chose toi à leur secteur...
En tout cas ils vont le tuer le pauvre Jean-Marc, il se
laissera mourir, crois-en mon expérience, tout débile
qu'il est.

Oui, j'avais bien croisé Jean-Marc une dizaine de
fois depuis le matin errant tout seul dans les couloirs,
maintenant ça me revenait. J'avais encore trop Charlotte dans la gorge depuis la veille pour m'apercevoir
combien lui aussi était devenu seul.

A midi non plus il ne toucha à rien. Ce sont les
vieux qui cette fois, timidement, lui dérobèrent son
assiette. Il ne broncha pas. Son regard était perdu.

Dès lors je le vis du matin au soir effectuer inlassablement le même itinéraire: du lit vide de Jeannot
près du sien à la conciergerie, de la conciergerie au lit
toujours aussi vide de Jeannot. Il demeurait un
moment debout près de la barrière à se balancer d'un
pied sur l'autre, les yeux fixés sur la route où huit
jours plus tôt Jeannot avait disparu, puis il remontait
au pavillon, se plantait au pied du lit de son insépara-
ble où il se balançait là aussi un moment, en bourdon-
nant.

A ce train-là, sous la dernière chaleur de septembre, il fondit à vue d'œil. C'est l'époque où le soleil
tape encore trop dur pour qu'on y flâne et où l'ombre
est déjà trop fraîche pour s'y abandonner. Même les
chiens se traînent de l'un à l'autre, dans la poussière
de fin d'été, sans plus savoir à quel saint se vouer.
Jean-Marc, lui, n'avait pas ces soucis d'épiderme,
sous la détresse il fondait.

Tard dans le soir il passait devant nous, aveugle,
descendait se planter près du concierge face à la nuit,
son bras droit légèrement relevé sur le côté, sa main
grande ouverte qui avait pendant des années tenu
celle de Jeannot.

De temps en temps il entrait hagard dans l'aquarium, nous demandait:

— Et Annot?... Oulé Annot?...

Pas de réponse. Il repartait dans la nuit traînant comme un oiseau mort son immense main vide.

Vers la mi-octobre il ne restait de Jean-Marc que l'éternel balancement, si faible à présent, d'une jambe sur l'autre. De temps en temps on le mettait sous perfusion. Il avait donc lui aussi un squelette; ses yeux gagnaient chaque jour du terrain. Il perdait les kilos comme d'autres jettent l'argent par les fenêtres. Et toujours inlassablement lorsque l'un de nous le croisait:

— Et Annot?... Oulé Annot?...

Autour, le grand silence de l'asile.

L'été perdit ses fleurs, l'automne ses feuilles, beaucoup de vieux la vie, moi le sommeil. Dès que je fermais les yeux le soir, le capitaine me sautait dans la tête. Je les rouvrais brusquement. Depuis l'arrêt du bus où je l'avais senti près de moi, chaque soir il venait me tourmenter; dans mon lit quand j'étais seul, au fond du vide de la nuit. Je bondissais dans la pénombre, trempé. Il était là, debout. Je voyais sa tête précise: l'œil jaune, le cheveu dur, le crâne rapace. Jamais je n'aurais cru l'avoir si bien détaillé jadis durant ces quelques secondes. Je le voyais maintenant comme je ne l'avais jamais vu, même ce triste jour à Verdun. D'une précision diabolique. Il avait un grain de beauté sur l'aile gauche du nez. C'est ça qui me faisait le plus peur, ce grain de beauté.

C'est l'époque où je pris l'habitude de traîner dans les bars de nuit. Je connus beaucoup de légionnaires sur le coup d'une heure du matin, plusieurs devaient avoir dans leur tête, à cette heure, un cadavre qui se dressait. Derrière le Vieux-Port, là où les trottoirs sont corses et les restaurants italiens, la bière nous aidait bien à guetter dans le ciel, comme un drap reposant, les premières lueurs de l'aurore. La nuit filait plus loin faire surgir d'autres fantômes, derrière d'autres ports.

Quelquefois j'eus des filles, un peu paumées comme moi, très seules, je les amenais chez les Noirs. Ces nuits-là je dormais. On prenait un café le matin avec un croissant dans le premier bistrot des quais et on repartait chacun dans le sens de sa vie.

Ce n'était pas des filles à s'accrocher, ou alors vraiment avec quelqu'un qui les rassure. Elles sentaient bien jusqu'où nos destins pouvaient se ressembler. Des gens comme nous, plus personne n'en veut, on a déjà sur nous l'odeur humide de la nuit, un peu moisie, un peu aigre, l'odeur de la détresse. On se donnait furtivement avant de se quitter, entre les toilettes et le juke-box, pâle comme le soleil qui dans la brume se levait, une émotion d'amour.

– Au revoir, j'ai été si heureuse cette nuit.
– Moi aussi.
– A bientôt.
– Oui, à bientôt.

Rarement on se revoyait, ou alors une nuit, comme ça, poussés par le vent au fond des mêmes rues, on disait « coucou! » en se croisant ou on faisait semblant de ne pas se connaître. On s'était raconté pendant toute une nuit, déjà, toutes nos salades. On allait voir ailleurs, un peu plus loin, quelqu'un qui aurait pour nous un peu plus de soleil. Mais non, les gens de la nuit ne sortent de leurs poches que des quignons de vie.

Sans fin on se croisait dans le noir à la recherche d'un vieux rêve, fiévreux et le col relevé. Le soleil était dans les étages, là-haut, il attendait pour se lever qu'on débarrasse le plancher.

Une année ainsi s'éloigna dont je me souviens peu. Rasoir du mistral au coin des rues, eaux noires du port, silhouettes de nuit. L'été revint.

Ce fut l'été le plus chaud que je connus à l'hôpital. Il nous tomba dessus, dès juin, comme un chaudron de poix. On ne pouvait plus mettre le nez dehors.

Les malades, comme nous, s'en ressentirent, leur tête entra en ébullition. Les épileptiques s'abattaient autour des pavillons comme des oiseaux foudroyés sur le pont des navires. On ne les laissait plus sortir sans casques, on en avait assez de recoudre leurs crânes.

Les délires aussi allèrent bon train. Le ton monta. Il y eut des violences. Les malades recrachaient en douce leurs médicaments. Les médecins répliquèrent par des rafales d'électrochocs, des cures de Sakel et tout le bataclan. Dans les pavillons on ne s'entendait plus. Dehors le ciel était blanc, les cigales étaient sur le qui-vive.

On vit très souvent de vieilles folles échevelées, le corps nu recouvert d'excréments, traverser en hurlant la fournaise. On attendait le soir pour aller les repêcher, vautrées dans l'eau croupie, derrière la buanderie. Elles nous sortaient des langues longues comme ça, des touffes de cheveux blancs accrochées à leurs doigts, le visage tout craquelé de merde.

Les vieux étaient plus calmes, ils se bavaient abondamment dessus la braguette ouverte, l'œil de plus en plus opaque. L'odeur de l'urine se solidifia.

La température dépassa les quarante degrés. Quand on apercevait, de loin sur la route, un chronique se balançant d'un pied sur l'autre, on aurait pu croire qu'il était collé dans le goudron fondu et qu'il se dépêtrait.

Bientôt il n'y eut plus de couleur. Même les fous disparaissaient dans la blancheur torride, leurs treillis passés depuis vingt ans chaque mois à l'étuve faisaient d'eux des buissons de poussière. L'hôpital plus que jamais devint une caserne de clochards. Le gris était la seule couleur vive, on s'y accrochait pour ne pas perdre l'équilibre. Au fond des couloirs on entendait crier.

Je me souviens d'une folle surtout qu'on rencontra partout au plus gros de l'été. Elle allait d'un pavillon à l'autre défiant la canicule, se plantait dans les halls et, le poing tout fait, hurlait vers le plafond:

– Ah! si un homme m'avait vraiment aimée, il aurait liquidé l'unijambiste Carcéro! Trois ans enfermée nue à cause de l'unijambiste Carcéro! Le corps écartelé par le cerveau chimique de l'unijambiste Carcéro! Et l'Algérie tintin!

Sans reprendre son souffle elle repartait:

– Ah! Si un homme m'avait vraiment aimée...

Toujours la même phrase les yeux dans le plafond. J'ai encore dans l'oreille sa voix aiguë de porc, chaque mot, chaque rage, son poing menaçant. J'essayais d'imaginer l'unijambiste Carcéro.

Brusquement elle tournait les talons, partait comme un automate cracher sa démence dans le pavillon suivant. Une heure après elle était encore là.

– Ah! Si un homme m'avait vraiment aimée...

Bref! J'étais moi aussi assez mal fichu, raplapla pour tout dire. C'est aussi l'époque où j'en eus tellement marre des fous, sous l'incendie du ciel, que j'enfilai de moins en moins ma blouse. Quand ils me croisaient dans les couloirs, ils ne me demandaient plus rien. Ils ne me voyaient plus.

J'errais seul, anonyme, le long des dortoirs en attendant le soir et la bière fraîche, en bas dans la ville. Tant et si bien qu'un dimanche une famille me prit à partie, elle voulut me casser la figure, ils criaient tous à la fois que j'avais volé le pantalon de leur fils, que j'étais un salaud! Une sale petite ordure! Ils me traînèrent tous en bas dans le bureau devant les infirmières. Avec ma mine de papier mâché, sans blouse, ils m'avaient pris pour un malade.

Les infirmières commençaient à me trouver bizarre. Personne ne savait que depuis plus d'un an je ne fermais pas l'œil. De plus en plus souvent le capitaine se dressait dans ma tête. Je n'eus plus de répit. De temps en temps la fatigue m'assommait par-derrière; une heure après j'étais debout, trempé.

Fin août on assista à quelque chose d'extraordinaire, oui d'extraordinaire. C'était le soir, juste après le repas, on était assis sur le banc devant le pavillon, on attendait le frais. On vit arriver par la côte une silhouette qui aurait fait fuir tous les oiseaux de la terre. Elle ne tenait pas debout, molle, elle caressait à chaque pas la chute.

C'était une créature en loques, sale comme on en voit peu même sous les pires ponts, maigre à faire peur. Une chose affreuse. C'est alors qu'on assista à l'extraordinaire: Jean-Marc qui traînait par là s'avança, hésita un instant et se jeta dans ses bras. Monta dans le ciel un cri déchirant, un braiment d'âne. C'était le cri conjugué des deux fous. On se précipitait pour les séparer quand Jean-Marc beugla:

– Annot! Est Annot! Annot...

On s'arrêta. Les deux corps ne faisaient qu'un, si frêles et si mêlés.

Du fin fond de la crasse et la barbe finit par remonter un regard. C'était bien celui de Jeannot. Les deux débiles sautaient de joie encastrés l'un dans l'autre.

– Annot! Est Annot! Oh Annot!

Que pouvait-il bien foutre dans les parages, dans un état pareil? Un peu revenus de la surprise, on entra dans le bureau pour appeler le Vinatier à Lyon.

C'est ainsi qu'on apprit que Jeannot avait fugué un mois plus tôt, que toutes les recherches avaient été jusque-là vaines. Que depuis un an qu'il était là-bas il avait refusé tout contact et presque toute nourriture.

Ça alors! Il était donc venu de Lyon à pied, tout seul, à travers champs? Lui qui ne disait même pas un mot, qu'il fallait habiller et qui savait tout juste s'il s'appelait Jeannot. On se bouscula vers le seuil.

Ils étaient toujours là, tous les deux, enlacés sous la nuit comme deux amants, plus maigres et pitoyables l'un que l'autre. Nous parvenait dans le silence le murmure de Jean-Marc:

– Annot, est toi Annot?...

Comme un ruisselet, loin dans la nuit, le chuchotis de leurs nez et de leurs larmes.

Devant la force de l'amour, son miracle, nous on était béant. Des débiles profonds...

L'administration n'eut pas le courage de le renvoyer à Lyon. Elle fit un geste; au diable le Secteur! Les infirmières avaient pleuré, on parlait du surnaturel. Que se passait-il donc dans la tête des fous? On disserta d'une autre intelligence, plus mystérieuse, celle du cœur. On organisa deux trois réunions pour écouter les fous. C'était parole d'évangile! Le psychiatre nous encouragea: on fit avec les malades un peu de théâtre, quelques mouvements d'expression corporelle, on s'initia sur des casseroles aux percussions. L'été traînait la patte, sur la pelouse grillée, décidément, il faisait encore chaud. On les envoya paître.

Le pavillon retrouva son calme, le train-train reprit. On oublia les fous pour le Scrabble, l'expression corporelle se résuma aux coups de pied dans le derrière. Allégrement, Jean-Marc replongea tête première dans les poubelles à cochons. Jeannot, bouche ouverte, toujours le badait.

Fin octobre une infirmière de nuit tomba enceinte, je sautai sur l'occasion. On permuta le temps de la grossesse, elle préférait faire la journée, moi la nuit, ça occuperait ma pauvre tête malade.

La nuit on veille à deux. Jusqu'à minuit on fait quelques rondes, on prépare le plateau de « buvables » pour le lendemain matin, pépères on distribue quelques cachets aux plus robustes insomniaques qui de toute façon ne dormiront pas. Passé minuit on est un peu tranquilles, le pavillon dérive, dans le silence agité de la nuit, comme un vaisseau fantôme. C'est l'heure où l'on peut dormir chacun son tour, jusqu'à six heures la relève. Trêve hypnotique.

Je disais au copain de dormir le premier, il n'en pouvait plus, toute la journée il avait construit sa villa. Il s'enfermait dans la pharmacie sans demander son reste.

– Réveille-moi s'il y a quoi que ce soit, n'hésite pas!

Je n'étais pas au bout du couloir qu'on l'entendait ronfler. Moi, jusqu'au matin, j'errais dans les couloirs. Monte descends, monte descends. Le sommeil, bernique! Tant que je marchais le capitaine se tenait sur ses gardes. Dès que je flanchais c'était un diable hors de sa boîte! Le grain de beauté. Toujours le grain de beauté.

Très vite il m'adora ce veilleur, il faisait à présent des nuits presque normales. Frais à la rose. A six heures je lui montais le café. Une seule hantise chez lui: que l'infirmière enceinte reprenne trop vite son poste. Il espérait une longue maladie.

C'est un autre monde les fous, la nuit. Rien à voir avec l'agitation du jour, les cris. Un monde de pas furtifs, d'incessantes débauches, de silhouettes pressées sous les veilleuses des dortoirs qui changent de lit comme de chemises.

Les plus fébriles sont les alcooliques, là ils sont à jeun, ils trompent l'insomnie en furetant le sexe. Ce sont les débiles qui en font les frais, les plus dodus, pour le confort charnel. Dix fois par nuit ils passent à la casserole, Jean-Marc reprenait du poids, il reprit du service. S'ils rouspètent on leur balance sur la tête quatre coups de savate, alors ils se laissent enfiler dans les draps ou debout, selon le goût de l'alcoolique, en continuant de ronfler. Un alcoolique qui leur cassera la gueule dès le lendemain, devant le personnel, parce que « C'est tous des pédés ces débiles! C'est vrai quoi, on peut plus fermer l'œil de la nuit!

C'est le bordel cet hôpital ! » Ah ! ils sont tordus ces alcooliques ! il faut avoir travaillé la nuit pour en connaître tout le retors, l'insaisissable viscosité. Mielleux comme des ruches par-devant, par-derrière...

Enfin, je profitais de ces nuits pour m'initier à la lecture. Je n'avais, jusque-là, jamais eu dans ma vie le temps d'ouvrir le moindre livre. Trop de chaos, trop de bruit, trop de temps à guetter. Les malades laissent traîner sur les tables de nuit de l'espionnage, du porno, des délires mystiques, de beaux romans parfois. Je lus coup sur coup *Don Quichotte, La Vie de sainte Thérèse d'Avila, Madame Bovary*. Oh ! je la comprenais cette femme, pendant deux mois je vécus amoureux. Dans l'obscurité j'arpentais les couloirs, tout bas je parlais à Emma d'une veilleuse à l'autre.

Dans la journée j'allais plus souvent voir Charlotte, je l'attendais à la sortie de l'école. Eh oui, elle allait à l'école à présent. Une vraie jeune fille.

C'est à la fin décembre que la sale nuit arriva. La 23 exactement, je ne suis pas près de l'oublier, ça non. La veille du réveillon.

Il devait être entre deux et trois heures du matin, je cassais la croûte dans la cuisine quand la lumière bleue vint fouetter les murs du pavillon. Ça arrivait quelquefois, surtout aux alentours de Noël, en pleine nuit comme ça une urgence. Je suis sorti sur le seuil avec mon sandwich. C'était bien Police-Secours.

Par les portes de derrière ils ont déchargé un bonhomme qui avait tendance à préférer la position couchée. Ils l'ont traîné jusque dans le bureau et lâché sur une chaise.

336

– Vous avez de la visite, m'a dit le gradé en entrant, un alcoolique au dernier degré, pas la première fois qu'on le ramasse, il était perché sur une fontaine à gueuler comme un putois. On s'est trempés jusqu'aux os pour le décrocher, vous vous rendez compte avec un temps pareil! Ah! l'animal!... Je compte sur vous pour les papiers, il les a sur lui, j'enverrai le rapport dès demain au bureau des entrées pour régulariser... Bon, c'est pas tout, il faut qu'on y aille, on vient d'avoir un autre appel de Campagne-l'Évêque. Ça ne chôme pas! On se prépare de sacrées fêtes... Allez, bonsoir! Et ne le dorlotez pas trop, c'est juste bon à coûter de l'argent des cocos pareils.

Je suis resté seul en face de lui. Il tenait à peine sur sa chaise. Vraiment pas beau à voir, décharné à la dernière. Un visage raclé jusqu'à l'os. Sur le cou on aurait joué du violon: trois cordes. Ah! le bougre! il n'irait pas loin dans un état pareil, là il touchait le fond.

Il n'avait pas l'air vieux, la quarantaine tout au plus, seuls les yeux vivaient dans ce désastre, ils flambaient. Des yeux de fou. L'alcool pardi! On les voyait à peine cependant tant ils étaient soufflés. Et qu'est-ce qu'il transpirait, il ruisselait trempé des pieds à la tête, à se demander d'où il tirait cette eau; un parchemin sa peau! Rien à dire, le vrai alcoolique au bout du rouleau qui n'a pas eu sa dose. Il n'allait pas me faire un delirium tout de même, pas ça! J'y avais déjà goûté. Ils sont capables de courir sur les murs les lascars! On peut s'y accrocher.

Je m'approchai, lui posai la main sur le front... Bouillant. Au moins quarante. Ah la la! ça n'allait pas être de la tarte!

Maintenant que j'étais tout près, là penché sur lui,

il me sembla que quelque chose me faisait signe au fond de ce visage. Une sensation... Peut-être était-il déjà venu à l'hôpital pour une cure? On en croise tellement le long des années, dans une allée ou l'autre à traîner l'agonie. En tout cas, plus je l'observais, plus son visage ravagé venait me chatouiller le bout de la mémoire, comme un nom qu'on a sur le bout de la langue. Rien d'étonnant, il était à sa place, on rencontre peu de ministres dans ces mouroirs.

Par habitude je fouillai ses poches: chiffons, ficelles, papiers gras, bouchons, deux épingles de nourrice, une carte postale des châteaux de la Loire, enfin tout l'attirail. La carte d'identité se trouvait au milieu, noire et fripée, molle comme un mouchoir. Du bout des doigts je l'ouvris. Presque illisible ce torchon, je m'approchai de la lumière.

Mes jambes soudain me manquèrent, je m'appuyai sur le bureau. Devant moi jaillit un flot de nuit. Rêvais-je?... Je relus:

Nom: JEUDI
Prénom: Valentin
Taille: 1 m 75
Signes particuliers: cicatrice frontale.

Je sursautai vers l'individu, le vert des yeux férocement agrippa ma mémoire, un vert que je n'avais jamais rencontré nulle part, ni avant ni après. C'était lui, Valentin! Je le reconnus. L'air sortit de la pièce. Le bureau m'étaya.

Alors, tout remonta. A partir du squelette se reconstitua d'un coup tout le visage, le visage si beau jadis du Valentin de Bastia, du Valentin coqueluche des femmes, et tout de suite, par-dessus, celui affreux

338

de Valentin massacré sur le trottoir, toute la marmelade.

Sous la peau cirée lézardaient encore les traînées
pâlies des vieilles cicatrices. J'en reconnaissais tout
l'itinéraire. Le temps n'avait fait que lui jeter au
visage ses nouvelles insultes.

Un visage dont ne restait à présent que le canevas:
un linge de peau sur quelques os, l'ultime fièvre du
regard. Un regard crépusculaire. Un regard d'où
sortirent lentement, imprécises d'abord comme d'un
champ de brume, d'autres visages, d'autres ombres,
la trame mouvante d'une vie: Béatrice d'abord m'apparut, si belle, si claire. Elle avait dû l'abandonner
elle aussi Valentin, malgré l'immensité de son amour,
il y a des routes noires qu'on ne peut suivre jusqu'au
bout. Je revis le géant du Monténégro, si bon lui et
qui m'avait sauvé la vie... Lydia un peu folle dans
notre chambre d'Istanbul et puis avec son âne, quelque part, dans la poussière du monde. Charlotte et
moi, orphelins égarés sous le ciel infini. Où était-elle à
cette heure Lydia? Avait-elle pour nous, de temps en
temps, une pensée émue...

Que d'étés depuis, de Noëls, de soirs, de visages
frôlés et perdus, que de mots chuchotés la nuit pour
toujours, à jamais balayés, que de solitude enfin pour
un brin de douceur, que de brume pour rien, que de
froid et se retrouver là, tous les deux sous la nuit, voir
courir sous la peau l'eau froide du destin.

Il tremblait Valentin. Ses mains comme des feuilles
d'acacia de chaque côté du fauteuil sans arrêt frémis-
saient. Il marmonnait des choses incompréhensibles,
il semblait ne pas me voir. Parfois me parvenait,
incohérent, un lambeau de phrase:

– Non lâchez-moi!... Regardez c'est pas moi le
valet est sous la table! attrapez-le c'est lui le tricheur!

339

fouillez-moi... J'ai soif! A boire!... Regardez là ils sortent de sa manche! Attention c'est des serpents, reculez reculez! Non pas moi je suis quitte, vous me faites mal! Attends-moi maman je rentre, je suis trop fatigué... Attention à la chienne c'est le facteur!

Il avalait avec l'air des bouffées de mots. Ses mains, presque par terre, doucement battaient une dernière musique. De temps en temps elles sautaient par-dessus sa tête, comme pour le protéger.

– Ouvrez! Vite ouvrez! Ils arrivent! Lâchez-moi! Encore le carré d'as! Ah! cette chaleur j'étouffe là-dedans! Ouvrez! Non je vous jure j'ai rien volé! Je voulais boire... Laissez-moi terminer... Attention les voilà ils sortent de partout! C'est encore lui, jetez le pantalon c'en est plein! Vite sur la table! Écrasez-les! Aïe il m'a piqué le pied! Sale bête! Lâchez-moi j'ai rien fait, maman au secours! Au secours! Passe-moi la flûte maman on va manquer le bus...

Le délire. Je lui fis une injection de Valium et lui tendis un verre d'eau, il le brisa par terre à cause des serpents.

Quand le Valium commença à le détendre, je le chargeai sur mon dos et le charriai au fond du couloir dans la chambre réservée aux entrants. Combien d'années s'étaient écoulées depuis cette nuit à Bastia où sur mon dos, déjà, je l'avais transporté aux urgences? C'était un être de la nuit, un être des urgences, lui qui enfant avait été si beau, que tout le monde avait dû applaudir. Je le sentais à peine sur mon dos aujourd'hui. Qu'est-ce qu'il avait laissé de lui au bord des routes, dans les gares et partout où vont traîner tout seuls, sans fin, les chiens abandonnés.

Assez vite il s'endormit la bouche et les yeux grands ouverts. Il ne faisait plus la différence, lui, entre le jour et la nuit, l'épuisement et le repos, le plaisir et la peine. La vie et la mort non plus ne devaient plus l'intéresser là où il était parvenu.

Au milieu de chacune de ses semelles manquait une bonne pièce de 5 francs qui laissait voir la plante noire de ses pieds, les chaussettes aussi à cet endroit étaient restées sur la route.

Soudain je me raidis. Ma main tenait encore sa carte d'identité. Celle qu'il avait dû faire faire après mon départ de Bastia. Sur moi le froid tomba. On était deux Valentin Jeudi dans le même pavillon, un de trop! Mon ventre se vrilla. Que faire! La police enverrait dès demain son rapport. Attendre?... Folie! On trouverait ça bizarre deux Valentin Jeudi, le soir même je serais interrogé. Le trouble s'abattit dans ma tête. Fuir, il n'y avait pas d'autre issue. Une fois de plus le destin foudroyait ma route, c'était là à coup sûr l'œuvre du capitaine qui depuis plus d'un an m'avait retrouvé. Fuir donc, puisque telle était sans fin pour nous deux, Valentin et Valentin, l'impitoyable destin.

Une dernière fois je me penchai sur lui dans l'ultime espoir qu'il ait quelque chose à me dire. Passaient devant ses yeux des lueurs étranges... Non, il était trop loin devant moi pour me voir à présent. J'en aurai de la route à parcourir pour en arriver là. Il avait fait, lui, tout le chemin plus vite. Pas de temps à perdre, je tournai les talons.

Partout la nuit était noire, le ciel givré d'étoiles. Il devait faire froid. Dans quelques instants la barrière de l'hôpital pointerait son index vers ce ciel pour laisser se croiser, boueux de sommeil, le personnel du jour et de la nuit. Une barrière que j'avais franchie tant de fois, des années durant. Je ne me retournai pas vers ces bâtiments où pour toujours je laissais un morceau de ma vie. Il arrive un jour, dans la vie, où l'on n'ose plus se retourner, ce qu'il y a derrière est si profond et noir qu'on prendrait peur. C'est pour ça que dès lors on avance le col relevé.

La rue était déserte, le petit bistrot fermé encore où les infirmiers tout à l'heure viendraient boire le café avec le pompiste et les toujours trois mêmes fous qui ne ferment pas l'œil de la nuit.

Le premier bus est arrivé pour la ville. J'ai sauté dedans. A neuf heures le surveillant général aurait sur son bureau le rapport de police. Entrant de la nuit: Jeudi Valentin, fils de Jeudi Eugène et de Rosier Marie. Ce même surveillant général qui m'avait embauché plusieurs années avant parce que j'avais veillé dans la nuit de Verdun sur la paix de son grand-père, moi, un assassin.

Dans ma chambre, je fourrai quelques affaires au fond de mon sac, tirai mes économies de derrière une plinthe, empochai mon passeport. Pour où j'allais, ma foi, peut-être ferait-il encore l'affaire!

La ville calmement s'éveillait. Une heure que je connaissais bien. Frôlement des pneus sur le goudron humide, rideaux de fer qui couinent en remontant, trombone d'un bateau qui corne dans la brume à l'entrée du port, comme un bœuf qui hésite sur le seuil de l'étable.

Dès que les bureaux ont ouvert, des compagnies maritimes, je me suis renseigné sur les départs. Un bateau partait le soir même pour Casablanca. J'ai acheté un billet. En me dépêchant je pouvais voir Charlotte avant qu'elle parte à l'école. Je suis arrivé juste à temps, Mme Fernandez fermait sa porte pour

342

les accompagner. Les trois enfants attendaient dans le jardin avec leurs blouses et leurs cartables. Le soleil levant les touchait.

Très vite je lui ai expliqué que je devais m'absenter pour mon travail, je lui ai versé trois mois d'avance. Presque tout ce que j'avais. Je lui ai demandé de surtout s'occuper bien de Charlotte, j'enverrais de l'argent. Dès que j'aurais un logement là où j'allais, je viendrais la chercher. Je l'ai d'avance remerciée.

Sans comprendre elle me regardait, puis les billets que j'avais déposés dans sa main...

– Je suis très pressé, lui ai-je dit, je pars ce soir, écoutez si ça ne vous ennuie pas je vais la prendre pour la journée, demain c'est le réveillon alors vous comprenez... Je la ramène ce soir sans faute.

Sans attendre une réponse j'ai pris Charlotte par la main et on a filé. Au bout de la rue j'ai jeté un coup d'œil par-dessus mon épaule, Mme Fernandez n'avait pas bougé d'un pouce, elle nous regardait bouche ouverte, les billets dans la main.

Quand nous sommes arrivés en ville, elle donnait à plein toute sa rumeur. Les rues n'étaient pas encore noires de monde pourtant, il y avait dans l'air beaucoup d'affairement. Dans deux jours ce serait Noël.

Dans ma hâte j'avais oublié de dire à Charlotte de laisser son cartable, elle le tenait toujours dans sa main. Moi j'avais mon sac, ça m'a fait penser aux jours, si loin, où je taillais l'école dans cette même ville et rôdais jusqu'au soir mon cartable à la main.

Elle marchait près de moi sans rien dire, sans la joie que je lui connaissais bien quand on se retrouvait. Elle avait dû entendre ce que je disais à Mme Fernandez, en tout cas elle avait vu l'argent. Je me suis arrêté sur le trottoir en face de ses yeux et je lui ai dit:

343

– Voilà, Charlotte, il faut que je parte quelque temps mais quand je reviendrai te chercher ce sera pour toujours... Tu vas rester encore un peu avec les Fernandez d'accord? Ils sont gentils les Fernandez... Dès que j'aurai trouvé une maison pour nous deux, je viendrai te chercher. Ça te fait plaisir de vivre avec moi, bientôt, quand on aura une maison?...

Gravement, elle regardait mes yeux, ses lèvres un peu rentrées. J'ai ajouté en lui prenant la main:

– Viens, Charlotte, on va ensemble choisir un beau jouet en plus du Père Noël, qu'est-ce que c'est qui te ferait plaisir?...

Elle n'a encore pas répondu, elle m'a suivi. Un peu plus bas on est entrés dans un grand magasin, on est montés au deuxième et on a fait tout le rayon « Jouets ». Elle n'a rien voulu. En redescendant elle s'est arrêtée à la « Maroquinerie » et m'a montré un sac à main de dames en cuir noir.

– Je veux ça, m'a-t-elle dit.

– Mais c'est un sac pour dames, ai-je répondu en riant, tiens celui-ci oui est très joli pour toi, ai-je ajouté en lui tendant un ravissant petit sac rouge à cordons.

– Non, je veux celui-là.

– Mais Charlotte ne fais pas l'idiote, ce n'est pas un sac pour les enfants.

C'était un vrai sac de vieille, le plus minable de tout le rayon. Étonnée, la vendeuse nous observait.

– Alors, on achète le petit rouge? C'est le plus beau de tous!

Elle a fait non de la tête.

– Enfin, Charlotte, sois gentille tu ne vas pas te promener dans les rues avec un sac de vieille, quand même, à cinq ans!

– Je veux celui-là, a-t-elle répété baissant les yeux.

344

J'ai regardé la vendeuse... Ma foi, puisqu'elle y tenait vraiment... Je ne pouvais pas lui faire de la peine, le dernier jour. J'ai tendu le sac à la vendeuse et j'ai payé. De plus en plus étonnée elle me scrutait, je la sentais un peu réprobatrice. Il coûtait une petite fortune ce sac. Sans le regarder Charlotte l'a pris et on est sortis.

Avec le peu qui me restait, je me suis dit que tout de même je devrais lui acheter un ou deux vêtements pour l'hiver. Elle portait une robe à quatre sous en laine et des sandales que pardon... On s'est arrêtés devant le premier magasin de chaussures, j'ai regardé pour de petites bottes fourrées, bien chaudes, il y en avait de jolies.

J'allais entrer quand elle m'a tiré par la manche vers la vitrine des hommes.

— Je veux ceux-là, a-t-elle dit me désignant des chaussures marron, affreuses, du 43.

J'ai cru qu'elle plaisantait et ça m'a fait sourire. Mais elle restait plantée devant cette paire comme tout à l'heure devant le sac, alors j'ai senti qu'elle ne plaisantait pas.

— Écoute, Charlotte, tu as eu le sac que tu voulais, tu es contente! Maintenant on va acheter des souliers pour tes pieds!

— Non, je veux ceux-là.

— Tu auras des bottes un point c'est tout!

J'ai élevé la voix, elle n'a pas bronché. J'ai voulu lui saisir la main pour entrer dans le magasin mais elle m'a échappé. Elle a fait trois pas en courant et s'est roulée par terre en hurlant.

Tout le monde s'est arrêté sur le trottoir pour la regarder, alors je l'ai relevée par un bras et je lui ai flanqué deux bonnes claques sur les fesses. C'est moi alors que tout le monde a regardé, comme si je ne voulais pas lui payer de chaussures.

345

Je l'ai traînée derrière moi, on a filé plus loin. La première petite rue sur la droite je l'ai prise. Quand on a été tranquilles je me suis arrêté. Ses yeux étaient trempés mais elle ne pleurait plus. Longuement elle m'a regardé dans le silence de cette ruelle puis elle m'a dit droit dans les yeux:

– Et maman?...

J'étais abasourdi. Jamais pendant des années elle ne m'avait demandé une chose pareille. Jamais. J'ai voulu lui répondre mais je n'ai pas pu, tout est resté dans ma gorge. Au bout de la rue montait toujours la rumeur, assourdie maintenant par notre immense solitude.

Alors, au hasard on a erré d'une ruelle à l'autre pendant que la ville toujours s'emplissait. Chaque fois on retombait dans le soleil du port. Sur les quais c'était l'été, aux terrasses des cafés des gens mangeaient des glaces, en chemises. Aveuglés par le miroir de l'eau.

On a voulu manger nous aussi mais on n'a pas pu. L'après-midi a changé de trottoir.

Quand la ville a été pleine à craquer de familles qui avançaient la tête tournée vers les vitrines, j'ai dit à Charlotte qu'on allait rentrer. Très vite le soleil s'est glissé sous la brume, un instant la ville a été rose et nos visages incendiés, depuis un moment sur celui de Charlotte s'étirait la grimace de la douleur.

La nuit vient vite en décembre, lorsqu'on est descendus du bus les maisons étaient noires. Tombait sur la banlieue toute la mélancolie du crépuscule, cette odeur si triste le soir de la fumée et de la brume, une odeur de vieux jardin.

Avant de m'engager dans la traverse des Fernandez, j'ai regardé s'il n'y avait pas déjà la police. Non, tout paraissait calme. On s'est arrêtés à l'abri d'une haie, juste avant leur portail. On se serrait l'un contre l'autre. Sous la blouse, sa petite robe à quatre sous me déchirait le cœur. Et ce gros sac de dame qui pendait dans ses jambes, cadeau de notre malheur. Elle a bredouillé dans sa gorge:

— Papa, j'ai été méchante aujourd'hui.

C'était ses premiers mots depuis qu'elle m'avait demandé sa maman.

— Mais non, mon bébé, suis-je parvenu à m'extraire.

— Pourquoi tu me donnes jamais la fessée?

— Mais parce que tu es gentille, Charlotte...

— Tous les papas donnent la fessée aux enfants.

Mes mots avaient de plus en plus de mal à sortir dans la nuit, toute ma gorge était prise.

— Quand on aura une maison mon bébé tous les deux, si tu es pas sage je te donnerai tous les jours la fessée.

J'ai dit ça en pleurant, alors j'ai ajouté à toute vitesse:

— A bientôt mon bébé je suis très pressé rentre vite il fait froid...

Et je suis parti en courant me noyer dans la nuit. J'ai senti qu'elle entrait en moi, pour toujours, comme la mer dans une épave.

Quand j'ai été assez loin, j'ai beuglé dans le noir pour que reste à jamais, malgré toute ma haine, sur mon chemin une trace d'amour.

En larmes je suis entré au royaume des loups.

Manosque, septembre 1985.

DU MÊME AUTEUR

Aux Éditions Denoël

LES CHEMINS NOIRS, 1988 (Folio n° 2361). Prix Populiste 1989

TENDRESSE DES LOUPS, 1990 (Folio n° 3109). Prix Mottart de l'Académie française 1990

LES NUITS D'ALICE, 1992 (Folio n° 2624). Prix spécial du jury du Levant 1992

LE VOLEUR D'INNOCENCE, 1994 (Folio n° 2828)

OÙ SE PERDENT LES HOMMES, 1996 (Folio n° 3354)

ELLE DANSE DANS LE NOIR, 1998 (Folio n° 3576). Prix Paul Léautaud 1998

ON NE S'ENDORT JAMAIS SEUL, 2000 (Folio n° 3652). Prix Antigone 2001

L'ÉTÉ, 2002 (Folio n° 4419)

LETTRE À MES TUEURS, 2004 (Folio Policier n° 428)

MAUDIT LE JOUR, 2006 (Folio n° 4810)

TU TOMBERAS AVEC LA NUIT, 2008 (Folio n° 4970). Prix Nice Baie des Anges 2008 et prix Montecristo 2009

Aux Éditions Gallimard

LA FIANCÉE DES CORBEAUX, 2011 (Folio n° 5476). Prix Jean Carrière 2011

SOUS LA VILLE ROUGE, 2013 (Folio n° 5852)

JE ME SOUVIENS DE TOUS VOS RÊVES, 2016 (Folio n° 6390). Grand Prix littéraire de Provence 2016

LES VIVANTS AU PRIX DES MORTS, 2017

Impression Novoprint
à Barcelone, le 11 janvier 2018.
Dépôt légal : janvier 2018.
1er dépôt légal dans la collection : janvier 1992.
ISBN 978-2-07-038484-6./Imprimé en Espagne.